Marie LaFlamme

Tome 1

COLLECTION FOCUS
ROMANS EN GRANDS CARACTÈRES

Chrystine Brouillet

Marie LaFlamme

Tome 1

Guy Saint-Jean
ÉDITEUR

Catalogage avant publication de Bibliothèque et Archives nationales
du Québec et Bibliothèque et Archives Canada

Brouillet, Chrystine
Marie LaFlamme [texte (gros caractères)]
(Collection Focus)
Éd. originale: Paris : Denoël, 1990.
L'ouvrage complet comprendra 3 vol.
ISBN 978-2-89455-288-9 (v. 1)
I. Titre. II. Collection.
PS8553.R684M37 2008   C843'.54   C2008-940772-5
PS9553.R684M37 2008

Nous reconnaissons l'aide financière du gouvernement du Canada par l'entremise du
Programme d'Aide au Développement de l'Industrie de l'Édition (PADIÉ) ainsi que celle
de la SODEC pour nos activités d'édition. Nous remercions le Conseil des Arts du
Canada de l'aide accordée à notre programme de publication.

 Patrimoine canadien / Canadian Heritage Canadä · Conseil des Arts du Canada · Canada Council for the Arts SODEC Québec

Gouvernement du Québec — Programme de crédit d'impôt pour
l'édition de livres — Gestion SODEC

© Éditions Denoël, 1991
Publié également aux éditions Flammarion Québec en 2004

© Guy Saint-Jean Éditeur pour cette édition en grands caractères pour l'Amérique du
Nord 2008
Illustration de la page couverture: Luc Normandin
Conception graphique: Christiane Séguin
Dépôt légal — Bibliothèque et Archives nationales du Québec, Bibliothèque et Archives
Canada, 2007
ISBN: 978-2-89455-288-9

Distribution et diffusion
Amérique: Prologue
France: Volumen
Belgique: La Caravelle S.A.
Suisse: Transat S.A.

Guy Saint-Jean Éditeur inc.
3154, boul. Industriel, Laval (Québec) Canada. H7L 4P7. (450) 663-1777.
Courriel: info@saint-jeanediteur.com • Web: www.saint-jeanediteur.com

Guy Saint-Jean Éditeur France
48, rue des Ponts, 78290 Croissy-sur-Seine, France. (1) 39.76.99.43.
Courriel: gsj.editeur@free.fr

Imprimé et relié au Canada

À Michel Bernard et Jeanne Lapointe.

*Pour le soutien apporté au cours
de l'élaboration de ce projet,
l'auteur tient à remercier
le ministère des Affaires culturelles
du Québec et M. Jean Héritier et,
pour son aide tant amicale
qu'indispensable, M. Gérard Piloquet.*

Chapitre premier

« Il m'aime. Il m'aime. Il m'aime », se répétait Marie en coupant des tiges d'ancolies roses. Simon ne l'avait pas oubliée. Il pensait à elle et reviendrait à Nantes. Elle l'avait toujours su. En fermant les yeux, elle l'imaginait, rieur, lui tendant les bras, beau comme un prince. Elle appuierait sa tête contre la casaque rêche, respirerait la poudre des combats dont le tissu était imprégné avant de percevoir l'odeur chaude de Simon, poivrée, piquante, musquée. Il se pencherait sur elle, chercherait sa bouche avec avidité, elle sentirait les poils durs d'une barbe mal rasée râper ses joues, meurtrir son cou, et elle souhaiterait que ces rougeurs restent longtemps, preuves du désir de Simon. Vorace, il la baiserait au front, aux yeux, lui croquerait l'oreille, se perdrait dans ses cheveux avant de s'emparer de ses lèvres, avant d'enfoncer une langue si agile qu'elle la forcerait à répondre à cet embrassement.

Elle suffoquerait délicieusement, son cœur s'emballerait, sa raison lui échapperait dans cet affolement voluptueux.

Le père Thomas avait beau fustiger ses ouailles et leur répéter que succomber à la chair mène droit à l'Enfer, Marie LaFlamme ne pouvait s'empêcher de rêver ainsi à Simon. Elle frissonnait à inventer cette scène de retrouvailles, se la remémorant cent fois l'heure, ajoutant des détails brûlants, précisant l'ardeur des baisers, l'audace d'une main. Elle taisait ses songes osés à tous, persuadée qu'on la condamnerait, que personne ne pouvait comprendre.

Est-ce qu'on avait jamais aimé autant qu'elle?

Non, sûrement non. Même Myriam Le Morhier qui paraissait tellement heureuse avec son époux ne pouvait être aussi éprise, sinon elle n'aurait pu supporter qu'il parte en mer durant des semaines. Le capitaine s'éloignait de moins en moins souvent et de façon plus brève, il est vrai, mais quand on aime, une seconde paraît l'éternité, et Marie, qui n'avait pu retenir Simon, pleurait souvent son absence.

Elle allait tous les jours au quai de la Poterne, là où elle avait vu son amoureux pour la dernière fois, se jurant qu'elle ne s'imposerait plus cette torture quotidienne du souvenir, tout en sachant qu'elle reviendrait sur les lieux, ensorcelée par son amour pour Simon, incapable de résister à ce pèlerinage. Elle allait aussi s'asseoir sur son rocher favori, près d'un bras de la rivière, où il péchait des goujons pour les revendre aux cabaretiers du port. Elle aussi attrapait des poissons mais c'était bien grâce à lui car si elle s'amusait à lancer sa ligne, la sentir vibrer au bout de sa gaule, elle détestait retirer sa proie du crochet. Simon le faisait pour elle en la taquinant :

— Tu es sotte. Ils ne sentent rien. C'est des bêtes !

Marie lui donnait raison mais elle frissonnait quand elle entendait la chair se déchirer dans un clapotis sanglant ou les queues qui continuaient à s'agiter dans le panier d'osier. Simon reprenait alors le poisson, lui arrachait les ouïes et les yeux, en expliquant qu'ils serviraient d'appâts pour ses congénères. Quand sa sœur

Michelle était avec eux, il devait assommer le poisson s'il ne voulait pas l'entendre se lamenter sur le sort du malheureux. Il ne manquait jamais d'ironiser sur la faiblesse féminine et Marie se faisait un devoir de dissimuler son dégoût. Elle pensait qu'il aurait pu étourdir le goujon avant de le charcuter, mais une femme ne devait pas adresser de reproches à son époux et Marie considérait Simon comme son fiancé.

L'écume de la Loire dessinait pour elle la dentelle d'un voile blanc. Elle avait pardonné aux flots qui lui avaient ravi son père, car ils n'auraient pas Simon. De la mer, il n'aimait que les produits. Marie s'en réjouissait; elle ne tenterait jamais de le persuader du charme de la houle ou des mascarets. Quand Simon reviendrait de Paris, elle le convaincrait de reprendre l'échoppe de son père près du port. Ils seraient toujours ensemble, heureux, près de leur famille. Et même Nanette, quand elle verrait comme Marie se plaisait en ménage, pardonnerait à Simon toutes ses sottises d'enfant. Elle serait bien obligée de reconnaître son courage! Elle lui reprochait d'être soldat, soutenant que ceux-ci sont des barbares. Mais il fallait bien quelqu'un pour défendre le roi! Simon était bien valeureux pour s'être enrôlé! Pour risquer sa vie! Marie frémissait en songeant à tous les dangers qui guettaient son amoureux, et quand des malades venaient frapper à leur porte afin qu'Anne LaFlamme les guérisse, elle avait parfois envie de leur dire que leurs coliques et leurs rhumatismes n'étaient rien en comparaison des souffrances qu'enduraient les soldats. Seuls les hommes blessés au combat attiraient sa pitié, comme les femmes en couches excitaient son envie. Elle aussi serait un jour délivrée par sa mère. Leur fils ressemblerait à Simon. Et il courrait dans ce champ où elle choisissait maintenant des ancolies.

Quand Marie avait fui la table pour aller cueillir des plantes, Nanette n'avait même pas essayé de la retenir; elle avait observé Marie durant le déjeuner, tête inclinée au-dessus d'une assiette qu'elle ne semblait voir, dont les arômes lui échappaient mais qu'elle goûtait tout de même en se brûlant sans y prendre garde. Elle avait conclu que sa petite était réellement éprise de ce vaurien de Simon Perrot. Qu'avait-il besoin d'envoyer cette missive? Nanette savait qu'elle était injuste; le jeune homme avait voulu rassurer sa famille en donnant un mot au marchand Lecoq à Paris, mais Marie rêvait déjà bien assez...

Elle était à la fenêtre à repriser un devanteau quand elle avait entendu Jacques Lecoq ameuter les Perrot.

— Des nouvelles de Simon, mes amis! criait-il.

Madeleine Perrot était sortie sur le pas de la porte précipitamment; son fils était-il mort au combat? Elle n'osait questionner le commerçant, lequel, la connaissant depuis toujours, plaisanta.

— Eh ben, tu n'es pas curieuse, Mado, ton fils annonce peut-être son mariage ou sa fortune!

Le voyant agiter une lettre sous son nez, Madeleine Perrot se dérida et, après s'être signée, elle s'empara vivement du papier cacheté.

— Marie! Va chercher Marie, dit-elle à Chantale, sa benjamine, mais leur voisine s'avançait déjà vers eux d'un pas qu'elle voulait égal.

— J'ai vu M. Lecoq arriver. Il y a des nouvelles? Ah! Vous avez reçu une lettre?

Remarquait-on qu'elle rougissait? Marie pesta intérieurement contre son teint. Fort pâle, il lui donnait un air de noblesse que toutes les dames de Nantes lui enviaient, mais les nobles et les bourgeoises étaient-elles aussi gênées quand leurs joues s'enflammaient? Marie savait bien que c'était une lettre de Simon. Son Simon. Lecoq était un sot pour prétendre que le fils Perrot annonçait ses épousailles, c'était elle qu'il aimait! Elle attrapa la missive d'une main tremblante et la déchira légèrement en brisant le cachet. Elle tenta d'affermir sa voix pour lire à la famille. En parcourant des yeux les quelques lignes, elle se félicitait pour la première fois que sa chère Michelle soit absente. Les Perrot ignorant l'alphabet, ils allaient quérir Marie en l'absence de leur fille aînée quand ils recevaient quelque écriture. Marie s'exécutait avec plaisir. Enfant unique, elle considérait les Perrot comme sa famille et si elle s'était entichée de Simon à l'adolescence, son amitié pour sa sœur Michelle existait depuis toujours. Elles avaient tout partagé depuis l'enfance, les jeux, les rires, les friandises, les pleurs, les confitures sèches et les flâneries au port, les semonces et les parties de cache-cache en forêt et les leçons de catéchisme de sœur Angélique. Tout en s'en félicitant, leurs mères s'étonnaient d'une telle complicité, leurs filles étaient si différentes!

Marie était vive comme une mésange, pépiante, sautillante, curieuse de tout. Elle parlait beaucoup, étourdissait sa nourrice de questions souvent judicieuses, parfois étranges, et ne la lâchait pas avant d'avoir son idée. Qu'elle discutait ensuite. Nanette avait beau répéter à sa maîtresse que sa fille avait trop d'esprit et deviendrait raisonneuse, Anne LaFlamme se contentait de sourire. Elle n'était pas fâchée que sa fille ait du caractère; de la fierté en masse, certes, une témérité inquiétante, une indépendance dans les manières qu'il faudrait corriger mais avec ça une aisance dans l'apprentissage, qu'il s'agisse de la lecture ou du calcul, et une joie de vivre gourmande qui rassérénait Anne. Marie n'avait pas hérité de ses angoisses chagrines qui lui serraient l'âme trop souvent et ressemblait par son goût pour les plaisirs simples à son défunt père.

Comme lui, elle était heureuse de contempler la Loire, ses ondes lourdes et fortes, mouchetées de dizaines d'embarcations qui allaient et venaient du Bourgneuf, de Pornic et du Croisic, de la Hollande, de Flandre ou d'Allemagne. Elle s'enchantait du mouvement des flots qui déferlaient doucement vers la grève ou se brisaient sur les rochers, les noyant d'une écume crémeuse, patine qui les usait et les laissait brillants malgré un soleil incertain. Marie avait dit un jour à sa mère qu'elle était contente d'avoir les yeux de la même couleur que la rivière.

— Et de quelle couleur est la Loire? avait demandé Anne, confuse autant qu'amusée de l'orgueil de sa fille.

— Je ne sais pas, admit Marie, pour se

reprendre très vite. Personne ne le sait, c'est un secret. Comme pour moi. C'est selon notre humeur.

Le bleu intense des chardons, la douceur des violettes, l'ardoise mauvée d'un ciel boudeur, se disputaient la préséance dans le regard de Marie comme dans le fleuve, et la même noirceur les envahissait parfois, an-nonciatrice d'emportement, de tempêtes. Anne en avait fait la remarque à Marie.

— C'est que les hommes veulent dompter la mer ! A leurs risques ! avait ré-torqué l'adolescente.

— Si c'est ainsi que tu accueilles tes galants, l'avait moquée Nanette, je m'oc-cuperai de toi encore longtemps !

Nanette plaisantait car elle s'était résignée depuis peu à se voir enlever l'enfant ché-rie. Marie était si jolie. Enfant, elle attirait l'attention, femme, elle la retenait. Les ex-cursions dans les criques près du port où elle grimpait aux rochers et les courses éperdues dans les champs avaient délié sa taille, galbé ses jambes, dégagé ses épaules. Si les pieds menus et les bras trop ronds trahissaient l'enfance récente, Marie avait déjà ce qui ferait rêver tant d'hommes : des seins bien fermes, bien pleins aux tétons malicieux, une peau soyeuse et frémissante, un ventre plat qui niait les hanches trop fortes et, enfin, un petit derrière rebondi, coquin, tentateur. Bien que la chevelure brûlât d'un roux flamboyant, le teint pâle, immaculé, était sans tache de son et mettait en valeur une bouche framboise qu'une lèvre inférieure plus épaisse faisait légèrement boudeuse. Le nez mutin corrigeait cette impression dédaigneuse quand des rires fréquents ne l'avaient pas déjà fait, découvrant des dents pointues mais sagement alignées. De cet ensemble fort plaisant, on ne remarquait pourtant rien de prime abord car des yeux magnifiques, étonnamment brillants, s'ouvraient vifs ou langoureux derrière un rideau de cils lumineux, et captivaient l'interlocuteur, plaidaient merveilleusement la cause de Marie si elle avait quelque faveur à obtenir. Elle séduirait qui elle voudrait mais elle l'ignorait alors, et si elle avait haussé les épaules, elle n'oublierait pas pour autant l'avertissement de Nanette. Pour plaire à son Simon, elle devrait peut-être se surveiller et prendre exemple sur Michelle. Douce et réservée, l'aînée des filles Perrot goûtait le calme mais ne se forçait jamais à la raison, elle était sage par distraction, toujours perdue dans ses songes.

— Cette gamine-là ne vit pas avec nous, se plaignait souvent Madeleine Perrot à sa voisine. Ta Marie est plus dégourdie!

— Marie aussi rêve... mais la tienne, au moins, entend chanter les anges. Ne la contrarie pas, conseillait Anne LaFlamme. Elle a un don.

— Ça ne lui servira à rien pour nourrir ses enfants.

— Qui sait ce qui l'attend? Elle est encore jeune, laisse-la jouer.

— Cette mère Marie-Joseph de l'Epiphanie n'aurait jamais dû lui prêter cette flûte, ni l'emmener au couvent. On ne la voit plus ici! Elle y passe toutes ses journées depuis que Myriam Le Morhier l'a encouragée à étudier la musique. La musique!

— Elle apprend, laisse-la... Elle est si

douée, on croirait les merles au printemps, quand ils font leur parade.

— Oh! Si elle m'attire des amoureux, je ne m'en plaindrai pas, fit Madeleine, rieuse. Faudra bien la marier.

— C'est une enfant, voyons... Elle a à peine vingt ans!

— Elles grandissent si vite... Vois, mon garçon est déjà parti.

Simon Perrot s'était enrôlé plusieurs mois auparavant; au moment où le gouvernement royal s'était rendu à Nantes pour arrêter Fouquet. Quand Simon Perrot avait vu la voiture qui emportait le disgracié escortée d'une centaine de mousquetaires, il avait décidé sur-le-champ de suivre ces hommes à Paris et de se faire accepter par eux. Il était certain d'être engagé car il se flattait depuis toujours d'être né comme Louis XIV un 5 septembre. Il y avait toujours vu un signe du Ciel lui commandant de servir le monarque, et il ne se cachait pas d'en tirer orgueil puisque c'était la volonté des astres.

— Les planètes n'ont rien à voir à ça!

grommela Nanette en rapportant les propos de Simon.

— Ce sont des gamineries, plaida alors Anne LaFlamme.

— Oh non! Il se croit vraiment destiné à la gloire. Mais c'est aussi bien qu'il parte au loin, il ne fera plus de bêtises ici. Si c'était le mien, il aurait eu le fouet bien souvent!

— Nanette, voyons!

— Quoi, Nanette? Parce que cet enfant a de beaux yeux, on lui a tout pardonné. Vous devriez le regarder de plus près, vous verriez de la malice au fond de son œil: c'est du roc sous du velours, je sais ce que je dis.

Anne LaFlamme soupira, lissa sa chevelure noire vers l'arrière, la tordant en un chignon serré qui lui laissait le col dégagé. Devant son miroir, elle s'étonnait de n'avoir pas davantage de cheveux blancs, elle avait eu pourtant sa part de soucis. Maintenant, les propos de la nourrice l'ennuyaient.

— Il n'était pas né depuis une heure qu'il voulait mordre! Un enragé!

— Nanette! Tu devrais avoir honte!

— Peut-être. Mais on verra bientôt qui avait raison, marmonna la vieille femme.

Anne se mordit la lèvre; elle se souvenait bien de la naissance de Simon. Elle se rappelait comme il hurlait. On l'avait baptisé dès la délivrance mais plus tard, constatant le caractère emporté, belliqueux, colérique du garçon, plusieurs avaient murmuré que Satan s'était penché sur le ber avant le prêtre.

— Il est un peu taquin, voilà tout.

— Oh non! Simon n'a joué avec Michelle et Marie que pour les embêter. Il leur volait leurs poupards, les bousculait au coupe-tête et il les aurait fait chuter avec sa crosse si les petites s'étaient aventurées sur la Loire gelée! Et rappelle-toi toutes les vilenies qu'il a faites à notre pauvre chat!

— Ne t'excite pas ainsi, dit Anne en flattant Ancolie. Notre minet a toujours su lui échapper. Tais tes mauvaises pensées, ne serait-ce que pour Madeleine Perrot. La pauvre... Je suis certaine que je reviendrai cette fois-ci encore du lazaret sans que son mari ait décoléré... Simon est pourtant parti depuis assez longtemps!

CHAPITRE 2

Sans nouvelles de son fils depuis des mois, c'est avec allégresse que Madeleine Perrot, en ce matin de septembre, écoutait Marie relire la lettre de Simon. Elle sentait pourtant la présence de son époux derrière elle qui avait accueilli sans sourire le marchand Lecoq. Elle n'était pas exagérément attachée à son fils, comme la plupart des femmes qui avaient eu plusieurs enfants et en avaient perdu autant, mais elle pensait que son mari aurait dû finir par accepter le choix de Simon même si elle comprenait son mécontentement : qui donc se réjouirait de voir un fils aîné se détourner de l'état de son père ? On était menuisiers depuis des générations chez les Perrot mais il fallait que Simon préfère l'aventure ! Enfin, selon sa lettre, il était en bonne forme et fier de servir le roi à Paris ; depuis quelque temps, la capitale voyait arriver de nombreux soldats licenciés, portant toujours leurs épées mais, avait-il fait écrire, « si miséreux qu'ils causent désordres et voleries. S'ils ne quittent pas la ville, on les arrête et on les marque au fer rouge de la fleur de lys. Ils sont redoutables. Priez bien pour moi. Marie est-elle toujours fâchée ? ».

Marie sourit en se remémorant l'incident. Pourtant, à l'époque, elle n'avait vu qu'une méchante farce de Simon. Elle brodait un carré de drap de fleurs roses et blanches quand Simon s'était emparé du tissu, le faisant virevolter au bout d'une vieille hallebarde brisée qu'il avait trouvée près du port.

— Arrête, mais arrête ! criait Marie. Michelle se joignait à ses protestations mais Simon n'avait cessé son jeu stupide qu'après avoir percé le tissu. Marie avait pleuré moins pour le désastre que pour la cruauté de Simon. Pourquoi agissait-il ainsi envers elle ? Elle croyait avoir oublié l'incident mais c'était lui, maintenant, qui en reparlait dans sa missive et Marie devinait enfin son geste ; il avait voulu la provoquer, la fâcher pour voir si elle savait pardonner, si elle était bonne pour lui.

Une sorte d'épreuve, en somme. Elle se félicitait d'avoir réagi posément et se jura de conserver cette attitude dans l'avenir. Simon était agité et avait besoin d'une épouse douce et modérée pour le tempérer. Oublieuse de sa propre vivacité, Marie se convainquait qu'elle serait cette femme.

C'est à peine si elle prêta l'oreille au discours de Jacques Lecoq qui parlait avec grande excitation de Paris. Il avait vu le roi.

— Il revenait de Vincennes par la porte Saint-Antoine accompagné d'une centaine de mousquetaires.

— Peut-être que Simon était parmi eux? suggéra Marie.

— Il nous l'aurait fait savoir! dit Madeleine Perrot.

— Ils sont magnifiques, reprit le marchand. Chacun a une casaque bleue toute festonnée d'or et d'argent avec une grande croix fleurdelysée blanche.

— Et le roi? demanda Jules Perrot.

Lecoq avoua, embarrassé, qu'il ne l'avait aperçu que de très loin, arrivant à la fin du défilé, mais qu'il lui avait paru aussi superbe, aussi majestueux qu'on le disait.

— J'ai rencontré à mon retour un homme qui saurait vous en parler mieux que moi; il l'a vu de nombreuses fois. Vous le croiserez tantôt.

— Qu'est-ce qu'il vient faire par ici?

— Je crois qu'il s'installe chez maître Charles, mais il n'est pas causant.

— Ah, fit Madeleine Perrot, sitôt intriguée.

— Ouais... J'ai idée qu'il ruminait quelque méconvenue. Mais il était courtois et bien vêtu. Et il est bien orfèvre; j'ai vu ses outils. Il se prétend las de l'agitation de la capitale. Et à la vérité, je l'entends bien: il y a une activité dans les ports de la Seine qui donne le tournis! Et les hurlements de ceux qui vendent par les rues les fruits et les herbes, les poissons, la fripe ou l'eau torturent l'ouïe! On circule mal dans les rues tant elles sont encombrées d'échoppes, les étalages avancent sur la chaussée malgré les interdictions. Et les enseignes! Elles sont si grandes que je craignais à chaque fois que je passais près d'une qu'elle me chût sur la tête. J'en serais mort! Ne riez pas, certaines de celles qui sont collées au mur, comme un tableau, font quinze pieds de long! Je ne vous mens pas. Vous demanderez à mon compagnon de voyage, le sieur Guy Chahinian.

— Ah? Il viendra à la sortie du lazaret?

Jacques Lecoq se signa et réprimanda son amie d'enfance.

— Ne parle pas de lazaret! Tu sais très bien qu'il n'y a plus de peste! On retrouvera Anne LaFlamme devant la cathédrale!

— Lazaret ou non, c'est pas ici qu'elle soigne ses malades!

— Mais il n'y a pas d'épidémie, affirmait avec véhémence le marchand, Anne te le dira!

L'homme n'avait qu'à demi raison; s'il est vrai qu'aucune pandémie ne dévastait Nantes en 1662, la lèpre et la mort noire sévissaient irrégulièrement et leurs ravages, même modérés, obligeaient à des précautions. Comme les dons en nature des malades soignés à Nantes ne suffisaient pas à l'entretien de sa famille, Anne

LaFlamme, pour être assurée d'un revenu modeste, avait proposé aux autorités civiles de traiter tous les gens susceptibles de contagion à l'écart de la ville, sur le site d'un ancien lazaret où étaient dressés des chapiteaux.

— Si tu penses qu'elle aura envie de parler de ses moribonds! Je...

Jacques Lecoq interrompit Madeleine Perrot, désignant discrètement Marie:

— J'ai dit à ce hors-venu qu'il verrait bien du monde place Saint-Pierre.

— Et du monde bien! ajouta Madeleine Perrot. Geoffroy de Saint-Arnaud y vient souvent. Eh, Marie, ta mère ne s'est point décidée?

— Si, elle ne changera pas d'avis! affirma Marie.

Jamais Anne LaFlamme n'épouserait Geoffroy de Saint-Arnaud. Jamais. Elle avait aimé tendrement son défunt mari et l'idée de le remplacer lui répugnait. Même si ce Geoffroy se disait un ami de Pierre. N'avait-il pas recueilli ses derniers soupirs en mer?

Madeleine Perrot la traitait gentiment

d'innocente car Geoffroy de Saint-Arnaud était riche. Il avait armé des bateaux qui étaient revenus chargés de soie indienne et il avait tout revendu immédiatement aux acheteurs étrangers comme l'exigeait la loi. Une loi qu'il avait cependant transgressée pour offrir à Anne une pièce de gourgouran. Elle l'avait refusée, prétextant la crainte de suites fâcheuses.

— Vous savez bien qu'il est interdit de se vêtir des tissus imprimés. Vous me voyez payer trois mille livres d'amende? M. Colbert ne plaisante pas...

— J'ai des appuis, affirma Geoffroy de Saint-Arnaud.

— Et alors? Que diraient les gens? Je suis une femme honnête, pas une coquette. Je préfère la flanelle anglaise, dit Anne en riant. Elle me tient plus chaud l'hiver.

— Si vous vouliez m'entendre, lui reprocha vivement Geoffroy de Saint-Arnaud. Je brûle pour vous...

—Tout doux... si vous voulez que nous restions amis. Je vous le répète, je me suis accoutumée à ma vie de solitaire, ma fille est grande, elle aura plus besoin d'un mari que d'un père, je ne veux rien changer. J'aurais, de toute manière, bien peu de temps pour vous avec mes malades...

— Vos malades, grogna l'armateur avec aigreur. Vos malades sont plus importants que moi?

— Tous les hommes sont égaux devant Dieu, répondit paisiblement Anne LaFlamme.

Si elle avait vu l'expression haineuse qui transforma le visage de Geoffroy de Saint-Arnaud aussi radicalement qu'un masque de la commedia dell'arte, elle aurait compris que la prudence conseillait de ménager la fierté de ce puissant. Mais croyant la question réglée, elle s'était penchée sur son ouvrage de tapisserie, signifiant ainsi son congé à l'armateur.

Anne composait un paysage champêtre en se demandant si elle en verrait un jour la fin; elle s'interrompait si souvent pour soigner un miséreux que son travail n'avançait guère malgré son habileté. Le pommier du premier plan ne portait pas encore de fruits et Anne doutait qu'il s'en flatte un jour. Mais qu'était-ce qu'abandonner les fils de couleurs gaies quand elle tenait ailleurs le fil de la vie?

— Ta pauvre mère est aussi têtue qu'une bourrique, dit Madeleine Perrot. Geoffroy de Saint-Arnaud est le meilleur parti qui soit. Il n'a même pas d'enfant de son premier lit. Anne est encore jeune, elle n'aurait plus à s'échiner pour des indigents. Et tu la verrais tous les jours. Enfin! L'armateur n'est pas laid...

Marie haussait les épaules, aucune affaire de cœur ne l'intéressait hormis la sienne et elle aurait voulu conserver la missive de Simon; il lui semblait qu'elle palpitait entre ses doigts. Elle la rendit à regret à Madeleine Perrot qui continuait de discourir sur le mariage.

— Ce n'est pas bien de rester seule! Si M. de Saint-Arnaud ne lui plaît pas, il y a d'autres partis! Dis-nous donc, Jacques, à quoi ressemble le hors-venu avec lequel tu as voyagé?

Jacques Lecoq parut indécis.

— Il a belle prestance, et est fort courtois. Et il ne manque pas de bien si j'en juge par ses vêtements. Il a changé de chemise trois fois et sentait l'eau de cannelle. Mais il n'est pas gai. Il n'a pas souri une fois! J'ai bien essayé de savoir ce qui le rongeait mais je n'ai rien pu tirer de lui.

— Un chagrin d'amour? s'empressa de dire Marie.

— Ça me paraît pire que ça... On dirait qu'il rumine des horreurs.

— Il a peut-être guerroyé?

— Non, je lui ai demandé. Et puis il est artisan...

— La maladie noire alors? Sa famille décimée?

— Le sieur Chahinian prétend n'avoir jamais été marié... Bah, on saura bien son secret un jour.

CHAPITRE 3

Péronne Chahinian avait cessé de se débattre. Vaincue, elle espérait seulement que le bourreau, touché par sa soumission, consentirait à l'étrangler. Les magistrats le lui avaient promis mais aucune des autres condamnées ne l'avait été et maintenant, le prêtre s'avançait vers le bûcher, tendait un crucifix cloué à une perche en exhortant les sorcières à une confession publique.

Péronne avait tout admis. Que pouvait-elle ajouter?

Il lui semblait que son procès avait duré des mois, des années, alors qu'on l'avait arrêtée trois semaines plus tôt le 8 septembre 1647 sous les accusations de sa voisine Dumas qui prétendait qu'elle avait jeté un sort à ses poules. Elles étaient mortes en deux jours, pour avoir mangé un trognon de pomme lancé par Péronne.

Dix-neuf autres témoins se présentèrent aux juges et confirmèrent avoir été victimes des enchantements de la fille Chahinian. Elle avait fait sécher le lait de quatre vaches, donné la fièvre à l'enfant Frémiault, empêché la génération dans deux maisons et plusieurs soutenaient l'avoir vue cracher son hostie dans son mouchoir lors des communions.

Si la jeune femme clamait son innocence avec vigueur le lundi, elle avouait le vendredi, brisée par des heures d'interrogatoire. Oui, elle avait assisté une fois, une seule fois, au sabbat. Citant des sources, les textes des experts Bodin, Boguet et Lancre, ses juges lui firent remarquer que les réunions sataniques étaient hebdomadaires et que toutes les sorcières se devaient d'y paraître. Péronne leur mentait donc. Il fallait obtenir des aveux complets de l'inculpée.

Sur un signe de tête d'un magistrat, deux hommes entraînèrent Péronne dans une salle voûtée.

A la vue des tenailles et des fers, du chevalet, des maillets et des coins, la captive défaillit. Quand elle s'éveilla, elle était allongée sur une table et maintenue bras et jambes écartés afin de faciliter le travail du barbier-chirurgien. A l'aide d'un couteau bien aiguisé, il rasa complètement le crâne de l'infortunée, jetant au feu avec dédain les longues mèches blondes dont Péronne était si fière.

— Tu n'attireras plus de galants avec tes appas démoniaques, avait-il ricané.

Péronne avait senti la lame descendre le long de son cou, frôler son sein gauche. Le barbier l'avait empoignée brutalement pour tendre la chair sous l'aisselle. Il l'avait blessée par deux fois avant de s'attaquer à l'autre bras. Il avait balayé les poils d'un souffle aviné, puis signifiant à ses aides de maintenir solidement la victime, il avait tiré les poils du pubis jusqu'à la faire crier. Le métal était froid mais Péronne transpirait abondamment. Entre deux plaintes, elle entendit ses bourreaux décider de l'alêne ou du stylet. Un instant plus tard, le juge désignait la fesse gauche pour la recherche de la première marque. Le chirurgien s'exécuta aussitôt, enfonçant une épingle longue de trois doigts.

Péronne hurla. L'homme retira l'aiguille

pour mieux l'enfoncer. Le sang jaillit.

Péronne cria vingt fois, perdit connaissance quand le juge, impatient de trouver la marque d'insensibilité, ordonna qu'on use de l'alène pour percer le sein droit. Evanouie, la jeune femme échappa à ce sévice mais le juge, excédé qu'elle saigne encore, décréta que Satan avait supprimé les marques afin de protéger sa créature. Le sang qui coulait était une autre tromperie du Malin.

Les interrogatoires alternèrent avec la recherche de nouvelles marques. Péronne avoua tout ce que les juges lui suggérèrent et le greffier nota, en savourant l'idée du devoir accompli, les minutes d'un atroce procès.

Péronne fut condamnée à mort et traînée sur la place publique.

Elle vit son cousin parmi la foule amassée près du bûcher.

Guy Chahinian était tout de vert vêtu et Péronne se souvint qu'elle lui avait dit un jour que c'était sa couleur préférée. Elle tenta de courir vers lui mais on la saisit rudement et on l'attacha très vite au poteau avec une vieille femme. Péronne toucha les mains de cette dernière, elles étaient froides et inertes comme si elle était morte. Péronne l'envia durant une seconde puis sentit battre son pouls : on ne l'avait pas étranglée. On ne les étranglerait pas.

Les premières flammes montèrent vite, mordirent leurs robes, les embrasèrent dans un crépitement sinistre. Les hurlements de la foule dominèrent un temps ceux des sorcières.

Guy Chahinian ne quitta pas sa cousine des yeux durant tout le supplice. Il voulait lui dire qu'il l'avait toujours aimée. Parce qu'elle était jolie, gaie, impudente.

La fumée n'étouffa aucun de ses cris. Il lui sembla les entendre durant des heures.

Durant des années.

Ils résonnaient encore à ses oreilles quand il arriva à Nantes, en ce jour anniversaire de la mort de sa cousine.

CHAPITRE 4

Malgré l'impatience qu'elle ressentait à l'idée de revoir sa fille, Anne LaFlamme accomplissait calmement ses tâches habituelles. Devant la grande tente où somnolaient les convalescents, trônait une immense bassine. Anne y trempa les linges souillés en espérant que le soleil et l'eau soufrée parviendraient à les blanchir.

Aucun des patients n'avait voulu aider Anne LaFlamme à désinfecter les tissus. Elle avait fait semblant d'insister, mimant la rancune mais elle s'en félicitait intérieurement, ravie d'être seule un moment. Tant qu'elle n'aurait pas retiré les draps usés de la bassine, personne ne viendrait l'importuner. Guéris, hommes et femmes redoutaient une rechute s'ils s'approchaient des linges qu'ils avaient souillés. Ils voulaient retourner à Nantes, même si l'accueil ne serait pas chaleureux pour tous. On oublierait lentement que la mort noire avait tenté de les emporter. Grâce à la médecine d'Anne LaFlamme, ils avaient survécu à la peste mais, aux yeux des bien-portants, ils avaient été si près du trépas qu'on les considérerait, pour un moment, comme des revenants.

Anne LaFlamme jeta quelques plants de guimauve dans l'eau bouillante avant d'enfoncer les étoffes du bout de son bâton. Elle l'utilisa ensuite pour rapprocher les pierres du feu qui léchait le chaudron. Puis, jugeant qu'elle avait le temps d'aller à la source et d'en revenir avant l'heure prévue pour le départ, elle attrapa sa poche de toile marron et s'éloigna prestement du chapiteau.

Anne LaFlamme avait pris soin la veille, alors que tous dormaient, de remplir sa besace de provisions. Une boule de seigle, du fromage, une couenne de lard et des pommes. A trente minutes du lazaret, elle retrouverait la Boiteuse.

Elle l'avait vue la première fois en juin, alors qu'elle ramassait des branches de frêne. En s'approchant d'un arbre, elle avait découvert, tapie dans les fourrés, aussi immobile qu'une pierre, l'infirme recroquevillée. Anne s'avançant, la vieille s'était agenouillée en implorant grâce, mains croisées au-dessus de la tête pour se protéger des coups. Anne recula, non par peur, mais pour montrer à la nécessiteuse qu'elle ne la battrait pas. Puis elle lui parla doucement, comme elle le faisait avec les malades que la terreur égarait, sans esquisser le moindre geste, sachant qu'il serait immédiatement perçu comme une menace. Tout en répétant des paroles rassurantes, la sage-femme notait l'extrême misère de l'infirme, déplorait le crâne chauve marqué de plaques rouges et les bras squelettiques striés de griffures. Même si elle avait vu bien souvent des gueux, l'horreur lui noua la gorge quand elle devina que la mâchoire, bizarrement bloquée de côté, était le résultat de mauvais traitements. Une pierre lancée à toute volée avait écrasé les lèvres, éclaté les gencives et emporté les dents. Celle qui ne se nourrissait plus que de fruits sauvages ne pouvait même pas les mâcher. Elle devait les broyer pour les avaler, au risque de s'étouffer avec les noisettes, sa source d'alimentation première.

La vieille avait cessé de prier Anne LaFlamme de l'épargner mais elle n'osait bouger, craignant d'éveiller la colère à laquelle elle avait échappé jusque-là. Elle ne comprenait pas l'attitude de son interlocutrice car elle avait oublié qu'on pouvait lui parler. On n'avait jamais que crié, hurlé, vociféré après elle.

— Je me nomme Anne LaFlamme. De Nantes. Peux-tu parler?

La vieille hocha la tête sans toutefois prononcer un seul mot.

— Je suis venue cueillir des plantes. Pour soigner. Au lazaret. D'où es-tu?

— De là-bas, dit-elle en indiquant le chemin d'un mouvement hésitant.

— Tu y retournes?

La vagabonde se mit à trembler.

— C'est là qu'on t'a battue?

— Oui.

— Tu vis par ici?

— Dans la grotte.

— La grotte?

— A côté du pré. Les trois saules, murmura l'infirme d'une voix rauque. Malgré l'accident, elle articulait assez pour qu'on la comprenne sans trop de mal.

Anne LaFlamme l'écoutait attentivement; elle n'avait jamais vu aucune grotte
depuis qu'elle battait les alentours du lazaret en quête de plantes médicinales mais si
la vieille disait vrai, elle pouvait trouver du
pied-de-veau et de l'euphorbe, qui poussaient dans des endroits sombres et qu'elle
devait se procurer pour purger et traiter
l'asthme.

— C'est loin?

La Boiteuse haussa les épaules.

— Je reviendrai demain. Je t'apporterai
du pain, et nous irons à la grotte.

Redoutant d'effrayer la pauvre femme,
elle croyait imprudent d'insister. Elle la
quitta bien incertaine de la retrouver le
lendemain.

Elle avait tort: l'infirme se montra.
D'abord timide, elle acquit l'assurance au
fil des jours que Dieu, dans sa miséricorde,
avait envoyé Anne pour la sauver. Celle-ci
lui donnait non seulement des vivres, mais
l'avait guérie de ses croûtes rougeâtres. Elle
attendait celle qu'elle tenait pour une sainte
chaque matin, à proximité de la grotte ou

de sa source, dans l'espoir qu'Anne pourrait la rejoindre. Elle était exaucée une ou deux fois par semaine et remerciait le Ciel de sa bonté, peu rancunière de ses injustices.

La Boiteuse était née avec un pied contrefait. Elle avait grandi dans les moqueries, et la douleur et la colère, en crispant son visage, l'avaient vieillie avant l'âge. Ses parents décédés, l'aîné l'avait chassée de la terre familiale. Elle savait plumer les volailles, rapiécer les chemises, nettoyer le sol, carder la laine, filer le lin, cuire la miche, mais aucun homme n'avait voulu d'elle. Ni comme épouse, ni comme engagée. Tous avaient transformé leur peur en mépris et jeté autant de cailloux que de pain rassis. L'infirme avait claudiqué, misérable, de hameau en hameau, plus maigre, plus hâve, plus tordue avec les ans. Les enfants hurlaient en la voyant, cris mêlés de terreur et de joie sauvage. Elle était maintenant vraiment trop laide pour continuer à mendier. Chacune de ses apparitions dans la ville la mettait en danger. Seule la forêt l'accueillait encore.

Anne LaFlamme s'étonnait de ne pas trouver la Boiteuse quand un bruissement de feuilles l'avertit de son arrivée. La vieille femme leva son bras en direction de la sage-femme puis s'écroula.

L'inanition et l'effort de la marche ont eu raison de sa résistance, songea Anne dans un premier temps. Mais, en se penchant sur le corps inanimé, elle découvrit une morsure sanguinolente à la poitrine. Le sang avait collé les hardes raides de crasse au sein droit et l'odeur nauséabonde qui se dégageait de la plaie lui souleva le cœur. Elle détourna le regard un instant puis se reprit; la chair devait être nettoyée rapidement. Dans l'état de faiblesse où était la Boiteuse, l'infection pouvait la tuer.

La sage-femme détacha son tablier, le trempa à la source et entreprit d'assainir la plaie. Selon son aspect, l'agression devait avoir eu lieu quelques jours auparavant car les chairs envenimées avaient brouillé, en boursouflant, le dessin des crocs. Anne LaFlamme pesta de n'avoir pu rencontrer plus tôt la Boiteuse. Malgré la rage qui l'habitait, ses gestes demeuraient délicats pour laver la blessure.

La patiente gémit enfin, puis ouvrit des yeux effarés.

— C'est moi, Anne. Ne bouge pas. Je vais chercher ce qu'il faut pour te guérir.

— Prenez garde... Garde... Il...

— Repose-toi, je reviens.

Anne s'éloigna aussitôt en espérant dénicher le nécessaire. Dans les champs, il y avait bien de l'herbe de la Saint-Jean, astringente, mais, redoutant que sa patiente ne perde de nouveau connaissance, elle chercha aux abords de la forêt de la roquette des marais.

Tout en dépouillant la tige des feuilles dont elle ferait un cataplasme, Anne écouta le récit de sa malade.

— Le Diable! C'est le Diable qui m'a saignée. Je ramassais des noisettes en haut. Puis cette masse noire m'a sauté à la gorge.

— C'était une bête...

— Depuis le temps que je croupis dans les bois, je les connais... Le Diable, je vous le dis! Il venait me prendre, il m'a reconnue!

— Tais-toi! Si tu avais des pouvoirs magiques comme les sorcières, tu mangerais assurément à ta faim.

Anne LaFlamme mentait même si ce péché lui déplaisait. Mais elle croyait que son métier l'autorisait à déguiser parfois la vérité. «Il est souvent plus dangereux de tout dire aux malades que de se taire», répétait-elle à sa fille. La foi, soutenant l'homme, l'aidait à se rétablir. Ainsi Anne, prétendant que celles qu'on disait sorcières vivaient bien, savait qu'il n'en était rien, au contraire. Mais elle voulait distraire la mendiante, craignant que l'indigence conjuguée à l'effroi ne la pousse à rentrer en ville.

— Je suis une sorcière... Une sorcière...

— Mange un peu de pain plutôt que de dire des sottises. Je préparerai le pansement.

— Il était haut comme l'arbre! Et tout sombre! C'était pas un chien!

— Un loup alors, dit Anne en frissonnant. La blessure était bien longue et bien large pour la mâchoire d'un loup, la bête devait être d'une formidable stature.

— C'était un démon! Et il me possède

ast'eure! J'ai sa marque depuis toujours avec ma patte folle...

— Crois-tu que Satan pourrait séduire les femmes en leur offrant une vie aussi misérable que la tienne? Le Diable n'a que faire de toi.

La Boiteuse soupira.

— Ouais... Qu'est-ce qu'il ferait d'une vieille? Le monstre aurait dû me dévorer, je serais mieux morte, mais même lui n'a pas voulu de moi.

Anne LaFlamme posa une main compatissante sur le bras décharné de l'infirme. Elle aurait voulu dire que la vie est trop estimable pour qu'on souhaite la perdre, qu'elle le constatait tous les jours au chevet de ses malades. Qu'elle voyait comme ils avaient peur, comme ils oubliaient leurs chances ou leurs infortunes quotidiennes face à l'éternité. Elle ne lui demanda que son nom.

— Mon nom? s'étonna la pauvresse. On m'appelle la Boiteuse, tu le sais.

— Mais avant?

— Avant? J'ai toujours eu le pied tors. A neuf ans, ils m'ont traînée à la rivière pour que je le trempe. Ils disaient que ça ressemblait à une pièce de viande, et que les poissons mordraient... Ils ne sont pas venus. Les gars m'ont alors jetée à l'eau. Ils criaient: «Les goujons ont dédain de ton crochet. Ninon, ils fuient ton déchet!» J'aurais coulé au fond si le curé n'était pas passé. «Repêchez cette malheureuse, sinon son âme ira en enfer!» Mon cousin m'a tirée de là. Puis ils sont tous partis en chantant: «La malheureuse est boiteuse, la Boiteuse est malheureuse.» C'est resté. Mes parents m'ont faite durant le Carême, c'est pour ça que j'ai été punie et que je boite. Ils auraient dû me faire suffoquer quand je suis née.

— Non... C'est joli, Ninon, murmura Anne.

— Ça ne m'allait pas.

— Prends cette pomme. Et du fromage. Doucement, ne mange pas tout maintenant. Et attention au pansement! Il faudra le garder serré, les feuilles agiront, tu verras.

— Que Dieu vous bénisse, dit la vieille en brisant la miche.

Tandis qu'elle se restaurait, Anne

LaFlamme évaluait la situation; elle ne pouvait cacher la Boiteuse à Nantes. Dans la confusion d'esprit où elle était, si on la découvrait et si on l'accusait de sorcellerie, elle admettrait tout ce qu'on voudrait. Rien ni personne ne pourrait alors la sauver. Et les morsures d'un fauve lui paraîtraient bien douces après les tenailles du bourreau. Avec sa mine apeurée, ses yeux creusés par la fatigue, ses lèvres meurtries, ses mains crevassées aux ongles trop longs, elle risquait la condamnation, même s'il n'y avait pas eu de procès de sorcellerie depuis longtemps.

— Je reviendrai demain, dit Anne. Maintenant, je dois partir.

— Vous restez au lazaret?

— Non, mais j'aurai bien des plantes à couper par ici.

— C'est trop loin, protesta la Boiteuse. Vous devez vous reposer. La ville est à une heure de route... Nous nous reverrons quand vous reviendrez au chapiteau. Je me sens déjà mieux. Allez retrouver votre famille... Je vous aurai des noisettes, je vous le promets!

— Non, il faut les garder pour vous. Réservez-moi seulement les feuilles des fruits, ça tue la fièvre, expliqua Anne en se redressant. Elle serra affectueusement la miséreuse avant de la quitter.

Elle devait maintenant agir vite et ramasser quantité d'herbes afin de justifier son absence du lazaret. Il était trop tôt pour la cueillette car les feuilles étaient encore humides de rosée, mais Anne arracha tout de même de la menthe, de la benoîte, du lierre, et se réjouit de découvrir des géraniums à la sève cicatrisante. Le cri d'un geai la fit sursauter : à l'entendre, on imaginait la colère de l'oiseau, alors qu'en fait c'était la crainte qui le faisait discordant, désireux d'effrayer ainsi l'ennemi. Les hommes ne sont guère différents, songea la sage-femme en fermant son sac. Leurs hurlements de rage les empêchent de claquer des dents. Mais pas de mordre...

En arrivant au lazaret, Anne LaFlamme était essoufflée; elle avait couru, sans s'en rendre compte, de peur de se trouver nez à nez avec la bête qui avait attaqué la Boiteuse. Il aurait fallu une battue. Mais on aurait alors trouvé sa protégée... Les convalescents, impatients, étant sortis des chapiteaux, lui firent oublier le péril.

CHAPITRE 5

Il y avait plus de monde qu'à l'ordinaire aux alentours du quai de la Fosse car des galions espagnols et des flûtes hollandaises côtoyaient dans le port depuis le matin, après avoir débarqué leur marchandise à Paimbœuf, la flotte habituelle des gabares et des sentines. Entre les ventes et les achats en piastres, en livres, en florins ou en ducats, certains capitaines auraient le temps de s'étonner de l'architecture de la ville où chaque siècle avait laissé sa marque : le mausolée du château de François II, le gothique flamboyant du Grand Logis, rappelaient la fin du Moyen Age, les remparts de pierres grises et noires ceignant la ville marquaient les débuts de la Renaissance, et le cœur de la duchesse Anne qui s'était entêtée à vouloir l'indépendance de la Bretagne, conservé dans le somptueux reliquaire d'or, gardait la mémoire de courageuses victoires. Antique cité gallo-romaine, l'opulente, l'active

Nantes alliait la richesse de son histoire à une saine et prudente curiosité et une ouverture particulière sur le monde.

«Comme une femme avisée qui sait user de son expérience pour comprendre les hommes avant d'avoir commerce avec eux», se disait Guy Chahinian en flânant dans les rues de la ville. Il n'était venu à Nantes qu'une fois, cinq ans plus tôt, et n'avait mis les pieds à terre qu'une dizaine d'heures. Il avait gardé l'image heureuse d'un havre et aimait retrouver son animation. En levant la tête pour observer les lucarnes à galbes, les pinacles et le vieux donjon, il souhaita que le Grand Maître ait eu raison de l'envoyer à Nantes avant de périr. Chahinian aurait préféré La Rochelle pour préparer plus aisément les traversées vers les colonies, mais on y avait arrêté plusieurs de ses amis et Poitevin, le perruquier, qui voyageait beaucoup de par son métier, avait conseillé Nantes pour plusieurs raisons: d'abord le décès de Charles Lagniet qui permettrait une installation plus aisée, puis la situation de Nantes: ses voies maritimes favorisaient les échanges fructueux, les départs prompts, et il était commun d'y voir circuler des étrangers. Guy Chahinian savait qu'on s'interrogerait sur son compte car il surprendrait les citoyens plutôt habitués au va-et-vient des marins et des bateliers. Cependant, dès qu'il serait connu et installé, il pourrait faire venir ses compagnons et organiser leur départ vers Dieppe ou Saint-Malo sans susciter trop de questions. Du moins l'espérait-il. Avant qu'il ne soit trop tard. La confrérie de la Croix-de-Lumière devait survivre !

Si les persécutions de l'Eglise et de l'Etat contre la confrérie avaient toujours été, elles avaient acquis après la Fronde une vigueur nouvelle. On s'acharnait avec une virulence extrême à faire condamner pour les motifs les plus fallacieux les frères de Lumière qui continuaient à se réunir. On insinuait qu'ils étaient les héritiers des templiers et les disciples de ce Jacques de Molay qui, des flammes de son bûcher, avait maudit les rois de France. Les frères de Lumière voulaient assurément, comme le maître impie, la perte de ce nouveau roi, et puisqu'on ne pouvait leur imputer des crimes de lèse-majesté, car ils étaient fort prudents dans leurs agissements, on leur inventait d'autres fautes.

Ainsi, Albert Mathurin avait été accusé de n'avoir point payé la taxe spéciale pour le pavement des chaussées. Condamné, on l'avait incarcéré au Châtelet tandis qu'on arrêtait Thomas Berger, Louis Patin et Antoine Robinet pour avoir transgressé les édits sur les corporations. Ils se disaient orfèvres car ils ferraient les aiguillettes de métaux précieux mais n'étaient en fait qu'aiguillettiers puisqu'on n'avait trouvé aucun métal noble dans leur échoppe. Les trois hommes avaient vainement protesté qu'ils étaient victimes d'une machination, qu'on leur avait volé l'or, l'argent et les objets qu'ils ouvraient. Malgré leurs déné-gations, ils avaient été enfermés. Guy Chahinian, en apprenant la nouvelle, avait fui immédiatement Paris : il était le gar-dien des objets sacrés. Il devait s'échapper.

Devant la cathédrale Jean V, Chahinian soupira. Ces souvenirs étaient pénibles ; il n'avait pu faire sortir ses compagnons de leurs geôles sinistres même s'il avait donné l'argent exigé pour leur élargissement; celui-ci était sans cesse remis, compromis. On voulait faire plier, humilier et apeurer tous les membres de la confrérie de la Croix-de-Lumière à travers les otages. Les condamnés étaient courageux, patients mais les conditions d'incarcération étaient si misérables au Grand-Châtelet, les gardiens si brutaux que le pauvre Antoine, accablé par la maladie, quitterait le cachot pour la tombe. Et qu'à cette heure on torturait peut-être Patin ou Berger. Guy Chahinian regarda les clochers de l'église avec une sorte de rage désespérée: Dieu allait-il l'aider? Ou l'abandonnerait-il, jugeant impies les recherches des frères de Lumière?

Sans secours divin, Chahinian doutait d'atteindre son but. Combien d'hommes seraient exécutés avant que les objets sacrés soient en lieu sûr?

A quand son tour à lui?

* * *

— Tu m'as bien compris, le Bouc ? Tu les laisses trembler un peu avant d'emmener l'heureux élu. Qu'ils se demandent qui voit le bourreau aujourd'hui... Ces hommes blasphèment notre sainte Eglise, ils doivent payer de leur corps... après leur bourse, dit Hector Chalumeau.

— Oui, mon lieutenant.

Chalumeau sourit : sa jeune recrue avait gardé l'habitude de l'appeler lieutenant. Il ne l'en dissuadait pas, et lui donnait du « soldat » aussi souvent que possible et lui disait fréquemment qu'il servait le roi mieux que bien des hommes au combat en gardant la forteresse du Grand-Châtelet. Pourtant, Hector Chalumeau n'aurait pas quitté sa compagnie s'il n'avait pas été blessé au bras droit, il préférait les pillages auxquels se livraient souvent les soldats au train-train des entrées, sorties, déménagements des captifs dont il avait la charge. Toutefois, il devait admettre que les sommes qu'il se réservait sur ce que les parents et amis lui remettaient pour l'entretien de leur prisonnier finissaient par lui faire un joli pécule.

Il n'avait pas eu de mal à convaincre le Bouc de l'assister comme geôlier: il l'avait eu sous ses ordres dix mois auparavant quand le jeune homme, arrivant de Nantes, s'était proposé d'aller mater à Compiègne des émeutiers qui menaçaient de gagner Paris. A leur retour, devant la place de Croix-du-Trahoir où l'on infligeait l'essorillement à un serviteur indélicat, ils avaient topé: Simon Perrot suivrait son supérieur au Grand-Châtelet.

— Mon lieutenant, ils veulent qu'on change la paille de leur cachot.

— Et pourquoi? Elle ne leur plaît pas?

— Ils disent qu'elle a presque un mois.

— Qu'est-ce que tu en penses? Moi, je crois que tu la leur as portée il y a moins d'une semaine... Mais évitons la vermine, le détenu Robinet m'a eu l'air bien mal-en-point. Il ne tiendra pas longtemps, non?

— Il avait déjà un flux de poitrine avant de connaître le Grand-Châtelet...

— On les habille et on les nourrit, on les protège et vois comment ils nous remercient! Ils préfèrent nous quitter...

Les deux hommes éclatèrent de rire et

même après le départ du guichetier le lieutenant souriait encore. Oui, il avait de la
chance avec ce jeune homme, il était toujours prêt à se dévouer pour mener les
prisonniers au supplice. Chalumeau se
souvenait comme il s'élançait ardemment
pour assommer et pourfendre les gueux
lors des récents tumultes qui avaient
ébranlé la capitale. Il fonçait, chargeait
avec férocité, d'où son surnom de le Bouc.
Le lieutenant savait que Simon Perrot faisait moins preuve de courage que de
cruauté car les pauvres gens, bien que
nombreux, n'avaient que des gourdins et
des pierres à opposer aux gens d'armes et
aux cavaliers. Mais ce n'étaient que des
manants qu'il fallait protéger contre eux-
mêmes, ou de véritables criminels qui
méritaient un châtiment exemplaire. Le
lieutenant Chalumeau regrettait que tous
les coupables ne soient pas punis sur la
place publique. Heureusement, il y avait
au moins le libraire ce jour-là pour amuser
le peuple. Chalumeau qui ne pouvait assister à son supplice savait que le Bouc lui
raconterait tout avec un luxe de détails.

L'aube jetait sur la Seine un filet d'or, mais le jour naissant ne verrait que la pêche des cadavres détroussés à la nuit et l'effroi changer en statues de sel les prisonniers des geôles du Grand-Châtelet. Antoine Robinet, Thomas Berger, Louis Patin, Albert Mathurin et un libraire accusé d'avoir publié des pamphlets contre la personne du roi, ignoraient le nom de leurs tortionnaires mais le Bouc incarnait la pire des Gorgones. C'était le bourreau qui les torturait mais la joie sadique qu'ils lisaient dans les yeux de leur geôlier les terrifiait presque autant : il éprouvait une joie manifeste à les entendre supplier.

Le Bouc poussa la porte du cachot en souriant. Regarda lentement les cinq hommes.

Les détenus baissaient la tête. Chacun se demandait s'il n'allait pas céder au plus fort de l'horreur et dénoncer ses frères. Mais pourquoi, pourquoi leur maître, Guy Chahinian, ne les avait-il pas encore fait libérer ? Il avait de l'argent, ils le savaient tous. Les avait-il oubliés ? Comment ne pas douter, après des jours et des nuits dans cette antichambre de mort où grouillaient les rats et la vermine? Après des semaines de famine et d'insomnie? Comment dormir dans la position inconfortable qui leur était imposée? Les chaînes trop courtes leur permettaient seulement de s'agenouiller ou de s'accroupir. Mais se seraient-ils allongés s'ils l'avaient pu? Le sol du cachot, avec les dernières pluies qui avaient fait monter le niveau de la Seine, était détrempé, glacial et réveillait le mal. Les pieds brisés, meurtris, ensanglantés par les brodequins auraient dû être bandés. Au lieu de ça, ils traînaient dans une sorte de boue immonde avant d'être l'objet d'impitoyables coups de maillet.

Antoine Robinet fut pris d'une quinte de toux qui le plia en deux. Le Bouc s'approcha de lui.

— On ne se sent pas bien? Il faut se soigner, mon ami... Il est vrai qu'il fait malsain ici, c'est un peu trop humide. Je crois avoir ce qu'il faut pour te faire oublier ta maladie. Viens avec moi.

— Non, non, pitié... Je vous donnerai de l'argent, pitié!

— Tu n'as plus d'argent.

— Mais mon commerce ?

— Quel commerce ? Celui d'aiguillettier ? Ou d'orfèvre ?

— D'aiguillettier, vous le savez bien...

— Ah, je vois qu'on a fini par se comprendre. Puisque te voilà en de bonnes dispositions, tu seras capable de nous dire où est passé votre maître. On ne le trouve nulle part à Paris.

— Je ne le sais, sur ma foi !

— Et vous autres ? Vous ne pouvez pas lui rafraîchir la mémoire ?

Aucun homme ne releva la tête.

— Et toi, le libraire ? Tes compagnons de cachot ne t'ont rien confié ? Tu pourrais peut-être échapper à ta sentence si tu nous révélais leur secret. Tu sais que tu n'as aucune chance, que tu seras envoyé aux galères... Il paraît que tes futurs compagnons de banc disent qu'ils « écrivent dans l'eau avec une rame de quinze pieds ». Ça t'amusera sûrement ! A moins que tu ne sois roué ou pendu pour crime de lèse-majesté...

— Vous n'avez pas le droit !

— Je travaille pour le roi. Je pense que

je vais devoir t'apprendre la politesse.

Le Bouc fit signe à son collègue de détacher le libraire du mur. L'homme se mit à crier, à vociférer des injures tandis qu'on le battait avec la chaîne qui le retenait. Il hurla bien après que la porte du cachot se fut refermée sur les frères de Lumière. Ceux-ci prièrent en silence que les tortionnaires fassent vite.

— Alors, mon gars? demanda le lieutenant Chalumeau.

— Il a fini par parler, monsieur. Le bourreau fait bien son travail.

— Je suis certain que tu pourrais en faire autant, Perrot.

— Je sers mon roi.

— C'est bien. Il est de notre devoir de le protéger contre ces écrivaillons qui blasphèment son nom!

— Oh, soyez rassuré, il n'écrira plus avant longtemps, ricana Simon Perrot. On lui a arraché les ongles.

— Voilà qui est équitable, approuva le lieutenant en découvrant des dents gâtées dans un vilain sourire. Très juste...

CHAPITRE 6

Le crépuscule nimbait toute la façade de la cathédrale d'une teinte vermeille, douce, apaisante, mais Guy Chahinian ressentait une tristesse sourde à noter le déclin trop rapide d'un soleil timoré. L'été s'achevait et si les champs d'épis dorés réfléchissaient encore les lumières de la belle saison, l'air trahissait l'humidité de l'automne, les vents insolents arrachaient déjà les feuilles aux branches des arbres, en secouaient les fruits. Certains oiseaux fuyaient le port en imitant par leurs volées dans l'azur les galants qui ornaient les robes des riches bourgeoises, d'autres restaient, se rapprochaient des maisons en espérant quelque bonté ou s'enfonçaient dans les forêts afin d'y aménager leur abri pour l'hiver. Même les pies si insouciantes s'inquiétaient des bourrasques annonciatrices de temps sévères.

Seuls les hommes, soucieux de leurs tâches, excités par le commerce, demeuraient indifférents aux changements climatiques. Les jaugeurs de futaille, les inspecteurs d'huile, les lesteurs, les arrimeurs, les gabariers, les pêcheurs, les avitailleurs petits et gros, les marchands de sel, de blé ou d'étoffes formaient une foule compacte, grouillante qui rappela à Guy Chahinian les Halles de Paris. L'arrivée du marchand Lecoq le tira de sa mélancolie.

— Venez que je vous présente: voici mes amis Jules et Madeleine Perrot, leurs enfants Chantale et Ludovic. Madeleine est la mère de ce Simon que vous avez entrevu à Paris.

— Ah! C'est vous qui avez écrit la lettre de mon gars!

— En effet.

— Il se portait bien? Jacques Lecoq m'affirme qu'il l'a trouvé en santé mais peut-être m'épargne-t-il?

Guy Chahinian rassura Madeleine Perrot:

— Votre fils me semble robuste et satisfait de son sort. Peut-être trop. L'orfèvre l'avait trouvé extrêmement content de lui et n'avait prisé ni la désinvolture offensante que le jeune homme avait manifestée à l'égard de Jacques Lecoq, ni l'agaçante manie qu'il avait de sortir et rentrer sans arrêt son coutelas dans son fourreau. Une sorte d'obscénité qui s'accordait assez à l'expression veule du visage : Chahinian jugeait sévèrement les hommes au regard fuyant.

— Il a fière allure, notre garçon, dit Madeleine Perrot.

— Laisse M. Chahinian en paix, fit Jacques Lecoq. Tenez, voilà Nestor Colin, qui revient de Terre-Neuve. Vous savez qu'on a bien une quarantaine de morutiers à Nantes ? Celui qui porte le chapeau galonné d'argent là-bas, c'est le capitaine Le Morhier. C'est un rude gaillard. Il a survécu à deux abordages ! Et réussi de gros coups... Près de lui, vous voyez le père Thomas qui vient d'arriver ici.

Le prêtre était un homme d'une effroyable maigreur et ses bras longs copiaient l'allure d'un moulin à vent que la raideur de son torse accentuait. De taille moyenne, le père Thomas paraissait plus grand car il conservait dans ses manières les attitudes adoptées en chaire, il tirait les épaules vers l'arrière, ouvrait grandes les mains et s'exclamait haut. De plus, sa chevelure dressée en mèches rebelles et d'une éclatante blondeur attirait les regards; on notait avec surprise de petits sourcils bruns, extrêmement mouvants et si nettement dessinés qu'on aurait pu les croire peints. Les yeux plus sombres encore étaient si enfoncés sous l'arcade qu'on frissonnait en les comparant aux orbites des cadavres, et la peau grise de l'homme d'Eglise, ridée malgré son jeune âge, accentuait la morbide impression. La bouche mince, d'un rouge fané, se tordait par saccades du côté gauche entre deux discours. Une tunique noire serrée épousant le corps étique du prêtre évoquait un arbre calciné. Cependant, Guy Chahinian doutait que l'homme soit de ceux qui brûlent au bûcher; il devait plutôt y exhorter les malheureux condamnés à d'ultimes confessions. Le marchand joaillier tressaillit sous ce regard charbonneux et se rapprocha de Madeleine Perrot.

— Je ne sais pas s'il s'accoutumera à

nous, dit-elle en désignant le prêtre d'un petit signe de tête discret.

— Pourquoi? dit Guy Chahinian.

— Il n'entend rien à la mer. Ne fait même pas la différence entre le foc et le hunier, le beaupré ou le palan!... Les hommes le craignent par son habit mais ils ne l'aiment pas. Il parle sans relâche des œuvres de Satan mais n'y connaît rien et nous méprise de prononcer le nom de Morgane en frémissant.

— La mauvaise fée de l'océan?

Madeleine Perrot eut un geste d'approbation:

— Oui, c'est elle. Et la barque des morts, la baie des Trépassés, c'est pas des rêveries. Les hommes ont vu. Plusieurs sont morts d'avoir suivi le vaisseau de la nuit. Ils savaient pourtant qu'il conduit droit aux récifs mais ils ont été emportés. Mon grand-père a été englouti comme ça. Et son bateau doit être maintenant mené par le Diable. Il s'empare des épaves et les pirates les plus sanguinaires meurent de saisissement quand ils croisent un vaisseau fantôme. Il y en a même qui se seraient convertis! C'est ce que Pierre LaFlamme a raconté à sa femme en revenant des Açores.

— Des convertis?

— Au moins un! Un fameux! Sur une île, LaFlamme a rencontré un pirate, le Borgne Rouge. Un colosse! Il était marin pour le compte du roi, mais on l'a surpris à voler des vivres et on l'a condamné à être calé trois fois.

— Il a survécu? s'étonna Guy Chahinian en imaginant la robustesse de l'homme. Le supplice consistait à hisser le condamné par les poignets à une bouline de grande vergue, de façon qu'il domine la mer de quinze ou vingt mètres de haut, et à le lâcher brusquement. Le choc sur l'eau était d'une violence extrême, surtout si le patient était attaché à une planche lestée d'un boulet.

— Oui, il était solide. Remarque, c'était pas la cale sèche, ni la grande cale... Là, rares sont ceux qui reviennent pour en parler... Notre pirate a quitté le navire dès qu'il a touché le port et il s'est enfui aussitôt sur un autre vaisseau. Il n'a pas été long à comprendre que ses compagnons étaient des brigands. Ça ne l'a pas gêné. Au contraire! Paraît qu'il a écumé les mers durant des années, pillant, sabordant, coulant tout ce qu'il rencontrait. Il a perdu un œil et une main au cours des batailles mais ça ne l'a guère freiné et pour se venger, il crevait un œil et coupait une main à chaque prisonnier qu'il faisait. Ou les malheureux acceptaient ces tortures, ou on les jetait aux requins. Que Dieu ait leurs âmes!

Madeleine Perrot observa un moment de silence puis termina son récit: un soir de novembre, le Borgne Rouge avait vu un grand vaisseau noir et ses voiles, comme des suaires, qui claquaient au vent. Il avait entendu craquer le grand mât sans que jamais celui-ci s'abatte, il avait vu les haubans voltiger pour former des nœuds de pendu et des centaines de hideuses créatures blafardes à l'orbite creuse danser sur le pont: c'étaient les revenants, ses victimes, qui pointaient de leurs membres amputés le navire du Borgne Rouge. Celui-ci se mit à implorer le pardon du

Ciel... Et quand son navire atteignit les Açores, il paya ses hommes mais donna tous les produits de ses rapines à l'Eglise et jura de ne plus jamais reprendre la mer.

— Pierre LaFlamme disait qu'on ne pouvait pas entendre son histoire sans émoi.

— Et ce Pierre LaFlamme, qu'est-il devenu? s'enquit l'orfèvre.

— Il est mort en mer, du scorbut. S'il avait été à terre, sa femme l'aurait sauvé mais...

— C'est bien la matrone dont m'a parlé Jacques Lecoq?

— Sûrement... Jacques aurait bien voulu l'épouser mais elle s'entête à rester veuve. Je vous préviens, si d'aventure elle vous plaisait.

Chahinian eut un sourire poli mais garda le silence. Dépitée, Madeleine Perrot reprit:

— Elle a même éconduit Geoffroy de Saint-Arnaud! Devant la mine intriguée de son interlocuteur, Madeleine Perrot précisa:

— C'est un homme de qualité! Et très

riche, il est armateur. Mais Anne s'entête à aller curer des malades dont même un saint ne voudrait s'approcher. Pour faire vivre Marie et Nanette alors qu'elle pourrait...

— Ses filles ? Madeleine Perrot sourit :

— Non, Nanette est sa vieille nourrice. Marie est sa fille. Attendez... Marie ! Marie !

S'entendant nommer par sa future belle-mère, Marie accourut. Quand il la vit s'approcher, Guy Chahinian eut une sorte d'éblouissement : Marie ressemblait d'une façon extraordinaire à Péronne. Même port de tête, même ovale du visage, même regard langoureux. Il dut blêmir car Marie, lui prenant le poignet, lui demanda s'il se sentait bien. Il sursauta comme si elle l'avait brûlé mais réussit à esquisser un sourire.

— Ça ira. C'est la fatigue du voyage...

— Il faudra boire des décoctions de centaurée ou de basilic, décréta aussitôt Marie.

— Oh non ! gémit Madeleine Perrot. Il n'y a pas assez de ta mère pour cueillir les plantes ?

Marie sourit gracieusement, croyant que Madeleine Perrot la taquinait.

— Vous verrez que je serai encore plus douée qu'elle. « Et que Simon sera fier de mes talents », ajouta-t-elle intérieurement. Elle s'intéressait de plus en plus au travail de sa mère car elle avait constaté que ses dons d'empirique lui conféraient un certain pouvoir. Elle avait envie d'être admirée aussi, qu'on s'émerveille de ses prodiges, qu'il s'agisse de la réduction d'une fracture ou de la guérison d'une fièvre ectique. Non, pas une fièvre ectique, ni maligne, Marie en connaissait mal les traitements. Non, une bonne lienterie. Ou une caquesangue, ça, elle saurait y faire.

— Vous êtes certain de vous sentir mieux ? répéta-t-elle en observant Guy Chahinian. Eh ! Monsieur ?

L'orfèvre secoua la tête et se tourna vers Madeleine Perrot pour dissimuler son trouble et s'arracher à la contemplation de Marie.

— Tenez, voilà le prétendant d'Anne, M. de Saint-Arnaud. Sois plus agréable, Marie.

Marie fit une grimace.

— Il m'ennuie. Il donne l'impression qu'il possède tout Nantes!

— Il n'en est pas loin... Et ta mère qui...

— Ma mère? dit Marie en pivotant de manière à tourner le dos à l'armateur.

— Ta mère devrait être plus sensée!

A l'attention de Chahinian, elle ajouta qu'elle estimait sa voisine.

— Je souhaite un bel établissement pour Anne mais elle ne m'écoute guère... Pourtant, messire de Saint-Arnaud a été maire durant deux ans. De là lui vient son anoblissement. Il porte encore souvent l'épée de sa charge et...

Madeleine Perrot esquissa subitement une révérence en voyant l'armateur se tourner vers elle. Geoffroy de Saint-Arnaud lui fit signe de se relever et, en souriant, il offrit du tabac à Jules Perrot, des confitures sèches et des dragées aux femmes et aux enfants. Même si Marie n'aimait pas l'armateur, elle ne put résister aux pastilles colorées et suça avec des mines gourmandes la friandise anisée, tout en notant que Geoffroy de Saint-Arnaud s'était vêtu avec encore plus de recherche qu'à l'ordinaire.

Soucieux de la mode, l'homme cultivait un aspect débraillé en laissant de l'espace entre le pourpoint et la ceinture du haut-de-chausses, mais il ne pouvait s'empêcher d'étaler sa richesse en multipliant les galants qui dépassaient de son pourpoint aux manches ornées de dentelles. La rhingrave parée d'un flot de rubans était d'une ratine laineuse d'un beau marron foncé qui s'harmonisait bien avec les canons de dentelle beige qui marquaient le genou. Geoffroy de Saint-Arnaud avait opté pour un feutre noir à bord étroit aux énormes plumes blanches afin qu'on remarque la perruque qu'il venait d'acquérir. Il l'avait commandée à Paris où les barbiers-perruquiers tressaient des cheveux «en crinière» sur des fils de soie avant de les crêper. A la réserve des riches étrangers qui résidaient à Nantes quelques jours, personne n'était mieux vêtu que l'armateur et bien des femmes s'accordaient à dire qu'Anne LaFlamme n'avait pas toute sa tête pour refuser pareille union, ou alors qu'elle s'était déjà promise à un autre.

Et cet autre, entendait Guy Chahinian

en se promenant dans la foule après avoir échangé quelques civilités avec Geoffroy de Saint-Arnaud, cet autre pouvait bien être le Diable.

Le Diable !

Guy Chahinian frémit; partout où il allait, il entendrait donc d'infâmes insinuations, il serait témoin d'horribles procès, d'abominables tortures... Devait-il vraiment rester à Nantes? Les frères de Lumière pourraient-ils atteindre la Nouvelle-France, ce pays neuf où chacun avait paraît-il sa chance? Les astres sacrés toucheraient-ils le continent lointain? Il l'espérait: les sauvages, qu'on disait si cruels qu'ils dévoraient le cœur de leurs ennemis, ne seraient jamais aussi redoutables qu'un troupeau d'ouailles enragées.

— Le Diable? s'enquit le père Thomas.

— Comment expliquer le refus d'Anne LaFlamme si elle n'est habitée par un être plus puissant que le sieur Saint-Arnaud? murmura Henriette Hornet au père Thomas qui l'écoutait attentivement exprimer ses soupçons.

En effet, comment comprendre que la

sage-femme puisse soigner tant de malades aux plaies purulentes, respirer tant d'humeurs viciées, traiter tant de scrofules, vider tant d'abcès et de fistules sans en être affectée?

— Elle est protégée, voilà tout. Le Diable lui a enseigné les antidotes. On sait bien qu'elle cueille de la belladone et de la mandragore à la tombée de la nuit. Si elle porte toujours des bas longs même en plein été, c'est qu'elle a sûrement une marque satanique à celer, expliqua Françoise Lahaye.

— C'est ma foi vrai, approuva Henriette Hornet en lui souriant. Vous avez raison; si mon époux ne peut curer ces malheureux et qu'elle y parvient, c'est par l'effet de quelque malice.

— Je préférerais mourir plutôt que d'être soignée par elle, déclara une troisième. Elle jette des sorts aux malades... Pour ma part, M. Hornet m'a bien saignée hier et je m'en porte mieux aujourd'hui. Vous pourrez en rendre grâces à votre époux. C'est un homme de bien.

Henriette Hornet remerciait, doucereuse, satisfaite de constater que plusieurs bourgeoises et même des femmes de moindre état la soutenaient dans ses propos. Elle avait eu raison d'acheter cette pièce de droguet à Cécile Beaupré et ce dé à coudre en argent chez l'aiguillier Lahaye. Elle n'en avait aucunement besoin pour ravauder mais l'objet se révélait déjà d'une grande utilité; celle d'un traité d'alliance. Il y avait assez longtemps qu'elle souffrait l'outrecuidance d'Anne LaFlamme, cette sotte qui prétendait soigner les malades alors qu'elle ne connaissait même pas le latin, n'avait jamais mis les pieds rue Jean-de-Beauvais, et méprisait la saignée. Georges Hornet n'avait pas quitté Paris après quatre ans d'étude pour venir à Nantes et n'y point prospérer! Il n'avait pas assisté aux dissections commentées dans un amphithéâtre glacé pour être boudé dans une ville de Bretagne par la faute d'une ramancheuse! Anne LaFlamme avait été heureuse jusque-là dans ses entreprises; les gens qui l'avaient consultée avaient vu leur santé se restaurer. Parmi eux, bien des gueux dont Henriette

Hornet ne se serait guère souciée s'ils n'avaient attesté des bienfaits des remèdes d'Anne LaFlamme. Réclames vivantes, trop vivantes, ils pouvaient attirer une pratique plus cossue à la veuve qui prodiguait sa science quand elle demeurait chez elle entre deux quarantaines. La presse grandissante à sa porte encolérait Henriette Hornet. L'envie crispait ses lèvres minces, tendait son cou, figeait son allure et enlaidissait son visage déjà ingrat.

Si Guy Chahinian avait été plus jeune, il se serait amusé de cette caricature de la jalousie mais il avait trop l'expérience de l'humain pour ne pas deviner qu'une femme comme elle emploierait son temps à la vengeance.

Des cris joyeux dans la foule, des exclamations, des rires, un mouvement d'allant, indiquèrent à l'orfèvre qu'il allait enfin voir cette femme dont il avait entendu parler en termes si divers.

Parce qu'il avait vu Marie LaFlamme, Guy Chahinian avait imaginé une ressemblance entre sa mère et elle mais il découvrit une petite femme au visage quelconque, au corps malingre. Cette fragilité était vite effacée par la perspicacité du regard, la franchise du sourire, l'intelligence du front, la vivacité du geste, l'énergie qui s'en dégageait. Ses mains trop longues se mouvaient avec des grâces d'hirondelle, se posaient en douceur sur les épaules de Marie, caressaient le visage de Nanette, effleuraient la joue de Chantale Perrot. Des mains rouges, usées, mais Guy Chahinian n'en avait pas vu d'aussi charmantes à Paris. Elles celaient une si allègre bonté que le horsain comprit qu'elles guérissaient les malades par la seule vertu de l'attouchement.

Chahinian allait demander à Jacques Lecoq d'être présenté à cette femme quand Geoffroy de Saint-Arnaud s'approcha d'elle avec tant d'empressement qu'on s'écarta avec déférence pour flatter l'armateur, afin de les laisser discuter en particulier. Marie ne se serait peut-être pas éloignée mais, ce jour-là, elle questionnait pour la huitième fois le marchand de drap sur Simon tandis que Geoffroy de Saint-Arnaud complimentait sa mère sur sa bonne mine.

— Voyons, monsieur, s'esclaffa Anne LaFlamme, je n'ai pas besoin de miroir pour savoir que j'ai un teint de craie, l'orbite vitreuse et le cheveu terne... Ne me moquez pas!

— Mais je ne me moque pas, madame. Vous êtes toujours belle à mes yeux.

Anne secouait la tête: non, elle n'était pas belle, elle le savait, il le savait. Qu'il l'appelât madame n'y changerait rien. Excepté sa taille menue et ses dents saines, elle n'avait pas les atouts désirés: les yeux s'allongeaient en une fente trop fine, des nuits de veille ridaient sa peau et une bouche trop grande achevait de briser l'harmonie. Certes, on oubliait vite ces traits communs quand Anne s'animait mais elle était trop lucide pour croire aux flatteries de l'armateur. Geoffroy de Saint-Arnaud insistait.

— Vous avez une aimable figure puisque c'est moi qui vous le dis!

— Non, monsieur, et cessez votre manège, vous êtes lassant à la fin, plaisanta Anne.

— C'est que je ne sais plus quoi vous

dire pour toucher votre cœur. Parbleu, il faudrait que je sois atteint des fièvres et à l'agonie pour que vous me manifestiez quelque amitié. Vous suis-je si désagréable pour être éconduit de la sorte?

Anne soupira avant de nier.

— Mais non, monsieur, vous le savez, vous êtes le meilleur parti de l'environ mais pour la millième fois, et la dernière, je l'espère, je ne veux pas vous épouser et il est inutile d'insister.

Geoffroy de Saint-Arnaud protesta comme proteste tout homme sincèrement épris d'une femme. Il croyait se conduire en tout point comme il imaginait les galants, ces sots pour qui les mariages d'amour prennent le pas sur des liens réglés par la raison. A force de courtiser Anne publiquement, il finirait par la persuader qu'elle lui tenait vivement à cœur. Il était pourtant soulagé qu'à chacune de leurs rencontres elle le repousse avec véhémence. Qu'aurait-il fait si elle avait répondu à ses avances?

On sonna les vêpres. L'armateur sourit: à cette heure, le Petit devait arpenter le port pour lui, à la recherche d'un marin cupide ou désespéré.

CHAPITRE 7

Une odeur alléchante de viande rôtie surprit agréablement Anne quand elle poussa la porte de son logis après avoir quitté Madeleine Perrot. Nanette les avait précédées, elle et Marie, afin de remettre au feu une pièce de bœuf piquée de girofle et bardée de belles tranches de lard. Aux sucs abondants de la chair rouge, s'ajoutait la suée dorée des oignons qui fondaient dans la marmite en caramélisant. Un subtil mélange d'herbes variées, sauge, sarriette, marjolaine, thym, mystifiait l'arôme du rôti sans tuer le goût des mousserons qui parsemaient la couche de liliacées. Le grésillement du jus chatouillait gaiement l'oreille, annonciateur de délices, et la chaleur qui avait envahi la pièce à la suite de la cuisson des crêpes et de la potée de légumes secs augurait d'une soirée douce à l'âme, douillette, et Anne LaFlamme sourit avec tendresse à la cuisinière.

— Comment as-tu pu trouver pareil morceau de roi?

— C'est Mathias Goubert qui l'a apporté, pour la délivrance de sa femme. Il paraît que l'enfançon pousse bien.

— Tant mieux! Comme ça sent bon! Tu en fais trop, Nanette!

— Pour ça non! Je n'en ferai même jamais assez! Qui m'a sauvée quand la...

— Tu n'en reparleras pas encore! C'était bien naturel.

— Mais tu ne pouvais pas savoir, en me soignant ici, que je vivrais si vieille! Bien peu de Nantais ont leurs parents à charge. Toi, tu m'as veillée comme si j'étais de ton sang, alors que personne ne voulait m'approcher. Même les enfants que j'avais nourris. Je ne leur en fais pas reproche mais il n'y a eu que toi pour m'aider. Et qui m'a ensuite accueillie, quand mon homme, mes enfants sont morts à ma place? Tu es une sainte, ma fille, j'espère que le Bon Dieu le sait bien!

— Nanette!

— Je prie le Ciel chaque jour pour qu'il te protège, ajouta la vieille femme, plus

86

respectueuse envers le Très-Haut. Bon, c'est pas tout, il faut que tu te remplumes ! T'es pas mieux en chair que les marins qui débarquent après des mois de biscuits aux asticots ! Allez, assieds-toi et mange !

Anne obéit à la voix bourrue, soulagée qu'on décide pour elle après avoir durant des jours tout réglé pour les indigents sans pouvoir prendre conseil ou confier ses doutes. Attablée devant un bon repas, elle redevenait la petite fille que gâtait Nanette ou l'adolescente insouciante qui rêvait de Pierre LaFlamme, le si beau Pierre. Elle l'avait tant aimé qu'elle pouvait se rappeler avec une acuité douloureuse le plaisir qu'elle ressentait quand il la prenait ou quand elle parcourait d'une longue caresse le corps bien découplé, les épaules ro-bustes, le ventre dur, les cuisses fortes, les bras musclés. Pierre, en amant ardent, savait lui faire croire qu'elle était belle et l'entraînait, la noyait, la submergeait de plaisir avec la même force que les vagues de cette mer qu'elle craignait tant. Cette mer qui lui avait volé Pierre, treize mois plus tôt.

— Eh, Anne! grommela Nanette, tu ne vas pas imiter ta fille! J'aurais l'impression de jaser avec les murs. Il n'y a que le chat qui me réponde aujourd'hui!

Anne tourna la tête en direction de Marie. Elle s'était assise près de la croisée et revivait le moment où Jacques Lecoq était arrivé avec la lettre de son Simon. Marie Perrot. Oui, Marie Perrot. Ça sonnait bien à l'ouïe! La jeune fille songeuse était sourde à tout autre nom et Anne dut l'appeler par trois fois.

— Ma petite reine... Tu rêves au Prince charmant?

Marie protesta si vivement qu'Anne sourit franchement avant de lui souhaiter plus de chance qu'à la belle Aurore du conte.

— J'espère que tu ne vas pas passer un siècle à l'attendre, je doute que tu en aies la patience, dit-elle taquine.

— Non, les Perrot..., commença Marie qui rougit aussitôt, se maudissant d'être aussi impulsive et de s'être trahie si sottement.

— Les Perrot?

— Ont reçu une lettre de Simon, maugréa Nanette. Et depuis, cette gamine est toute retournée!

Anne LaFlamme fronça les sourcils. Si elle avait toujours éprouvé de la compassion pour sa voisine Madeleine qui s'inquiétait du sort de son fils, elle avait été soulagée de le savoir loin de Marie, et avait cru que la distance comme le temps estomperaient la passion de sa fille pour Simon. De toute évidence, il n'en était rien.

— Madeleine ne m'a pas dit que Simon rentrait! Marie haussa les épaules.

— Non, Simon n'a pas dit qu'il reviendrait mais c'est égal, il faut savoir lire entre les lignes! Il attendait d'être assuré de mon pardon pour revenir!

— Ah bon, fit Anne doucement, déguisant sa déception.

Marie allait inévitablement souffrir... Ou bien elle s'illusionnait avec tant de candeur que la missive lui murmurait ce qu'elle avait envie d'entendre, ou bien elle avait raison et Simon ferait bientôt son apparition. Les deux occurrences seraient pareillement douloureuses; elle devrait renoncer à ses rêves ou vivre avec un homme brutal. Comment le lui dire? Marie regimberait furieusement si on lui reprochait d'aimer Simon. Elle devait obéissance à sa mère mais Anne n'avait jamais jugé la contrainte salutaire et n'y recourait qu'à la dernière extrémité. Le faudrait-il dans ce cas?

Anne regrettait le défunt plus que jamais; il aurait peut-être su convaincre leur fille? Celle-ci parlait rarement de son père comme si elle avait voulu nier le deuil. Anne le déplorait, elle aurait trouvé un réconfort à évoquer le souvenir de son époux. Elle respectait le silence de Marie et si elle tenait compte des sentiments amoureux de la jeune fille, elle devait aussi la protéger contre l'impétuosité de Simon. Comment le rejeter sans blesser Marie et les Perrot? Comment éconduire un prétendant dont les débordements furieux auguraient d'un avenir sombre pour son épouse? Anne soupira si fortement que Marie intervint.

— Maman, il ne faut pas t'inquiéter, je ne

me trompe pas; il va revenir vite, je le sens.

Sachant qu'on ne peut guère infléchir le destin, Anne, résignée pour un temps, s'efforça de sourire.

— Peut-être, ma fille, peut-être...

Nanette déposa un chandelier sur la table, entre la boule de pain et les fleurs choisies par Marie. La flamme mouvante des bougies éclairant le bouquet révélait de timides pensées tapies contre des verges d'or, dessinait les contours tarabiscotés des pétales de muflier, poudrait d'or le blanc des roses sauvages et ravivait le rubis des robustes dahlias. Le crépuscule s'était endormi sur les cyclamens et les reines-marguerites, les teintant d'un indigo profond qui tranchait sur les épis roses de la bruyère et le citrin éclatant de la camomille. Le parfum de cette dernière plante dominait tous les autres mais ne parvint, plus tard, à rivaliser avec les arômes qui montaient des bols de soupe que tendait Nanette.

— Mange pendant que ça fume, Anne, et toi aussi, Marie !

— Et toi ?

— Oh, à mon âge, on n'a plus faim.

C'est de vous voir dévorer qui me fait le plus plaisir. Si vous m'aimez un peu, vous allez me vider tout ça !

Anne dit les grâces alors que la plus âgée et la plus jeune baissaient la tête pour se recueillir, en savourant ce moment de tranquillité. Un sentiment fugace de calme et de sérénité l'habita un instant et elle remercia le Seigneur de sa bonté.

* * *

Tandis que les habitants de Nantes regagnaient leur foyer après les vêpres, Guy Chahinian tentait d'explorer la ville. Tout en sillonnant les rues du port, il s'étonnait de la vitesse à laquelle le temps avait changé : la bise l'obligeait maintenant à remonter le col de son pourpoint. Un bleu lapis avait si brutalement balayé les dernières lueurs amarante et les nuages mauves qui s'effilochaient, que Guy Chahinian songea à un changement de décor. Certes, aucun artiste ne saurait reproduire l'immensité du ciel, le mouvement de l'onde, le souffle du vent, mais certains hommes étaient ingénieux et

Chahinian, amateur de comédie lyrique, avait été, comme tous les spectateurs parisiens du théâtre du Petit-Bourbon, aussi impressionné par la féerie des machines que par la musique, le chant, la danse. Il ignorait combien de temps il resterait à Nantes mais peut-être qu'une troupe y était établie ou que des comédiens s'arrêtaient dans la ville? Il aimait ces divertissements et leur moralité didactique car, il ne s'y trompait pas, les auteurs de théâtre dénonçaient les fatuités du monde. Ils avaient, selon l'orfèvre, autant d'influence sur les spectateurs en les faisant rire et pleurer, que les prêtres en chaire qui les terrorisaient. Et Guy Chahinian s'en réjouissait; s'il convenait de la grave intelligence de Bossuet, il préférait l'esprit de Molière ou de La Fontaine qui voyaient bien les défauts de l'homme mais ne le vouaient pas aux Enfers...

Il repensa alors au père Thomas et frémit en se rappelant son regard exalté; devrait-il un jour l'affronter? Une des lois édictées par le Premier Maître était de combattre l'Inquisition. Deux siècles après la fondation de la confrérie, on brûlait encore des sorcières, et Guy Chahinian, sans pouvoir intervenir davantage, avait vu, après le supplice de sa cousine, bien des malheureuses se tordre vainement au poteau de torture pour échapper aux flammes, sentant leur sang bouillonner, leur chair se boursoufler, péter, éclater. De la Lorraine au Pays basque, de l'Allemagne à l'Angleterre, de l'Espagne à la Flandre, l'horreur se répétait. Guy Chahinian ne s'y habituait pas et chaque nouvelle exécution décuplait l'abomination de la précédente car elle révélait trop la cruelle stupidité des hommes ou leur faiblesse. Il fallait une explication aux guerres et aux famines, aux pestes, aux inondations. Avaient-ils tant péché pour que Dieu ait tant de rage à les punir? N'étaient-ils pas plutôt victimes de Satan? La seconde solution limitait les responsabilités.

Et encourageait les rancœurs personnelles.

Henriette Hornet en éprouvait de violentes envers Anne LaFlamme et Guy

Chahinian s'en souvint alors qu'il revenait sur ses pas et poussait la porte du *Poisson d'or*. Devait-il tenter de prévenir la mère-sage. Que penserait-elle d'un hors-venu qui se présenterait pour lui parler de... complot? Que savait-il au juste? Bien peu de chose. Rien. Et qu'avait-il encore à se créer des ennuis?

Une grosse femme accueillit Guy Chahinian par un sourire engageant, avant de lui indiquer une place près de la cheminée.

— Vous y serez mieux. Il y a moins d'air. Le temps a fraîchi, c'est cru, à nuite. Vous ne trouvez pas?

— Germaine! Laisse monsieur en paix. Faut l'excuser, dit le tavernier en donnant une bourrade amicale à son épouse. C'est pas une femme que j'ai mariée mais la curiosité en personne! Vous venez de loin?

L'orfèvre se retint de sourire car il apparaissait que Baptiste Crochet était aussi bavard que sa moitié. Il répondit qu'il arrivait de Paris.

— Paris! laissa tomber le tenancier d'un air plein de compassion. Paris...

— Vous connaissez?

Le tavernier eut une moue dédaigneuse.

— Sauf votre respect, monsieur, je vous dirai que j'ai vécu les pires moments de ma vie dans cette maudite ville! J'y suis allé pour accompagner mon frère qui avait un procès à la grande chambre du Parlement... Je crois qu'il ne gagnera jamais rien que des tracas et pas un sol. Et ça aurait été aussi bien qu'on ne trouve pas ce Palais de malheur. D'ailleurs, on a failli le manquer! Vous retrouviez votre chemin dans toutes ces ruelles? On aurait voulu loger alentour du Palais mais y a pas une auberge! On a abouti après des heures de marche à tourner en rond au risque de se faire écraser par un carrosse...

— J'en ai même rêvé cette nuit, le coupa sa femme.

— On n'a pas rencontré âme charitable pour nous aider avant d'aboutir dans un garni de la rue aux Ours. Vous connaissez cette rue, peut-être? J'ai été bien surpris d'y trouver une statue de la Vierge. Et éclairée!

— La lampe brûle depuis qu'un soldat,

furieux d'avoir perdu au jeu, a frappé la statuette avec son couteau. On dit que la Vierge aurait alors saigné.

— Oh! fit Germaine Crochet en se signant.

— On devrait la changer de place, dit Baptiste Crochet. Ce n'est pas respecter notre Sainte Mère que de la laisser en pareil endroit. Quand on prétend que le poisson qu'on ramène des Terres Neuves sent mauvais, j'peux jurer devant Dieu qu'on a pas senti les odeurs de pisse ni celles de graillon des rôtisseries! Je pensais étouffer et si j'ai fini par dormir, c'est que le voyage nous avait à moitié tués. Mais c'était pour être éveillés ensuite par des cris abominables. Ça venait sûrement du Pont-Neuf; on avait égorgé un pauvre homme...

Il était impossible d'entendre les appels de la victime de la rue aux Ours et Guy Chahinian le savait parfaitement. Mais il savait aussi quelle mauvaise et combien juste réputation avait le sinistre pont. Seul à être inhabité, il conduisait au faubourg Saint-Germain et représentait un péril pour quiconque s'y engageait s'il n'était protégé par sa garde. Les patrouilles, bien que régulières, ne décourageaient pas les sicaires. Dissimulés dans les encorbellements des parapets, plus silencieux que les chats, ils attendaient qu'un malheureux s'aventure pour gagner l'autre rive. Celui-ci pouvait remercier le Ciel si on le détroussait seulement. Beaucoup étaient jetés à la Seine après avoir été poignardés et délestés de leur escarcelle. Que le tavernier Baptiste ait eu vent de ces tristes histoires et se soit imaginé avoir ouï les plaintes d'une victime n'était guère étonnant et Guy Chahinian ne le contraria pas. Au contraire, il abonda en son sens.

— Vous comprenez bien la chose... Et pourquoi j'ai fui ce coupe-gorge pour m'installer ici.

— Ah! Vous allez rester? s'exclama Germaine Crochet, visiblement ravie. Guy Chahinian lui semblait être un homme sérieux et bien nanti. Il n'avait pas sourcillé en voyant l'écriteau «crédit est mort» et pourtant il savait lire puisqu'il tenait un livre qu'il déposa sur la table après s'être assis au fond de la salle, près de l'âtre.

— Vous mangerez ?

Guy Chahinian eut un petit signe de tête affirmatif.

— Ce n'est pas lui qui boira plus que trop ! chuchota Germaine à son mari. Ça nous changera des matelots.

— Qu'est-ce que tu ferais sans eux ?

La femme haussa les épaules. Ce qu'elle ferait ? Elle mitonnerait de bons plats au lieu de courir de la cuve à la table pour servir tous ceux qui voulaient mouiller, et recommencer jusqu'à ce que leur bourse soit vide. Plus personne alors ne savait goûter ses anguilles frites à l'ail ou son brochet en sauce ou même une soupe de racines. L'étranger avait de belles manières et il avait accepté avec empressement la tourte aux godiveaux et les quenelles qu'elle lui avait proposées. Il priserait ses plats et reviendrait souvent s'il n'avait pas de foyer.

— Vous connaissez la région ? s'enquit-elle en apportant la pâtisserie.

— Pas du tout, je ne suis venu qu'une fois, il y a quelques années. Mais j'avais été immédiatement conquis par votre ville.

Cette déclaration flattait Germaine, Nantaise d'origine et de cœur. Décidément, le Parisien lui plaisait.

— Vous avez de la famille dans la région, peut-être?

— Non, ni ici ni ailleurs. Personne ne me retenait à Paris, je ne me sentirai pas plus esseulé à Nantes.

— Vous connaîtrez tout le monde ici, assura le tavernier. Chacun y passe à son heure pour chopiner. Nous avons du vin qui vient de la baie de Bourgneuf. Où resterez-vous?

— Je prends la suite de maître Charles. M. Lecoq m'y a conduit bien courtoisement. C'est heureux que la maison de mon vieux maître soit près d'ici. J'aurai ainsi l'occasion de revenir goûter cette tourte!

Germaine Crochet allait le remercier quand on poussa la porte de l'établissement.

CHAPITRE 8

Geoffroy de Saint-Arnaud s'arrêta un moment sur le seuil, parcourant la salle du regard. Il parut fâché de ne trouver que Guy Chahinian.

— Le Petit n'est pas venu, Baptiste?

— Non, messire. Vous l'attendiez?

— Oui... Non. Sers-moi donc plutôt que de me harceler. Il y a encore de la tourte, demanda-t-il en regardant la part entamée dans l'assiette, ou vous avez tout mangé, étranger?

— Il en reste toujours pour vous, messire, dit Germaine Crochet en ébauchant un petit salut. Je vous en porte de suite.

— Je peux m'asseoir avec vous, monsieur? dit Saint-Arnaud en tirant le banc sans attendre la réponse. Il n'était guère habitué aux refus et même s'il paraissait trop fat à Guy Chahinian pour qu'il éprouve quelque sympathie, il lui sourit, affirmant que le sort faisait bien les choses, puisqu'il voulait le rencontrer.

— Moi? Et pourquoi donc, monsieur?

L'orfèvre mit un long moment à parler et le couple Crochet se retenait de lui dire de répondre vite, très vite au seigneur réel des lieux: Geoffroy de Saint-Arnaud n'avait pas directement acheté sa particule puisqu'il y avait droit ayant été maire mais, ajoutée à sa fortune, elle conférait une certaine distinction à son pouvoir et l'homme s'attendait qu'on ait envers lui le comportement soumis des serfs des anciennes seigneuries.

La nuit était tombée mais, curieusement, le vent avait redoublé de violence depuis l'arrivée de l'armateur et Germaine Crochet entendait avec effarement ses gémissements qui lui rappelaient ceux des bêtes sauvages et des loups-garous. Clotaire Dubois ne prétendait-il pas en avoir vu rôder près de sa ferme avant de trouver plusieurs de ses poules égorgées? De l'armateur et de la créature fantastique, la grosse femme ne savait lequel elle redoutait le plus et elle s'approchait de son mari pour quêter un peu de réconfort quand Guy Chahinian ouvrit enfin la bouche.

— Je voulais vous demander conseil...

— Conseil? En quoi? Vous voulez acheter un navire, l'armer, faire du négoce?

— Je suis orfèvre. Et je n'ai aucune intention d'acquérir un navire. Pour tout vous dire, la mer me rend malade. Mais l'air vicié également et j'ai quitté Paris pour mieux respirer. Seulement, je ne connais personne... Mais vous qui connaissez tout un chacun et qui avez tant d'expérience dans le commerce pourriez me conseiller.

— Expérience, expérience..., protesta mollement l'armateur, flatté.

— Si, si, je suis là depuis midi et j'ai beaucoup entendu parler de vous. Vous êtes le plus riche de Nantes parce que vous avez su calculer les risques, choisir votre équipage, supputer la valeur des hommes comme des objets. On m'a même dit qu'on vous construit des bateaux au Croisic.

— Non, c'est à Paimbœuf.

— Vous voyez, je n'entends rien à la géographie, je ne connais que la matière, l'or et l'argent, les pierres et le pouvoir du feu, murmura Guy Chahinian en s'approchant de l'âtre.

Les flammes cherchaient à atteindre le linteau, provoquées par le vent du Nord qui entrait dans la cheminée en bourrasques et les couchait contre les parois. Cette danse orange excitait les ombres; elles s'allongeaient sur les murs, peuplant la pièce d'étranges spectres.

Impressionnée, Germaine Crochet apporta les quenelles sans mot dire et servit d'abord Geoffroy de Saint-Arnaud en prenant garde de ne pas tacher son pourpoint brodé. Elle se souvenait l'avoir vu frapper un domestique un jour de pluie, le tenant pour responsable du fait que son habit soit trempé par l'orage car il aurait dû le prévoir et lui conseiller de reporter sa sortie. Elle savait aussi qu'il avait renvoyé Antoinette Picard parce qu'elle avait brûlé un des cinq cents galants de son plus beau costume. Germaine Crochet tremblait toujours de renverser un plat et de provoquer l'irréparable. On ne pouvait s'aventurer à fâcher l'armateur; ce dernier s'arrêtait quotidiennement au *Poisson d'or* pour boire un pichet.

Les tenanciers n'ignoraient pas que c'était moins le vin que la curiosité qui entraînait Geoffroy de Saint-Arnaud dans leur établissement; il y glanait parfois d'importants renseignements en conversant avec les marins fraîchement débarqués. Il leur payait à boire tant qu'ils pouvaient parler et si Germaine Crochet se désolait de la conduite tapageuse des matelots ivres, son époux, lui, comptait les sols sans entendre les braillements des hommes et il était toujours prêt à seconder l'armateur pour favoriser l'embauche.

— C'est un beau métier que le vôtre, dit l'armateur après avoir goûté le plat de poisson... Vous remplacerez donc notre vieil orfèvre, maître Charles qui est mort voilà trois mois?

— En effet. C'était un excellent artisan. Je suis honoré de prendre sa suite, mais je crains de ne jamais l'égaler. Etant aussi lapidaire et joaillier, j'ai travaillé autant les pierres fines que ciselé des timbales... Saurais-je mettre à profit ce que maître

Charles m'a jadis enseigné?

— A Nantes? Mais je croyais que vous...

— J'arrive bien de Paris et n'ai jamais vécu ici. Mais il y a près de vingt ans, maître Charles vivait en Anjou. Mes parents habitent à côté du château, j'y étais encore à l'époque. De quoi est mort maître Charles? Nous n'avons eu que l'annonce de son décès à Paris.

— D'une fièvre tierce.

— Qui l'a soigné?

Geoffroy de Saint-Arnaud fronça les sourcils.

— Qui l'a soigné? Est-ce que je sais? En quoi cela vous intéresse-t-il?

— Parce que j'ai été présenté à Anne LaFlamme. Si elle n'a pu sauver le malheureux, c'est qu'elle est peut-être moins adroite qu'on ne le prétend. Et qu'il vaudrait mieux, si je suis mal-en-point, que je consulte le Dr Hornet, dit Guy Chahinian d'un ton volontairement léger. Vous ne pensez pas? Je souffre parfois de dévoiements fort pénibles...

Son interlocuteur serra les lèvres un bref instant puis se força à sourire.

— Vous connaissez déjà bien du monde, monsieur Chanian.

— Chahinian, Guy Chahinian. Je vois que vous-même êtes bien informé.

— Dès qu'un étranger s'attarde un peu ici, on le remarque.

— C'est pourtant une ville agitée par le va-et-vient des marins et des marchands. Vous les connaissez donc tous?

— A peu près, mentit Geoffroy de Saint-Arnaud. Et je ne saurais trop vous mettre en garde contre les marins qui vous proposeront des pièces importantes. Ils les auront peut-être dissimulées lors du partage d'un butin et vous ferez bien de vous assurer de leur provenance. Sinon vous paieriez le matin un caillou que la loi vous réclamerait le soir... Ce serait dommage, dit l'armateur d'un ton badin.

Guy Chahinian hocha la tête en se demandant si on lui donnait un conseil ou un avertissement. Geoffroy de Saint-Arnaud était riche, très riche. Comment avait-il amassé une telle fortune? Respectait-il les décrets ou les contournait-il à son profit?

— Je n'ai pas du tout l'intention d'acheter quoi que ce soit d'interdit. Par saint Eloi, je n'ai le souhait que d'avoir de l'ouvrage.

— Vous étiez pourtant à Paris où les dames aiment tant les parures... Pourquoi en êtes-vous parti?

— Je vous l'ai dit: j'y étouffais. Et...

Geoffroy de Saint-Arnaud se penchait vers l'étranger, attentif; il était persuadé qu'il avait eu de graves raisons pour quitter la ville royale. Prétexter l'envie de respirer un air pur était une ruse bien naïve...

— Des traverses avec mon associé et compagnon, dit Guy Chahinian en baissant la voix pour conforter son vis-à-vis dans sa jubilation évidente qu'il avait de percer un mystère.

— Des traverses?...

— Oh... Je ne devrais pas en parler mais vous me paraissez digne de confiance. Je vois bien le respect que vous inspirez à tous. Voilà, j'avais plus de pièces à ouvrir que lui et pour se débarrasser de moi, il m'a accusé d'avoir tenté de séduire sa femme. Regardez-moi! Et pensez que cet homme était aussi beau que Phébus! Est-ce qu'une jeune femme mariée à un dieu s'acoquinerait avec un compagnon de mon âge? Hélas, ce traître, car je l'avais aidé comme un fils, avait des appuis. J'ai réussi à échapper à la Bastille mais je ne pouvais demeurer davantage à Paris. Je me suis fait duper et bien duper dans cette mauvaise histoire... Heureusement que j'avais su garder quelque bien en secret... Je pourrai ainsi m'installer ici.

— Maître Charles est mort à point nommé...

Au lieu de protester, Guy Chahinian releva l'insinuation avec ingénuité.

— Oui, c'est vraiment étrange. Cet homme m'a encore aidé. Pourtant, il ignorait tout de mes tracas à Paris. Bien que notre correspondance soit régulière, nous ne nous étions revus qu'une seule fois. Ici, il y a cinq ans. J'étais resté tout l'après-dîner pour le plaisir de le voir travailler. Il avait des doigts de magicien... l'or lui obéissait. Enfin, je ne veux pas dire qu'il était sorcier, précisa très vite l'orfèvre.

C'était un bon croyant, comme vous et moi, vous le savez sûrement, reprit-il en baissant la tête afin que l'avitailleur ne décèle aucune satisfaction dans son regard.

Il avait réussi à lui donner les informations qui accréditeraient son personnage. Geoffroy de Saint-Arnaud le tiendrait pour un bon catholique mais un naïf pour ce qui était du commerce et il était prêt à gager que l'armateur tenterait, comme bien d'autres, de l'empaumer.

— Vous dites que vous étiez d'Angers?

— Oh! Et d'ailleurs, j'ai habité Rennes et Saint-Malo. J'ai même voulu aller en Flandre mais j'ai été si atrocement malade qu'on m'a débarqué au premier port.

— Vous connaissez les langues? nota l'armateur.

— C'est bien pour les affaires... quoique... Je n'ai pas eu beaucoup de chance jusqu'à aujourd'hui dans toutes ces villes où les gens sont de fieffés filous.

— Ce sera sûrement mieux ici, assura Geoffroy de Saint-Arnaud, et si quelque traverse survient, je pourrai peut-être vous seconder.

— Vous êtes trop aimable, messire... Ah! Que nous apporte-t-on là?

Germaine Crochet déposa un plein plat de passevelours devant les deux hommes. Ils s'emparèrent des prunes et y mordaient avec appétit quand Jean Grouvais pénétra dans l'établissement.

— J'espère qu'y te reste du vin chaud, Germaine. J'arrive du port... Ah, monsieur, dit-il en retirant sa casquette pour saluer Geoffroy de Saint-Arnaud. Le vent est mauvais, mais vos navires sont tous à quai, pas vrai?

— Oui, heureusement.

— Tu as l'air d'aller le bien, Jeannot, dit Baptiste Crochet à son cousin. On t'a ramanché si vite que c'en est quasiment un miracle! Te voilà déjà prêt à boire.

— Oh! J'ai même faim! Et ça, c'est tout grâce à votre dame, messire, dit-il à l'adresse de l'armateur. Mme LaFlamme m'a...

— Tiens, bois donc, et laisse ces messieurs tranquilles, dit Germaine Crochet en l'interrompant.

— Bah! Voilà que je suis debout, et tu

voudrais que j'oublie ma bienfaitrice?

— Excusez-le, messire, s'empressa de dire le tavernier. Il parle...

— Laissez, laissez, fit Geoffroy de Saint-Arnaud d'un geste apaisant, je suis heureux d'apprendre que cette bonne Anne l'a arraché à la mort.

— Ah pour ça, regardez-le! appuya Baptiste Crochet, il est aussi fort qu'un bœuf! Avec cette femme auprès de vous, vous vivrez bien jusqu'à cent ans!

— Alors c'est fait, s'exclama Germaine Crochet en applaudissant, vous allez l'épouser?

L'homme secoua la tête.

— Non, non, il n'y a rien de prononcé encore mais...

— Ah... Je croyais... Dans la ville, on dit...

— On dit?

— Ben, c'est partagé mais moi j'ai pour mon dire, et Baptiste aussi, que vous allez être marié avant la Noël...

— Sauf votre respect, je crois bien que non, dit Jean Grouvais. Cette femme-là est têtue! C'est d'ailleurs ce qui m'a sauvé...

Il ne put terminer sa phrase, Geoffroy de Saint-Arnaud se ruait sur lui. Il allait l'entraîner dehors quand le tavernier s'interposa.

— Pitié, messire, c'est un innocent. Il n'a pas tout sa jugeote, vous le savez.

— Sans bon sens ou pas, je n'admets pas qu'on détracte ma fiancée, rétorqua l'armateur en relâchant toutefois Jean Grouvais. La rapidité avec laquelle il s'était raisonné étonna Guy Chahinian. L'homme ne voulait pas se battre mais démontrer publiquement qu'il servait Anne LaFlamme fidèlement.

— Je n'aurais aucune gloire à rosser un rustre, dit Saint-Arnaud en replaçant les galants qui s'emmêlaient sur son pourpoint. Mais, ne vous avisez pas de recommencer! J'entends qu'on respecte dame LaFlamme. N'oubliez pas ce que je vous dis: elle sera bientôt ma femme et, à ce titre, quiconque s'attaque à elle me provoque du même pas. Vous tâterez de mon épée la prochaine fois! Puis, se tournant vers Guy Chahinian, il s'excusa de sa colère.

— Vous aurez une bien piètre opinion de moi en me voyant si vite emporté mais...

— Messire, vous agissez comme un homme d'honneur et je n'aurais pas le mauvais goût de vous en faire reproche.

— Je dois maintenant partir mais nous nous verrons bientôt. Chez moi, peut-être? N'importe qui pourra vous indiquer ma demeure.

Chahinian fit semblant de se réjouir et se confondit en remerciements.

Il regarda avec inquiétude Geoffroy de Saint-Arnaud s'éloigner en direction du port; cette première rencontre avait renforcé l'impression ressentie plus tôt dans la journée en l'apercevant : l'homme était dangereux. Dur. Si on lui prouvait qu'il avait tort et que l'armateur avait du cœur, le joaillier acceptait qu'une fée le transforme en rat ou en citrouille comme dans les contes du sieur Perrault. De songer à cette littérature le fit éprouver de l'ennui. Il se souvint avec nostalgie des veillées où on lisait les textes de ce commis, licencié en droit qui se plaisait à divertir le Tout-

Paris de son talent. Nombre de ses récits avaient été narrés bien avant mais il savait les tourner de la plus jolie manière et leur donner de ce fait un plus vaste public. Chahinian soupira: trouverait-il le temps et la société à Nantes pour goûter quelques feuillets? Il voyait assez bien Henriette Hornet en méchante ogresse et Geoffroy de Saint-Arnaud dans le rôle de Barbe-Bleue. S'il devait désigner la Belle au bois dormant, il serait fort embarrassé car la superbe Marie LaFlamme ne lui faisait guère l'effet d'être une personne posée, même enchantée; elle incarnerait mieux Cendrillon, s'élançant vers le bal. Place Saint-Pierre, elle allait de sa mère à Jacques Lecoq en glissant souplement à travers la foule, tels ces cabris qu'il n'avait jamais vus mais dont un voyageur du Sud lui avait vanté l'agilité.

Guy Chahinian échangea quelques paroles avec Jean Grouvais et le trouva moins idiot qu'on ne le lui avait laissé entendre. L'homme n'était pas bête mais avait une logique bien à lui. Et il devait être un des rares êtres de la ville à oser dire ce qu'il pensait devant Geoffroy de Saint-Arnaud. Pour cela, Guy Chahinian lui paya une chopine avant de quitter la taverne après maintes promesses de revenir aux tenanciers. Ceux-ci lui souhaitèrent une bonne nuit et il sortit dans la fraîcheur automnale.

Il frissonna et regretta d'avoir laissé sa cape dans son coffre. Il descendit pourtant vers le port où régnait encore une intense activité; il fallait user des dernières lueurs du jour pour les ultimes chargements; pièces de gréement, vivres, armes, appareils, marchandises ou barriques. Ensuite on irait boire un coup avant de monter à bord. Car pour les matelots débarqués dans le port, un lit en ville était chose rare et qui plus est onéreuse et ne garantissait même pas qu'on pût en profiter: les catins devaient être rentrées dans leur logis pour neuf heures du soir. On chantait pourtant bien après à la Fosse, on gueulait, on sortait pisser une dernière fois avant de payer les quatorze ou quinze livres — si on les avait — au cabaretier. Ce dernier, comme nombre de ses concurrents, travaillait pour le compte d'un armateur et forçait ainsi l'embauche. Car s'il faisait crédit à un marin, c'était pour exiger à la fin de la soirée qu'on le rembourse. Le malheureux matelot, ivre, était coincé et devait, alors qu'il venait à peine de fouler le sol, s'enrôler de nouveau sur un des navires du patron pour payer ses dettes.

Les mâts et les vergues des navires en rade dessinaient sur l'horizon cuivré une dentelle fuligineuse parfaitement distincte tant l'air, nettoyé après les grands vents, était pur. Les nuages, très hauts dans le ciel, allaient se perdre dans la nuit qui menaçait et le hululement des chouettes dominait maintenant les criaillements des goélands et des corbeaux. Le vent avait molli mais une légère brise charriait des odeurs salines un peu douceâtres qui rassérénèrent l'âme du joaillier. L'espace d'une seconde, il avait vu dans l'eau changeante de la Loire les reflets des huniers, des palanquins et des haubans se déformer en hideuses créatures, insectes gigantesques grouillant à la surface de l'onde, guettant la proie humaine qu'un mauvais pas précipiterait dans leurs griffes. Et il avait lu, dans cette sinistre vision, l'annonce des terribles événements auxquels il serait mêlé. L'absurde était qu'il aimait la mer depuis sa naissance, contrairement à ce qu'il avait prétendu plus tôt, et d'avoir cru que ces bâtiments flottants et familiers pouvaient se muer en monstres traduisait sa hantise d'être trahi par ceux en qui il avait toujours eu confiance. Rien ne lui permettait de supposer une telle infamie et il se reprocha aussitôt cette pensée. Subitement excédé par l'animation des rues, il rentra chez lui. La demeure de maître Charles était semblable à toutes celles des rues étroites qui convergeaient vers la cathédrale. Très hautes, en colombage, faites de bois et de torchis, de pierres grises et noires, elles s'avançaient en saillie sur la rue. Les poutres de bois foncé laissaient présager un intérieur austère mais le logis était assez clair car l'étage était percé de deux fenêtres et les murs blanchis à la chaux agrandissaient la chambre et l'atelier où travaillerait Guy

Chahinian. Un lit, une table, un escabeau, une chaise, un broc et un pot constituaient tout l'ameublement. L'orfèvre sourit en s'asseyant sur le lit : il était bien plus confortable que tous ceux qu'on lui avait loués depuis une éternité. Malgré la nouveauté du lieu, les étranges stridulations d'un oiseau nocturne, les craintes qui l'habitaient quant à l'issue de sa mission, il s'endormit sans se dévêtir, ne retirant que ses bottes et son justaucorps en drap de Rouen.

* * *

Alors que le joaillier ronflait, Geoffroy de Saint-Arnaud versait des écus de sa bourse pour les remettre au Petit.

— Tu auras le reste après le travail.

— Oui, messire, fit le Petit en se dandinant sur ses jambes. Ses trop courtes jambes : l'homme était difforme. Le torse bien pris, les épaules larges, les bras étonnamment musclés reposaient sur des jambes d'enfant. Sa démarche était vacillante et saccadée mais seul un idiot ou un hors-venu pouvait s'en moquer. Les

Nantais savaient tous que le nabot assommait d'un seul coup de poing un homme; il gagnait sa vie au port où sa force physique était recherchée. Bien qu'on le payât bon prix, il était cupide: puisque la Nature lui refusait la séduction, il obtiendrait la puissance par l'argent.

L'homme le mieux nanti de la ville l'avait compris: Geoffroy de Saint-Arnaud s'était attaché les services du Petit deux ans auparavant. Il l'employait officiellement à surveiller l'armement de ses bateaux ou à seconder les capitaines mis en demeure de compléter leurs équipages mais il lui confiait secrètement d'autres besognes; espionnage, chantage, opérations douteuses, meurtres. Le Petit choisissait ses hommes de main parmi les marins étrangers qui débarquaient pour quelques heures ou quelques jours au port. Il leur promettait une avance substantielle et un enrôlement juteux sur les navires de l'armateur. Si les choses s'envenimaient, le Petit se chargeait de faire disparaître le marin maladroit. Personne n'allait s'inquiéter — sauf une fille à qui on aurait promis le mariage! —

de l'absence d'un gabier. Car déjà plusieurs de ceux qui devaient, pour honorer un contrat signé dans les brumes de l'ivresse, se présenter au port, tentaient par tous les moyens d'échapper au capitaine ou aux gardes du roi.

— Tu as bien compris? Je veux que ton homme moleste cette personne afin qu'elle prenne peur. Et qu'il n'hésite pas à me frapper quand j'interviendrai, mais qu'il prenne bien garde de ne pas me blesser.

— J'aurai la brute qu'il vous faut, messire.

— A demain donc. A la tombée du jour. File, maintenant.

CHAPITRE 9

Guy Chahinian s'était levé tard, contrairement à ses habitudes, et il mit quelques minutes à reconnaître les lieux avant de fouiller dans sa malle pour y prendre des vêtements chauds. Il se méfiait des caprices du temps et ne partirait pas sans sa cape ce jour-là bien que la lumière qui entrait par la lucarne annonçât toute la gaieté d'une matinée ensoleillée.

L'air était si doux quand Guy Chahinian sortit qu'il fut presque marri d'avoir pris son vêtement de laine, sans pour autant souhaiter que le temps se gâte pour lui donner raison. Il s'engagea dans une des rues tortueuses et, les dédales se multipliant, il finit par interroger une bourgeoise qui se tenait sur le pas de sa porte.

— Le port? Il faut descendre par là. Et encore à droite, monsieur.

— Mais j'en viens!

— Vous aurez manqué de tourner, dit-elle en riant. Attendez-moi, mon fils me rejoint et nous y allons. Faites ces quelques pas avec nous.

— Vous m'obligerez; je ne connais guère cette ville, dit Guy Chahinian en saluant Myriam Le Morhier.

Il comprit, quand il vit un grand adolescent, que la mère était plus âgée qu'il ne l'avait cru. Elle avait une denture parfaite, ce qui était rare chez les femmes qui avaient eu des enfants, mais il n'osa évidemment pas exprimer sa surprise et se contenta de lui baiser la main. Elle se nomma, lui apprit que son mari était capitaine. Et parfois négociant.

— Depuis toujours, comme ses ancêtres. Des vaisseaux sont rentrés ce matin de Hollande et du Cap-Vert. Je suis follement émue, reconnut-elle en faisant mine d'être confuse, j'ai hâte de voir si on m'aura déniché un perroquet! Et je vous parle de l'oiseau, pas de la voilure! A moins qu'il ne s'agisse de soie des Indes... Alors, ce serait différent...

— Oh! madame, c'est interdit, fit le joaillier en riant, comprenant qu'il avait affaire à une femme d'esprit.

— C'est là tout le plaisir! expliqua-t-elle. Vous ne croyez pas? D'où venez-vous?

Il fut surpris par sa spontanéité mais s'en amusa sincèrement.

— De Paris.

— Ah! Heureux homme! Vous devez trouver notre cité bien calme...

— Oh non, madame, j'aime l'air qu'on y respire, débarrassé des miasmes. Etes-vous déjà allée à Paris? Vous savez qu'on ne peut pas marcher dans les rues tant elles sont sales.

— Et ici? Vous trouvez vraiment que c'est mieux avec tous ces fossés débordant d'eaux usées, de détritus, de déchets d'abattoirs?

— Vous connaissez donc Paris?

— Oui, la Seine, Notre-Dame, le palais de la reine...

— Notre-Dame attire les mendiants et les voleurs comme le miel les mouches, car la belle société y vient faire ses dévotions. Quant à la Seine, on ne la voit guère que de près, avec toutes ces habitations sur les ponts qui cachent l'horizon.

— J'aime pourtant Paris! Mais n'en dites rien à mon époux! Il ne jure que par Nantes: il vous achalera en vous expliquant que sa ville est belle, qu'on y voit tous les pavillons même si les quatre cinquièmes des navires s'allègent à l'aval, il vous parlera des inscriptions latines placées sur l'hôtel de ville et des gisants de la cathédrale, il est fier de ces vestiges du passé tout en parlant d'avenir et en soutenant que le négoce nantais concurrencera bientôt celui de La Rochelle. Il vous dira même qu'ici, on est exemptés de gabelle!

Guy Chahinian s'empressa d'approuver les propos de Myriam Le Morhier, désireux d'éviter de parler de Paris. Pour des raisons de sûreté car il ne voulait pas laisser échapper malgré lui des informations sur son passé de célèbre joaillier rue Dauphine, et par honnêteté; en parlant ainsi, Guy Chahinian avait l'impression de trahir sa ville; il adorait les promenades aux Tuileries, les arcades du Temple, les Halles, le faubourg Saint-Germain, le pays latin, la foule dont l'animation compensait la fadeur des couleurs. Les hommes vêtus de gris et de noir, les femmes aux devanteaux bruns, étaient autant de caméléons longeant les murs de la cité, adoptant sa tristesse de tons. Jaillissaient trop rarement les cornettes blanches bien empesées des sœurs de Saint-Vincent-de-Paul, les Enfants-Rouges et les Petites-Filles-Bleues, un carrosse doré dont l'occupante parée de dentelles devait être fort patiente. Dans les rues étrécies par la multiplication des échoppes et encombrées de fiacres, de coches, de charrettes, de troupeaux de bêtes, la circulation était tragique. Les chevaux piaffaient, les palefreniers qui les menaient boire à la Seine injuriaient les laquais des carrosses, un piéton insultait un saute-ruisseau, un curieux criait au voleur, un imprudent renversé par un attelage tombait dans la boue ou dans la crotte. Il se relevait à grand-peine, furieux et jurait de ne plus remettre les pieds dans la capitale.

Guy Chahinian avait observé cette scène des dizaines de fois : la victime tenait invariablement Paris responsable de ses malheurs, alors que c'était son inconscience qui l'avait précipité dans la fange. Pourquoi l'homme n'avait-il pas observé les gens? Ils rasaient les murs quand, dans la presse des carrefours, couvait le danger d'une émeute, d'une bousculade, d'un piétinement. L'être humain n'aime pas reconnaître ses erreurs, songea le joaillier. Lui-même faisait peut-être preuve d'une stupide témérité en s'installant à Nantes.

— Vous allez demeurer longtemps parmi nous? s'enquit Myriam Le Morhier.

— Je l'espère mais tout dépendra de ma pratique. Je suis orfèvre.

— Vous me montrerez votre travail; si je l'admire, je vous aiderai. J'en parlerai: je connais tout ce que Nantes compte d'importants personnages, dit-elle d'un ton faussement sérieux.

Elle paraissait s'amuser de la vanité de certaines gens qui croyaient que leur qualité s'accordait avec leur fonction.

— Moi-même, je le suis, sire, poursuivit-elle avant de rire franchement.

— Mère!

— Oh! ne sois donc pas si sage, Victor!

Cet enfant me trouve un peu impudente...
Et ma foi, il n'a pas tort. Mais je n'ai pas
choisi le cloître et je n'afficherai jamais
une mine résignée... Je parle trop,
penserez-vous sans doute?

Guy Chahinian secoua la tête avec indulgence.

— Non, je m'étonne seulement que
vous professiez si ouvertement la joie de
vivre hors du couvent. Ce n'est pas que je
ne le comprenne. Certaines personnes ne
sont point faites pour le renoncement...

— Comme vous le dites... Et du temps
de mon enfance, je n'ai que trop renoncé...

Elle parut subitement triste, et cessa de
rire. Le joaillier put alors observer ses
traits fins. Le front était légèrement bombé
et un épi y dessinait une pointe très nette.
Si le nez était un peu long, il créait cependant un subtil déséquilibre qui chassait la
monotonie de la perfection, et la bouche
aux lèvres très charnues était une promesse de sensualité et de gourmandise. Le
teint mat, doré, étonnait agréablement,
mais moins que le regard: Myriam Le
Morhier avait les yeux vairons. Guy

Chahinian n'en avait jamais vu de tels. L'étrangeté des iris brun et vert n'était pas déplaisante et augmentait encore sa curiosité à l'égard de la femme. Son fils la tira de sa mélancolie en lui touchant le bras, et aussitôt elle lui sourit et se remit à parler joyeusement. Guy Chahinian s'en réjouit; il aimait le son de sa voix, sa manière de roucouler les mots et son rire cristallin. Elle ne devait pas ignorer le charme de ce rire car elle en usait constamment. Cependant, l'orfèvre aurait juré qu'elle n'essayait pas de le séduire, elle avait une trop tendre façon de faire état de son mari, et elle regardait son fils avec tant de joie qu'on devinait qu'il ressemblait à son père.

Guy Chahinian put vérifier ses impressions quelques minutes plus tard en arrivant au port. Martin Le Morhier s'exclama dès qu'il aperçut son épouse. C'était un véritable colosse et, bien que ses cheveux fussent aussi blancs que l'écume tachant la Loire, on oubliait son âge tant était remarquable l'impression de force qui se dégageait de sa personne. Il se courba pour embrasser sa femme : indifférent à l'activité portuaire, au tumulte, aux témoins qui le regardaient l'enlacer avec autant d'ironie que d'envie. Malgré la gêne qu'il ressentait à pareille et si rare démonstration, Guy Chahinian admirait le peu de cas du qu'en-dira-t-on que faisait le capitaine et il lui enviait une telle passion. Il sursauta en même temps que le couple enlacé quand il entendit parler l'écrivain du *Myriam*. Martin Le Morhier se détacha de son épouse sans toutefois la quitter des yeux.

— Bonjour, madame Le Morhier, dit Ernest Nadeau. Vous êtes toujours aussi...

Elle l'interrompit rapidement.

— L'avez-vous? Dites-moi que vous l'avez!

Le capitaine et son fils rirent de l'impatience de Myriam qui pinçait la manche du pourpoint élimé de l'écrivain en le sommant d'aller chercher aussitôt son perroquet.

— Mais..., commença l'écrivain, nous devions...

— Laissez, laissez, dit Martin Le Morhier. Nous ferons l'inventaire et les comptes plus tard. Sinon, ma femme ne cessera de vous achaler... Je la connais bien!

L'écrivain haussa les épaules en soupirant. Son maître faisait preuve d'une faiblesse ridicule envers sa femme. Cette femme qui n'avait pas plus de jugeote que le jacquot qu'il avait déniché pour elle dans un port d'Afrique. D'ailleurs, il se demandait bien, comme tant de membres de l'équipage, et comme tant de Nantais, où son patron avait réellement connu son épouse. Myriam Le Morhier prétendait être française et avoir été enlevée dans son enfance par des pirates lors d'une traversée pour les Canaries. Ses parents avaient péri et elle avait dû suivre ses ravisseurs barbares et servir d'esclave sur leur île jusqu'à ce qu'un navire français accoste et attaque les forbans. Libérée, Myriam était rentrée à Cadix où Martin Le Morhier affirmait l'avoir vue pour la première fois.

L'écrivain Nadeau, lui, pensait que la patronne n'était pas née en Aquitaine, mais dans une région où le sang des patriotes se mêle à celui des indigènes. Sinon, comment expliquer son teint hâlé? Certes, elle se moquait des usages en allant par les routes sans ombrelle mais le soleil, lui, n'était pas fidèle au port toute l'année alors qu'il ocrait la peau de la jeune femme en plein hiver, quand le ciel est aussi maussade que la Loire. Oui, Myriam Le Morhier mentait et son capitaine de mari la croyait. Nadeau se disait que les hommes sont fort sots quand une créature aussi jolie qu'habile passe près d'eux... Lui-même n'aurait pas été réduit à cet emploi d'écrivain s'il n'avait pas succombé à une intrigante. Par sa faute, le bailli qui l'employait l'avait mis à la porte et il avait dû s'embarquer, tenir à bord non seulement le rôle de scribe et de comptable, mais distribuer aussi les biscuits, veiller à ce que nul n'en dérobât, noter ce qui était dépensé pour l'entretènement du navire, lire le règlement, afficher les quarts et consigner par écrit jusqu'aux coups de canon lors d'un combat ! Il avait survécu à neuf traversées mais, loin de croire à une bonne étoile, il redoublait de vigilance. Enrôlé par le roi ou l'armateur pour surveiller la marchandise en mer et apposer les scellés sur les prises pour empêcher les corsaires de bafouer les droits de la couronne, il était haï tant des officiers qui se voyaient brimés de certains profits que des matelots qui le tenaient pour responsable de leur mauvaise et trop maigre pitance. La solde était maigre même si Nadeau admettait que Martin Le Morhier le rémunérait mieux que ses anciens employeurs. Pourquoi aller s'inquiéter de sa femme? Après tout, il lui avait trouvé son fameux perroquet, elle devrait être contente et le regarder avec moins de défiance. Etait-ce sa faute à lui si elle avait compris qu'elle ne l'abusait pas en s'attribuant de fallacieuses origines?

Ernest Nadeau allait monter sur le navire quand il vit le cuisinier se diriger vers Myriam Le Morhier, portant la cage. L'écrivain cessa de respirer un moment, envahi par une formidable colère. Ce crétin avançait avec l'oiseau pour plaire au patron alors qu'il avait affirmé tout au long du voyage qu'il aurait bien fait rôtir le volatile! Maintenant, il était tout miel avec Myriam Le Morhier. Nadeau s'approcha dans l'espoir de rétablir la vérité mais il entendit alors le cuisinier avouer qu'il était ravi de se débarrasser du perroquet. Myriam Le Morhier éclata de rire.

— Vous ne savez pas vous y prendre avec les bêtes!

— Excusez, Madame, mais c'est un malappris! Il ne sait dire qu'un mot que la décence m'interdit de...

— Allez! Vous mentez, s'interposa Nadeau. Ce perroquet ne sait pas encore parler. Mais Madame lui apprendra vite.

— Je l'ai pourtant entendu répéter...

— Répéter quoi? dit Martin Le Morhier qui hésitait encore à rire. S'il s'amusait de la scène et de la joie de sa femme, il n'approuvait guère les chicanes entre ses hommes et il allait y mettre fin quand un sifflement le fit sursauter. Tous se tournèrent vers Guy Chahinian. Celui-ci se pencha sur la cage et siffla de nouveau, puis fit entendre des pépiements, des craquètements et des gloussements tels qu'on se serait cru en forêt. Le perroquet qui trouvait là son maître entreprit de l'imiter. Il s'essaya au roucoulement, puis émit quelques gazouillis qui ravirent Myriam Le Morhier.

— C'est un bon début! Martin, mon ami, voici M. Chahinian, qui est orfèvre et qui a adopté notre ville. Voici notre écrivain Nadeau et notre cuistot à bord, Paul-Louis Crochet.

— Vous êtes apparenté à Baptiste Crochet?

— Pour sûr, c'est mon cadet.

— J'ai soupé chez lui hier soir.

Tandis qu'il vantait la chère goûtée la veille, Guy Chahinian admirait le *Myriam*. Le vaisseau devait faire au moins trois cents tonneaux et il y avait presque cent pieds de la dunette à la figure. Il allait interroger le capitaine, désireux de faire la connaissance de cet homme qui suscitait si subitement la sympathie, quand on l'appela.

— Monsieur! Monsieur! criait Marie LaFlamme en courant vers lui. Monsieur!

Elle portait une jupe de droguet parme et un corsage gros bleu qui accentuait le violet cendré de ses yeux. Un fichu blanc mal attaché au col découvrait partiellement sa gorge et elle le rajusta en s'approchant du joaillier, tout en retirant si

brusquement son bavolet qu'elle se dé-
coiffa. La course avait rosi ses joues et Guy
Chahinian songea que cette fille était décidément très belle. Peut-être trop. Un sentiment de malaise s'insinua en lui sans
qu'il puisse l'expliquer.

— Sire! Répondez-moi! Vous arrivez
de Paris, vous avez vu Simon!

— Simon?

— Mon fiancé! fit-elle avec une pointe
d'impatience. Vous étiez bien avec Jacques
Lecoq? Le drapier! Vous pourriez remettre
un message à Simon en rentrant à Paris?

— C'est qu'il n'y retourne point, dit
Myriam Le Morhier. Monsieur s'installe
ici.

— Ici? bredouilla Marie. Je croyais que
vous ne restiez que quelques...

— Eh non... Je suis navré de ne pouvoir
jouer pour vous les Hermès, ou les
Cupidon, dit-il avec un sourire aimable.

Marie LaFlamme paraissait si dépitée
qu'il la questionna.

— Est-ce donc si grave?

— Plus que vous ne le pensez... Je ne
sais pas si Simon demeurera encore long-

136

temps à Paris. Il retournera peut-être au combat! Je ne veux pas qu'il risque davantage sa vie! Je veux qu'il rentre! Et c'est aussi ce qu'il veut!

Guy Chahinian échangea un clin d'œil complice avec Myriam Le Morhier; que cette jeunesse était donc impétueuse et volontaire! La femme du capitaine, qui n'avait pas su qu'il y avait eu promesse de mariage entre Marie et Simon, demanda des précisions.

— C'est-à-dire, commença Marie. Il m'aime, je le sais. Et je sais qu'il reste au loin pour amasser du bien afin que nous nous mariions. J'en suis assurée...

— Il vous l'a confié avant de quitter Nantes?

Marie hésita avant de répondre par l'affirmative.

— Ce n'étaient pas ses termes mais c'était bien le sens... Dites-moi, monsieur, comment se portait-il?

— Bien, je suppose, mais je ne lui ai guère parlé.

— Mais pourquoi donc?

— Marie, voyons! fit Myriam Le

Morhier, Simon était un étranger pour monsieur...

— Ah! Vous pouvez bien me tancer, vous qui êtes heureuse en ménage depuis plus de vingt ans! Mais moi je ne peux plus attendre! Je serai bientôt aussi ridée qu'une vieille pomme et Simon ne me regardera plus! J'aurai l'air d'une sorcière!

A ces mots, Myriam Le Morhier tressaillit mais s'efforça de garder une contenance. Guy Chahinian voulut la rassurer en protestant auprès de Marie.

— Ne parlez pas à la légère de magie, malheureuse!

— Oh! Vous êtes comme Nanette! fit Marie, vexée.

Elle bouda quelques secondes, puis finit par s'excuser de sa bêtise et de sa fougue auprès du joaillier. Celui-ci lui pardonna volontiers; il préférait plus de vivacité à trop de mollesse mais il voulait simplement la mettre en garde. Il comprenait toutefois que la passion dissipe momentanément la raison.

— Ah! Il faudrait le répéter à Nanette! Vous la verrez sûrement si vous restez au port un moment, elle accompagne ma mère chez la veuve Barbot.

— Encore? s'exclama Myriam Le Morhier. Mais n'était-elle pas guérie?

— Si. Sa fluxion l'est. Mais sa blessure au pied... Elle n'a pas suivi les conseils de maman et refuse de se laver alors qu'il faudrait nettoyer la plaie deux fois par jour!

— Mais Henriette Hornet soutient que son mari désapprouve les bains car ils ouvrent les pores de la peau où s'insinuent des vapeurs nocives...

— On n'a jamais rien prouvé de tel! protesta Marie. Me trouvez-vous affaiblie? Je me lave aussi souvent que je le peux. Vous-même, comme monsieur l'étranger, changez de chemise tous les jours. La veuve Barbot devrait nous imiter si elle ne veut pas suivre son époux et son fils au monument. La pauvre...

— Ne parlons pas de ça, murmura la femme du capitaine en frémissant.

Elle avait oublié son oiseau, sa surprise, sa joie, et regardait pensivement la Loire, à laquelle elle devait sa fortune et ses angoisses.

L'insistance de Marie la tira de ses moroses réflexions.

— Allons, monsieur, ne vous faites pas prier, parlez-moi de Simon!

— Mais enfin, Marie..., commença Myriam Le Morhier.

— Laissez, madame, dit Chahinian avec indulgence. Il ne pouvait avouer qu'il se moquait bien de Simon, préoccupé au moment de leur rencontre du sort de ses compagnons.

— Il m'a paru en bon état, réussit-il à dire.

— En bon état? rétorqua Marie. Il devait être magnifique! Est-ce que...

Marie rougit mais posa la question qui la tenaillait depuis quelques heures.

— Est-ce qu'il était seul?

Guy Chahinian sourit, décida de taquiner Marie.

— Seul? Non, il y avait une personne très richement vêtue avec lui.

— Ah..., bredouilla-t-elle. Une personne?

Partagée entre l'envie d'être rassurée et la peur d'apprendre qu'elle avait une rivale, Marie, nerveuse, donnait des coups de pied rageurs sur de petits cailloux.

— Oui, une dame plutôt âgée et très vilaine... Une dame qu'il avait mission d'escorter en prison où elle se rendait pour remettre une aumône.

Marie s'excita aussitôt.

— C'est tout Simon! Aider ainsi les gens.

Elle ne vit pas Myriam Le Morhier sourciller, visiblement sceptique, mais Guy Chahinian se promit d'en savoir plus.

— En prison, avez-vous dit... J'espère qu'il a une arme pour se défendre contre tous ces gueux. Et qu'il ne voit pas ces femmes qui... enfin, vous me comprenez...

— Non, murmura le joaillier. Je ne saisis pas bien...

Marie se renfrogna.

— Je ne suis plus une enfant. Je comprends les choses!

Quelles choses? médita Guy Chahinian. Que sait-elle de la vie de ces pauvres filles? Que sait-elle du poids des hommes puants qui les écrasent, les forcent comme des bêtes, les frappent pour le plaisir et s'enfuient après avoir volé leurs sous? Que sait-elle de l'existence?

Devinant confusément son mécontentement, Marie sourit à l'orfèvre. Il se dérida et lui sourit à son tour mais quand elle se tourna vers Myriam Le Morhier pour l'entretenir de son perroquet, Guy Chahinian fut de nouveau troublé par sa ressemblance avec sa cousine Péronne. En se remémorant son atroce agonie, il se rapprocha de Marie dans un geste instinctif de protection.

Marie s'interrogea: pourquoi cet homme la dévisageait-il encore avec cette expression de surprise douloureuse? Elle allait lui en demander le motif quand elle entendit Nanette la morigéner.

CHAPITRE 10

La vieille nourrice s'avançait vers le trio en grommelant que Marie aurait dû les attendre, elle et sa mère.

— Quand maman va voir la Barbot, elle y reste des heures. Je voulais parler à monsieur...

— Guy Chahinian, dit l'homme en s'inclinant devant Nanette.

La nourrice n'aimait pas beaucoup les courbettes qu'elle qualifiait de simagrées mais l'étranger avait un visage empreint d'une gravité qui s'opposait à toute futilité.

— C'est bien vous qui venez de Paris?

— En effet.

— Vous serez mieux ici, décréta la nourrice. Il paraît qu'on se perd dans la ville tant il y a de rues!

Myriam Le Morhier éclata de rire.

— Pour notre ami, Nantes était tantôt un véritable labyrinthe.

— J'ai eu la chance de vous rencontrer, et je...

Un fracas terrible, puis des cris perçants l'interrompirent. Il se tournait encore vers le bateau d'où venaient les hurlements que Marie était déjà montée à bord pour y trouver le cuisinier évanoui; une palanquée décrochée avait chuté sur lui, broyant sa jambe droite.

Nanette, comme Myriam Le Morhier, détourna les yeux mais Marie, immédiatement, la secoua.

— Vite, va quérir maman.

La nourrice hébétée demeurait immobile et la jeune fille allait tempêter pour se faire entendre quand Victor Le Morhier lui fit signe qu'il se chargeait de ramener sa marraine.

— Où est-elle?

— Chez la veuve Barbot. Fais vite!

Tandis que le fils Le Morhier s'éloignait en courant, Marie, sous les regards médusés, s'empara de l'écharpe qui coulait sur les épaules de Myriam, l'enroula en torsade et, s'approchant de Paul-Louis Crochet, elle glissa promptement le linge sous la cuisse déchirée. Chahinian se dégourdit alors et se précipita pour l'aider à serrer ce garrot de fortune.

Tout en bénissant le ciel que l'homme ait perdu connaissance, il se dit qu'en pareille occasion Péronne n'aurait pas manifesté la diligence et le courage de Marie. La jeune fille avait les bras maculés de sang et en essuyant la sueur qui mouillait son front, elle se barbouilla d'écarlate. Chahinian la trouva embellie; l'action effaçait ses moues capricieuses, la faisait femme.

Quand Anne LaFlamme les rejoignit enfin, la fierté illumina son visage : Marie était bien de son sang et avait agi comme elle le lui avait enseigné. Il s'agissait maintenant d'évaluer les dommages. Elle promena sur toute la blessure une main légère mais assurée, tout en communiquant ses observations à Marie.

— Alors? la pressa Martin Le Morhier d'une voix rauque.

— Votre chirurgien a laissé son coffre à bord? Apportez-le-moi!

D'un geste net, Anne fendit la culotte de haut en bas pour dégager totalement la jambe. L'homme se mit à geindre et Anne s'empara prestement de la trousse, souhaitant intervenir avant que Paul-Louis Crochet ait repris ses esprits. Elle inventoria rapidement le contenu de la trousse et choisit des bandelettes, deux crochets, des éclisses de bois et différentes huiles, puis elle fouilla dans son sac pour trouver les ingrédients nécessaires à la composition d'un emplâtre.

— Tenez-lui bien le torse tandis que je replace les os rompus, ordonna-t-elle à Guy Chahinian. Et toi, Marie, écarte les chairs, oui, là, plus bas. Eponge, vite.

Marie appliquait son fichu contre la plaie, dédaignant le linge trouvé dans le coffre. Sa mère n'aurait pas accepté qu'elle usât de tissu d'une propreté douteuse.

Si la fracture était nette, le degré d'écrasement des muscles semblait plus difficile à juger; seul le temps dirait s'il eût été opportun de couper la jambe. Anne avait hésité puis renoncé, car si le tibia était fracturé en deux endroits, elle n'avait néanmoins décelé aucune esquille dans la chair. Si elle prévenait l'infection, si les nerfs n'avaient pas été broyés, Paul-Louis

Crochet boiterait peut-être, mais il pourrait se tenir debout devant ses chaudrons. L'homme revint à lui et, s'il fallut d'abord toute la force de Guy Chahinian et du capitaine pour l'empêcher de se débattre, ce fut la voix de Myriam Le Morhier qui calma l'accidenté.

— Ce sera bientôt fini, promit-elle sans en être très convaincue. Anne vous sauve votre jambe, Crochet.

En s'entendant nommer, le cuisinier parut se ressaisir, comprendre ce qui lui était arrivé. Malgré la douleur, la présence de Myriam Le Morhier était pour lui un réconfort et il supporta dents serrées les soins qu'Anne lui prodiguait. Les os en place, la sage-femme oignit toute la jambe d'huile de rose puis jeta de la poudre de myrrhe pour la désinfecter. Elle prépara ensuite un cataplasme de farine d'orge, auquel elle ajouta des fleurs de grenadier sauvage, de la poudre de noix de cyprès, un peu de terre sigilée et des racines de tormentille écrasées. Elle disposa des éclisses de bois de part et d'autre de la jambe et les maintint à l'aide de bandelettes. Elle enroula ensuite le curieux appareil dans le pantalon déchiré afin de pouvoir déplacer le blessé. On verrait ensuite à recouvrir la jambe d'un tissu blanchi.

On soulevait Paul-Louis Crochet quand le chirurgien du bord apparut. La rougeur de son visage s'expliquait-elle par une course du cabaret au navire ou par la colère? Regardant son coffre ouvert, en désordre, il était sur le point d'interpeller Anne quand Myriam Le Morhier le devança.

— Eh oui, nous nous sommes servis, mon ami. Comme vous le constatez, la situation l'exigeait. Mais nous vous rembourserons, n'est-ce pas, Martin?

Son mari l'approuva aussitôt; son chirurgien était impécunieux et tenu de débourser le prix de ses remèdes et de ses ferrements, son coffre aurait été peu garni s'il n'y avait eu, avant chaque appareillage, une inspection du contenu. Mais cette fois, l'homme n'était pas responsable, on lui avait vidé son coffre et il n'avait pas à racheter ses fournitures. Soulagé, il s'empressa de proposer à Anne de s'occuper dorénavant du patient. Paul-Louis Crochet n'aimait guère le chirurgien qui se plaignait souvent de sa cuisine, mais il savait l'homme habile pour l'avoir vu arracher des dents, parer des moignons et rabiscoter les victimes des pirates. De plus, Anne LaFlamme ne pouvait demeurer à bord plus longtemps et, quand il l'eut remerciée chaleureusement, il s'abandonna aux soins du barbier du bord.

Les témoins s'écartèrent pour laisser descendre Anne et Marie qui s'entretenaient, satisfaites, de l'opération. Le sang qui maculait leurs vêtements leur importait peu; elles avaient sauvé un homme. Seule Nanette bougonnait, déclarant à qui voulait l'entendre qu'Anne aurait dû rester au lazaret si ça lui manquait tant de soigner les malades.

— Nanette, la coupa Anne, arrête de gémir. Marie a agi pour le mieux.

— Vous auriez dû laisser Crochet au chirurgien du bord. Martin Le Morhier le paie pour ça! Tu sors à peine du lazaret et il te faut prendre quelque repos. Mais dès l'aube, tu te lèves pour visiter des indigents! Ils te feront mourir, tu verras!

— Je ne verrai rien du tout si je suis morte, répliqua Anne.

— Ne te gausse pas ainsi de la mort, dit Nanette en se signant. Non, elle ne rit pas, songea Guy Chahinian. Elle essaie de conjurer les horreurs qu'elle côtoie.

Comme si Anne avait deviné ses pensées, elle lui adressa un sourire complice, puis l'invita à la suivre chez elle.

— Venez plutôt chez nous, proposa Myriam Le Morhier.

— Oui! Venez, surenchérit Victor en s'adressant à Marie.

— Je serais bien aise de discuter avec mon filleul, dit Anne LaFlamme en souriant tendrement à Victor, mais nous avons besoin de nous changer. Voyez donc ma robe. Et le pourpoint de monsieur. Il est en piteux état!

— Suivez-nous, répéta Marie. Vous nous parlerez de Paris tandis que je nettoierai votre habit. Etiez-vous au mariage du roi?

— Au mariage? Non, voyons, il n'a pas eu lieu à Paris mais à Fontarabie. Deux ans, déjà. Comme le temps passe...

Marie eut une moue de déception.

— Mais je me souviens comme si c'était hier de l'arrivée de la reine à la fin août. Il y avait une foule incroyable! Les maisons étaient tendues de tapisseries et on voyait partout les bourgeois former une haie d'honneur.

— Et la reine? Comment était-elle?

— Elle portait une robe noire et si elle ne m'a pas semblé d'une beauté saisissante, je peux dire qu'elle a le teint clair et des cheveux d'un blond lumineux qui s'accordaient bien avec les broderies d'or de sa vêture.

— Elle avait des bijoux?

Guy Chahinian rit.

— Je le suppose! Je ne pourrais vous dire s'il s'agissait de rubis ou de saphir mais tout brillait! Sa calèche dorée était ornée de fleurs de jasmin et d'olivier. Quant au roi, il se tenait sur un cheval bai et on voyait de loin les galants argentés qui paraient son costume et les grandes plumes immaculées qui frémissaient à chaque pas de la monture.

— Et les soldats? Ils portaient la casaque avec la grande fleur de lys blanche?

— Les mousquetaires, oui. Mais les gardes-françaises ont des justaucorps d'un bleu plus clair et une culotte blanche, et les gardes suisses sont en rouge.

— Simon avait donc une casaque bleue!

Anne LaFlamme tressaillit: ainsi Marie les avait abandonnées plus tôt pour questionner l'étranger sur Simon. Nanette avait vu juste. S'inquiétant de l'avenir, Anne songea qu'il était préférable d'en savoir plus et elle entreprit d'interroger à son tour Guy Chahinian qui se demandait, lui, pourquoi Marie se figurait que Simon était mousquetaire du roi. Il n'avait vu qu'un pauvre geôlier. Il avait même interrogé Jacques Lecoq car un doute envenimait son esprit. Le marchand lui avait affirmé avec assurance que Simon Perrot n'était pas geôlier au Grand-Châtelet mais bien soldat du roi et que la simplicité de sa tenue était provisoire. L'orfèvre ne pouvait deviner que Simon exigeait du drapier ce mensonge qui ménageait son orgueil, en échange de quoi il l'escortait lors de ses visites à Paris.

— Simon Perrot vous a dit qu'il reviendrait bientôt?

Le joaillier secoua la tête.

— Non, mais je ne l'ai vu que quelques minutes. Nous avions déjà du retard quand il m'a dicté la lettre pour sa famille et nous avons pris congé rapidement l'un de l'autre. Voilà tout ce que je sais.

La mère et la fille soupirèrent: Anne soulagée, Marie inquiète. Simon n'avait pu être aussi taciturne que Guy Chahinian le disait ou alors, c'est qu'il était très pressé; pour sûr, il devait accompagner une dame à la prison, et en parfait gentilhomme il n'avait sans doute pas voulu la faire attendre. Cette idée réconforta Marie mais elle n'était pas aussi joyeuse que Nanette: satisfaite d'apprendre que Simon restait au loin, celle-ci promit qu'elle régalerait l'étranger au dîner.

— Je mêlerai la viande avec des herbes, et ensuite des marrons au sucre et du raisin, ajouta-t-elle pour convaincre le joaillier d'accepter.

Guy Chahinian trouva donc un intérieur quiet et bientôt odorant. Pendant que la nourrice s'agitait près de son feu, Anne et Marie LaFlamme écoutaient leur invité décrire Paris. Marie s'exclamait souvent, jurait qu'elle irait un jour, malgré l'odeur des trous punais. Elle verrait la capitale, ses jardins, ses églises, ses palais.

— Le Palais-Cardinal où vit le roi est-il bien grand?

— On le nomme maintenant le Palais-Royal. Et c'est monsieur le Dauphin qui y demeure avec sa femme. Notre roi Louis reste au Louvre. Vous ne semblez pas partager l'enthousiasme de votre fille, madame?

— Oh, je ne doute pas que cette ville soit pleine de merveilles et d'intérêts mais ce serait trop hasardeux pour moi d'y vivre: les médecins voient d'un mauvais œil qu'une femme soigne les malades. On m'a intronisée matrone car j'ai toujours été une bonne pratiquante mais on pourrait me reprocher de guérir après avoir délivré!

— Quelle sottise! Il y a trop peu de

gens qui savent soigner et on périt autant ou plus à la ville qu'à la campagne, puisque les conditions de vie y sont désastreuses. A la saleté et au manque d'eau potable, les médecins répondent par des saignées.

— Vous êtes bien la première personne à me parler de propreté !

— Je sais... Les gens croient que changer de chemise lave le corps. C'est bien mais insuffisant. On aurait grand besoin de gens comme vous à Paris pour enseigner l'hygiène. Sans parler de votre talent et de votre bonté.

Anne sourit.

— Je suis habile, c'est vrai, mais ne prenez pas pour de la bonté ce qui n'est que curiosité ou prétention...

— Prétention ?

— J'aime soigner, monsieur. C'est ma passion. Je veux réussir mes opérations, je veux que mes remèdes soient efficaces, je veux combattre la peste et la lèpre. Je veux même imposer en tout temps les mesures que prend la ville lors des épidémies ; il faut qu'on garde les rues propres, qu'on construise des latrines, qu'on cure les caves. Je veux enrayer la contage, la prévenir même! Je veux: n'est-ce pas deux mots bien vaniteux? Mais je suis ainsi, ambitieuse. Bien sûr, j'aime mes malades mais surtout, je déteste la mort. Le décès d'un patient m'est comme une offense personnelle... Vous voyez mon orgueil! Qui suis-je pour défier la mort? Qu'une veuve qui a quelque savoir des plantes. Je n'ai pu apprendre qu'en suivant M. Chouart dans sa pratique quotidienne. Mais pour cet homme qui a accepté de m'enseigner, mille autres s'y opposent maintenant. Si je délivre encore des femmes, c'est que le Dr Hornet ne veut pas des pauvres gens. A Paris, la dernière femme à avoir pratiqué une délivrance royale est morte il y a trente ans. C'était une personne remarquable qui a beaucoup écrit sur l'art d'être mère-sage. J'ai pu, du vivant du Dr Chouart, consulter à trois reprises ses ouvrages. Bien des mères lui doivent la vie.

— Ainsi, constata Guy Chahinian, misérieux, mi-amusé, vous tenez en haute estime les talents de Louise Bourgeois, mais pas les vôtres?

— Vous savez donc de qui je vous entretiens?

— Un ami apothicaire à Paris m'en a parlé.

Ils se turent un moment puis Anne reprit:

— Et ici, êtes-vous bien accommodé?

— Oui. J'ai soupé hier chez le frère de ce pauvre cuisinier. On y a du reste parlé de vous. Messire Geoffroy de Saint-Arnaud s'est mis à ma table. Vous avez là un fervent admirateur... Qui m'a semblé fort important.

— Il a du bien, concéda Anne.

— Et il a du mal aussi, glissa Nanette.

— Tu vois le mal partout, Nanette, la tança Anne.

— C'est qu'il est partout, ma pauvre fille.

CHAPITRE 11

Anne LaFlamme se redressa péniblement, sourit; elle devrait bien accepter de vieillir comme tout le monde. Elle n'avait pas encore inventé d'élixir de jouvence et, alors que le soleil déclinait derrière elle, révélant dans ses derniers feux des fleurs de bident d'un jaune verdâtre, elle hésitait à les arracher; elle avait découvert auparavant de la plantagine près d'une mare et avait coupé tout ce qu'elle avait pu trouver, heureuse de constater que la floraison s'était poursuivie jusqu'en septembre. La plantagine était précieuse, ayant des propriétés multiples: elle combattait la fièvre, l'épanchement de sang, la suppuration des plaies et, appliquée en compresse, calmait les démangeaisons. C'était une bonne fortune d'en cueillir autant. Anne avait aussi déniché de la berce et du caille-lait et sa besace pleine aux trois quarts commençait à lui peser. Des élancements au bas du dos la gênaient chaque fois qu'elle se baissait ou se redressait mais Anne ne se résignait pas à oublier le chanvre d'eau. Les feuilles citrines se balançaient mollement au gré du vent et ce mouvement paisible de la plante la fit méditer: elle avait admis plus tôt, en devisant avec Guy Chahinian, qu'il faut savoir apprécier les bonheurs modestes comme cette journée ensoleillée, ou cette cueillette satisfaisante, mais la brise imprimant un mouvement de roulis au bident la remua. Elle avait beau vouloir nier la mer qui lui avait arraché son mari, elle retrouvait dans la nature le rythme du tangage. Elle inspira profondément, pour cruelles que soient toutes ces représentations ou imaginations marines, les souvenirs qu'elles évoquaient étaient heureux. Anne avait vécu plusieurs années avec Pierre alors que le souvenir que Marie avait réveillé dans la mémoire de Guy Chahinian était tout autre. Et les confidences qu'il lui avait faites après le repas, alors que sa fille et Nanette s'étaient éloignées, n'en étaient que plus bouleversantes. Bien qu'il lui en coûtât, il lui avait révélé la fin de Péronne car il voulait la mettre en garde contre les ragots entendus plus tôt sur la place publique. Anne l'avait remercié mais lui avait expliqué qu'elle ne pouvait cesser de pratiquer la médecine. Elle devait gagner son pain; c'est le maréchal des logis, en accord avec les édiles, qui la rétribuait pour garder les pestiférés au lazaret. Et puis, comment renvoyer tous ces gens que rejetait le Dr Hornet?

Tout en ramassant le bident, Anne LaFlamme espérait avoir rassuré Guy Chahinian. Ce hors-venu lui plaisait; l'attrait qu'il exerçait sur elle était purement spirituel, elle éprouvait pour lui un sentiment fraternel comme si elle le connaissait depuis longtemps. Ils avaient ce même intérêt pour la science, ce même mépris de la coquetterie, ce même goût pour la simplicité. Ils communiaient même dans leurs moments de silence.

Toute à ses pensées, la sage-femme prêta une attention distraite aux froissements de feuilles qu'elle entendait et quand elle réagit à des craquements plus sonores, il était trop tard: une masse sombre s'abattait sur elle, lui plaquait une main épaisse sur la bouche, tentant de l'agenouiller. Anne se débattait, essayait de mordre son agresseur tout en se répétant qu'elle ne devait pas laisser la terreur l'envahir. Il fallait qu'elle lui parle, elle saurait choisir les mots pour le calmer, pour qu'il l'épargne. Elle avait su apaiser tant d'hommes malades qui dans leur délire voulaient la tuer, croyant pourfendre des démons. Mais l'homme ne lâchait pas prise, il était d'une force surprenante et quand il appuya un genou brutal contre son dos, elle tomba par terre sur le ventre et sentit avec horreur que l'agresseur relevait ses jupes. Elle s'agitait violemment pour se défaire de son emprise mais, après quelques minutes de tentatives désespérées, la panique la gagna car elle comprenait qu'elle ne pourrait résister très longtemps, le poids de l'agresseur épuisant toutes ses forces. Dans un ultime sursaut, elle racla le sol pour y trouver un caillou mais la terre molle était unie, les feuilles mortes ne dissimulaient que des branchages inutiles. Une main rugueuse serrait maintenant son mollet et elle attendait le pire quand une exclamation domina ses cris.

— Halte-là! Arrêtez! Arrêtez!

L'homme se figea quelques secondes avant de l'abandonner et de se relever pour tirer pays mais il ne put s'enfuir très loin: Geoffroy de Saint-Arnaud surgissait, sautait à bas de son cheval et rattrapait l'assaillant d'Anne LaFlamme.

Un combat s'engagea entre les deux hommes. Le bandit assena un coup de poing au visage de l'armateur mais celui-ci riposta d'une bourrade à l'estomac qui suffoqua son adversaire. Profitant de son avantage, Saint-Arnaud distribua maints coups de pied aux jambes et allait tirer sa rapière quand l'homme, extirpant un petit poignard doré, le blessa à la main. Le sang gicla, mais l'armateur ne s'avouait pas vaincu. Il continuait à frapper l'homme qui se défendait de plus en plus mal, n'esquivant qu'une ruée sur quatre, effleurant à peine l'armateur de la pointe de son arme. Geoffroy de Saint-Arnaud réussit enfin à extraire sa lame et il la plongea sans barguigner dans le ventre du brigand.

L'homme tomba sur les genoux et allait parler quand Geoffroy de Saint-Arnaud lui trancha la gorge.

Rejetant sa rapière ensanglantée, il se précipita vers Anne LaFlamme. Celle-ci avait regardé toute la scène sans proférer un seul son mais l'estocade finale l'avait épouvantée et elle balbutiait d'incompréhensibles paroles quand l'armateur s'approcha d'elle. Alors qu'il tentait de la prendre dans ses bras, elle le repoussa avec violence.

— Pardon, pardon, j'ai oublié que ce misérable avait voulu vous violenter... Je ne tenais qu'à vous donner des apaisements... C'est fini, maintenant! Je suis là!

Anne LaFlamme regarda le cadavre durant un long moment puis finit par se pencher pour ramasser sa giberne.

— Donnez, je vais la porter, dit l'armateur.

Il avança sa main tailladée pour s'en saisir afin que la femme remarque qu'il avait été touché mais elle n'eut aucune réaction. Il se résigna:

— Je vous en prie, grimpez sur mon

cheval, l'émotion vous a coupé les jambes.
Je vous raccompagne chez vous... Je reviendrai tantôt m'occuper du corps de ce monstre!

Anne obéit en silence et laissa Geoffroy de Saint-Arnaud prendre les rênes pour guider l'animal. Elle ne dit mot durant le trajet mais, à caresser la crinière du cheval, ses tremblements s'espacèrent lentement. La bête la rassurait par sa chaleur et sa force tranquille. Elle flattait l'encolure d'un mouvement régulier et il lui semblait que le cheval devinait son effroi; la veine qui palpitait sous sa main lui rappelait que la vie continuait malgré tout.

Le rougeoiement du crépuscule surprit désagréablement Anne quand ils quittèrent la forêt marécageuse: le ciel grenat menaçait d'incendier Nantes et les nuages effilochés lui rappelaient des chairs déchiquetées.

Se souvenant soudainement que l'armateur avait été blessé durant le combat, Anne redevint elle-même.

— Monsieur, je dois vous faire excuse. Je ne vous ai guère remercié de m'avoir ainsi sauvé du mauvais parti que cet homme voulait me faire subir... Et j'ai oublié ma maigre science quelque temps. Mais, montrez-moi votre main. Donnez-moi ma besace, j'ai toujours quelques herbes pour les...

— Laissez, ce n'est qu'une égratignure...

— Mais je...

— Nous verrons cela chez vous, si vous y tenez. Est-ce que vous connaissiez votre assaillant?

— Non, je n'avais jamais vu cet homme... Mais que faisiez-vous en forêt à cette heure?

— On m'a signalé la présence d'un loup dans les environs, vous voyez, dit-il en lui montrant le mousquet qui battait le flanc du cheval, j'avais apporté le nécessaire. J'ai pensé à tout, sauf à vous arracher aux griffes d'un ruffian. Vous ne devriez pas sortir au crépuscule...

— C'est la meilleure heure pour cueillir les plantes... Et bien souvent je ne suis pas la seule. On braconne par-ci par-là. J'ai peut-être gêné quelqu'un...

— Et tout ça pour des fleurs? Madame,

sur ma vie, soyez plus raisonnable. Vous êtes toute pâle, et vous tremblez; je ne puis imaginer ce qu'il serait advenu si Dieu n'avait pas guidé ma monture vers les marais. Il ne faut pas que cela se reproduise !

Anne soupira; elle était épuisée et si elle comprenait que les reproches amicaux de Geoffroy de Saint-Arnaud lui étaient dictés par l'inquiétude, elle aurait préféré une sollicitude moins docte, un silence compatissant aux conseils inutiles: elle n'allait pas cesser de soigner, elle continuerait à chercher les plantes bénéfiques. Seulement, désormais, elle aurait peur.

Nanette ne cacha pas sa colère quand Anne raconta son aventure.

— Je te le répète assez souvent, ma pauvre ! grondait la nourrice pour masquer son trouble. Tu mets ta vie en péril pour quelques miséreux. Avec tous ces bateaux remplis d'étrangers qui vont et qui viennent... Cette maraudaille ne parle même pas notre langue et porte des costumes de carnaval, comment veux-tu que...

— Nanette, le gredin était vêtu comme le sont tous nos marins...

— N'empêche, bouda la nourrice, ton entêtement te perdra !

— Non, dit Marie, c'est ma faute, maman ! Dorénavant je t'accompagnerai à chaque cueillette. J'aurais dû le faire tantôt.

Le ton résolu de Marie choqua considérablement Geoffroy de Saint-Arnaud; elle lui donnerait donc elle aussi du tracas ?

— Vous ne lui permettrez pas de vous suivre, Anne ? s'alarma-t-il. C'est une enfant !

— Oui, mais les enfants, justement, retiennent vite les leçons. Anne LaFlamme était contente de sa fille; par deux fois dans la journée, elle lui avait prouvé qu'elle avait acquis une certaine maturité. Elle était toujours éprise de Simon, certes, mais il était à Paris et ne semblait pas pressé de revenir. Anne soigna la blessure de Geoffroy de Saint-Arnaud en reconnaissant qu'il avait raison quand il prétendait n'avoir qu'une écorchure : un doigt entaillé avait beaucoup saigné, comme le gras de la paume, mais les plaies étaient sans gravité.

— Marie, fouille dans notre besace et donne-moi de la plantagine.

Marie sourit, complice, et lui tendit quelques instants plus tard la plante cicatrisante; elle avait à peine hésité entre les fleurs du gaillet et celles du plantain lancéolé, pourtant très ressemblantes avec leurs quatre pétales d'un blanc crémeux, puis elle s'était souvenue que le gaillet fleurit en grappes. Le plantain avait davantage l'allure d'un long fouet. Elle tendit un paquet d'herbes à sa mère, qui lui sourit.

— C'est bien, mais je n'en ai pas besoin de tant! Messire n'a pas perdu un bras!

Geoffroy de Saint-Arnaud se demanda si la moquerie qu'il décelait dans la voix d'Anne LaFlamme s'adressait à sa fille ou à lui. Elle aurait préféré que le bandit lui sectionne un membre? Il grimaça quand elle lui appliqua la compresse de plantagine mais il ne put en nier les bienfaits. Le sang caillait et, après qu'Anne lui eut bandé la main, il n'avait plus motif à s'attarder chez elle. Il prit congé en acceptant avec un plaisir non feint les remerciements de la famille.

— Je n'ai fait que mon devoir, affirma-t-il en souriant.

Il souriait encore, quelques heures plus tard, quand le Petit vint le retrouver chez lui. Ce dernier avait attendu le départ de Guy Chahinian qui soupait chez son maître pour frapper à l'huis et réclamer son dû. Il avait eu le temps d'apprécier la demeure. Faite de tuffeau de Saumur, l'habitation présentait sur ses deux façades de nombreuses fenêtres à fronton courbe et elle était si imposante qu'on remarquait à peine les arbres exotiques que l'armateur avait fait planter de chaque côté de la porte d'entrée. Celle-ci s'ouvrit à demi.

— Tout s'est passé comme vous le désiriez, monsieur?

— Ton clampin m'a blessé à la main. J'ai bien raconté l'aventure à mon invité. Je lui ai dit que j'avais été mis en demeure de me défendre. Et que j'avais touché le scélérat. Un peu plus sérieusement, dit-il en éclatant de rire.

— C'est bien ce que je me suis dit, en ne le revoyant pas au cabaret. Qu'est-ce que je fais du corps?

— Pas la peine de l'ensevelir. Je n'ai que défendu la vertu d'une dame... Nul ne saurait m'en blâmer. On m'en fera louange! Et qui le connaissait? Laisse, les loups auront un bon souper. Voilà ton dû. Que tu n'as pas à partager... J'espère qu'Anne LaFlamme aura compris la leçon.

— Elle croit qu'elle vous doit la vie, elle vous considérera autrement maintenant, vous verrez!

— Buvons à nos épousailles! dit l'armateur en remplissant de clairet deux coupes d'argent. Elle a échappé à un triste brigand aujourd'hui mais elle ne m'échappera pas à moi... Je l'ai vu jupes relevées et cul nu; sais-tu qu'elle a encore de belles cuisses? Je saurai m'en amuser quelque temps...

— Et sa fille! Même le père Thomas la reluque! En confession, son ardillon doit être raide comme votre rapière!

— Bah, si j'ai la mère, j'aurai ma foi la gamine. Je ne dédaigne pas les fruits verts...

— Vous voulez vraiment l'épouser? Il doit y avoir d'autres moyens...

— Nous en userons s'il le faut... J'ai quelques idées sur le sujet.

— Si elle crevait, vous pourriez marier la fille.

— Elle s'est promise à Simon Perrot : sa mère la laisse libre de son choix et comme Marie est encore plus butée qu'elle...

Le Petit regarda son maître avec suspicion : Geoffroy de Saint-Arnaud n'était pas homme à verser dans les passions de l'amour. S'il voulait convoler avec Marie, il le ferait au nez et à la barbe de l'aîné des Perrot. Il ne s'embarrasserait pas d'un minable soldat. L'armateur lui cachait les véritables raisons qui le poussaient à épouser Anne LaFlamme. Froissé, il se réfugia si soudainement dans un mutisme que Geoffroy de Saint-Arnaud perçut son ressentiment et, sachant qu'il valait mieux que le Petit réfléchît peu, il lui dévoila un des motifs qui le guidaient.

— Je sais que tu t'étonnes de ce que je veuille cette femme... Moi-même, j'en suis surpris. Elle n'est pas belle, elle n'est pas riche. Point sotte, il est vrai, mais demande-t-on à une créature d'avoir de l'esprit ?

Non, je ne sais pas pourquoi je la désire mais le fait est... Peut-être m'a-t-elle ensorcelé? C'est la seule explication...

— Un enchantement? bégaya le Petit.

La brute n'avait jamais craint les affrontements: il jouait du coutelas comme on lance les dés au tric-trac et frappait du gourdin avec vigueur. Egorger, assommer, garrotter, poignarder, étouffer, ne l'incommodait pas plus que l'odeur un peu salée du sang. Néanmoins, il ne se distinguait pas de ses victimes là où il s'agissait de magie: il en redoutait les manifestations et de songer que son maître était peut-être envoûté par Anne LaFlamme lui déplaisait. L'armateur avait semé le doute, il convenait maintenant de freiner l'imagination du Petit; on raviverait ses peurs en temps voulu.

— J'ai parlé d'enchantement mais je n'y crois pas, exposa Geoffroy de Saint-Arnaud. La vérité est que je n'aime pas qu'on me résiste. Cette femelle me morgue mais on verra qui est des deux le plus rusé!

Rassuré, le Petit hochait la tête en signe d'approbation: l'entêtement d'Anne LaFlamme lui semblait motif suffisant à aiguiser la fureur de son maître, et quand ce dernier lui donna une pièce supplémentaire pour le remercier d'avoir judicieusement choisi le sicaire, le Petit oublia toutes ses appréhensions. Qu'avait-il besoin de s'interroger? Il n'avait qu'à obéir à ce maître qui le payait bien.

Geoffroy de Saint-Arnaud regarda le Petit s'éloigner en direction du port: il irait probablement boire son pécule avec d'autres gueux. Il lui avait donné le goût du vin en lui versant plusieurs verres de clairet. Lui n'en avait guère bu, sachant qu'il ouvrirait une meilleure bouteille après le départ du nabot.

Il se dirigea vers le buffet et en sortit un anjou.

Le bouquet du quarts-de-chaume était plein de délicieuses promesses et Geoffroy de Saint-Arnaud savoura tout autant le moelleux du vin que le succès de son entreprise nocturne. Tout Nantes saurait quelle dette Anne avait contractée envers lui. Il savait qu'elle ne changerait pas d'idée et refuserait néanmoins de l'épouser mais elle serait sûrement plus aimable, ce qui suffirait à alimenter les ragots: on croirait volontiers à leur mariage. Personne ne soupçonnerait qu'à vrai dire c'est Marie qu'il convoitait.

Il n'avait pas menti quand il avait dit au Petit qu'il ne pouvait épouser Marie parce qu'elle s'était éprise de Simon Perrot. Il l'avait entendue bavarder avec Jacques Lecoq et il ne se trompait pas plus sur les accents énamourés de sa voix quand elle prononçait le nom chéri que sur son attitude désinvolte envers lui quand elle acceptait ses dragées. Elle ne l'aimait guère. Et se moquait assurément de lui derrière son dos.

Tout changerait quand elle serait sa femme. Il lui apprendrait la politesse avant de se débarrasser d'elle. Mais il fallait faire vite, très vite avant que ce Perrot ne revînt. S'il lui prenait la fantaisie de convoler avec Marie, Saint-Arnaud pouvait dire adieu au trésor. Il avait bien sûr pensé à faire assassiner Simon Perrot, mais qui pouvait dire si Marie accepterait de l'épouser ensuite? Elle entretiendrait peut-être le souvenir du jeune homme?

L'armateur s'étonna pour la centième fois qu'Anne LaFlamme ne jouisse pas de sa richesse. Il en conclut qu'elle gardait cette fortune pour doter sa fille.

Une fortune considérable, selon les confidences que lui avait faites Pierre LaFlamme avant de mourir, treize mois plus tôt.

CHAPITRE 12

Je ne veux pas te quitter, Anna. C'est étrange: tu auras tort et raison à la fois. Tu répétais souvent que la mer m'arracherait à toi. Je meurs sur ce navire mais c'est la maladie qui m'emporte. Je te devine: jusqu'à ta propre mort, chaque jour tu diras que tu m'aurais sauvé si je n'avais pas quitté Nantes. Mais je voulais te rapporter des soies aussi douces que le ciel des îles-sous-le-Vent, couleur d'aurore et de crépuscule. Ta jupe aurait eu la même teinte que le ventre brillant des saumons et des faveurs mauves auraient fleuri ton sein comme des lilas. Des dentelles d'or auraient garni ton col et tous les habitants de la ville t'auraient vue en reine. Ma reine. J'aurais voulu te faire goûter ces plantes curieuses, ces fruits extraordinaires, ces grappes piquantes qui viennent du bout du monde et qui chauffent aussi sûrement les sangs que l'idée de te revoir. J'aurais voulu que la mer soit moins jalouse de toi; si elle m'enlève, c'est qu'elle démasque en moi un piètre marin, un marin qui songe plus à sa belle qu'aux borcets, haubans, valancines ou grands huniers. Tu es ma sirène, et les tempêtes de la Trinité sont plus paisibles que mon cœur ne l'a été depuis que tu m'as ensorcelé. Plus je vieillis, plus les voyages me durent. Je compte les étoiles et les lunes, les rochers et les vagues et même ta science et tes poudres ne sauraient me guérir du mal de toi. J'aurais voulu avoir ces mots et savoir te les écrire.

— Anna! Anna, Anna...

— LaFlamme! Hé! LaFlamme!

— Laissez-le, mon père. Il rêve de sa femme. S'il pouvait mourir sur-le-champ, ça serait aussi bien.

— Je venais entendre sa confession, protesta l'aumônier. Il passera la nuit?

— Je n'y compterais pas trop, murmura le chirurgien. J'en ai déjà sept qui sont partis quand le soir est tombé. Ils s'en vont souvent à cette heure-là, ils ont peur de la nuit qui vient. Moi aussi... LaFlamme, Pinchaud et Cadieux ne vont pas traîner.

Il y en aura d'autres demain... Misère, il faudrait qu'on touche à terre! Et qu'on pende Saint-Arnaud!

— Taisez-vous! Si on vous entendait, c'est vous qui vous balanceriez au bout d'une corde.

— Les hommes meurent par sa faute! Il a rempli le navire d'étoffes! Est-ce qu'on mange de la toile et du chanvre? Non! Pas plus que du drap et du damas! On va tous crever de famine... si ce n'est du scorbut! Je n'ai plus rien pour soigner; je n'ai jamais vu autant de gars périr en trajet de mer. Le *Lion* sera bientôt un vaisseau fantôme et je pense que l'enfer vaut encore mieux que son poste d'équipage.

L'aumônier se signa mais n'adressa aucun reproche au chirurgien; il disait tout haut ce que lui pensait tout bas.

Après avoir célébré le Saint Sacrifice sur l'avant de la dunette, il avait fait réciter le *Confiteor* et confessé tous les matelots comme il était d'usage avant les tempêtes et les combats. La crainte de la contage ravivait la piété des marins; le prêtre aurait préféré des hommes moins respectueux mais mieux portants. Les plus âgés étaient décédés les premiers. Maintenant, même les officiers les mieux nourris risquaient d'être atteints. Lui-même était persuadé d'avoir été épargné dans l'unique dessein de continuer à administrer les sacrements; sinon, comment expliquer ce miracle? Il descendait chaque jour retrouver le chirurgien et entendre les mourants. Il les voyait pourrir sur leurs branles, les jambes, les cuisses enflées, aussi rondes et dures que des barriques. Il voyait leur sang troublé d'humeurs jaunâtres barbouiller tout le corps et leurs dents tomber des gencives noircies. Il entendait leurs cris depuis des semaines. Des mois, lui semblait-il. Dieu ne les prendrait donc pas en pitié?

Pierre LaFlamme gémit, ouvrit des yeux chassieux. Le prêtre approcha son crucifix du moribond.

— Allez chercher Geoffroy de Saint-Arnaud, mon père.

— Mon fils, recommandez votre âme à Dieu.

— Mon père, faites ce que je vous dis,

par pitié! Il faut que je lui parle.

L'aumônier, constatant que le malade parlait sensément, s'étonnait néanmoins de sa demande: si Pierre LaFlamme avait tous ses esprits, il devrait comprendre que l'armateur refuserait de le voir.

— Dites-lui que je lui dirai où est le trésor du cap d'Aigle.

— Quoi!?

— Vous m'avez bien compris. Allez...

L'aumônier doutait de nouveau de l'esprit du marin mais il s'exécuta: Geoffroy de Saint-Arnaud n'aurait qu'à juger lui-même s'il convenait ou non d'entendre Pierre LaFlamme.

L'armateur se moqua de l'aumônier mais une heure après que celui-ci lui eut présenté la requête du mourant, il se décidait à le visiter: à de telles extrémités, un homme n'a aucune raison d'inventer une fable. On n'avait jamais su ce qu'il était advenu de la prise du cap d'Aigle. Le butin des pirates anglais avait disparu lors de l'attaque de leur île par des corsaires français. Pierre LaFlamme avait dû faire partie de cet équipage; s'il n'avait pas encore joui de sa part du trésor, c'est qu'il savait bien qu'on le condamnerait pour vol. Geoffroy de Saint-Arnaud calculait combien il lui resterait de la valeur de la prise s'il devait aller la déterrer sous les climats chauds. S'il ne voulait pas payer de parts au roi et au capitaine, il lui faudrait invoquer quelque marché qui rendît plausible son départ vers l'île des pirates. A moins que LaFlamme n'eût réussi à rapporter son trésor à Nantes. Ne prétendait-on pas que le butin était constitué de pierres précieuses? Il fallait être mage pour dissimuler les diamants et les saphirs sous de pauvres vêtements de marin, certes, mais si LaFlamme avait réalisé l'impossible?

L'appât du gain obnubilait Geoffroy de Saint-Arnaud et s'il avala une dragée de menthe et se couvrit le visage d'un mouchoir pour rejoindre le malade, c'était plus en prévision de la puanteur que de l'épidémie. Un homme de sa qualité ne pouvait périr d'aussi disgracieuse façon.

Les odeurs fétides de pus, de crasse, de déjections et de mort le prirent pourtant à la gorge et lui nouèrent les entrailles mais quand il entendit Pierre LaFlamme l'appeler, il s'immobilisa dans son repli vers le pont et s'avança : le trésor du cap d'Aigle serait à lui.

Le moribond, voyant l'armateur s'avancer, employa ses dernières forces à dissimuler son excitation : ainsi, Geoffroy de Saint-Arnaud allait se pencher sur lui, approcher son oreille pour entendre les ultimes confidences. Il faudrait parler très lentement, garder longtemps l'ennemi à ses côtés et avoir le geste sûr pour lui faire échapper son mouchoir.

— Ah, messire, Dieu vous garde... Et un pauvre marin vous rend grâce d'être venu l'entendre...

Il souffla, toussa, puis agrippa Geoffroy de Saint-Arnaud par le bras sans toutefois y mettre de force.

— L'aumônier, commença l'armateur.

— L'aumônier... vous a bien rapporté mes paroles. Je veux vous entretenir du butin du cap d'Aigle...Vous en avez souvenance ?

Geoffroy de Saint-Arnaud tut son impatience : le trésor du cap ? Qui l'aurait oublié? Qui ne l'avait jamais cherché? Combien de capitaines avaient prétendu le retrouver? Combien de marins disaient connaître la cachette? Depuis cinq ans, les plus fabuleuses histoires expliquaient la destinée des rubis et des émeraudes mais aucune n'avait pu être vérifiée.

— Je connais l'existence de ce trésor, oui. Continuez...

— Il y a quatre ans, j'ai croisé à Madère un corsaire...

Pierre LaFlamme s'arrêta, goûtant ces pauses qui énervaient manifestement l'armateur.

— Un corsaire?

— Oui. Un corsaire. Dans une ruelle. Il trépassait, le corps lardé de coups. Un poignard était encore fiché entre ses côtes... J'ai tenté de lui porter secours mais il était trop tard... On l'avait sûrement attaqué pour lui voler son bien mais les truands n'avaient pas trouvé le trésor sur lui; de rage, ils l'avaient achevé... Il avait pourtant les pierres: entre son moignon et sa jambe de bois, il avait fabriqué une sorte de coussin en peau. A l'intérieur, dans des viscères séchés, il y avait mis son avoir. Il me dit de le rendre au roi, que les diamants lui avaient porté malheur depuis qu'il les possédait... Il avait perdu sa main, puis un œil et voilà maintenant qu'on rechignait... Il me fit jurer de remettre les pierres à qui de droit... Mais je ne l'ai pas fait... Parce que...

Les yeux de Geoffroy de Saint-Arnaud étaient aussi enfiévrés que ceux du malade. Il ne voyait pas que celui-ci déclinait rapidement.

— Je... J'ai tout gardé... Et le corsaire avait raison : le trésor est maudit... Je meurs à mon tour, loin de ma femme, loin de ma fille, loin de mon pays...

— Mon ami...

— Je dois soulager mon âme, sire...

En disant ces mots, le marin tira de tout son poids sur la manche de Saint-Arnaud : son mouchoir tomba. Pierre LaFlamme lui souffla enfin au visage une haleine nauséabonde mais l'armateur ne recula point car en cet instant son ouïe était plus fine que son odorat.

— Le trésor est... Vous allez le rendre au roi ? Sur votre parole ?

— Oui, il va sans dire, fit l'armateur en hochant la tête avec véhémence.

— Le trésor est à Nantes, avoua le marin dans un râle.

— A Nantes? Où? Chez vous?

— Je l'avais dissimulé dans la cage des singes que nous avons rapportés de Madère... Vous... Vous allez...

— Je vais le rendre, oui! Où est-il?

Pierre LaFlamme eut un profond soupir avant de murmurer: «L'arbre», puis il s'évanouit.

L'armateur le secoua avec tant de vigueur que le chirurgien accourut:

— Vous ne voyez donc pas qu'il passe? Ayez un peu de respect pour la mort, monsieur!

— Il faut me le ranimer!

— Adressez-vous à l'aumônier, il n'y a que des prières qui peuvent encore agir. J'ai épuisé toute ma science...

— Incapable! rugit Geoffroy de Saint-Arnaud. Je vous ferai fouetter!

Il pivota sur lui-même et quitta le poste empuanti avec colère.

Le chirurgien s'approcha de Pierre

LaFlamme pour constater son décès. Il entrouvrit la paupière, y vit à sa grande surprise une quiétude presque béate. Quel heureux secret le marin emportait-il dans l'au-delà?

L'assurance d'avoir contaminé Geoffroy de Saint-Arnaud.

* * *

Si Pierre LaFlamme avait prêté plus d'attention aux propos de sa femme, il aurait su que le scorbut n'était pas contagieux. Et que cette histoire contée au sujet du trésor exciterait terriblement l'armateur, au point que ce dernier persécuterait sa famille afin de découvrir le butin.

Aussitôt à terre, Geoffroy de Saint-Arnaud avait rendu visite à Anne LaFlamme, sous prétexte de l'assurer de son amitié en ces temps douloureux. Il avait tenu à réconforter son époux lors de ses derniers moments, avait-il dit à la veuve, et à recueillir les paroles d'amour qu'il avait formulées pour sa femme.

— Vous deviez avoir échangé des serments sous un arbre...

— Un arbre?

— Notre ami Pierre a parlé d'un arbre, j'ai pensé que...

— Il délirait sans doute. Il aimait les arbres, il en avait planté. Mais c'est la mer qu'il préférait.

Les larmes coulaient sur les joues d'Anne sans qu'elle songeât à les essuyer; elles avaient le goût salé des vagues et Pierre les aurait bues avec amour. Il l'avait fait quand elle avait perdu leur premier enfant, il l'avait fait quand Marie était née. Il était si fier de sa fille! Anne n'avait jamais pensé qu'il eût préféré un garçon, comme tant d'hommes, même si elle avait tenté vainement de lui en donner par la suite. Elle avait toujours su que Pierre n'était pas comme les autres. Il avait été élevé à la dure, mousse avant la puberté, moqué, rabroué par les hommes d'équipage, mangeant mal et dormant mal. Il s'était amariné, avait choisi le silence: jamais une plainte, jamais une protestation. Avec l'âge, son mutisme avait été interprété comme une marque de sagesse et ses avis étaient écoutés. Il mettait tant de prudence à se prononcer qu'on ne l'en croyait que plus réfléchi. Comme il plaisantait cependant volontiers, sa compagnie était recherchée; les capitaines se le disputaient. Anne admirait la bonne nature de son mari: il s'était endurci sans devenir amer, et oubliait aisément tracas et tempêtes.

— Dans les pires traversées, il faisait contre mauvaise fortune bon cœur. Il avait bon cœur, oui... Oh oui...

L'armateur répéta stupidement:

— Bon cœur? Ah! Oui...

Il se demandait si Anne lui jouait ou non la comédie: elle aurait dû être troublée à l'entendre évoquer un arbre puisqu'elle savait où le trésor était enfoui. Il ne voulait pas lui montrer qu'il connaissait l'existence du butin mais il devait tout de même en savoir davantage!

— C'était pour vous plaire qu'il avait planté ces arbres?

— Oui. S'il avait pu, il m'en aurait rapporté de ses voyages mais il n'y a pas à les loger sur un navire, n'est-ce pas?

Il lui offrait autre chose: la rémige d'un

flamant rose ou d'un héron bleu, les pétales indigo d'une fleur inconnue, des clovisses nacarat, des écailles noires, des coquilles blanches, des papillons safran ou des fragments corallins et même une fois, un insecte aussi brillant qu'une escarboucle, rapporté d'un rivage maure.

— Ne lui pile pas les ailes pour en faire un basilicon, lui avait-il dit en riant.

Il riait toujours pour cacher sa gêne des retrouvailles; il l'embrassait dans le cou et elle sentait sa barbe lui colorer la nuque. Il fouillait dans la vieille aumônière qui pendait à sa ceinture et tendait à sa femme ces cadeaux étranges qui la ravissaient. Puis il lui donnait toute sa solde en lui disant d'acheter de nouvelles jupes à Marie et un bonnet bien raide pour Nanette.

Geoffroy de Saint-Arnaud toussa pour attirer l'attention d'Anne LaFlamme.

— Voici la solde de votre époux... Nous l'avons majorée, bien sûr.

Anne remercia l'armateur de s'être déplacé lui-même pour lui rendre le salaire de son défunt.

— Vous voudrez bien accepter un peu

de vin, monsieur, pour vous laver la gorge. Le temps est si sec que le sable des routes nous étouffe...Venez, il fait plus frais à l'abri.

— Allons donc goûter votre vin sous ces arbres qu'a plantés votre mari. Nous serions mieux à l'ombre...

Anne dévisagea l'avitailleur; se pouvait-il qu'il ait réellement eu de l'amitié pour son mari? Elle n'avait jamais ressenti beaucoup d'estime pour Saint-Arnaud mais elle doutait maintenant de son jugement: il avait assurément parlé avec Pierre s'il savait qu'il avait été, seize ans plus tôt, chercher pour elle des ifs et des noisetiers dans la forêt.

— Madame..., chuchota Geoffroy de Saint-Arnaud, agacé par le mutisme d'Anne LaFlamme. Je reviendrai demain si vous voulez...

Considérant la veuve trop troublée, il n'espérait plus tirer d'elle le moindre indice ce soir-là.

— Non, pardonnez-moi, je suis une piètre hôtesse. Elle inspira profondément, tentant de se maîtriser.

— On m'a dit que la traversée avait été effroyable... Bien des pauvres marins sont morts. J'ai été surprise d'apprendre que vous étiez sur le navire. Rares sont les bourgeois qui traversent les mers, ils laissent ce soin à d'autres...

— On n'est jamais mieux servi que par soi-même, expliqua Geoffroy de Saint-Arnaud.

Il redoutait, en vérité, qu'on ne le vole s'il n'était pas présent pour tout surveiller en personne. Il n'était pas de chaque voyage mais quand la marchandise transportée s'élevait à des sommes importantes, il se décidait à s'embarquer.

— Par soi-même, reprit-il, ou par des marins comme Pierre LaFlamme. Peu d'hommes étaient dignes d'une telle confiance. Il était droit... Comme ses arbres. N'est-ce pas?

Avait-il eu tort de faire de nouveau allusion aux arbres? Non, Anne souriait doucement.

— Ses pauvres arbres. On a dû tous les abattre l'an dernier. Ils dépérissaient sur pied. Pierre en avait trop planté, ils s'étouffaient les uns les autres.

L'armateur eut bien de la peine à dissimuler sa rage : comment avait-il pu croire qu'il devinerait aisément où était caché le trésor ? Seule Anne LaFlamme pouvait le renseigner. Mais pourquoi le ferait-elle ?

Il songea dans un premier temps à lui offrir d'acheter la maison pour une très forte somme. Mais il renonça aussitôt à cette idée, se disant qu'Anne LaFlamme emporterait avec elle le trésor avant de s'installer ailleurs. Ou alors elle le cacherait de nouveau. Il pourrait toujours faire fouiller sa nouvelle demeure mais le résultat lui semblait trop hasardeux.

Pour obtenir les renseignements désirés, il n'y avait qu'une solution : épouser Marie. Mais, à son grand dam, il avait appris que cette gourde était amoureuse de Simon Perrot et qu'Anne LaFlamme même si elle se désolait de ce parti n'en imposerait pas d'autre à sa fille.

— Trop de jeunes filles sont mariées à des barbons ! lui avait-elle dit.

Le tenait-elle pour un barbon ? Il avait plaisanté :

— L'idée que vous vous faites des liens du mariage me semble bien sentimentale.

— C'est que... J'ai été si heureuse avec Pierre.

Ils avaient continué à échanger leurs points de vue sur le mariage, et l'armateur avait été vite persuadé qu'elle ne lui accorderait pas la main de Marie contre le gré de celle-ci... à moins d'y être forcée par les circonstances. Ce serait plus long, simplement. Afin qu'on n'eût aucun soupçon sur ses intentions, il avait décidé de courtiser la mère et multiplié dès lors les prétextes à la rencontrer : il se souciait peu du bien-être de ses domestiques, mais il demandait Anne LaFlamme dès qu'une servante était grosse, ou un laquais malade. Cette sollicitude envers ses gens acheva de troubler la sage-femme; elle s'était peut-être trompée sur le compte de l'armateur, avait trop prêté l'oreille aux ragots : les survivants de la traversée durant laquelle avait péri Pierre soutenaient que Geoffroy de Saint-Arnaud les avait affamés. Ils ne mentaient pas, assurément, mais cette disette n'avait sans doute pas été ourdie de façon délibérée. L'armateur avait commis une erreur d'appréciation, mal calculé la durée du voyage; sinon, il aurait embarqué davantage de vivres et moins d'étoffes. Il avait failli par ignorance ou bêtise, non par cruauté ou égoïsme.

— Je l'ai mal jugé, Nanette.

— Non, ma fille! Il fait le beau avec toi mais le sang qui coule dans ses veines est plus froid que celui d'une vipère! Il doit avoir ses raisons pour venir ici sans cesse depuis la mort de Pierre et dire en ville qu'il va t'épouser!

— Il s'amuse. Il se mariera un jour avec la fille d'un riche bourgeois, nous le savons tous.

— Je serais heureuse qu'il cesse de rôder! Je ne l'aime pas!

— Tu aimes peu de gens, souligna Anne.

— Et toi tu ne les aimes que trop! répliqua la vieille femme.

CHAPITRE 13

— Je vous en prie, laissez-moi voir mon mari... Je ferai ce que vous voudrez, dit humblement Suzanne Robinet.

Hector Chalumeau détailla la femme qui se courbait légèrement devant lui dans une attitude déférente. Elle avait un visage lourd mais encore ses dents, ses cheveux drus tombaient en jolies boucles et sa poitrine semblait assez ferme. Le geôlier s'avança, releva la tête de la femme et plongea une main dans son corsage. Elle eut un petit cri mais laissa l'homme la palper sans protester.

— Tu as de beaux restes. Viens par là, dit l'homme en lui désignant un coin de table.

Il baissait sans gêne aucune sa culotte, écartait les pans de sa casaque et désignait son sexe raidi à Suzanne Robinet.

— Un petit baiser, puis ensuite, je te donnerai ce que tu veux... C'est dur pour une femme chaude comme toi d'être sans homme, non? Ton Antoine te manque?

D'entendre le nom de son époux fit tressaillir Suzanne Robinet: avait-elle tort de s'offrir ainsi au soldat? Tiendrait-il ses promesses? Elle l'ignorait, mais il ne lui venait à l'esprit aucune autre solution pour obtenir une faveur de sa part. Elle ne pouvait lui offrir de l'argent, n'avait pas de renseignement à communiquer. Elle n'avait que son corps. Quand l'homme serait assouvi, il serait peut-être plus conciliant et lui permettrait de voir son mari en prison.

Hector Chalumeau la coucha brutalement sur la table et releva son jupon d'un coup sec. En découvrant des cuisses un peu grasses, un ventre dodu, il eut un claquement de langue puis siffla, admiratif:

— Ben, le compagnon Robinet ne devait pas s'ennuyer avec toi...

Devait? Il avait dit *devait?* La femme rugit de douleur et repoussa l'homme d'une ruade si violente qu'elle le projeta au sol. Avant qu'il ait pu réagir, Suzanne Robinet le frappait et le griffait au visage en répétant:

— Il est mort, salaud! Il est mort! Mort! Mort! Chalumeau roula avec elle et, la dominant, réussit à porter la main vers sa ceinture qu'il tira vers lui et, attrapant son poignard, le plongea dans le cœur de Suzanne Robinet. Elle mourut instantanément, une expression de mépris dans les yeux. Le soldat essuya sa lame sur le jupon avant de la déposer au sol, puis il tassa le tissu sur la blessure afin de ne pas tacher son justaucorps. La lutte n'avait pas altéré son désir, bien au contraire. Sentir ce corps abandonné, encore chaud entre ses jambes, décuplait son émotion, et, soulevant le bassin de la morte, il s'enfonça en elle en ahanant de plaisir. Il besogna quelques minutes, jouit puis, après s'être retiré, se soulagea sur le cadavre.

— Tu as fait vraiment tout ce que je voulais, dit-il tranquillement.

Il se rajusta lentement puis, sans se presser davantage, s'empara d'une écuelle d'étain vide. La retournant, il regarda son visage dans le métal. L'image n'était pas nette mais on distinguait des stries rouges sur ses joues.

— Tu ne m'as pas manqué, sale truie, dit le soldat en rudoyant la morte du bout du pied. Mais c'est aussi bien; on me croira quand j'expliquerai que tu voulais me tuer... On va vous enterrer ensemble, Antoine et toi. Tu voulais le retrouver? Eh ben, c'est fait! Comme ça, tu es servie!

La porte de la pièce grinça, Simon Perrot entra, salua son supérieur, et regarda le corps partiellement dénudé de la victime.

— Elle est encore tiède? Ça te dit?

Simon Perrot eut un rire silencieux, cligna de l'œil en tapotant son entrecuisse.

— On m'attend tantôt, ça va... Qui c'était?

— La veuve à Robinet. Elle a voulu m'étrangler!

— Elle savait qu'il était mort?

— Ouais... Elle a deviné. Simon grimaça avant d'approuver :

— Ça m'étonne pas. Les créatures, c'est des sorcières!

* * *

— C'est une sorcière! J'en suis assuré, Baptiste!

— Dieu ait pitié de nous! geignit Germaine Crochet.

— Une sorcière? demanda Guy

198

Chahinian en repoussant sa soupe de mouton. Il aimait les navets et le chou mais les déclarations de Clotaire Dubois dans la taverne lui coupaient l'appétit.

— Oui, monsieur, dit Clotaire Dubois. Je faisais ma charge en forêt, près de la grotte, quand mon chien s'est mis à halener. Je me suis avancé vers les fourrés et c'est là que je l'ai vue! J'en tremble encore! Elle était là, à faire des signes avec ses longs doigts crochus et sa face était plus laide que tous les péchés du monde! Elle a dit des choses dans la langue des démons, sûr comme certain, vu que je n'ai rien compris. J'ai couru avant qu'elle me crache dessus pour m'ensorceler!

— Il faut le conter au père Thomas! déclara le tavernier.

— L'autre jour, des loups-garous ont volé et, aujourd'hui, je perds mes fagots à cause d'une diablesse!

— Laissez-moi vous offrir une chopine pour vous réconforter, dit Guy Chahinian en quittant la table.

L'homme remercia chaleureusement le joaillier.

— Tenez, dit-il à Baptiste, payez-vous aussi un coup!

— Vous partez déjà? s'étonna Jacques Lecoq. Vous n'avez rien mangé!

— Je croyais avoir de l'appétit mais je souffre depuis hier de dévoiements fort incommodants. Ce soir peut-être...

— Il ne faut pas être ainsi embarrassé. Vous devriez voir dame LaFlamme, dit Geoffroy de Saint-Arnaud.

— Votre dame est très douée, messire, dit Baptiste Crochet pour flatter l'armateur. Elle a sauvé la jambe de mon frère, comme vous savez, et après quatre semaines il sait qu'il pourra remarcher! Allez-y, monsieur Chahinian.

— Bien, je vais la consulter tandis que vous boirez à ma meilleure santé!

— J'en ai besoin, répéta Clotaire Dubois qui sentait qu'on lui portait moins d'attention. Cette sorcière, Baptiste, est peut-être même la cause de l'accident de ton frère.

Le tavernier roula des yeux effarés et salua distraitement Guy Chahinian alors qu'il sortait.

L'orfèvre se réjouissait qu'on lui eût fourni une raison de rendre visite à Anne LaFlamme car elle saurait juger promptement la situation. De plus, elle le croirait quand il lui conseillerait la prudence. Si on arrêtait une sorcière, on pouvait en arrêter deux, dix, cent.

Le soleil embrasait la cathédrale, aveuglait impitoyablement la ville et le temps était si sec qu'on voyait nettement s'élever, dans l'azur uni, les fumées des foyers où rôtissaient les viandes. Un vent capricieux les bousculait au sortir des cheminées, les chassait dans l'infini ou les modelait à sa fantaisie. Chahinian vit dans ces formes blanches des arbres, puis des chiens, des biches, des loups, des renards. Toutes semblaient fuir les toits, les maisons, la ville comme si elles pressentaient une redoutable catastrophe.

Le joaillier gagna enfin le logis d'Anne LaFlamme. Il entra sans frapper. Nanette le regarda avec stupeur : l'homme était en nage, débraillé, le col ouvert. Avait-il défait ses habits pour mieux respirer ? Il semblait à bout de souffle.

— Eh ben, monsieur? Qu'est-ce qui vous arrive?

— Où est votre maîtresse?

— Elle est partie ramasser ses plantes avec Marie.

Guy Chahinian poussa un gémissement.

— Il faut m'y mener! Je vous expliquerai en chemin... Vite, dépêchez-vous!

— Mais ma poule...

— Venez! lui dit l'homme d'un ton sans réplique.

La vieille nourrice ralentissait sa course même si elle trottait avec ardeur mais, connaissant peu la forêt, Chahinian ne pouvait se risquer dans les bois sans crainte de s'y perdre. La futaie était si sporadiquement essartée que le joaillier en demanda la cause à Nanette.

— Bah... Il s'en trouve beaucoup pour prétendre que telle partie du bois leur appartient. Ils arrachent ou brûlent les broussailles puis décident soi-disant des affouages mais les chasseurs passent par là où ils veulent et les paysans vont chercher leur chauffage sans demander permission. Sauf pour quelques coins mieux gardés. Je suis bien assurée que Clotaire Dubois embrasse sa falourde sans s'embarrasser de l'affouage... Mais il n'aime pas qu'on le voie et boude toujours quand il rencontre Anne. Pourtant elle est aussi muette que Dragon.

— Dragon?

— Un brave homme qui n'a pas la parole aisée mais du bon sens. C'est peut-être parce qu'il écoute plus qu'il ne cause! Vous êtes certain d'avoir bien entendu ce que disait Dubois?

— Hélas oui...

— Mais que voulez-vous que mon Anne fasse?

— Les gens l'écoutent, par ici...

— Quand ils sont malades! Quand ils ont peur de mourir. Mais dès qu'ils sont guéris, ils oublient leurs alarmes et les conseils d'Anne.

— Ecoutez... Il y a quelqu'un là-bas...

Ils se dirigèrent rapidement vers l'endroit où Chahinian avait cru entendre des craquements de branches. Nanette appela les guérisseuses.

Marie écarta aussitôt les fourrés, étonnée.

— Où est votre mère? questionna Guy Chahinian.

— Un peu plus loin.

— Guide-nous vite vers elle!

La tension haussait la voix de Chahinian, effaçait sa chaude gravité. Marie réagit comme il l'ordonnait et le trio s'enfonça vers des éclaircies tourbeuses.

— Maman y trouve souvent de la parnassie.

— C'est encore loin?

— Non, mais...

— Avance, ma fille, dit Nanette. Plus vite...

— Voilà la grande mare, maman doit être tout près, répondit Marie avant de héler Anne LaFlamme.

Celle-ci surgit de derrière un buisson où elle était accroupie depuis un moment. Elle agita des tiges aux fleurs violacées, visiblement ravie de sa découverte.

— De l'herbe à Robert! Souveraine pour arrêter le sang... Elle s'interrompit, considérant l'angoisse qui tirait les traits de Guy Chahinian.

— Quelqu'un est blessé? avança-t-elle.

— Non, pas encore. Mais vous devez intervenir sans perdre un instant!

L'orfèvre renseigna rapidement la sage-femme. A mesure qu'il parlait, elle blêmissait.

— Que Dieu nous aide! s'exclama Anne LaFlamme. C'est la Boiteuse!

Attrapant son sac rempli de plantes, elle le passa en bandoulière et releva ses jupes pour mieux courir. Sa fille et Nanette l'imitèrent et si les ronces et les orties les blessèrent, elles ne s'en aperçurent pas, insensibilisées par la peur qui montait en elles depuis qu'elles avaient vu Anne pâlir affreusement.

Des cris aigus retentirent bientôt.

— C'est elle! Vite, mes amis! Vite!

— Allez sans moi, je n'en puis plus, dit la nourrice. Je vous nuis...

Elle disait juste; ils s'élancèrent. Les plaintes se faisaient plus rares, plus ténues. A bout de souffle, ils s'arrêtèrent à quelques pieds d'une grotte pour y découvrir un spectacle horrible: la Boiteuse ensanglantée se débattant aux mains de trois tortionnaires.

— Ah! C'est vous, dit Nestor Colin, calmement.

— Laissez-la! cria-t-elle.

— Eh! C'est une sorcière!

Guy Chahinian se rua sur les bourreaux : leur proie affaiblie ne pouvant leur échapper, ils la laissèrent tomber pour s'opposer à l'adversaire. Malgré une ardeur décuplée par la rage, l'ennemi avait l'avantage du nombre et Chahinian fut rapidement vaincu : Nestor Colin l'étourdit avec son gourdin taché de sang et repoussa Marie et Anne LaFlamme qui tentaient à leur tour d'empêcher les hommes de malmener la Boiteuse.

Anne tomba près de l'infirme pour la protéger de son corps mais on l'en écarta. Elle supplia qu'on l'écoute, s'agrippant au bras de Clotaire Dubois, mais il était sourd à ses prières, échauffé par le vin, par l'exemple de ses compagnons et par la résistance de la sorcière. Ils avaient eu du mal à la maîtriser, preuve que le diable habitait bien son corps chétif. Son visage, très laid, témoignait de la noirceur de son âme. S'ils ne l'achevaient pas maintenant, elle se métamorphoserait en louve pour les dévorer ou en chouette pour leur échapper. Il s'emparait d'une pierre quand Nestor Colin le devança, assenant un coup de bâton fatal à la vieille femme. Un flot écarlate jaillit de sa bouche tordue, salissant les chausses de Clotaire Dubois qui recula, apeuré. Abandonnant le cadavre, il se précipita vers le marais pour laver son linge, redoutant que ces taches ne recèlent, même après la mort de la démone, quelque maléfice.

Sanglotante, Anne se pencha sur Guy Chahinian qui recouvrait lentement ses esprits. Les larmes qu'il vit sur le visage de la sage-femme lui indiquèrent qu'il avait échoué. Il se redressa péniblement en se frottant le crâne et regarda le cadavre de la Boiteuse. Les yeux exorbités questionnaient le ciel sur tant d'injustice tandis que roulaient au sol, tombant de sa chemise déchirée, une dizaine de noisettes.

— Son souper, murmura Anne, en lui fermant les yeux. Je devais la voir tantôt... Je lui avais apporté du pain.

— Vous la connaissiez? Pauvre femme,

elle n'a même pas eu de procès... pour ses crimes imaginaires. Elle aurait mieux fait d'être une bête; on l'aurait exécutée plus proprement pour préserver sa viande...

— Arrêtez! cria Marie, ce que vous dites est horrible!

— Il a hélas raison, les femmes ont moins de droit que les vaches ou les truies, dit Anne LaFlamme.

— Et sachant tout cela, vous continuez, explosa Guy Chahinian.

— Je ne peux agir différemment. J'ai des amis...

Quels amis? se demandait Guy Chahinian en ramassant des pierres pour ensevelir le cadavre. Excepté les Le Morhier, il lui connaissait peu de relations détenant quelque pouvoir dans la ville : les artisans, ouvriers, closiers, marins ne sauraient lui porter secours.

Nanette, arrivée juste après la tuerie, ne pouvait détacher ses yeux du corps massacré. La Boiteuse avait son âge, elle avait connu les Frondes, la peste de l'an 1631 où l'on avait marqué ses vêtements de la grande croix blanche des malades, l'été maudit de 45 où les récoltes pourrissaient dans les champs. Elle avait vu les soldats piller les villages, les incendies brûler des forêts entières. Comme Nanette. Mais avait-elle vu des enfants lui sourire, lui tendre les bras, attraper ses tétons avec impatience? Et avait-elle connu Anne plus d'une saison? Non, elle aurait été plus grasse, car sa maîtresse n'aurait pas permis qu'une créature abandonnée meure de faim. Nanette comprenait maintenant pourquoi ses miches de pain diminuaient mystérieusement, comment ses fromages étaient grignotés. Elle aurait voulu offrir une part de sa tarte aux castilles à la mendiante.

— Pourquoi ne m'as-tu rien dit, espèce de sotte? demanda-t-elle à Anne. Pauvre femme, elle était bien aussi usée que moi et elle dormait par terre...

— A Nantes, ils l'auraient tuée depuis longtemps, dit gravement Guy Chahinian.

CHAPITRE 14

L'orfèvre devait avoir raison car voilà que les tortionnaires revenaient vers leur victime, comme les fauves qui flairent leur proie après la tuerie. Avant qu'Anne LaFlamme ou Guy Chahinian n'aient le temps de réagir, Nestor Colin donnait un coup de sabot au corps inerte.

— Elle est bien morte, dit l'homme à ses compagnons.

— Assurément! Vous l'avez tuée! dit Marie LaFlamme. Laissez-nous maintenant l'enterrer décemment.

— L'enterrer? s'étonna Firmin Boucher. On rapporte le corps. Que les autres sorcières comprennent!

— C'était une pauvre mendiante, imbécile! hurla Anne. Abandonnez-la ici, comme vous l'avez toujours fait de son vivant!

— Non! Elle doit être brûlée, s'entêta Nestor Colin.

— Mesdames, dit Guy Chahinian, nous

nous sommes peut-être trop vivement interposés! Ces messieurs avaient de sérieux motifs pour agir ainsi. J'ai cru pour ma part qu'on malmenait une femme, mais s'il s'agit d'une criminelle, la chose est tout autre.

Les assaillants hésitaient à croire l'orfèvre mais il ne semblait pas leur tenir rigueur du coup qu'il avait reçu; il leur souriait presque. En fait, il ne tenait pas plus qu'eux à une nouvelle rixe et il devait voir qu'il s'était laissé entraîner sans beaucoup de réflexion.

— Ramenons le corps et présentons-le aux autorités qui jugeront elles-mêmes de ce qu'il convient de faire. C'est leur office, et *Péronne*, pardon, personne ne doit faire obstacle à la justice.

Péronne? Guy Chahinian regardait Anne avec tant d'intensité qu'elle comprit le message malgré son emportement et sa tristesse. Elle frémit, puis s'écarta du corps en signifiant à sa fille de l'imiter. Guy Chahinian était un homme pessimiste et elle refusait d'ajouter foi aux horreurs qu'il prédisait, mais de l'entendre nommer sa cousine assassinée tout en sentant contre sa cheville dénudée la chair flasque du cadavre l'impressionna. Il n'aurait pas mentionné Péronne avec légèreté: il était réellement terrorisé.

Après avoir tracé un signe de croix sur le front de la défunte, Anne s'enfonça d'un pas si prompt dans les fourrés que surpris Guy Chahinian, Marie et Nanette la suivirent avec du retard.

A l'orée du bois, l'orfèvre expliqua son apparente volte-face:

— Je déplore qu'on ait dû renoncer à inhumer la Boiteuse mais il valait mieux la leur abandonner et les laisser triompher sur la place publique. Si on brûle le corps de cette malheureuse, les esprits se calmeront. Souhaitons-le... Quelques poules égorgées ont suffi dans mon village, il y a vingt ans, à faire condamner des femmes au bûcher. La Boiteuse est morte maintenant, espérons que les sots la tiendront coupable de toutes leurs traverses et que la ville retrouvera sa quiétude. Quant à moi, je vais me promener au port dans cet espoir.

Il ne se doutait pas cependant, en regardant les gabares et les flûtes glisser sur
l'eau, que l'apaisement qu'il ressentait
serait de courte durée.

La Loire irradiait l'infini, des milliers de
paillettes dorées ourlaient ses flots, séduisant et blessant l'œil. Les mouettes qui
se laissaient bercer par les vagues étaient
autant de perles ornant une chape étincelante et malgré le chatoiement, la forme, la
singularité de ce bijou, Guy Chahinian regretta de ne savoir le reproduire. Il s'en
voulut de cette pensée; il n'avait rien à
envier à la sage-femme: son orgueil était
égal au sien. Imiter l'œuvre divine? Quel
insensé oserait y prétendre?

Il marcha longtemps et se félicita d'être
arrivé à Nantes à la fin de l'été: il aimait
observer le mouvement portuaire que la
belle saison interdisait. Un trop bas niveau
d'eau empêchait certaines opérations
qu'on s'empressait d'effectuer dès que la
Loire retrouvait un débit suffisant pour
que galions et réales viennent y mouiller.
L'automne voyait la reprise des activités:
on attendait depuis deux semaines le

retour du *Lion-d'Argent*. Si l'expédition était couronnée de succès, la ville verrait bien des hommes en liesse après le partage de la prise même si Guy Chahinian soupçonnait Geoffroy de Saint-Arnaud de certains détournements à son profit. On rirait dans les cabarets; la joie des marins, des familles rassurées, reléguerait peut-être le spectre de la sorcellerie aux oubliettes. On saurait goûter cet air si subitement doux que les femmes portaient de nouveau des robes de toile claire et que certaines, comme Myriam Le Morhier, se disaient toutes remuées par les caresses du vent.

— L'amabilité de la brise me donne envie d'être bonne, avait-elle confié à Guy Chahinian.

Que n'étaient-elles davantage à partager ce désir?

* * *

Henriette Hornet avait été la première à cracher sur le cadavre de l'infirme. On l'avait très vite imitée. Le père Thomas s'y était mollement opposé et n'avait guère protesté quand des furies avaient entrepris

214

de dévêtir le corps. Il avait appris que la sorcière était boiteuse et il entendait bien instruire les témoins sur cette marque diabolique: jusqu'ici, on l'avait insuffisamment consulté. Les Nantais se contentaient d'écouter ses sermons sans songer à lui demander conseil. N'était-il pas leur guide spirituel? Sans dénoncer implicitement les jésuites, il ferait allusion à leur nonchalance face au péril diabolique. Il n'avait pas été envoyé sans but dans l'opulente cité: il saurait détourner les cœurs d'un enseignement religieux trop mou. Si les Nantais craignaient vraiment pour le salut de leur âme, ils préféreraient bientôt l'ordre auquel il appartenait. Des cris de joie à peine voilés de frayeur jaillirent quand le pied bot fut découvert. On se poussait pour le voir, on frémissait de dégoût et d'excitation, on demandait aux assassins de raconter une vingtième fois le récit de leur capture. Nestor Colin, Clotaire Dubois, Firmin Boucher, s'y prêtaient de bonne grâce. Ils décrétèrent que la sorcière s'était acoquinée avec un loup-garou pour prendre les poules de Dubois.

— Elle tenait un bâton ensorcelé et elle a manqué l'enfourcher devant nous! Nous n'étions pas trop de trois pour nous saisir d'elle!

— Et pourtant, prononça lentement Henriette Hornet, cette créature de Satan ne doit pas peser bien lourd. On l'aura aidée à vous résister.

— Elle était aussi vive qu'une anguille!

— Il faut la brûler! affirma Nestor Colin. Lucifer pourrait être tenté de reprendre sa complice.

Sans jamais se prononcer, le père Thomas manifestait son approbation par de discrets signes de tête. A ses côtés, Henriette Hornet se félicitait d'avoir choisi le nouveau venu comme confesseur quand l'arrivée d'officiers que l'attroupement avait alertés ranima l'ardeur du groupe; ainsi appuyés par leurs concitoyens, les bourreaux ne redoutaient pas les sanctions pénales et racontèrent toute leur histoire avec la bonne foi d'un esprit quiet. Les officiers accueillirent de même ces témoignages mais proposèrent de porter la chose devant un magistrat afin de savoir ce qu'il convenait de faire du corps.

On posa le cadavre sur une charrette qu'on arrêta devant la demeure de l'édile. Lequel, fort embêté, tint à consulter un confrère. Valait-il la peine d'ériger un bûcher pour une morte? Un châtiment ne vaut que si la souffrance du condamné peut servir d'exemple. Brûler un corps serait moins spectaculaire. Cependant, une manifestation publique divertirait les gens; ceux qui avaient proposé la crémation semblaient bien décidés à l'obtenir. Ils se passeraient peut-être de sa permission s'il ne se décidait en leur faveur. Et il perdrait de son autorité. En attendant l'avis d'un second magistrat, il ordonna que le corps fût abandonné sur la grand-place afin que tous puissent le voir.

A la fin du jour, les Nantais distinguaient mal la chair des insectes qui s'y agglutinaient, et la chaleur exceptionnelle de la saison hâtant la putréfaction, dès le lendemain midi, on ne savait plus ce qui de la vue ou de l'odeur des humeurs qui s'écoulaient du cadavre vous saisissait en premier.

Anne LaFlamme avait su que le corps de la Boiteuse avait été exposé mais quand elle apprit, vingt-quatre heures plus tard, qu'on laissait le cadavre se décomposer, la colère faillit bien l'étouffer et toutes les mises en garde de Guy Chahinian n'auraient pu la retenir. Elle alla dire son fait au magistrat qui avait ordonné l'exposition.

Une heure plus tard, on ne parlait plus, sur la place publique, au port, dans les tavernes et les cabarets que de l'esclandre de la sage-femme. Au *Poisson d'or*, Guy Chahinian écoutait les propos avec effarement :

— Si elle était si pressée de l'enterrer, c'est qu'elle savait bien qu'on refuserait une messe à la créature. Vous-même, monsieur, vous êtes vite rangé à notre idée, dit Nestor Colin à l'orfèvre. Anne LaFlamme vous avait entraîné mais vous avez reconnu votre erreur quand vous avez su la vérité sur cette sorcière.

— Anne LaFlamme devait la connaître avant, déclara Clotaire Dubois.

— Vous croyez qu'Anne LaFlamme savait que la sorcière...

218

— Elle a bien prédit que la sorcière se vengerait en nous envoyant la mort noire! souffla Baptiste Crochet.

Il n'avait pas quitté son établissement mais, les langues allant bon train, il était mieux renseigné que quiconque sur les propos tenus par la mère-sage.

— La mort noire?

Guy Chahinian savait maintenant qu'Anne avait tenté d'expliquer au magistrat qu'un corps putréfié attirerait la vermine. Et la vermine transportant les miasmes des maladies, elle avait nommé la plus redoutée: la peste, souhaitant éveiller l'intelligence, sinon l'instinct de survie du magistrat.

— On l'a retournée chez elle, dit Firmin Boucher.

— Elle peut s'estimer heureuse, commença Germaine Crochet, mais elle se tut dès qu'elle reconnut Geoffroy de Saint-Arnaud.

L'armateur savait qu'Anne LaFlamme nourrissait les conversations de l'après-dîner mais il s'assit sans dire un mot à sa table habituelle et commanda son pichet quotidien sans manifester aucune émotion. Les commentaires embarrassés qu'il entendit depuis sa table sur le retour prochain de son bateau et l'égalité du climat l'amusèrent secrètement et confirmèrent son impression : Anne LaFlamme aurait bientôt besoin de son aide.

Le magistrat qui avait commis la bêtise d'ordonner l'exposition du cadavre avait fini par exiger sa crémation car les précisions d'Anne LaFlamme concernant les risques d'épidémie l'avaient effrayé, mais il n'admettrait jamais son erreur et, si les prévisions de la sage-femme se vérifiaient, si quelque maladie emportait ses concitoyens, il ne fallait pas qu'on l'en tînt responsable. Il proclama donc bien haut qu'on brûlait une sorcière qui avait été si bien secourue par Satan qu'elle avait su échapper à un procès.

Malgré les nombreux avertissements qu'il avait prodigués à Anne LaFlamme, Guy Chahinian avait espéré se tromper. Il doutait plus que jamais d'un dénouement heureux en regagnant sa boutique.

CHAPITRE 15

Guy Chahinian s'était résigné à utiliser trois bougies à la fois. Martin Le Morhier lui avait commandé un pendentif pour l'anniversaire de son épouse et, heureux de la confiance qu'on lui témoignait, l'orfèvre entendait produire une pièce où la délicatesse égalerait la fantaisie. Le client lui avait remis trois émeraudes conservées d'un précédent périple.

— Il me semble, avait bafouillé Martin Le Morhier, il me semble que cette couleur sera bien avec ses yeux. Ma femme a les yeux très clairs, vous savez... bien que singuliers.

— J'ai remarqué, en effet. Son regard est tout aussi admirable que son rire engageant. Est-elle toujours aussi gaie?

— Oui, s'empressa de dire Martin Le Morhier. Oh oui! Sauf quand je quitte Nantes. Mais j'ignore alors qui de nous deux est le plus triste.

— On vous dit mariés depuis vingt ans? J'ai peine à le croire...

— Myriam paraît si jeune? Et moi si vieux? Non, ne rougissez pas. Je ne sais toujours pas pourquoi elle m'a choisi. J'en remercie le Ciel chaque jour, croyez-moi. Nous sommes bénis: il est si exceptionnel qu'un homme et une femme vivent si longtemps ensemble. La mort nous a épargnés, mais a pris nos enfants. Victor est le seul de nos fruits qui soit parvenu à maturité. Myriam n'a jamais porté plus de cinq mois et j'ai bien cru à chaque fois qu'elle se viderait de tout son sang. Elle aurait trépassé quand notre fils est né si Anne LaFlamme ne l'avait secourue. Vous devez me trouver bien impudique de vous raconter tout ça... Mais j'aime Myriam et je veux que vous me fassiez un bijou qui fera blêmir d'envie toutes les bourgeoises de Nantes. Je veux une pièce énorme, que tous la voient!

— Est-ce bien sage?

Le Morhier fronça les sourcils.

— Sage?

— Il y aura bien des envieuses qui lorgneront cet ouvrage.

— Non, dites-moi votre pensée, monsieur.

— Depuis quelque temps, les esprits sont échauffés.

— Vous parlez de cette malheureuse infirme; Myriam m'a tout raconté à mon retour de Londres. On l'a exécutée sans pitié. Et sans cervelle... Clotaire Dubois est hanté par les diableries. Mes marins sont parfois superstitieux et, moi-même, je n'aime guère certaines nuits en mer où des plaintes horribles semblent venir du fond des océans; les prisonniers des Tritons peut-être... mais Clotaire Dubois...

— Clotaire Dubois sait partager ses frayeurs, dit Guy Chahinian. Baptiste Crochet n'est pas loin de croire que son vin a tourné parce qu'on lui a jeté un sort, Firmin Blanchard dit que sa truie est morte parce qu'un chat noir est entré dans l'étable. Et il pleut depuis des jours, depuis qu'on a brûlé la Boiteuse. Les récoltes sont perdues. Le pain manquera cet hiver. Un homme sans pain est un homme sans loi, tout disposé à verser dans les excès.

— Vous êtes bien sombre aujourd'hui, monsieur, mais vous parlez sagement. Dites-moi donc votre idée pour Myriam.

— Vous vivez aisément, s'il y a vraiment disette, vous serez parmi les derniers affamés. Il m'apparaît inutile de provoquer les gens en arborant de fantasques bijoux.

Martin Le Morhier n'hésita guère plus d'une minute; s'il avait porté le bijou, il se serait entêté à commander un ouvrage voyant, mais il redoutait d'attirer l'attention sur sa femme.

Guy Chahinian était heureux d'avoir pu convaincre Martin Le Morhier. Il avait présenté la prudence comme argument mais il trouvait également qu'un bijou plus discret siérait mieux à l'heureuse bénéficiaire.

Pour la base de la pièce, il avait choisi d'allier en les superposant deux formes pures, un cercle et un ovale d'or jaune travaillé en fil couteau. Il avait ensuite greffé de minuscules feuilles finement ciselées sur la partie supérieure du bijou et abrité sous ces acanthes des grappes de perles de la grosseur d'une tête d'épingle. Sous l'impression florale ainsi créée, il avait glissé une tige où brillait la plus grosse émeraude. Sa couleur verte se retrouvait à la jonction de l'anneau où coulerait une mince chaîne torsadée ainsi qu'à la pointe inférieure du losange en une goutte brillante.

Le crépitement de la mèche d'une bougie qui s'éteignait fit sursauter l'orfèvre. Il se frotta les yeux, s'étira; il était penché sur sa table de travail depuis quatre heures mais il n'avait pas senti la fatigue, avant cet arrêt impromptu. En se levant pour chercher une nouvelle chandelle, il ressentit une douleur sourde au bas du dos; il aurait dû accepter qu'Anne LaFlamme le soigne mais il pensait confusément qu'il devait souffrir lui aussi, même si peu, par respect pour ses camarades emprisonnés. Anne LaFlamme lui aurait donné tort et aurait argué qu'il devait conserver la santé pour mener à bien sa mission mais il ne pouvait se résoudre à la consulter. Le Grand Maître l'aurait également blâmé et lui aurait répété les principes de la confrérie: l'homme n'est rien. Il n'existe qu'en tant que maillon dans une chaîne spirituelle où l'égoïsme doit être banni pour préserver la foi et favoriser la découverte de la lumière. La recherche suppose l'alliance, des hommes unis dans un même but. S'entêtant à souffrir, même légèrement, Guy Chahinian faisait preuve de coupable stupidité : si la douleur lui était douce car elle apaisait son sentiment de culpabilité face à ses compagnons incarcérés, elle n'aidait en rien. Il avait tort et il le savait. Mais d'être sans nouvelles de ses amis depuis des semaines faisait vaciller sa raison; il rêvait fréquemment qu'on les exécutait et n'avait aucun démenti au réveil de ses atroces prémonitions. Il craignait que tous ses frères ne soient décimés avant qu'il n'ait eu le temps d'agir. Mais il ne pouvait accélérer les choses même s'il devenait urgent de trouver le lieu où ils pourraient poursuivre leurs expériences sans être inquiétés. Combien de frères attendaient son signal pour partir ? Ils étaient déterminés à quitter la Bourgogne ou la Bretagne, le Pays basque ou les terres du Nord pour sauver la confrérie. Plusieurs avaient déjà péri car on voulait confondre les frères de la Croix-de-Lumière avec les hérétiques.

Pour mettre en lieu sûr les astres d'or et d'argent, symboles de la confrérie, Guy Chahinian devrait se résoudre à l'exil.

Le soleil et la lune étaient soigneusement enveloppés dans des linges de soie enfouis dans un petit sac de cuir porté à même la peau. Les fines soucoupes ciselées n'étaient guère plus grandes que la main et leur légèreté faisait que Chahinian s'inquiétait souvent de ne plus les sentir contre son cœur. Quand le Grand Maître les lui avait confiés, il avait été sans voix pendant près d'une semaine, émerveillé tout autant qu'épouvanté par l'honneur et la charge qui lui incombaient désormais. Gardien des astres, il devait dorénavant se consacrer à les défendre, les cacher aux profanes, et les révéler en temps requis aux membres de la confrérie. Utilisés lors des cérémonies rituelles d'intronisation, les astres n'avaient pas servi depuis l'assassinat du Grand Maître et l'arrestation de ses amis parisiens. Il songeait à eux en polissant doucement une feuille d'or. Il ne parvenait pas à se réjouir de son travail; la pièce était pourtant magnifique mais la beauté du bijou lui paraissait futile; il savait que le pendentif était un gage d'amour, mais qu'on puisse songer à se parer en ces heures troublées l'indisposait. Il soupira; le Grand Maître aurait honte de lui, de ses raisonnements puérils. Qu'aurait-il fait à Nantes et comment mènerait-il à bien sa mission s'il n'avait pu s'établir dans la ville? Sans Myriam et Martin Le Morhier, il aurait peiné davantage pour s'installer et être accepté. Suivant leur exemple, des bourgeois fortunés lui confiaient des travaux de plus en plus délicats, et c'est ainsi que Geoffroy de Saint-Arnaud lui avait remis un diamant d'un poids incroyable en le pressant d'en faire une bague digne de la reine Marie-Thérèse.

Après l'avoir prévenu qu'il devrait terminer les pièces commencées avant d'entreprendre une œuvre aussi exigeante, Guy Chahinian promit de se mettre à la tâche dès la fin du mois de novembre. Geoffroy de Saint-Arnaud déplaisait toujours au joaillier mais il adoptait une attitude déférente envers lui afin de gagner sa confiance. Il savait néanmoins que ses visites à la sage-femme indisposaient le puissant armateur et il ne manquait en aucun cas de se plaindre d'une mauvaise santé qui expliquerait ses fréquentations. Geoffroy de Saint-Arnaud faisait mine de compatir mais il avait commandé la bague en lui faisant clairement comprendre qu'elle était destinée à Anne LaFlamme et qu'il la lui passerait au doigt le jour de leurs noces. Se méprenant sur les sentiments de Guy Chahinian à l'égard de la femme qu'il convoitait, il s'amusait à faire tailler la pierre étincelante par son rival.

L'orfèvre y reconnut la cruauté dont avait parlé Nanette. Si elle avait remercié l'armateur d'avoir sauvé Anne, elle ne s'était jamais exclamée, comme tant d'autres, que l'intervention de Geoffroy de Saint-Arnaud était un signe du ciel enseignant à sa maîtresse qu'elle devait s'unir à l'armateur.

— Que veux-tu donc? avait demandé Madeleine Perrot à sa voisine. Au lieu de te marier ici voilà que tu repars demain pour le lazaret, après t'être entêtée à cueillir tes fameuses herbes! N'as-tu pas compris ta leçon?

— Marie m'accompagne toujours maintenant. Elle est douée et me surpassera bientôt! dit Anne avec joie.

— Je ne crois pas que mon fils goûtera d'avoir une épouse qui part à la tombée du jour pour fouiller la forêt.

Anne protesta vivement.

— Ils ne sont pas encore unis! Simon est loin!

— Si Simon se décide, il reviendra vite. Et il voudra que Marie oublie sa science des plantes pour tenir leur ménage. Un soldat du roi doit pouvoir se fier à sa femme.

— Un soldat devrait se réjouir d'avoir une épouse qui puisse panser ses plaies!

Madeleine Perrot grimaça, Anne s'excusa aussitôt; elle n'avait pas voulu insinuer que Simon serait blessé au combat.

— Il est à Paris, tu le sais bien, et non en campagne! Tu le reverras sain et sauf.

— Puisses-tu dire vrai! J'ai grand-hâte de le revoir. Déjà que Michelle ne quitte plus le couvent, nous n'aurions pas dû la laisser partir comme lui.

— Elle prononcera ses vœux?

— Même pas, maugréa Madeleine
Perrot. A quoi bon avoir une fille si elle ne
sert ni ses parents ni Dieu! que deviendra-
t-elle? Ce n'est pas comme ta Marie:
Simon la protégera. Elle n'aura pas à
craindre comme toi pour sa sauvegarde.
Tu es bien sotte, si tu voulais épouser l'armateur, tu aurais des serviteurs et habite-
rais au manoir. Pense à ta fille qui aurait...

— A ma fille? Tu crois donc que
Geoffroy de Saint-Arnaud la doterait et
qu'il établirait d'un même élan ton fils
quand il l'aurait pour gendre?

— Pourquoi donc ne garderais-je pas
l'espoir de voir nos enfants mieux nantis
que nous? Simon et Marie pourraient
convoler plus tôt, allégua Madeleine
Perrot, pour sa défense. Tu me re-
procherais de leur souhaiter une vie plus
aisée? Tu ne penses qu'à toi en repoussant
un homme qui pourrait faire le bonheur
de nos enfants!

«Ou le tien?» songea la sage-femme
mais elle se retint.

— Je lui suis reconnaissante de m'avoir

tirée d'un mauvais pas. Mais je ne saurais épouser l'armateur.

— On prétend pourtant le contraire...

Anne LaFlamme s'impatienta.

— Le contraire? J'ai pourtant tous mes esprits et je n'ai jamais donné le moindre espoir à M. de Saint-Arnaud! Voici des semaines que dure cette comédie. Profite-t-on de mes absences pour alimenter ces ragots ridicules? M'a-t-on déjà vue témoigner plus que du respect à l'armateur?

— Non, mais ses gens disent qu'il est de meilleure humeur depuis qu'il t'a sauvé la vie.

— Il est heureux de m'avoir aidée.

— Il est allé voir Guy Chahinian pour lui commander une bague. Avec une pierre aussi grosse qu'une noix!

— Ce sera pour lui. Il aime bien les cailloux, dit Anne avec un soupçon d'ironie.

Cependant, dans la journée, quand elle rencontra l'orfèvre, elle ne manqua pas de l'interroger. Il admit que l'armateur lui avait confié ce travail.

— Je crois qu'il s'agit bien de vous.

— C'est qu'il veut encore essayer, comme dans le passé, de m'offrir un présent. Je n'aurai qu'à le refuser, déclarat-elle.

— Venez avec moi à mon atelier. Je vous montrerai le diamant. Il doit atteindre une somme pharamineuse.

En voyant la pierre, Anne porta la main à sa gorge, suffoquée. Geoffroy de Saint-Arnaud était-il devenu fou?

— Il ne saurait me forcer à accepter! Je vais lui parler et lui dire de vous reprendre cette pierre. Je vous prive d'un ouvrage bien payé mais je ne peux...

— Laissez, je vous approuve de tout mon cœur. Je n'osais pas vous en parler mais vous me voyez soulagé.

Anne LaFlamme avait trouvé l'armateur chez lui et quand il l'avait vue pénétrer dans le salon, il avait deviné une telle colère en elle qu'il s'était empressé de renvoyer ses domestiques afin qu'aucun ne soit témoin d'une algarade. La sage-femme écumait.

— Je quitte Nantes demain matin pour le lazaret et je m'en félicite. Ainsi, je ne vous aurai plus à rôder autour de moi et répandre des sottises sur notre compte ! Si je ne vous dis pas mon fait sur la place publique, c'est que j'ai le souvenir de votre courage quand on m'a attaquée. Mais sachez que ma porte vous est désormais fermée.

Les remontrances d'Anne LaFlamme ulcérèrent tant l'armateur qu'il s'en fallut de peu qu'il ne l'étranglât sur-le-champ afin de la faire taire. Mais comme elle disparut soudainement, sans lui donner le temps de répliquer, il ne put donner libre cours à sa fureur qu'en imaginant la vengeance à laquelle il se livrerait. En se rappelant que la sage-femme s'éloignait de la ville le lendemain, Geoffroy de Saint-Arnaud se réjouit. Un chacal lui aurait envié son sourire.

Il n'avait qu'à s'assurer très vite qu'Anne LaFlamme n'avait pas narré leur altercation à qui que ce soit. Il verrait Guy Chahinian en premier lieu : elle semblait goûter sa compagnie.

CHAPITRE 16

Guy Chahinian délaissa un instant le bijou de Myriam Le Morhier qu'il achevait d'ouvrer pour contempler le diamant: il le frotta à l'aide d'une peau de daim lisse afin de lui redonner tout son brillant. L'orfèvre n'avait jamais vu de pierre de cette taille et sa stupéfaction non feinte avait plu à Geoffroy de Saint-Arnaud. Flatté, celui-ci lui avait conté l'avoir prise à un pirate espagnol. Il admettait aussi l'avoir cachée au lieutenant du roi lors des partages du butin, et la certitude de son impunité, l'assurance que l'orfèvre n'oserait le dénoncer, avaient écœuré Guy Chahinian. L'avitailleur ne redoutait donc personne s'il se plaçait délibérément au-dessus des lois souveraines?

Quand l'armateur l'avait interrogé sur Anne LaFlamme, Chahinian avait su feindre l'amabilité et il avait confessé lui avoir montré l'ouvrage.

— Vos gens ont parlé, il m'était inutile de nier. Elle m'a paru bouleversée d'apprendre que vous songiez à lui offrir un tel don. Elle m'a même dit qu'elle le refuserait! dit Guy Chahinian en riant. Mais voilà bien vingt ans que je pare les femmes de bijoux et aucune n'a jamais repoussé de tels présents. Elle est coquette comme ses sœurs mais elle se jettera à votre cou quand elle verra la bague. Toutes les femmes se ressemblent!

Devant la mine rassurée de Geoffroy de Saint-Arnaud, Chahinian avait songé qu'il aurait pu jouer la comédie sur la scène du Petit-Bourbon; il n'était certes pas italien, comme les protégés de Mazarin, mais il savait mimer des sentiments opposés à son cœur depuis son arrivée à Nantes. Et dominer les désordres qui l'animaient: au lieu d'écraser la pierre à coups de maillet comme il l'aurait voulu faire avec Geoffroy de Saint-Arnaud, il la fit glisser dans un sac de velours et la rangea soigneusement. Il s'interrogeait depuis des jours sur l'attitude de l'armateur: pourquoi ce dernier tenait-il tant à épouser la sage-femme?

Chez Baptiste Crochet, les buveurs pariaient que la noce aurait lieu à la Noël et si Marie et Nanette démentaient toujours ces dires, elles ne pouvaient empêcher la moitié des habitants de Nantes de croire les serviteurs de Geoffroy de Saint-Arnaud. Des bourgeoises comme Henriette Hornet et Françoise Lahaye ne cachaient pas leur étonnement, mais l'armateur semblait s'en amuser de si bonne grâce que l'assurance d'un proche mariage gagnait bien des gens. Qu'adviendrait-il quand Anne LaFlamme reviendrait du lazaret? Elle avait bien dit à Chahinian qu'elle n'épouserait jamais Geoffroy de Saint-Arnaud, elle lui avait raconté leur dispute tout en lui demandant la discrétion. Après des paroles aussi dures, aussi fermes, un homme ne pouvait pas croire qu'une femme lui reviendrait; que cachait son obstination à la conquérir? Il était avare, Guy Chahinian l'avait su très vite, mais il n'hésitait pas à lui remettre une pierre de grand prix. Pourquoi?

Le fin du jour obligea l'orfèvre à abandonner les travaux de précision. Il avait plusieurs lames à émorfiler et tout en débarrassant le tranchant d'une épée des petites scories d'acier, il souhaita que ces armes qu'il affûtait ne perforent pas d'entrailles humaines. Il sourit, admettant aussitôt son illogisme : il voulait pourfendre Geoffroy de Saint-Arnaud mais désirait que les hommes cessent de se battre.

— Je suis encore trop jeune, maître, s'entendit-il dire.

Sa voix résonna dans la pièce froide, son souffle fit vaciller les flammes des bougies.

D'entendre sa propre voix brisait à peine la solitude qui l'avait envahi depuis que l'obscurité gagnait la chambre. Il avait l'impression de n'être pas plus fort que le feu malingre des chandelles. Sa gorge se noua d'anxiété et il regretta de nouveau l'absence de la sage-femme. Cependant, de penser à elle finit par l'apaiser. Elle lui aurait sûrement dit que la fragilité d'une flamme n'empêchait pas son pouvoir et que la brise, souvent, ranime plus qu'elle n'éteint.

Il se tourna vers le fourneau et activa le soufflet; il avait préféré se priver d'apprenti à demeure pour mieux préserver son secret mais il se lamentait au cabaret de n'avoir pu trouver un enfant assez dégourdi pour le seconder dans sa tâche. S'il n'avait parlé d'apprenti, on aurait pu douter qu'il fasse réellement partie des six corps de métiers. Il prenait toujours soin, en public, de dire qu'il avait habité rue Dauphine, à Paris, près des membres de sa corporation, même si les maisons aux étroites façades étaient fort coûteuses en raison justement de leur judicieux emplacement.

— Vous avez tout vendu? lui avait demandé par trois fois Geoffroy de Saint-Arnaud, doutant qu'on puisse se séparer d'un bien.

— La boutique et les deux pièces audessus. Je n'avais pas le choix. Il y avait tant d'ouvrages faits à crédit sur lesquels je ne touchais aucun profit. Ce n'est pas l'argent de la pension de mon apprenti qui pouvait me soulager. Et surtout, il y a eu ces ennuis, dont je vous ai déjà entretenu avec mon associé. Et puis, dit-il en haussant la voix, le bruit m'importunait chaque jour davantage. Moins, toutefois, que l'effroyable puanteur qui montait de la Seine jusqu'à ma fenêtre. La chaleur gâte l'air dès la Saint-Jean et je toussais encore à la Noël d'avoir été empoisonné tout l'été. Vous ne connaissez pas votre chance d'avoir toujours vécu sur les rives de la Loire. J'aurais dû m'installer ici bien avant le décès de maître Charles; il me l'avait proposé mais j'étais trop fier à l'époque. Je ne voulais pas œuvrer dans son ombre... Quel âne j'étais! A trop vouloir complaire aux gens de qualité, j'y ai laissé mes poumons!

L'armateur avait plaint l'orfèvre de sa faible constitution et, malgré son sourire de commisération, Guy Chahinian avait deviné tout le mépris que sa maladie imaginaire suscitait chez son interlocuteur. Il s'en réjouissait. Il croyait avoir réussi à convaincre ses concitoyens de sa langueur; il justifiait ainsi ses refus d'œuvrer de grosses pièces d'argenterie qui l'auraient obligé à s'outiller différemment et prendre un apprenti. Et il avait ainsi une raison de rencontrer Anne LaFlamme: celle-ci jouait son jeu et ne manquait jamais, en présence de témoins, de s'enquérir de sa santé et de lui conseiller telle médecine.

Que faisait la mère-sage à présent qu'il s'apprêtait à fondre une tige de cuivre destinée à la réparation d'un éteignoir? S'était-elle couchée avec la nuit? Se penchait-elle encore sur de vilaines plaies? L'obscurité devait être encore plus redoutable au lazaret car un sentiment d'abandon hantait ces lieux de souffrance et de mort où les hurlements des animaux sauvages se confondaient à ceux des grabataires.

— C'est le plus ardu, lui avait confié la sage-femme alors qu'elle lui racontait ces journées hors de Nantes. Je peux voir les blessures les plus atroces, des membres déchirés, des ventres éviscérés, des corps putréfiés et des pintes de sang couler. Mais jamais, jamais je ne me ferai aux cris. Souventes fois, je voudrais être sourde.

Il l'avait approuvée d'un clignement de paupières. Depuis son installation à Nantes, il entendait Péronne dans des cauchemars qui le laissaient à l'aube tremblant de sueur, et furieux de ses impuissances. Celle de naguère, alors qu'il assistait sans bouger au supplice, et celle de ses réveils à Nantes quand l'horrible souvenir s'imposait. Dans ses rêves, elle le suppliait de la sauver mais quand il s'élançait vers elle pour la délivrer, il n'étreignait plus que des cendres brûlantes qui trouaient son pourpoint vert et consumaient sa chair jusqu'au cœur. Le cœur fondait aussi sûrement qu'une feuille d'or et s'égouttait lentement au sol où il était aspiré par une terre noire comme la suie.

Le jour lui rendait le muscle de vie mais la nuit revenait; son cœur régénéré était de nouveau incendié. Le joaillier travaillait de plus en plus tard chaque soir afin de retarder le cauchemar mais, tel Prométhée, il semblait condamné à revivre éternellement son supplice. Le patron des orfèvres avait le foie dévoré chaque jour par un vautour pour avoir dérobé le feu de l'Olympe; son disciple devait-il être, pour avoir laissé les flammes s'emparer d'une femme, la proie d'une nocturne épouvante?

Il ignorait, après vingt ans de ciselage,

de martelage, de repoussage s'il avait choisi l'état d'orfèvre pour vaincre sa terreur du feu. Quand il avait été placé à douze ans comme apprenti chez un oncle, veuf et sans enfant, il avait trouvé un tel réconfort dans la chaleur du feu, une telle beauté dans le rougeoiement des métaux qu'il avait très vite aimé ce métier auquel on le destinait. Il s'éloignait à regret des fourneaux pour servir les repas et récurer la vaisselle; ce n'est qu'après avoir nettoyé le devant de la porte, astiqué les outils, être allé chercher des bûches et avoir balayé la boutique, qu'on lui enseignait quelques rudiments d'orfèvrerie. Mais, en dépit des besognes serviles et des brutalités que lui infligeaient ses compagnons logés dans l'atelier, il manifestait une telle curiosité qu'il rattrapait le temps perdu aux travaux domestiques. Les statuts de la corporation avaient fixé à deux ans la durée de l'apprentissage mais Guy Chahinian, après des mois d'observation, connaissait déjà l'utilité du sable, du bois, du cuivre pour le moulage et il voulait obtenir son brevet pour passer ouvrier. En cette année 1642, son application à produire le chef-d'œuvre obligatoire l'avait distingué nettement de ses compagnons et son habileté avait été aussitôt reconnue : on disait que les coqs qu'il ciselait sur les manches des cuillers étaient si ressemblants qu'on pouvait les entendre chanter et qu'on avait envie de cuire les épis de blé qu'il martelait sur les bords d'une assiette creuse. Sa renommée avait grandi et quand son oncle était mort, lui léguant la boutique, Guy Chahinian s'était retrouvé le plus jeune et le plus talentueux orfèvre de la ville d'Angers. Il avait le talent et la richesse mais, à Paris où il s'était bientôt installé, on ne le voyait guère sourire, plaisanter et s'amuser : son travail seul importait. Ce travail qui l'avait amené à cette quête si étrange de la lumière. Mais même cette recherche ne parvenait à balayer les souvenirs : il voyait toujours les flammes d'un fourneau contre celles d'un bûcher.

Dans l'épaisseur de la nuit, Chahinian entendait la pluie inonder les rues et s'il se réjouissait qu'on ne puisse allumer de bûcher sous de pareils déversements, il redoutait, pour avoir déjà connu un tel déluge, que les Nantais ne cherchent un coupable qu'on pût accuser d'avoir embourbé les routes et gâté les fruits.

CHAPITRE 17

En rentrant chez lui, le capitaine trouva sa femme en larmes devant la cage du perroquet.

— Il n'a rien mangé depuis hier, gémit Myriam Le Morhier. Je lui ai présenté des fruits, des noix, des friandises. Sans succès. Il refuse tout! Il va mourir et ce sera ma faute!

— Ma mie, calmez-vous, cet oiseau n'aime pas nos climats, voilà tout.

— Je l'ai arraché à son pays sans pouvoir l'assurer d'un même soleil. J'ai été sotte et égoïste!

— Je vous ai bien enlevée à une île où la pluie est rare et vous n'avez jamais boudé le crachin de Nantes.

Myriam Le Morhier feignit l'indignation.

— Quoi? Vous osez me comparer à cette bestiole?

— Jamais ne me viendrait pareille idée! Je remercie simplement le Ciel de m'avoir donné une épouse capable d'oublier des paradis ensoleillés pour réchauffer le cœur de son vieux mari.

— Je me moquais, Martin... Et cessez de répéter que vous êtes âgé! Je m'envieillis du même train que vous et je n'aime pas qu'on me le fasse remarquer.

— Ah, ma douce, comment rendre grâces à Dieu de notre félicité?

— En chantant ses louanges. Ou plutôt, en les faisant chanter pour nous, dit Myriam en pouffant de rire. Si vous vous exécutez vous-même, il pleuvra encore un mois sur Nantes car même le Très-Haut ne pourrait vous pardonner de lui écorcher ainsi les oreilles!

— Vous ne m'épargnez guère! Mais je reconnais qu'il vaut mieux laisser cette tâche à d'autres. Qu'avez-vous en tête? Car vous avez bien évidemment quelque chose en tête...

Myriam fit l'innocente.

— Le croyez-vous vraiment?

— Oui, ma mie. Dites-moi donc ce qu'il vous faut?

— Une bourse bien garnie pour Michelle Perrot.

— Michelle Perrot? grogna le capitaine.

— Tout doux, mon bon ami. Je sais que vous n'aimez pas le fils aîné ni sa mère, mais Michelle est réellement douée: elle pourrait charmer les tigres et les panthères avec sa flûte.

— Je sais, vous me l'avez cent fois répété.

— Et elle a fait beaucoup de progrès depuis qu'elle peut se consacrer entièrement à son art. Par l'effet de votre générosité... Vous savez que j'ai pensé à vous la dernière fois que je l'ai écoutée.

Dès les premières notes, un flot d'émotions avait envahi Myriam Le Morhier; elle n'avait pas entendu de sons aussi purs depuis qu'elle avait quitté Cadix, le lendemain de son mariage. Célébrée dans la plus grande intimité pour des raisons de sûreté, la cérémonie n'en avait pas été moins belle puisque Martin Le Morhier avait demandé que les musiciens attachés à la chapelle fussent tous présents. Il avait su distribuer suffisamment d'or ducats au prêtre pour acheter des motets, des arias, des fugues durant la messe et un silence relatif à leur sujet après l'*Ite missa est.*

Myriam Le Morhier se souvenait combien le vertugadin qui faisait bouffer le brocart de ses jupes l'avait ravie puisqu'il lui donnait des rondeurs bien faites pour plaire à ce futur mari qui l'impressionnait tant. Martin Le Morhier avait ri quand elle lui en avait parlé, des années plus tard. Elle avait ajouté que le corset l'étouffait tant qu'elle avait cru défaillir quand le prêtre les avait bénis.

— Sans le col de dentelle si raide qui me soutenait la tête, je crois bien que je n'aurais pu aussi bien me tenir! J'étais heureuse de me dévêtir, souvenez-vous! Et vous n'en étiez pas fâché non plus...

Martin Le Morhier rougissait toujours quand sa femme lui rappelait son désir. Elle était plus qu'accueillante au lit et il atteignait avec elle des extases qui le faisaient quasiment blasphémer. Comment croire, en effet, qu'il serait plus heureux au paradis? Il souhaitait souvent mourir dans ses bras, contre ses seins dorés ou entre ses cuisses en emportant pour l'éternité le goût affolant de la rosée qui ourlait sa fleur intime.

La robe d'épousée avait été rangée au fond d'un coffre d'acajou qu'on avait embarqué le lendemain de la noce sur le *Marie-Joseph*. Myriam avait aimé ce navire qui l'emmenait vers sa nouvelle vie. Elle ne connaissait pas Nantes, elle n'avait ni famille ni ami sur les bords de la Loire mais Martin Le Morhier l'aimait autant qu'elle l'aimait. Et juqu'à la naissance de Victor, la jeune femme, bien qu'heureuse d'être grosse, avait redouté d'avoir moins d'affection pour le fils que pour le père. Vaines craintes dont elle se riait en écoutant l'aria résonner dans la pièce. Quand Victor était né, elle avait su que les hommes de sa vie ne seraient jamais rivaux en son cœur.

Myriam Le Morhier baisa son mari au front avec tendresse.

— Je vous l'assure, nous devons aider Michelle!

— Oh, vous pourriez bien payer sans que je puisse protester, la taquina Martin Le Morhier en faisant allusion aux lois concernant l'aumône: c'était la seule dépense qu'une femme pouvait faire sans l'autorisation de son époux.

— Mais comme vous ne me défendez rien, je n'aurais aucun plaisir à faire la charité sans vous demander votre accord. Voilà de quoi il retourne: la baronne de Jocary va prendre ses quartiers à Paris pour l'hiver et propose d'y emmener Michelle afin que notre protégée puisse parfaire son éducation musicale et que son talent soit reconnu comme il le mérite. Si Michelle demeure à Nantes, elle n'apprendra rien de plus. Il ne faut pas gâcher son don; je n'ai jamais entendu jouer d'aussi délicieuse façon. Et la baronne est de mon avis.

Une semaine plus tôt, la baronne s'était arrêtée au couvent où la jeune fille apprenait la musique avec mère Marie-Joseph de l'Epiphanie. Elle l'avait entendue s'essayer à une aria de Jean Mignon, alors qu'elle se recueillait dans sa cellule. S'échappant du cloître, la mélodie qui lui parvenait était d'une telle harmonie qu'elle en avait laissé choir son livre de psaumes. Elle avait perçu dans un ravissement grandissant la fluidité des aigus succédant à la profondeur des basses, la gravité des notes longues ou la frivolité des trilles, la retenue dans l'expression du thème. L'artiste qui libérait ces notes envoûtantes devait être une de ces dames qui ont brillé dans la société, à la cour, mais qui fuient avec l'âge les futilités du monde pour se consacrer à Dieu. Les sons étaient d'une pureté qui rappelait à la baronne la voix d'Anne de La Barre, réputée pour sa grâce et son excellence. Quittant sa cellule, la dame s'était empressée d'aller féliciter l'interprète. Elle avait eu la surprise de découvrir une enfant et elle n'aurait cru à son don si elle ne l'avait vue porter le bois à sa bouche. Dès les premières mesures, le visage de la jeune fille s'était illuminé et la spectatrice avait imaginé quelque conversation secrète avec des anges. S'essayant elle-même à la flûte, elle savait quels efforts exigeait une interprétation aussi brillante et, taisant une légitime jalousie, elle avait prodigué maints compliments à la musicienne. Elle l'avait interrogée sur sa famille, son passé, ses études, et, convaincue que Michelle Perrot était exceptionnellement douée, elle avait imaginé qu'une si agréable protégée pourrait lui valoir une certaine considération dans ce milieu où elle entendait pénétrer. Il fallait qu'on lui en confie la garde.

— La baronne de Jocary me demande de persuader les Perrot de laisser Michelle quitter Nantes.

— Mais qui est cette baronne?

— Elle vient d'Espagne où elle a enterré son époux, tué en duel. Pour la paix de son âme, elle a décidé de faire un pèlerinage à travers la France, où elle est née, et où elle est résolue maintenant à se fixer. Elle emmènerait donc Michelle Perrot à Paris.

— Et elle veut que nous nous chargions comme ici de son entretien? Si elle n'a pas assez de bien pour nourrir votre protégée, c'est qu'elle fait partie de ces pauvres honteux qui ne possèdent plus que leur titre de noblesse.

— Non, elle n'a rien demandé et, si j'en juge à sa mise, elle n'est point démunie. Non, je veux simplement remettre à Michelle de l'argent qu'elle gardera en cas de besoin, de malheur. Si jamais la baronne et elle ne se plaisaient pas. Ou si celle-ci décédait.

— Elle est âgée?

— Non. Mais vous savez qu'à Paris on peut perdre la vie au détour d'une rue, un cheval emballé ou un voleur vous font votre affaire. Je veux que Michelle puisse revenir si elle n'est pas satisfaite de son sort.

— Pourquoi l'y envoyer alors? soupira Martin Le Morhier. Il avait failli avancer que cette musicienne n'était pas leur fille mais s'était tu; il savait bien que sa femme s'intéressait à Michelle Perrot parce qu'elle avait besoin de chérir, d'aider et que leur fils Victor dépendait de moins en moins d'eux. Il savait aussi que Myriam soutiendrait toujours les artistes et il eut un sourire si franc qu'elle lui demanda ce qui l'amusait tant.

— Je me souvenais de la comédie que vous nous avez imposée au printemps!

— Vous avez ri! protesta Myriam. Autant que moi!

Quel plaisir elle avait pris à accueillir chez elle une troupe de comédiens. Elle les avait croisés en face de la cathédrale, ils sortaient dépités du *Poisson d'or* où

Baptiste Crochet avait refusé qu'ils donnent une représentation en échange du vivre et du couvert. Myriam Le Morhier les avait aussitôt conviés chez elle où la surprise de son époux était telle qu'il n'avait pu proférer un mot avant la fin du spectacle.

— Alors, vous acceptez d'aider Michelle?

— Vous savez bien que oui. Et vous lui direz de s'adresser à ma sœur si quelque traverse survient.

— Bien, il s'agit maintenant de raisonner sa mère.

La baronne de Jocary s'unit à Myriam Le Morhier pour démontrer à Madeleine et Jules Perrot qu'envoyer Michelle à Paris ne comportait que des avantages pour eux: si leur fille acquérait une certaine notoriété, elle gagnerait de l'argent.

— Une charge annuelle de hautbois rapporte environ trois cents livres tournois auxquelles s'ajoutent les billets de bouche à cour.

— Des billets? demanda l'homme malgré le trouble qui l'avait envahi en entendant mentionner une somme si élevée.

— Oui, ce sont des vivres, dispensés en nature ou en espèces aux grandes fêtes.

— Et ma fille aurait tout ça?

— Si elle parvient à plaire au roi. Mais pour cela, vous devez me la confier.

Tandis que la baronne exposait ses raisons, Michelle et Marie s'embrassaient en riant, heureuses de se revoir après des semaines de séparation.

— Tu m'avais dit que tu quitterais le couvent plus souvent! s'exclamait Marie.

— Quand je vis entre ses murs, je n'imagine plus le monde extérieur. Et mère Marie-Joseph de l'Epiphanie me fait tant travailler que je m'endors épuisée à la tombée de la nuit.

— Quel bourreau!

— Oui. Mais quel délicieux supplice... Quand je joue, j'ai l'impression que mon âme s'envole au ciel et s'y sent si bien qu'elle ne veut pas revenir sur terre...

— Je préférerais m'envoler vers Paris! décréta Marie. Nous sommes sans nouvelles de Simon depuis septembre!

— Il ne sait pas écrire... La vie de soldat ne doit guère lui laisser de temps pour trouver un écrivain et un messager, plaida Michelle.

— Il doit y en avoir parmi ses compagnons d'armes! Non, il ne m'aime plus, voilà tout.

Michelle savait parfaitement que son amie s'exprimait ainsi pour qu'on la contredise mais elle ne résista pas au plaisir de la taquiner en abondant dans son sens.

— Peut-être as-tu raison? Il y a des belles dames aux fêtes que donne le roi et Simon doit en être pour veiller à leur sûreté...

Marie grimaça et son amie éclata de rire.

— Sotte que tu es! Simon ne pourrait trouver plus jolie fille que toi même s'il parcourait le monde! Quand je serai à Paris, je pourrai t'écrire qu'il se languit de toi!

— Qu'est-ce que tu irais faire à Paris?

— Tu n'as pas vu cette dame qui accompagnait Mme Le Morhier entrer chez nous?

— Non, j'arrive de la cueillette.

— Que je te raconte...

Au fur et à mesure que Michelle expliquait sa situation à Marie, cette dernière voyait en la réussite des projets de la baronne un moyen d'avoir une correspondante à Paris. Une correspondante qui serait toute gagnée à sa cause et qui l'entretiendrait de Simon. Et pourquoi ne pourrait-elle pas, quand elle serait établie et connaîtrait des gens d'importance, la placer au service d'une grande maison? Elle n'aurait plus à attendre de trop rares missives; elle verrait son amoureux tous les jours. Simon serait fou de joie en apprenant la nouvelle. Ils vivraient quelque temps à Paris afin d'amasser un peu d'argent et, après avoir économisé, ils reviendraient à Nantes. Simon finirait bien par reprendre l'échoppe de son père tandis qu'elle soignerait les malades. Marie savait qu'elle avait hérité du don maternel; on l'avait consultée à plusieurs reprises en l'absence de sa mère et même si la confiance qu'on lui témoignait l'intimidait, elle avait prescrit cataplasmes et décoctions sans hésiter.

— C'est merveilleux Michelle! Un vrai conte de fées!

— Je n'arrive pas à y croire, dit la musicienne. J'ai un peu peur...

— Peur? De quoi?

— Paris est si loin. Si j'avais de la fortune, je ferais mon testament avant de partir.

— Mais tu n'as rien à léguer... Alors qu'en allant à Paris, tu seras célèbre et tu gagneras des centaines de livres!

— Mais j'étais très bien au couvent.

— Crois-tu que Mme Le Morhier aurait payé ton entretien jusqu'à la fin de tes jours? Tu dis toi-même que mère Marie-Joseph n'a plus rien à t'enseigner. Tu auras les meilleurs maîtres dans la capitale!

— Tu as raison... Tiens, les voilà! Mme Le Morhier sourit: elles ont réussi! Viens que je te présente à ma nouvelle tutrice.

La baronne de Jocary examina Marie LaFlamme en se disant que la jeune fille ferait bien des ravages dans les salons parisiens. Elle n'avait jamais vu de teint aussi clair; une mouche apposée au coin des lèvres boudeuses aurait fait de cette fille d'humble état, une fois habillée de vêtements étoffés, une incontestable rivale pour Louise de La Vallière ou toute autre favorite du roi. On disait qu'il pleurait toujours Louise et que Marie-Thérèse, trop sévère, et si fade, ne la lui ferait jamais oublier. Mais la beauté de Marie LaFlamme, elle, avait de quoi balayer tout souvenir chagrin. La baronne aurait misé sa chemise de dentelle sur ce pouvoir-là.

Elle était aussi prête à parier toutes ses économies que Michelle Perrot triompherait à Paris. Elle allait s'en charger. On viendrait chez elle pour écouter la prodige. Et on y reviendrait peut-être aussi pour jouer. Ni de la flûte ni de la viole mais à la bassette, au biribi, au pharaon ou à l'impériale. La baronne se languissait des jeux de commerce et de hasard, auxquels elle devait autant de réussite que d'infortune.

CHAPITRE 18

Madeleine Perrot tordit le drap de sa jupe jusqu'à faire craquer le tissu. Elle le relâcha, mais dut se contenir pour ne pas lever un poing serré vers le ciel : on n'aurait pas manqué d'interpréter ce geste comme un blasphème. Pour l'heure, elle en voulait à l'univers tout entier, terre, mer, ciel, enfer, Dieu et Diable confondus : il pleuvait. Il pleuvait le jour où une fille quittait sa mère pour aller vivre à Paris chez une baronne.

Quand cette dernière avait proposé de quitter Nantes à l'aube du dimanche matin, Madeleine Perrot avait prétexté des prières à dire en famille pour retarder le départ. Elle tenait à ce que tous ses voisins soient levés quand la baronne s'arrêterait devant sa porte. Michelle paraîtrait dans une robe de velours turquoise offerte par Myriam Le Morhier et la baronne lui tendrait les bras d'un air engageant.

Hélas, à l'exception de Marie LaFlamme,

personne n'avait été témoin de l'événement. La bise et la pluie incessante avaient confiné chez eux les curieux qui auraient quasiment juré qu'il faisait encore nuit s'ils n'avaient entendu sonner les laudes. Madeleine Perrot avait versé des larmes de colère après le départ de la baronne de Jocary et de sa fille mais elle s'était calmée quand les averses avaient diminué : elle pourrait au moins raconter sa matinée sur le parvis de l'église après la messe. Elle sourit en remettant le voile de lin gris qu'elle étrennait pour l'occasion : les pans du carré qui tombaient sur ses joues lui allongeaient le visage et lui conféraient, selon elle, une dignité certaine. Elle ne fut guère attentive au sermon du père Thomas car le ciel s'était de nouveau couvert alors qu'elle pénétrait avec sa cadette dans l'église. Quand elle entendit les roulements du tonnerre, elle laissa, comme d'autres femmes, échapper un cri ténu. Un petit miaulement de déception alors qu'elle rugissait intérieurement. Allait-on lui gâcher aussi sa sortie ? De la travée où elle était, ni les bourgeois au-devant de la nef, ni leurs épouses derrière eux, n'avaient pu la voir, il lui faudrait demeurer près du porche pour être remarquée après la cérémonie.

Bien peu d'ouailles l'imitèrent: l'accalmie était passagère, les vents soulevaient avec une vigueur redoublée les coiffures des Nantais. Les hommes fuyaient la pluie qui transformait si vite les plumes d'autruche en maigre plumeau et les femmes s'inquiétaient de leurs boucles ornées de dentelles. En quelques minutes, les savants artifices seraient réduits à néant. Si la coquetterie fit déserter le parvis de l'église aux plus riches, les pauvres, eux, s'éloignèrent pour garder sec leur seul vêtement.

Madeleine Perrot regardait les gens se disperser avec une fureur grandissante quand un coup de vent emporta son voile. Elle le vit monter, tournoyer, s'envoler au-dessus de la place publique avant de retomber dans une flaque de boue. Perdant toute réserve, elle s'élança en maudissant père et mère et elle hurla quand elle vit un chien se jeter sur le drap cendré. Il l'attrapa entre ses crocs et s'éloigna en gambadant sans entendre les imprécations de la malheureuse propriétaire. Durant une seconde, Madeleine Perrot regretta que la place ne fut pas tout à fait vide : elle aurait brisé, cassé, détruit tout ce qui se trouvait à portée de main. A défaut de le faire, elle ordonna à sa cadette de poursuivre la bête en lui lançant des pierres et elle resta figée devant la flaque d'eau. Cette journée aurait dû consacrer son triomphe, lui donner prétexte à raconter qu'une dame de qualité s'intéressait assez à sa fille pour l'emmener à Paris. Mauvaise fée, la pluie avait transformé ces heures d'apothéose en désastre, et voilà qu'un monstre lui dévorait sa coiffure. Elle n'entendit pas tout de suite Henriette Hornet l'interpeller.

— Ne restez pas là à vous faire tremper, revenez ici.

Une dizaine de personnes, et parmi elles la femme du médecin, avaient préféré s'abriter sous le porche de l'église plutôt que de gâcher leur toilette : la soie de contrebande, bien qu'horriblement coûteuse, n'était pas faite pour braver ces climats. Henriette Hornet s'en plaignit.

— A quoi bon risquer la prison en portant ces robes de pékin si la pluie les ruine! Et ce vent! Votre beau voile souris irrémédiablement perdu!

Françoise Lahaye s'étonna de voir son amie s'adresser si doucement à la femme d'un menuisier mais comme elle l'imitait en tout, elle surenchérit d'une voix sucrée.

— Je l'avais remarqué quand vous êtes entrée dans l'église. C'était du cissac d'excellente qualité.

— C'est triste, compatit Henriette Hornet, mais vous avez peut-être échappé à bien pire: la bête était enragée, elle aurait pu vous mordre!

Madeleine Perrot s'affola, voulut courir derrière sa fille mais Henriette Hornet la retint.

— Ne vous inquiétez pas, votre enfant s'est lancée trop tard à la poursuite du chien, elle ne pourra le rattraper et elle vous attendra sagement. Car elle est sage, m'a-t-on dit? Comme son aînée. C'est fort embêtant que celle-ci soit partie pour

Paris sous ces trombes d'eau. J'ai prié durant l'office car ce serait fâcheux qu'elle et sa protectrice soient contraintes de rebrousser chemin !

Madeleine Perrot s'empressa de remercier Henriette Hornet.

— Nous sommes toutes heureuses que la baronne de Jocary ait découvert votre fille, mais nous vous blâmerions de nous l'avoir cachée si nous ne savions que votre enfant conquerra Paris. Elle sera l'honneur des Nantais... Si elle arrive sans encombre à la ville. Cette pluie glaciale est d'une telle... sauvagerie.

— Sauvagerie ? répéta bêtement Madeleine Perrot, trop troublée pour réfléchir.

— Oui, sauvagerie, insista l'épouse du praticien. Nous subissons le pire. J'ai peur.

— Peur ? dit Geoffroy de Saint-Arnaud, peur, madame ?

— Vous ne voyez pas que tout cela est extraordinaire ; ce désordre de la nature signifie bien que notre monde est en péril. Et que le diable signe sa présence parmi nous.

— Le diable ? bredouilla Françoise

Lahaye. Henriette Hornet regarda longue-ment l'assemblée.

— Mon mari a eu des cas étranges. Trop étranges pour qu'il ignore plus longtemps l'œuvre de Satan. La pluie est empoisonnée! On vous parle de grippe et de fièvre dues au mauvais temps, mais les patients ne guérissent pas... Malgré les soins de M. Hornet, je ne serais pas étonnée que plusieurs meurent dans les prochains jours. Des enfants surtout, hélas. On sait tous que le Malin exige ce genre de tribut.

Geoffroy de Saint-Arnaud jubilait: quelle bonne idée d'être resté auprès de ces bourgeoises. Il avait commis la sottise de renvoyer son valet: lequel s'en était allé avec le parapluie. Comment avait-il pu le laisser partir avec le précieux objet? Et qui le verrait s'il ne l'utilisait pas les jours de grain? Il fallait qu'il soit fort distrait pour agir ainsi mais le retard considérable du *Lion-d'Argent* l'obsédait. On chuchotait, il ne l'ignorait pas, que le navire avait sombré corps et biens. Il se rongeait à songer aux ballots de soie, aux épices, aux bois définitivement perdus, et à ces prises de mer dont il exagérait la valeur.

Il était resté dans l'église pour acheter des cierges, après que les fidèles furent sortis. Le père Thomas avait promis de prier Dieu d'épargner les pauvres marins du *Lion-d'Argent* même si le Très-Haut semblait avoir abandonné les Nantais depuis quelque temps : le mauvais climat et divers désagréments subis par des honnêtes gens en étaient la preuve.

Geoffroy de Saint-Arnaud hocha gravement la tête avant d'interroger le prêtre : que pouvait-il faire pour apaiser la colère divine ?

En le suivant vers la sortie, le père Thomas chuchota qu'il avait percé des intentions diaboliques derrière certains incidents mais qu'il ne pouvait en dire davantage.

Geoffroy de Saint-Arnaud méditait ces révélations quand il avait vu Madeleine Perrot perdre son voile ; le spectacle l'avait amusé et, comme il pleuvait toujours, il était resté sous le porche. Entendant les conversations des dévotes, il s'était approché d'elles. Dame Henriette Hornet tenait des propos qui lui plaisaient assez pour lui faire oublier les désagréments de l'averse.

— Dans le village voisin, une femme a été égorgée en allant au champ, dit Geoffroy de Saint-Arnaud, mais vous ne croyez tout de même pas que c'est l'œuvre de Lucifer?

— C'est peut-être un soldat, avança la veuve Bonnet.

— Taisez-vous, madame, la coupa brutalement Henriette Hornet. Comment pouvez-vous dire cela de ces héros qui défendent notre patrie, notre honneur?

Françoise Lahaye dévisagea Henriette Hornet, perplexe. Elle avait déjà débattu le sujet avec la femme du médecin, laquelle lui avait conté les pires horreurs sur le compte de la soldatesque, française ou ennemie. «Des brutes! avait-elle affirmé, des sauvages!» Elle avait craint pour sa vie et sa vertu quand elle était venue de Paris s'installer à Nantes car, en chemin, elle avait vu des villages dévastés, pillés, ruinés par les soudards.

— Votre fils n'est-il pas au service de notre jeune monarque ? demanda Henriette Hornet à Madeleine Perrot, éclairant son amie sur son changement d'opinion.

— Oui, madame.

— Quel courage ! Et vous-même êtes bien valeureuse.

— Pardon, madame, mais je ne comprends pas... Henriette Hornet se pencha vers elle.

— N'êtes-vous pas voisine de la guérisseuse... cette Anne LaFlamme ?

— Si fait, madame.

— N'est-elle pas un peu étrange ? Ne ramasse-t-elle pas des herbes mystérieuses au crépuscule ? On dit que sa fille prépare aussi des potions...

— Je ne sais pas, madame.

— Vous la protégez parce que vous avez peur de ses pouvoirs, c'est cela ?

Madeleine Perrot n'aimait pas la tournure que prenait cette conversation car Geoffroy de Saint-Arnaud ne la quittait pas des yeux quand elle répondait. Il ne tolérerait sûrement pas qu'on insinue que sa fiancée était une sorcière.

L'armateur manifesta en effet la plus vive indignation.

— Dame Hornet, vos propos me choquent. Vous semblez dire que Mme LaFlamme a une conduite équivoque?

Henriette Hornet toisa Geoffroy de Saint-Arnaud; ce fat portait un pourpoint qui siérait mieux à son époux mais, n'ayant pas encore la fortune qu'il méritait, ce dernier devait se contenter d'une vêture plus sobre.

— Elle a protégé cette horrible sorcière, répondit-elle lentement. Dites-moi pourquoi?

— Parce qu'elle est bonne, dit l'armateur d'un ton embarrassé. Elle a eu pitié d'elle.

— Pitié? Je vous l'accorde: elle a voulu aider une consœur! Que fait la guérisseuse en pleine forêt quand tous les honnêtes gens prient?

— Elle cueille des plantes, assura l'homme.

— Comme je l'ai dit: des plantes magiques! Que la sorcière lui procurait!

— Vous n'en avez aucune preuve...

— Comment expliquez-vous qu'il pleuve depuis qu'on a tenté de brûler le corps de la diablesse? C'est sa vengeance! Et Anne LaFlamme, en quittant Nantes le lendemain pour le lazaret, a fui avant d'être accusée de complicité.

— Je vous interdis de parler de Mme LaFlamme comme s'il s'agissait d'une vulgaire criminelle!

— Ce n'est pas moi qui aurai prononcé ce dernier mot, rétorqua la bourgeoise avec satisfaction avant de descendre d'un pas assuré les marches glissantes du parvis. Elle disparut sous la pluie sans qu'il eût loisir de protester.

CHAPITRE 19

Françoise Lahaye était aussi embêtée que Madeleine Perrot car si elle ne voulait pas déplaire à la femme du médecin, elle entendait aussi ménager l'armateur qui se fournissait en aiguilles et en fils de toutes sortes chez son mari. En fixant les ailes de moulin à vent qui formaient un gros nœud sur les chaussures de Geoffroy de Saint-Arnaud, elle songea que cet homme était plus coquet que bien des femmes. Il devait être le seul Nantais à porter de pareils souliers : même l'étranger venu de Paris connaissait moins les nouvelles modes que l'armateur. Apprenant que Louis XIV dédaignait les bottes, Saint-Arnaud les gardait dorénavant pour la chasse. Françoise Lahaye allait le complimenter sur sa tenue quand elle vit le regard du père Thomas s'attarder à son tour sur les boucles des chaussures. Il les examinait avec beaucoup de soin, et elle se souvint du sermon prononcé le dimanche de la Saint-Michel sur la vanité. Il en avait si bien décrit les dangers qu'elle avait renoncé depuis lors à porter la collerette crème qu'elle avait achetée à la fin de l'été. Le mépris qu'elle lisait dans l'œil du prêtre était sans équivoque, mais alors qu'elle s'attendait qu'il réprimandât Geoffroy de Saint-Arnaud, il lui sourit. Elle retint sa respiration, ulcérée : les riches avaient donc le droit de minauder et dépenser leur or en colifichets sans qu'on le leur reproche ? Myriam Le Morhier continuait à se vêtir de tissus rares et exhibait sa gorge sous des voiles arachnéens sans éprouver de remords mais Françoise Lahaye avait espéré jusqu'à ce jour que le prêtre la fustigerait du haut de la chaire. Non, il fermait les yeux sur les excès des gros possédants. Furieuse, Françoise Lahaye oubliait le commerce de son époux et cherchait à blesser l'armateur quand celui-ci s'éloigna pour converser avec le jurisconsulte Darveau. Qu'il s'échappe au moment où elle trouvait des mots venimeux l'insupporta : elle déverserait autrement son fiel, en l'asticotant au sujet d'Anne LaFlamme.

Se tournant vers Madeleine Perrot, elle l'assura qu'elle partageait l'avis d'Henriette Hornet.

— Il faut du courage pour offrir sa vie au roi. Je comprends mal qu'on prétende que les soldats sont des pillards. Cette femme et son enfant égorgés dans la paroisse voisine ont assurément été victimes d'un monstre.

— Un monstre? demanda la femme Bonnet qui avait suggéré qu'un soldat soit coupable de meurtre.

— Clotaire Dubois avait déjà parlé d'un loup-garou...

— Un loup-garou?

— N'attendons pas que cette bête immonde pénètre dans notre cité pour réagir. Nous devons nous unir pour combattre Satan.

Quelques visages effarés interrogèrent le père Thomas. Celui-ci écoutait Françoise Lahaye avec une attention qui passa pour de l'approbation. Imperceptiblement, les gens se rapprochèrent les uns des autres, inquiets, désemparés. Un coup de tonnerre acheva de les apeurer et les femmes se mirent à gémir. Les hommes n'en menaient pas large non plus. Ils regardaient le ciel comme s'il allait s'abattre sur eux. Le père Thomas écourta leurs lamentations en les exhortant à prier sur le chemin du retour : s'ils vénéraient le Très-Haut, ils seraient peut-être gardés des démons. Et des sorcières.

— Voudrez-vous nous recommander auprès de Dieu ? demanda Françoise Lahaye au prêtre avant d'élever encore la voix pour haranguer l'assemblée : Regardez le ciel, mes amis, il est plus sombre que le fond d'un chaudron ! A qui pensez-vous qu'on doive un temps si noir qu'on se croit déjà aux enfers ?

Elle répétait les propos d'Henriette Hornet sans s'en apercevoir, grisée par l'attention que lui accordait le groupe. Elle rentra chez elle sans frissonner malgré la violence de l'averse : elle savourait ces minutes où tous étaient suspendus à ses lèvres.

Elle trouva son mari en conversation avec trois hommes. Ils eurent à peine le temps de présenter leurs respects qu'elle leur racontait pourquoi elle rentrait avec du retard. Jacques Lecoq et Michel Chatonnay admirent qu'Anne LaFlamme était une excellente guérisseuse mais qu'ils ne savaient pas d'où elle tenait ses pouvoirs. De Satan? Vraiment?

Guy Chahinian, lui, paya rapidement ses emplettes et sortit.

Françoise Lahaye s'exclama:

— Il a peur! Il n'aime pas qu'on parle de sorcellerie! Forcément! Il s'était opposé à la capture de la vieille.

— Mais il a ensuite reconnu son erreur, dit Jacques Lecoq.

— C'est tout de même lui qui a prévenu la guérisseuse!

— C'est sur mon conseil qu'il est allé trouver Anne LaFlamme. Il a quitté le *Poisson d'or* sans avoir touché à son assiette tant il souffait de la colique.

— Vous n'auriez pas dû la lui recommander. Même Geoffroy de Saint-Arnaud était prudent quand il a pris sa défense. Pourtant, ne l'a-t-elle pas ensorcelé?

Jacques Lecoq faillit lui répondre qu'Anne LaFlamme n'avait pas besoin de philtre pour séduire mais il se tut. Justin Lahaye était un bon client, s'il contredisait sa femme, il perdrait peut-être sa pratique.

— M. de Saint-Arnaud est soucieux, répéta Françoise Lahaye. Il a payé dix cierges au père Thomas...

— Sans doute parce que le *Lion* n'est pas rentré, dit Michel Chantonnay. Le Petit passe ses journées au port à guetter son arrivée.

* * *

«A votre service, messire», murmura le Petit en égorgeant la chèvre. La bête émit un couinement, le sang jaillit dans un gargouillis et trempa d'une chaleur humide le torse de l'homme. Il sentit les pattes de la bique battre contre ses mollets et l'éventra comme le lui avait demandé Geoffroy de Saint-Arnaud. Il extirpa les viscères et retira le cœur qu'il emporta. Quand il eut fini de vider le corps de la bête, le Petit essuya son coutelas sur la fourrure beige, attrapa sa chemise et s'en alla enterrer le cœur encore palpitant. L'homme se réjouissait qu'il plût autant: toute trace compromettante serait effacée, noyée, et la terre serait bien meuble, facile à creuser. Malgré le peu de chance qu'il avait de faire une rencontre, il se mit à courir vers des lieux plus déserts. Le bruit des piécettes sonnant contre sa cuisse l'empêcha d'avoir froid.

Cette nuit était pourtant encore plus glaciale et Geoffroy de Saint-Arnaud avait ordonné qu'on entretienne les feux toute la soirée : devant les bûches gigantesques qui flambaient dans l'âtre, il se frottait les mains de contentement. Quelle chance d'avoir entendu Lucie Bonnet accuser un soldat de meurtre et parler ensuite de loup-garou ! Le destin lui facilitait décidément les choses, puisque Lucie Bonnet était la voisine de Jean Grouvais. On se moquait bien de l'idiot à un moment ou à un autre, de son accent traînant, de ses oreilles décollées, des habits qu'il portait souvent à l'envers. Mais on le ménageait parce qu'il acceptait des emplois que même le cureur aurait refusés. En échange de ses services, on lui donnait à manger ou à boire. Jean Grouvais avait accepté toutes les chopines que lui payait Geoffroy de Saint-Arnaud sans poser de question.

Le lendemain, l'idiot se demandait comment il avait pu retrouver son chemin pour gagner la masure où il dormait. En se levant, il avait rendu toute la boisson ingurgitée la veille. Il vomissait à grands jets et bien qu'il ait eu, plus que tous, l'habitude des odeurs fétides, la puanteur de sa bile le saisit et il sortit en courant pour respirer l'air du dehors et être douché par la pluie.

Le spectacle qui l'attendait lui tordit de nouveau les boyaux et il embrêma son pantalon en regardant terrifié les viscères de sa chèvre, que des rats se disputaient, déroulés sur une dizaine de pieds. Il hurla.

— Si fort, dit Baptiste Crochet à Geoffroy de Saint-Arnaud, au *Poisson d'or*, que tout le monde doit l'avoir entendu!

— Pauvre Jean, je n'aurais pas dû lui payer à boire. Il aurait pu défendre son bien. Quoique... celui qui a tué la bique avec cette sauvagerie doit être bougrement fort.

— Il l'aurait tué!

— C'est le loup-garou! décréta un client.

— Personne ne l'a vu, dit mollement l'armateur.

— Un homme n'aurait pas fait ça! Il aurait volé l'animal, pas le cœur! fit Germaine Crochet.

— Pourquoi l'a-t-on sacrifiée? demanda Saint-Arnaud.

Au fond de la salle, Guy Chahinian s'effarait de l'habileté de l'armateur à échauffer les esprits de façon insidieuse pour prêcher ensuite la tolérance, à encourager les divagations pour les réfuter doucement. Mais pourquoi tenait-il tant à ce qu'on croie au loup-garou?

— Vous pensez vraiment que la chèvre a été sacrifiée par un monstre? demanda Guy Chahinian.

— Je n'ai rien dit de tel, je m'interroge. Les animaux ne massacrent pas ainsi leurs proies. Pour se nourrir uniquement du cœur.

— C'est un loup-garou, répéta l'aiguillier Lahaye, client désormais assidu au *Poisson d'or*. Sa femme, naguère réticente à le voir chopiner, l'encourageait maintenant à fréquenter la taverne car elle devait alimenter ses ragots. Elle n'entendait pas avoir moins de bruits qu'Henriette Hornet à colporter même si cette dernière, sentant que son ascendant sur Françoise Lahaye diminuait, avait décidé de s'en faire une complice plutôt qu'une rivale car tout ce qu'on pouvait lui apprendre sur Anne LaFlamme lui importait. Geoffroy de Saint-Arnaud toussa.

— On a bien parlé d'une femme et son enfant tués près d'ici mais Lucie Bonnet disait que c'était un soldat qui...

— Il n'y a aucune armée aux environs! protesta Justin Lahaye dont le frère aîné était mort lors de la révolte des Sabotiers. Lucie Bonnet dit des bêtises. Elle n'était pas sur les lieux, que je sache!

— Elle n'était pas sur les lieux de ce crime, dit Geoffroy de Saint-Arnaud.

Guy Chahinian frémit : l'armateur cherchait à faire accuser Lucie Bonnet. Mais de quoi? Et pourquoi?

— Peut-être pas de ce crime, comme vous dites, reprit un client, mais si elle nous cachait un secret?

— Voyons, mes amis, fit gentiment Geoffroy de Saint-Arnaud. Nous divaguons! Réfléchissons: que peut nous taire cette pauvre fileuse? Et dans quel but? Elle a accusé un soldat sans réfléchir.

Germaine Crochet intervint aussitôt.

— Elle veut qu'on croie que c'est un soldat qui a tué parce qu'elle doit connaître le véritable assassin!

— Elle connaîtrait donc un..., commença l'armateur.

— Un loup-garou! Je l'ai toujours dit! clama Lahaye.

— Non, protesta Geoffroy de Saint-Arnaud, je voulais dire un criminel.

— Criminel, oui, vous avez raison puisque c'est un loup-garou! Et Lucie Bonnet le protège! Il doit venir chez elle la nuit!

— Et elle habite à côté de chez Jean Grouvais, fit Baptiste Crochet. Elle aura dit à son monstre que Jeannot n'était pas là puisqu'il chopinait ici et il sera parti alors tuer la biquette.

— Mais pourquoi aiderait-elle un loup-garou? Elle devrait le craindre, comme nous tous. Non, c'est plutôt un homme.

— Qui aurait enlevé le cœur et l'aurait mangé ?

— Mais je vous le répète, dit benoîtement l'armateur, Lucie Bonnet aurait dû être terrorisée, comme vous et moi, par le monstre. Imaginez cette pauvre femme seule.

— Justement, elle n'est plus seule si le monstre est avec elle !

— S'il existe, fit l'armateur.

— Bon Dieu, jura Clotaire Dubois qui venait de commander une bolée de cidre, j'ai déjà vu un loup-garou et la créature est horrible ! Il est donc revenu ?

— Oui, pour tuer la chèvre de Jeannot.

Guy Chahinian se leva promptement et eut un sourire d'excuses pour le tenancier qui le dévisageait.

— Pardonnez-moi, mais d'entendre parler de cœur dévoré et d'entrailles répandues me donne la nausée. Je vais faire un tour sur le port.

— Par ce temps ?

— Le vent fouette les sangs, ça me sera

salutaire, dit l'orfèvre qui n'avait trouvé que cette excuse pour rejoindre les Le Morhier : ils comprendraient sûrement qu'il fallait avertir Lucie Bonnet du péril qui la guettait. Le capitaine pourrait peut-être lui expliquer l'attitude de Geoffroy de Saint-Arnaud qu'il côtoyait depuis toujours. Et qu'il n'aimait pas comme il l'avait avoué un jour à l'orfèvre.

— Nous faisons le même métier puisque moi aussi j'avitaille depuis quelques années, et qu'il s'embarque parfois sur ses navires. Mais nous n'avons pas les mêmes méthodes : je suis dur à l'ouvrage, mes hommes vous le diront. Seulement moi, je ne prétends pas être maire une année et sévir sur les taxes de mouillage, pour faire l'an suivant de la contrebande. Et je ne remplace pas mes canons par des marchandises !

— Vos canons ?

Martin Le Morhier avait expliqué à Guy Chahinian que les officiers du roi inspectaient les navires avant leur départ pour vérifier si le nombre de canons requis pour la défense était respecté. Geoffroy de

Saint-Arnaud louait le tiers de l'armement exigé pour le montrer à ces visiteurs et le débarquait après leur départ. L'espace récupéré permettait d'acheter plus de marchandises à l'étranger. Pour abuser l'ennemi, il avait fait peindre écoutilles et canons en trompe l'œil sur la coque. Mais si l'adversaire décidait tout de même d'attaquer, les armes factices causaient la perte du navire.

Guy Chahinian se remémorait ces confidences quand il frappa à la porte des Le Morhier; il devait à son tour leur faire confiance. D'ailleurs, avait-il le choix?

CHAPITRE 20

— Trop tard, nous sommes arrivés trop tard, murmura Guy Chahinian.

— J'aurais dû vous accompagner, nous aurions trouvé Lucie Bonnet! dit Myriam Le Morhier.

Martin Le Morhier martela le sol de son tisonnier avec fureur.

— Et ils vous auraient emmenée avec elle! Parbleu, vous perdez la raison!

— Mais cette femme a été arrêtée sans motif!

— Je le sais aussi bien que vous! vociféra le capitaine, en proie à une colère désespérée.

Myriam Le Morhier ravala un sanglot et fuit la pièce sans que son époux ait le temps de réagir.

— Je suis une brute! Mais Myriam n'a pas vu ce que nous avons vu! Que peut-on faire maintenant?

— Je l'ignore, soupira l'orfèvre. Personne

ne nous écoutera. La vengeance les rend sourds.

— La vengeance? Contre cette veuve? Qui peut l'envier? Elle n'a rien.

— Je sais: la misère engendre le veuvage, et le veuvage la misère...

— Et même si nous l'avions prévenue, où se serait-elle cachée avec ses deux petiots, sous l'orage, dans le froid?

— Elle a des enfants?

— Des jumeaux.

— Je les aurais emmenés chez moi.

— On les aurait trouvés rapidement: vous avez été mêlé à l'exécution de l'infirme, vous êtes étranger, vous serez toujours suspect. Ne l'oubliez jamais. Ma femme l'est encore...

— Mme Le Morhier? s'étonna Guy Chahinian.

— Croyez-vous que je sois si cruel que le sort de cette veuve me soit indifférent? Si j'ai grondé Myriam d'avoir voulu vous accompagner, c'est que je redoute le pire pour elle. Et cela, depuis notre mariage en Espagne.

Martin Le Morhier expliqua que sa

femme était née à Cadix d'un père espagnol et d'une mère juive qui avait fui le
Pays basque au moment où Lancre y sévis-
sait.

— Lancre! frémit Guy Chahinian en
songeant aux centaines de femmes que ce
magistrat avait fait supplicier, et à sa haine
farouche du peuple juif.

— Oui, Lancre. Vous savez que ce
Bordelais accusait les juifs de sorcellerie; la
mère de Myriam était alors l'épouse d'un
marchand juif. Ils ont pu s'embarquer
pour Cadix, où ils devaient se convertir,
mais la mère de Myriam s'est trouvée veuve
quasiment à son arrivée en cette terre inconnue. Elle était belle; Myriam est sa réplique parfaite. Elle s'est remariée très vite
à un officier espagnol, de même confession, et c'est de cet homme que ma femme
tient son teint mordoré. Cependant, si ses
parents ont échappé par miracle aux persécutions, tant en France qu'en Espagne, sa
mère n'a jamais oublié qu'être juive est
dangereux. Et Myriam est juive.

— Comment avez-vous...

— Je l'ai épousée devant un prêtre

catholique qui a béni notre union sans s'inquiéter que Myriam soit juive. Puisqu'elle embrassait notre foi... Et vous savez, il y avait tant de pauvres et de miséreux dans ce hameau. Ils se pressaient tous aux portes de la petite chapelle. Oui, j'ai acheté la complicité de ce curé et je n'ai jamais oublié le cortège de mendiants qui nous acclamaient après la cérémonie. Myriam, comme moi, a toujours cru que notre aumône envers eux nous avait porté bonheur.

— C'est pourquoi elle donne tant aux œuvres?

Martin Le Morhier hésita.

— Ce n'est pas si simple. Parler de charité, c'est parler de vanité, et de commerce. Car on donne pour paraître ou pour plaire à Dieu. Dont plusieurs croient acheter ainsi la protection... Pour ma part, je ne doute point que le Très-Haut approuve le soulagement qu'on apporte aux malheureux, mais je ne doute pas non plus que certains de ses représentants sur terre aiment toucher l'argent que Myriam leur remet.

Guy Chahinian ne put cacher plus longtemps sa surprise.

— Vous me tenez là des propos qui déplairaient fort au père Thomas.

— Mais le père Thomas accepte avec beaucoup de grâce nos aumônes, croyez-moi. Et vous êtes la première personne à qui je m'ouvre ainsi. Je voulais que vous sachiez ce que je crains : le monde est vaste mais sait-on jamais ? Qui a connu Myriam à Cadix pourrait la revoir ici. Si je n'étais pas si attaché à Nantes, j'aurais quitté notre port où mouillent si souvent des navires espagnols.

— Il faudrait vraiment une circonstance navrante pour qu'on s'intéresse à la confession de votre femme. Vous êtes catholique, votre fils baptisé. Qui saurait deviner ?

— Je suis sot, oui, mais je suis si heureux avec Myriam que ce bonheur me semble injuste et qu'un jour j'aurai à le payer. Des spectacles comme celui du dîner m'effraient. Comment peut-on accuser cette femme d'avoir égorgé la bique ?

— Oui, pourquoi ? demanda Myriam

Le Morhier qui revenait dans la pièce.

Son époux lui prit les mains, les baisa longuement.

— Pardonnez mon impatience, mais vous m'affolez !

Myriam Le Morhier lui sourit tendrement, puis retrouvant une expression angoissée, elle exigea qu'on lui raconte la tragédie sans rien omettre.

Guy Chahinian rapporta les conversations entendues au *Poisson d'or*, sa course pour retrouver Lucie Bonnet, sa rencontre avec Martin Le Morhier et leur détresse en constatant que la fileuse, étant sortie pour livrer son travail à ses pratiques habituelles, avait été arrêtée, puis traînée sur la place publique. Ils avaient vu des officiers la soustraire à la fureur de la foule mais si elle était protégée ainsi d'une lapidation, on l'avait sûrement poussée dans un cachot qui lui ferait regretter les pierres.

— Ce sont les insinuations de Geoffroy de Saint-Arnaud qui ont désigné Lucie Bonnet à ses bourreaux. C'est lui qui a tout suggéré, tout en mimant le scepticisme. Seulement, je n'en vois pas la raison.

— Geoffroy de Saint-Arnaud ne fait rien qui ne lui profite, dit Martin Le Morhier, intrigué. Mais en quoi peut bien lui servir la persécution de Lucie Bonnet?

— Ce serait plutôt l'inverse, dit sa femme, puisque la fileuse lui remet une partie de ses gains pour habiter son bout de terrain... Et les enfants?

— Ils n'étaient pas avec elle, commença le capitaine. Myriam Le Morhier inspira profondément.

— Nous ne pouvons rester ici sans bouger, mon ami. Ils les emprisonneront aussi!

— Afficher votre sympathie pour Lucie Bonnet provoquerait votre perte! Ces enfants iront à l'orphelinat. S'ils n'y sont pas déjà.

— Mais...

— Votre époux a hélas raison, et seul l'intérêt que porte Geoffroy de Saint-Arnaud à Lucie Bonnet peut la sauver. Ce n'est assurément pas en vain qu'il a soufflé son nom...

— Je ne comprends rien à cette histoire! pesta le capitaine. Que veut-il donc?

— Attiser les flammes d'un bûcher, répondit Guy Chahinian. Mais pourquoi? Geoffroy de Saint-Arnaud n'est pas comme ces juges qui encouragent la haine des paysans contre plus pauvres qu'eux. Il se moque de l'opinion des miséreux; un autre motif le pousse à évoquer Satan devant des esprits crédules, à faire tomber Lucie Bonnet. Mais lequel?

— Vous croyez qu'ils la condamneront? demanda Myriam Le Morhier.

— Qui ruine les récoltes? Qui nous envoie tant de pluie? Ça ne peut être Dieu. Alors, qui? Tout le monde a des sujets de mécontentement, madame...

* * *

— Mes poules ne pondent presque plus depuis la Saint-Etienne. On leur aura jeté un maléfice.

— Un maléfice? dit Guy Chahinian en se rapprochant des curieux qui discutaient place du Bouffay.

— La vache de Boucher est bien morte! dit Juliette Guillec, la femme du mayeur. Lucie Bonnet lui avait emprunté une bêche pour son carré d'herbes.

— N'est-elle pas allée chez vous? demanda Henriette Hornet à Madeleine Perrot.

Madeleine Perrot se signa avant de sourire à la femme du médecin. La veille, elle avait médité longuement sur les soudains témoignages d'amitié de Mme Hornet. Puis elle avait compris: cette femme s'adressait à elle doucement depuis que Michelle était partie pour Paris avec une baronne. Henriette Hornet rêvait peut-être d'une alliance pour son fils? Elle se pencha pour lui confier qu'elle avait en effet donné un vieil ustensile à Lucie Bonnet.

— Sinon, elle m'aurait fait pourrir mon bois...

— Elle n'a jamais travaillé pour moi, dit Françoise Lahaye. Ses fils sont peut-être maléficiés? Son rouet?

— Je ne lui ai rien commandé, affirma aussitôt Madeleine Perrot. Elle est venue chez nous sans qu'on l'invite!

Marie LaFlamme s'exclama:

— Mais vous lui avez acheté son lin!

— Tu te trompes, Marie, répondit durement Madeleine Perrot.

— Ses sens sont peut-être troublés? fit Juliette Guillec. Peut-être que cette fille abuse d'herbes magiques?

— Qu'insinuez-vous? dit Geoffroy de Saint-Arnaud.

— Moi? Rien. Attendons que la fileuse donne le nom de ses complices.

— Au *Poisson dor* je me suis laissé dire que..., commença l'armateur.

— Au *Poisson d'or!* glapit Juliette Guillec. Je m'étonne que vous hantiez cet endroit, monsieur de Saint-Arnaud.

Le mayeur Guillec, brassant et débitant la bière, était un concurrent du tavernier Crochet depuis toujours: sa femme ne manquait jamais de dénigrer le *Poisson d'or* même si ce rival ne pouvait en rien les inquiéter: Egide Guillec possédait un arpent et deux vaches de plus que Baptiste Crochet, savait lire et signer son nom. Il était même échevin et son commerce était d'un meilleur rapport que celui du tavernier. Il n'aimait pourtant pas qu'on allât chopiner chez ce dernier, car il ratait ainsi bien des conversations.

— Germaine Crochet fait des tourtes

aux godiveaux qui sont succulentes, dit Guy Chahinian d'un ton naïf. Même moi qui ai petit appétit, je m'en délecte!

— Vous avez raison, monsieur, approuva Geoffroy de Saint-Arnaud. Vous êtes-vous remis de vos malaises du dîner?

— Oui, j'ai beaucoup marché.

— En effet, je suis passé à votre échoppe sans vous y trouver.

Guy Chahinian se confondit en excuses; s'il avait pu deviner, il serait resté chez lui.

— Et vous avez cheminé sous la pluie?

— Non, je suis passé chez les Le Morhier. Le capitaine m'a entretenu de ce travail dont je vous ai parlé.

— Et vous ne l'avez pas vu chez lui.

Guy Chahinian se demanda un instant si l'armateur l'avait suivi. Il préféra être franc et déclara que Martin Le Morhier était au port.

— Sa femme l'accompagnait? glapit d'une voix acide Françoise Lahaye qui attirait moins aisément l'attention qu'elle ne l'avait espéré.

— Non. Pourquoi? reprit candidement Guy Chahinian.

— Vous êtes un hors-venu, je sais, mais vous ne pouvez pas ne point remarquer leur attachement. Là où il est, elle est aussi. Sauf en mer. Et encore...

— Et encore, comme vous le dites, puisqu'ils ont fait un long voyage ensemble, dit Henriette Hornet.

— Très long assurément, persifla Juliette Guillec, qui avait cru jusqu'au retour de Cadix du capitaine que celui-ci la demanderait en mariage. Une union était quasiment conclue entre eux. Ils se connaissaient depuis si longtemps. Et il aimait tant sa ville qu'elle n'aurait jamais soupçonné qu'il pût épouser une étrangère.

— Et les voyages ont donné des goûts exotiques au capitaine... Sa femme ressemblerait, à en croire certains voyageurs, à ces personnes issues du commerce de nos marins avec les femmes indigènes. Ne dit-on pas que les juifs ont le teint noiraud dans les pays du Midi. Qu'en pensez-vous, monsieur de Saint-Arnaud, vous qui avez traversé les mers?

— Je ne remarque pas toutes ces choses, prétendit-il.

— Et vous, monsieur Chahinian, croyez-vous qu'elle est juive ?

— Je crois que Mme Le Morhier est très belle, déclara-t-il d'une voix embarrassée. Il bredouillait qu'il s'y connaissait bien peu en ces matières quand Marie LaFlamme lui coupa la parole.

— C'est vrai qu'elle est belle. Et bonne ! Et tout le monde sait qu'elle a été enlevée par des pirates, puis élevée à Cadix dans un couvent, où M. Le Morhier l'a vue pour la première fois.

— C'est ce qu'on raconte... Mais pour que son époux lui soit autant attaché, on pourrait croire qu'elle achète et use de poudres magiques...

— Vous êtes jalouses ! explosa Marie. L'envie vous étouffe ! Vous n'avez jamais aimé !

— Parce que, sans doute, une fille de marin comme toi sait mieux que nous ce qu'est l'amour ! L'amour !

Madeleine Perrot vit là l'occasion de renforcer l'estime nouvellement acquise d'Henriette Hornet.

— Si tu penses à Simon, déclara-t-elle,

oublie-le! Michelle lui présentera des femmes qui sauront mieux que toi...

— Michelle ne serait pas à Paris ast'heure si Mme Myriam n'avait payé pour elle.

Madeleine Perrot rougit à ce souvenir mais Henriette Hornet la tira aussitôt d'embarras.

— Si votre fille s'était adressée à mon mari et à moi, nous l'aurions aidée pareillement: elle aura été mal conseillée par cette Marie.

— Non! J'ai eu raison. Michelle est aujourd'hui heureuse de m'avoir écoutée! Et elle ne l'oubliera pas. Ni Simon!

— Tu as un minois qui n'est pas laid, je te l'accorde, dit Henriette Hornet, mais le fils de Mme Perrot sert le roi. Il sera bientôt à la cour. Et il y restera!

Tandis qu'elle toisait Marie, Henriette Hornet songeait que, dès son retour, elle écrirait une lettre d'indices pour accuser Anne LaFlamme et sa fille: l'insolence de celle-ci était intolérable!

— J'irai à Paris! clama Marie. Vous verrez!

Les femmes s'esclaffèrent. Entre deux hoquets, Françoise Lahaye demanda:

— Avec quel argent? Aurais-tu hérité, des fois?

Marie blêmit; elle ne vit pas que l'armateur guettait sa réaction, car l'image de son père, souriant, le visage tanné de sel, de soleil, s'imposait à elle. Et quand Geoffroy de Saint-Arnaud lui prit la main, elle sursauta, stupéfaite de l'entendre dire qu'elle aurait peut-être plus d'argent qu'on ne le croyait si elle devenait sa belle-fille. Elle sentait le velours des gants rouges de l'armateur sous ses doigts; elle songea à la mousse qu'elle cueillait avec sa mère. Cette dernière avait-elle changé d'idée sans l'avertir? Allait-elle épouser l'armateur? Marie n'osait pas davantage retirer sa main que les témoins demander des détails.

Tous savaient cependant que le plus opulent Nantais maintenait sa décision d'épouser Anne LaFlamme. On ne l'accuserait pas ouvertement de sorcellerie devant lui sans s'exposer à bien des tracas.

La pluie s'était arrêtée depuis près d'une heure et il semblait à Guy Chahinian que la netteté de l'air figeait les attitudes des acteurs du drame auquel il assistait; il aurait aimé qu'ils conservent leurs postures comme ces poupées extraordinaires qu'il avait vues en Suisse chez un ami. On les animait à l'aide d'une clé mais on pouvait arrêter tout mouvement en bloquant un ingénieux mécanisme. Chahinian soupira: l'orgueil, toujours l'orgueil de jouer les démiurges, arrêter le temps. Pour avoir le temps d'aviser.

La venue de la nuit dispersa enfin les curieux. L'obscurité servait l'orfèvre qui souhaitait retrouver les Le Morhier dans la plus grande discrétion; il devait leur répéter au plus tôt ce qu'il avait entendu. Il s'étonnait tout autant qu'il rendait grâces au ciel que le capitaine ne l'eût pas rejoint sur la place publique. Les propos qu'on y avait tenus l'auraient mis hors de lui.

CHAPITRE 21

Martin Le Morhier voua en effet tous les Nantais aux enfers dans un emportement qui effraya son épouse.

— Quand je songe à tous les tonneaux que nous avons achetés chez ce Guillec! Qu'on parle ainsi de vous!

— N'allez pas faire d'esclandre, supplia Myriam Le Morhier. Je ne suis pas celle que je prétends être. Vous le savez. M. Chahinian aussi. Il vous engagera comme moi à vous calmer. N'est-ce pas, monsieur?

— Je serai rassuré quand vous serez à l'abri. Vous avez entendu notre ami raconter la mort de sa cousine?

— Il y a vingt ans de cela!

— Mais il a plus de deux siècles que les bûchers flambent, dit Guy Chahinian à voix basse. Ils peuvent se rallumer ici! Saviez-vous qu'on a brûlé quatre cents femmes à Toulouse? Dans une même semaine, paraît-il! Vous représentez-vous l'horreur d'un pareil tableau : des masses de chair, de graisse, de cheveux fondus ensemble en une même agonie ? La ville enfumée durant des jours, les curieux tentant de deviner si c'est l'os d'un bras ou d'une jambe qui a échappé aux flammes et qui reste figé, tout noir, à travers les cendres des victimes ?

— Arrêtez !

— Non, continuez, Chahinian. Que ma femme sache ce qu'il en est de la situation. Je ne vous envoie pas de gaieté de cœur à Paris. Mais nous n'avons pas le choix. Vous partirez demain chez ma sœur. J'espère pourtant, monsieur, que vous vous trompez et que notre bonne ville ne se conduira pas comme vous le craignez.

— Nantes abrite des commerces florissants, je le sais, admit Guy Chahinian. Mais votre ville a-t-elle le souci de se soumettre aux volontés royales ? Vous avez une réputation d'indépendance. Depuis 1640, le Parlement de Paris ne poursuit plus les personnes accusées de pratiquer la sorcellerie, de pactiser avec le Diable. Mais avant que l'unanimité se fasse dans tous les parlements français, il y aura encore bien des exécutions. Plus une province s'oppose à la volonté d'unification royale, plus elle tient à conserver ses propres lois. Qu'en est-il de Nantes? C'est une ville marchande, éclairée, ouverte au monde extérieur et au progrès. Mais ses pauvres sont démunis comme le sont les pauvres: ils sacrifieront volontiers une victime pour apaiser la colère de Dieu. De quel Dieu?

— Vous blasphémez, constata Myriam Le Morhier sans manifester de réprobation.

— Peut-être. Mais ceux qui accablent Lucie Bonnet au nom de la justice divine? Ne corrompent-ils pas le nom du Très-Haut?

— Il faut avertir Anne LaFlamme des rumeurs qui courent sur son compte et celui de sa fille, dit le capitaine. Mieux vaudrait pour elles qu'elles quittent la ville.

— Qu'elles quittent Nantes? s'exclama Victor Le Morhier.

— Comme vous! déclara son père, sans remarquer l'émotion qui avait modifié la voix du jeune homme.

Victor n'avait pas revu Marie depuis son retour à Nantes après un mois de mer mais il ne doutait pas de la retrouver plus belle encore : le temps agissait sur elle comme le soleil sur les plantes. Il affinait ses traits, accusait la vivacité du regard, la gourmandise des sourires. Si Victor avait peu joué avec Marie durant leur enfance, il l'avait en revanche beaucoup regardée. Il avait toujours aimé la voir courir, s'élancer vers le port, relever à peine son jupon quand elle s'avançait vers la grève. Et toujours envié Pierre LaFlamme qu'elle accueillait si joyeusement quand il revenait. Il jalousait même Ancolie, le chat de Marie, pour les caresses qu'elle lui prodiguait et il avait souhaité bien des fois se métamorphoser en félin. Ou ressembler à Simon Perrot. Victor avait vite compris que Marie cherchait à plaire à ce dernier. Il était beau, on ne pouvait le nier. Et vif, nerveux, fougueux. Tout son opposé. Aux jeux violents, Victor préférait la cartographie et l'astronomie : il ambitionnait de découvrir des territoires vierges et attendait avec impatience de s'embarquer pour un voyage au long cours. Il avait navigué sur les navires commandés par son père et les marins qui l'épiaient, attendant que le fils du capitaine commette quelque bévue, en avaient été pour leurs frais. Victor glissait sur les vergues, savait veiller au grain, lire une carte et écouter avec respect les récits des anciens. Il s'endormait le soir en se jurant d'aller un jour à Madagascar, au Ceylan, à Trinidad ou au cap de Bonne-Espérance. Comme Pierre LaFlamme, il dénicherait dans des pays lointains de ces curiosités qui séduisent les femmes. Simon Perrot, lui, ne pourrait jamais offrir à Marie d'oiseaux au plumage bariolé ou des tissus aussi doux que sa peau. Personne n'avait encouragé davantage Simon à s'enrôler dans les armées du roi que Victor Le Morhier. Simon parti, il pouvait naviguer sans craindre de retrouver Marie en nouvelle épousée à son retour. Si elle quittait Nantes, quand la reverrait-il?

— Mais où iraient Marie et Anne? demanda le jeune homme.

— A Paris. J'y ai des amis sûrs, dit Guy

Chahinian. A Paris? Où habitait Simon Perrot? Victor blêmit.

— Et j'y serai, dit Myriam Le Morhier. Avec notre fils.

— Mais...

— Nous partons demain pour Paris, Victor.

— Enfin! fit Martin Le Morhier soulagé, vous entendez raison!

— Nous pourrions emmener Anne et sa fille?

— Non, je ne veux pas qu'on vous croie sa complice. C'est trop dangereux!

— Et elles? Elles sont davantage en péril! Que vous en semble, monsieur Chahinian?

— Marie tient tête à tout le monde au lieu de s'effacer! Ce qui est curieux, et peut servir notre projet, c'est qu'elle a prétendu gagner Paris pour y voir Simon et Michelle Perrot. C'est d'ailleurs Michelle qui a servi de prétexte à vous dénigrer.

Myriam Le Morhier haussa les épaules.

— Je me moque d'Henriette Hornet. Son teint affreusement jaune lui donne l'allure d'un vieux parchemin, ce qui montre bien que son mari est piètre médecin ! Je ne regrette pas l'aide apportée à Michelle Perrot même si sa mère est une sotte. Les querelles d'adultes ne doivent pas affecter les enfants.

— Ce ne sont plus des enfants, ma mie, dit Martin Le Morhier.

— Monsieur a raison, approuva l'orfèvre. Marie est une femme. Vous vous souvenez comme elle nous soutenait qu'elle allait épouser Simon Perrot. Elle y est déterminée, et je suis prêt à jouer de cet argument pour l'inciter à gagner Paris. Même si ce Simon m'a déplu.

— Je croyais que l'intérêt de Marie pour Simon s'était émoussé depuis son départ ? dit le capitaine.

— Ce n'est pas une passade, elle a proclamé haut et fort qu'elle l'épouserait et que personne n'aimait comme elle.

Victor Le Morhier pensa défaillir et dénoua son jabot d'un geste brusque.

— Mais qu'as-tu ? demanda sa mère.

— De l'indignation ! réussit-il à articuler. Tous ces gens dont vous entretenez M. Chahinian sont stupides ! Quiconque a voyagé sait que nul ne peut commander la pluie, le froid, le feu! Ma marraine sait tout bonnement choisir les plantes.

Sur ces paroles, le jeune homme quitta la pièce en courant tant il redoutait de se répandre en sanglots devant témoins. Puisque Marie le rejetait sans appel, il n'allait pas ajouter l'humiliation publique à la douleur. Il mènerait sa mère à Paris, mais il quitterait la capitale avant que Marie n'y vînt.

Tandis que Victor Le Morhier cherchait à noyer sa peine dans un cabaret du port, le capitaine reconduisait Guy Chahinian au portail en lui promettant d'aller au lazaret le lendemain matin.

— A tout instant, mes affaires m'appellent ici et là, sur les routes ou sur l'eau, à pied ou à cheval. Mon absence n'étonnera personne. Je préviendrai Anne LaFlamme après le départ de ma femme et de mon fils pour Paris. Même si les dangers d'un voyage sont multiples, je préfère que Myriam me quitte. C'est assez dire combien vous avez su me persuader des menaces qui pèsent ici sur elle.

Guy Chahinian posa une main amicale sur l'épaule du capitaine; pour agir avec tant de hâte, cet homme était bien celui qu'il cherchait.

En quittant les Le Morhier, Guy Chahinian, en dépit du froid, marcha longtemps dans les rues de Nantes. La lune était pleine, aussi ronde, aussi brillante que la coupole d'argent cachée contre le flanc de l'orfèvre mais il éprouva un malaise en la regardant. La luminosité de l'astre modelait impitoyablement les murs des maisons, faisait danser des spectres dans les gréements des navires et découpait cruellement les branches dénudées des arbres. Des jours d'orage avaient arraché toutes les feuilles et les bois dressés vers le ciel comme des mains tendues semblaient l'implorer d'avoir pitié des hommes. Mais un dieu écoutait-il ces prières? Secourrait-il la sage-femme?

Sage... Anne LaFlamme ne l'était guère. L'orfèvre se morfondait de n'avoir pu la décider à quitter Nantes dès qu'il avait entendu parler d'elle par Henriette Hornet, le jour de son arrivée. Le Grand Maître lui aurait sûrement reproché de s'abîmer dans la mélancolie et d'étouffer en lui le moindre espoir. Mais il était ainsi fait : trop sombre. Pourquoi le Grand Maître l'avait-il choisi pour garder les objets sacrés ? Certes, il avait un savoir considérable mais parler plusieurs langues ne signifiait pas qu'on sût se faire entendre. Et s'il pouvait expliquer la transmutation des métaux, les pouvoirs de l'ambre, de l'or, la marche des planètes et la construction des cathédrales, il n'avait pas cette chaleur dans la voix ou dans les gestes qui retient l'attention des hommes. Les frères de la Croix-de-Lumière le tenaient en grande estime mais osaient-ils vraiment se confier à lui ?

Il semblait à Guy Chahinian, cette nuit-là, que tout l'univers basculait.

* * *

— Nous ne l'attendrons pas davantage ! déclara le jurisconsulte Darveau. M. de Saint-Arnaud ne viendra pas. Nous consulterons sans lui le modèle d'interrogatoire.

— C'est peut-être prématuré, murmura le bailli Antonin. Les gens se seront excités stupidement...

Les jurisconsultes et les magistrats qui s'étaient réunis pour décider de la procédure à suivre regardèrent l'homme avec un étonnement teinté de mépris. Comment avait-on pu confier la charge de bailli à un tel sot? Ne savait-il pas qu'il y avait toujours à gagner, en privilèges ou en espèces, pour ceux qui menaient le procès? Sous prétexte d'imposer la loi divine et de punir le crime de lèse-majesté en combattant la sorcellerie, les magistrats empochaient des sommes non négligeables, soit dix pour cent des frais d'ensemble du procès, et de plus ils renforçaient leur pouvoir.

— La masure de Lucie Bonnet ne vaut pas plus de soixante livres mais, avec le lopin, on en tirera bien cent.

— Mais non, elle appartient à l'armateur.

— Et les enfants?

— Ils seront vendus à la criée si la sorcière est condamnée. Ou employés à l'hôpital où on les a emmenés pour travailler. Ils sont assez grands.

Marcel Antonin fronça les sourcils mais réprima une question : l'accusée n'avait encore rien avoué, comment pouvait-on affirmer qu'elle était sorcière ?

Manifestement, on n'en doutait point, puisque le jurisconsulte Darveau annonça qu'il entendrait les témoins dans la journée.

— Il y a aussi cette lettre que le lieutenant a trouvée ce matin. Nous devons l'examiner avec soin, peut-être que Lucie Bonnet pourra nous en apprendre davantage sur Anne et Marie LaFlamme.

— Nous devrions ordonner une prise de corps immédiatement, suggéra l'échevin Guillec. Ma femme a entendu hier des choses extraordinaires ! Marie LaFlamme était d'une outrecuidance qui ne s'explique que par la certitude d'être sous une protection surnaturelle.

— Nous n'avons pas assez d'éléments, protesta Marcel Antonin malgré lui. Il rougit ensuite, craignant qu'on ne le somme d'expliquer pourquoi il prenait la défense de Marie LaFlamme. S'il s'opposait avec véhémence à ses pairs, on le soupçonnerait bientôt d'être lui-même un suppôt de Satan. Il devait modérer ses propos, il le sentait bien mais il n'avait pu s'empêcher de réagir en entendant nommer Marie. Il acceptait l'hypothèse qu'elle fût sorcière mais en raison de sa grande beauté. Elle tenait du miracle : il n'avait jamais vu aussi joli visage, corps aussi gracieux, et quand il la croisait sur le port ou au marché, il en restait saisi d'émoi. Il ne lui avait jamais parlé, n'avait pas même envisagé de le faire : on ne s'adresse pas plus aux anges qu'aux fées. Qu'elle pratique la magie était du domaine du possible. Mais il ne voulait y songer. Il aimait trop rêver d'elle quand il possédait son épouse.

— Il est vrai qu'Anne LaFlamme connaît bien des onguents, exposa le magistrat Rolin. Mais il serait désagréable d'admettre que nous avons rétribué une sorcière pour soigner les malades du lazaret.

— Préférez-vous voir le mal s'étendre ? Etre gouverné par des hérétiques ? tonna le jurisconsulte Darveau. Si Anne LaFlamme est accusée, elle sera jugée.

— Et sa fille ? demanda Egide Guillec.

— Elle aussi. Votre femme a eu raison de vous rapporter son attitude d'hier, nous aviserons en ce sens.

Afin de signifier à l'échevin Guillec que son zèle était remarqué, le jurisconsulte lui tendit un petit manuel.

— Lisez-le, cela nous sera fort utile d'être plus nombreux à nous en inspirer.

Egide Guillec était ravi qu'on l'élève par cette marque de confiance au rang des magistrats instruits. Il savait lire, mais il ne possédait certes pas le savoir de ces juges et palliait son ignorance par une attitude servile. Il prit le traité de démonologie avec des gestes respectueux, hésitant pourtant à dire comme il se trouvait honoré. Il se tut, craignant de mal tourner sa phrase. Au moins, il n'avait pas indisposé les plus savants d'entre eux comme l'avait fait ce stupide bailli. Marcel Antonin, lui, n'avait jamais su où était son intérêt, on pouvait même s'étonner qu'il eût réussi à faire fructifier sa terre.

Et si Satan l'avait aidé?

Il faudrait peut-être en parler avec le jurisconsulte.

CHAPITRE 22

Guy Chahinian regarda sa montre pour la douzième fois en une heure : les aiguilles d'argent se superposaient sur le chiffre neuf. En soupirant, il enfouissait son oignon d'or dans une poche de son tablier de cuir quand il entendit frapper au carreau de sa fenêtre. L'instant suivant, Martin Le Morhier pénétrait dans la pièce en se frottant les mains.

— Diable ! Il gèle comme à la Noël ! Myriam a dû revêtir sa mante de castor et mon fils qui a pourtant essuyé des tempêtes et grelotté durant ses quarts, a pris son manteau de gros drap. J'ai du retard car je suis passé devant le palais de justice. Il ne manque pas de témoins pour dénoncer Lucie Bonnet...

— Déjà ? soupira Guy Chahinian.

Martin Le Morhier hocha la tête, aussi furieux qu'humilié.

— Vous aviez raison, et les Nantais ne me semblent pas plus cléments ou moins sots que les Basques, les Bordelais ou les Rouennais! Il n'y a que notre bon abbé pour avoir encore toute sa tête.

— L'abbé?

— L'abbé Germain. Il vit quasiment en ermite au couvent des jésuites. Il a toujours laissé aux autres prêtres le soin de célébrer les offices qui attirent le public. Pour sa part, il préfère sonner les matines. Se pendre aux cordes doit lui rappeler sa jeunesse du temps qu'il aidait les gabiers à hisser les vergues. Il a été aumônier en mer durant près de dix ans!

— Je croyais que les religieux haïssaient cette affectation.

— Oui. Pour la plupart. Quel séculier quitterait de plein gré une bonne cure pour un maigre traitement, des traversées sans confort où le danger n'est jamais absent? Mais l'abbé Germain est né à Nantes, d'une famille de marins, il connaît les chenaux, les passages, les caps et le travail des hommes en mer. Il les respectait. Et riait autant qu'il priait avec eux. Combien de mutineries a-t-il pu déjouer? Il savait calmer les esprits. Jusqu'à aujourd'hui. Il a quitté sa retraite pour défendre Lucie Bonnet, mais en vain, le père Thomas a déclaré que tous ceux qui n'aideraient pas les magistrats à faire leur travail seraient la proie de Satan.

— Ou bien ils témoignent contre Lucie Bonnet ou bien c'est contre eux qu'on témoignera.... Aurez-vous la barque?

— Oui. Cet après-midi. Non, laissez, dit le capitaine en repoussant le gousset que lui tendait Guy Chahinian. J'ai toujours eu une dette envers Anne LaFlamme, elle a sauvé ma femme en la délivrant et aussi mon fils. J'irai à cheval la chercher au lazaret tandis que vous nous attendrez avec Marie chez Dragon.

— Dragon?

— Oui, il m'est entièrement dévoué.

— Et Nanette?

— Nanette les ralentirait. Il faut qu'elle reste à Nantes...

— Ils l'arrêteront! Pour lui faire dire où sont parties Anne et Marie. Et pour assouvir leur fureur en constatant qu'elles leur ont échappé.

— Je cacherai Nanette chez moi.

— Vous êtes sot! Et vous connaissez mal Anne LaFlamme : si Nanette est le moindrement menacée, elle refusera de partir. Non, elle vivra au Croisic, le temps qu'Anne s'installe à Paris ou ailleurs et puisse la faire venir.

— Au Croisic?

— Elle y est née, et j'ai souvent des gabares qui s'y rendent.

— Vous pensez à tout! dit Guy Chahinian, admiratif. Je comprends que vous sachiez commander aux hommes et diriger des expéditions.

— Les erreurs se paient gravement en mer... Je suis heureux que mon fils ait un jugement sûr. Il aime naviguer. Plus que moi encore. Il n'avait guère envie de quitter le port et il n'a pas desserré les dents depuis hier. Tenez, prenez ceci, dit Martin Le Morhier en remettant à l'orfèvre un plan qui lui permettrait de trouver la demeure du fidèle Dragon.

Guy Chahinian regarda son visiteur s'éloigner d'un pas vif. Anne LaFlamme était entre bonnes mains. Il y avait moins de trois lieues à parcourir en chevauchant à bonne vitesse, Martin Le Morhier serait au lazaret dans l'heure.

* * *

Une foule de curieux avait suivi le sergent chargé de perquisitionner chez Lucie Bonnet afin d'y trouver la poudre diabolique ou l'onguent magique qui donne le pouvoir de voler dans les airs.

— Qu'est-ce qui se passe? demanda Guy Chahinian avec une mine intriguée.

— Décidément, vous ne savez jamais rien! s'exclama Juliette Guillec en souriant. C'est la masure de la... enfin, vous comprenez. On trouvera bien ses herbes et ses poisons!

— Elle a empoisonné quelqu'un?

— Pardi! C'est sûr. Elle avait une quenouille! Les magistrats ont fait chercher les aveux écrits d'une sorcière de Saint-Clément qui a dénoncé ses complices, il y a six ans. On saura si elle a vu Lucie Bonnet et Anne LaFlamme au carrefour des pendus. Là où pousse la mandragore, la plante à tête d'homme.

— Il y a six ans?

— Ou sept, je ne sais plus. Ce qui est certain, c'est que la gabare au Jérôme Bluteau a chaviré dans l'Erdre cette année-là, mon mari me l'a dit. En tant qu'échevin, il devra rester tout le jour au palais. Et y retourner demain. C'est une tâche ardue mais il faut bien que quelqu'un s'en charge...

— En effet, reconnut l'orfèvre. Vous verrez peu votre époux mais il combat l'hérésie.

Juliette Guillec sourit franchement, opina du chef.

— Oui, monsieur. Je puis dire qu'il me demande souvent mon idée sur les jugements et que j'en sais beaucoup sur ce procès.

— Plus que Mme Hornet?

— Elle pense tout connaître parce que son époux est médecin! Mais on ne l'a pas encore sollicité pour surveiller les opérations du bourreau! On ne mandera sûrement pas Anne LaFlamme! ricana la femme du mayeur. Même si elle pratique la médecine... Elle vous a donné des herbes, je crois.

Guy Chahinian prit un air contrit.

— Il est vrai que je l'ai vue quelques fois. Mais j'ignorais tout d'elle. Je ne savais pas que je devais m'en méfier. Comment deviner? J'exerce mon métier honnêtement...

Juliette Guillec lui pressa fortement le bras.

— Vous êtes bien naïf, mon pauvre ami...

— Et bien seul, gémit Guy Chahinian. Cette femme lui témoignait des marques d'affection qu'il avait avantage à encourager: s'il se confiait à elle, elle voudrait peut-être gagner son amitié et l'épater par ses connaissances? S'il savait s'y prendre, elle lui répéterait tout ce que lui dirait son mari au sujet du procès.

Le grincement d'une porte attira l'attention de Juliette Guillec; le sergent ressortait de la masure. A son air dépité, les curieux comprirent qu'il n'avait rien trouvé. Il y eut une rumeur de déception.

— Il a mal cherché, marmonna Juliette Guillec. Mais les magistrats sauront bien la faire parler! Et le bourreau sera bientôt là. Mon mari me l'a dit.

— Il faudrait bien que je rencontre votre époux. Il me paraît avisé. Sinon, il ne serait pas échevin et n'éclairerait pas de ses lumières les magistrats. Vous les connaissez ?

— Tous, mentit Juliette Guillec qui n'avait rencontré qu'Alphonse Darveau et Eudes Pijart. Les Darveau portent la robe depuis un siècle au moins. Et la femme d'Eudes Pijart est la sœur du jurisconsulte Darveau. Celui-ci a prêté son guide à mon époux, *Le Malheur maléfice*, je crois. M. Guillec n'a pas voulu me le montrer, car il contient trop de choses horribles pour une faible femme.

Guy Chahinian n'écoutait plus : S'agissait-il du *Malleum Maleficarum* ? Ils allaient en faire usage ?

Publié en 1486, ce manuel avait été tiré depuis à des milliers d'exemplaires en petit format, de sorte qu'on pouvait le consulter à tout moment lors d'un procès et s'en inspirer quand un doute surgissait. Guy Chahinian avait lu l'ouvrage des années auparavant mais n'avait rien oublié de son absurde atrocité.

Juliette Guillec le tira par la manche.

— Vous m'écoutez?

— Pardonnez-moi, mais je pensais aller prendre ma cape. Il fait plus humide à Nantes qu'à Paris, je n'ai pas encore l'habitude de vos climats. Mais nous nous retrouverons plus tard?

— Tantôt, au palais de justice?

Dès que Chahinian se sut hors de vue, il se hâta : Marie LaFlamme et Nanette devaient abandonner immédiatement leur demeure, quitte à attendre Anne plus longtemps chez le gabarier Dragon.

Malgré la bise, l'orfèvre transpirait à grosses gouttes en atteignant la maison qu'il avait fréquentée trop peu de temps. Il frappa cinq coups précipités; il entendit Nanette tirer le verrou. La porte gémit dans un grincement qui lui rappela la sortie dépitée du sergent. Si l'officier avait effectué sa première perquisition sans succès, il serait récompensé à la seconde : l'orfèvre devinait sa jubilation s'il pénétrait chez Anne LaFlamme. Il rapporterait des herbes, des graines, des huiles, des graisses aux juges avec la joie d'un chien de chasse. Il fallait que toutes ces preuves disparaissent !

— Monsieur ? bredouilla Nanette.

— Où est Marie ?

— Partie sans dire un mot. Elle est folle !

— Expliquez-vous !

— Elle est entrée hier en pleurant, disant qu'elle détestait Madeleine Perrot. Puis elle a refusé de manger et, voilà une heure, elle est sortie sans même me regarder. Qu'est-ce qu'il y a encore ?

— On dit que Lucie Bonnet est une sorcière. Et on a parlé de même de votre maîtresse. Vous devez partir ! Ramassez les herbes et les onguents et brûlez tout tandis que j'essaie de retrouver Marie.

— Elle doit être en bas. Sur les quais.

Guy Chahinian sortit en pestant contre Marie LaFlamme : qu'avait-elle besoin de traîner au port une pareille journée ? La Loire était fouettée par les vents et bavait une écume rageuse sur les coques des navires. Les quelques gabares qui s'étaient aventurées à quitter le port tanguaient fort malgré le poids de leur chargement.

Chahinian arpenta les quais durant plus d'une heure sans oser interroger les bateliers, les subrécargues, les timoniers, les mousses ou les contremaîtres qu'il croisait. Tous ces hommes avaient peut-être vu Marie mais nul ne devait savoir qu'il la recherchait. Il connaissait peu la jeune fille, il connaissait encore mal la ville: quelle direction devait-il prendre? Désespéré en entendant le carillon d'une église sonner l'angélus, il revint sur ses pas, espérant que Marie était rentrée depuis.

CHAPITRE 23

Martin Le Morhier n'était jamais allé au lazaret; il connaissait le Sanitat, qui tenait plus du charnier et de la prison que de l'hôpital, et il s'était imaginé que le baraquement de fortune et les tentes dressées dans les terres isolées refléteraient la même misère. C'était oublier qu'Anne LaFlamme avait la charge du lazaret : certes, les lits n'étaient que paillasses aux draps mille fois rapiécés, mais la pauvreté excluait ici la saleté et le capitaine, persuadé de respirer des odeurs plus fétides que celles d'une chambrée, poussa la porte du bâtiment en pressant fermement un mouchoir contre son visage mais le relâcha lentement en constatant la propreté des lieux. Un malade lui dit qu'il trouverait Anne LaFlamme derrière le baraquement, occupée à laver du linge.

Elle écarquilla les yeux en le reconnaissant et faillit laisser choir ses draps.

— Que faites-vous ici ? Qui est malade ?

— Marie est en danger. Presque autant que vous.

Anne LaFlamme écouta les explications de Martin Le Morhier avec stupéfaction, mais les détails se multipliant, force lui fut d'ajouter foi au récit du capitaine.

— J'ai sauvé la moitié des habitants de cette ville! Et on voudrait m'en chasser!

— Non. Vous tuer! Vous ne comprenez donc rien! Guy Chahinian sait de quoi il retourne. Il a déjà vu pire ailleurs! Nous avons organisé votre fuite! Ma sœur habite à Paris et l'orfèvre y a des amis sûrs qui pourront vous héberger provisoirement. Le temps de trouver...

— Une ville pour nous accueillir toutes les trois?

Martin Le Morhier fit un vague signe de tête. On parlerait de Nanette ultérieurement.

— Votre fille elle-même vous répétera ce qu'elle a entendu hier sur la place du marché! Henriette Hornet a prétendu que Marie usait d'herbes magiques! Seul Geoffroy de Saint-Arnaud a pris sa défense en soutenant qu'elle serait bientôt de sa famille...

— Encore! Alors que je lui ai clairement signifié...

— Ne le rejetez pas en ce moment. Son
appui vous est acquis; il a refusé de siéger
avec les magistrats.

— Et je dois l'épouser pour le remercier
ou fuir Nantes comme vous me le con-
seillez?

Martin Le Morhier lui prit les poignets,
la secoua violemment.

— Taisez-vous! Si vous ne quittez pas
Nantes pour sauver votre vie, faites-le
pour votre fille. La folie s'est abattue sur la
ville aussi soudainement qu'un ouragan
démâte un navire! Hier, nul ne s'intéressait au sort de Jean Grouvais et de Lucie
Bonnet. Aujourd'hui, on plaint le premier
en s'apprêtant à torturer la seconde!
Réveillez-vous!

— Et mes malades? fit-elle en désignant le baraquement.

— Ils sont peu nombreux. On les re-
conduira au Sanitat.

— Qui, on?

Martin Le Morhier soupira.

— Si vous restez avec eux, ils pourraient être aussi accusés de sorcellerie. Vous les aurez soignés en vain s'ils doivent brûler ensuite par votre faute. Les plus forts se chargeront des plus faibles. Distribuez vos plantes, vos onguents et priez. C'est tout ce que vous pouvez faire maintenant pour eux. Nous devons retrouver Guy Chahinian dans deux heures! Hâtez-vous, par pitié!

Anne LaFlamme fixa le capitaine quelques secondes et se dirigea vers les malades pour donner ses directives. Vive, précise et ferme, elle décida de tout avec une assurance que bien des officiers lui auraient enviée. En rejoignant le capitaine, elle lui tendit, le temps de monter en selle, un gros cahier qu'elle reprit avant de flatter l'encolure de son cheval.

* * *

Les feuilles mortes s'entassaient devant les marches de la cour de justice à peine plus nombreuses que les curieux. Tel un abcès, l'attroupement enflait depuis le matin. Serrés les uns contre les autres, les témoins affrontaient mieux les bourrasques et il aurait fallu un véritable ouragan pour les déloger tant leur satisfaction était grande d'être entendus. Un laboureur du nom de Maillet venait d'être confronté à Lucie Bonnet.

— Alors? Qu'avez-vous dit?

— La vérité : qu'elle avait dit à mon voisin Jean Boubay qu'il serait guéri s'il se mariait avec elle. Il n'est plus là pour le conter, le pauvre.

— Ils vont l'interroger après dîner, affirma Juliette Guillec en se penchant vers Guy Chahinian qui cherchait à identifier discrètement Marie LaFlamme dans la foule; elle avait été, la veille, assez imprudente pour tenir tête aux accusateurs : qui sait si elle n'allait pas revenir à la charge?

— Je ne vois pas le père Thomas, commença l'orfèvre.

— Il est avec eux. Pour inciter Lucie Bonnet à avouer. Il paraît qu'il a déjà fait des exorcismes.

— Stupidités! clama une voix forte derrière Guy Chahinian qui détailla le père Germain : sa tunique aux manches trop courtes laissait voir ses bras musclés aux cicatrices multiples tandis que la cape de bure attachée lâchement découvrait ses larges épaules. Le jésuite se tenait très droit, les poings fermés sur les hanches comme s'il était prêt à en découdre. L'orfèvre lui trouva une ressemblance avec Louis Patin, il avait la même manière de défier le monde. Ce monde de fureur.

— Vous êtes des sots! répéta le père Germain. Lucie Bonnet est une brave femme.

— Elle m'a bien rendue bréhaigne! dit Juliette Guillec, à qui son époux reprochait si souvent sa stérilité.

— Et j'ai perdu ma cadette, clama Henriette Hornet qui en voulait toujours à son époux de n'avoir su sauver l'enfant.

Le père Germain secoua la tête.

— Lucie Bonnet aussi en a enterré trois. Qui lui a ôté ses enfants? Il faudrait donc qu'une autre sorcière nuise à Lucie Bonnet?

— Vous dites vrai, mon père, fit Henriette Hornet. Il y a quelqu'un qui a de grands pouvoirs pour avoir, depuis des jours, soulevé ainsi les vents et ruiné les terres.

— Et vous, vous vous ruinerez à ces procès. Vous paierez des magistrats et des juges qui ne pourront jamais interdire les chutes de neige et les maladies des troupeaux! Quand bien même ils vous brûleraient tous. Le Parlement de Paris a renoncé, il y a plus de vingt ans, à poursuivre les gens inculpés de sorcellerie; vous obéirez donc à notre roi en rentrant tous chez vous sans témoigner.

— Vous pensez donc que Lucie Bonnet n'a pas arraché le cœur de la chèvre de Jean Grouvais? insistait Henriette Hornet.

— Qu'en aurait-elle fait?

— Ne dit-on pas que certains sacrifices exigent l'immolation de bêtes? Ou d'enfants?

— On doit faire bouillir ces cœurs avec des herbes au sabbat! ajouta Françoise Lahaye.

— Pour ça, il faut connaître les herbes maléfiques. Qui sait les cueillir? demanda Henriette Hornet en se tournant subitement vers Marie LaFlamme.

Celle-ci rétorqua avec fougue:

— Il est vrai que ma mère sauve plus de malades que votre époux car elle songe

plus à appliquer des cataplasmes ou ra-
mancher que saigner à tout va!

— Elle avoue! triompha Henriette
Hornet. Elle avoue pratiquer la médecine
avec sa mère!

L'orfèvre épouvanté vit Marie pointer
du doigt ses patients.

— Toi, Yves Dorsec, tu aurais perdu ta
main sans ma mère. Et toi, Catherine
Bourlé, tu aurais enterré tous tes petits
tant ils étaient faibles en naissant. Quant à
toi, Jacquemine Lamoury, c'est la mort
noire qui t'aurait emportée! Il n'y a que
vous, madame Hornet, qui n'avez pu supplier ma mère de vous délivrer quand vous
avez enfanté. Vous auriez dû!

— Marie, tenta de s'interposer Guy
Chahinian. Marie! Trop emportée, la jeune
fille se méprit sur ses intentions et invec-
tiva aussi l'orfèvre.

— Oh vous! Toujours à vous plaindre!
A gémir! Ma mère vous a bien aidé aussi
en vous donnant de l'aconit! Elle aurait dû
tous vous laisser périr!

— Elle est possédée! hurla Françoise
Lahaye.

— Comment osez-vous l'accuser ainsi sans aucune preuve? s'opposa Geoffroy de Saint-Arnaud.

Cette intervention de l'armateur surprit de nouveau Guy Chahinian; et s'il se trompait sur la nature de l'homme? L'armateur semblait prendre réellement à cœur la défense de Marie LaFlamme.

— Répondez, madame Lahaye! Avez-vous des preuves?

— Nous les aurons bientôt, déclara Henriette Hornet. A moins que Marie ne nous échappe par quelque maléfice pour aller prévenir sa mère! N'a-t-elle pas des herbes sur elle?

Henriette Hornet n'avait pas terminé sa phrase qu'on s'approchait de Marie pour ouvrir son manteau, fouiller ses vêtements.

— Arrêtez! cria le prêtre.

— Vous n'avez pas le droit, protesta Geoffroy de Saint-Arnaud en tentant de protéger Marie des assauts des paysans et des bourgeois.

— Vous avez la mère, laissez-nous la fille! dit Nestor Colin, en attrapant la manche de chemise de Marie qui se déchira d'un coup sec. Un bras parut, d'une blancheur si douce que le silence se fit pour être brisé la seconde suivante par les cris des hommes qui se ruaient sur Marie qui tentait de fuir. On lui arracha sa cape, puis son bonnet malgré les menaces de Geoffroy de Saint-Arnaud. Les femmes se mirent de la partie, tirant les cheveux de Marie, pinçant cette chair trop lisse qui excitait leurs époux. Guy Chahinian faisait semblant de vouloir malmener Marie pour s'approcher d'elle et lui éviter ainsi d'autres coups mais bientôt la clameur fut si forte entre les hurlements de la victime, les admonestations du prêtre, les menaces de l'armateur, les grondements des mâles, les piaillements des femelles qu'un officier du palais sortit précipitamment et tira un coup de feu en l'air pour obtenir le calme.

Marie LaFlamme sentit qu'on s'écartait d'elle. Le froid la saisit : des tremblements la secouèrent si fort que Françoise Lahaye répéta qu'elle était possédée.

— Qu'avez-vous dit, madame ? demanda l'officier.

A son grand dam, elle ne fut pas la seule à fournir une réponse : tous les témoins de la scène voulaient renseigner l'officier. Ils se bousculaient pour se présenter devant lui en beuglant leurs explications avec tant de hargne que la porte du palais s'ouvrit de nouveau. Le bailli Marcel Antonin sortit et s'avança vers Marie LaFlamme. La lutte avait coloré ses joues et la peur agrandi ses yeux violets. Pour la première fois de sa vie, le bailli s'enhardit à lui adresser la parole.

— Viens ici, toi !

Marie s'approcha lentement; à chaque pas ses seins se soulevaient, ses hanches dansaient, ses cheveux ondulaient. Malgré sa terreur, elle se tenait toujours aussi droite.

Quand elle fut à moins d'une coudée du bailli, celui-ci lui demanda la raison du désordre qu'elle causait. Elle n'avait pas ouvert la bouche que Juliette Guillec interpellait Marcel Antonin.

— Elle a reconnu user d'herbes maléfiques !

Un murmure approbateur monta de la

foule: le bailli regarda la jeune fille, puis l'officier. Ce dernier n'attendit pas d'ordre plus précis de son supérieur; il saisit Marie LaFlamme aux poignets et, lui tordant les bras dans le dos, l'entraîna à l'intérieur du palais de justice sans paraître sentir les coups de pied qu'elle lui donnait ni entendre ses cris perçants. Le bailli les suivit tandis que la foule commentait cette seconde prise de corps.

Guy Chahinian en avait trop vu. Quand Juliette Guillec le chercha dans la foule, il courait déjà rejoindre Martin Le Morhier et Anne LaFlamme.

* * *

Il n'eut pas un mot à prononcer.

Quand Anne LaFlamme vit que Guy Chahinian était seul, elle pâlit tellement qu'on aurait dit un cadavre. Martin Le Morhier la soutint tout en interrogeant l'orfèvre du regard.

— Ils l'ont arrêtée. Geoffroy de Saint-Arnaud lui-même n'a rien pu empêcher et j'ai supposé qu'il était plus sage que les témoins me croient des leurs.

Tout en se justifiant, Guy Chahinian se demandait s'il avait rusé en se ralliant à la foule ou s'il était si lâche qu'il n'avait voulu être molesté, arrêté et torturé à son tour?

Anne LaFlamme l'agrippa par le bras.

— Rentrons vite à Nantes, vous me raconterez en route!

— Mais, madame..., commença Martin Le Morhier.

Anne LaFlamme ne le regarda même pas, claqua la croupe de sa monture d'une main ferme. Elle allait délivrer sa fille.

A la vue des portes, elle leur fit part de ses intentions.

— Je vais laisser ici ce cheval et vous demander d'attendre que le soleil se couche pour regagner la ville. On ne doit pas nous voir ensemble. Monsieur Chahinian, je voudrais que vous vous chargiez de ce cahier. Prenez-en le plus grand soin, c'est la somme de vingt ans de recherche et de pratique. J'en aurai encore besoin. Ainsi que ma fille.

Quand Anne LaFlamme passa sous la porte, le soleil avait triomphé des nuages et enflammait l'air d'une soudaine chaleur, mais les habitants de la ville n'y virent pas l'accalmie tant désirée. Ils préférèrent spéculer sur ce signe démoniaque du pouvoir de la sage-femme.

CHAPITRE 24

—Maman, hurla Marie en se jetant dans les bras de la sage-femme. Maman!

Sa voix anormalement aiguë domina le fracas de la lourde porte se refermant derrière Anne LaFlamme. Lucie Bonnet se dressa effarée, puis retomba comme si elle était atteinte de catalepsie. La sage-femme, plongée dans une quasi-obscurité, pressant fortement sa fille contre elle, but ses larmes en oubliant les siennes. Caressant l'épaisse chevelure de Marie, elle se souvenait de cet automne où la petite s'était blessée au genou en jouant à chat perché avec les enfants Perrot. Simon et elle avaient sauté ensemble sur la même pierre et elle était tombée. Mais Simon semblait tant s'amuser! Marie avait retenu ses pleurs jusqu'à ce que Michelle, perdant le bandeau qui lui cachait les yeux, s'effraie du sang qui tachait la jambe de sa compagne. Elle avait raccompagné Marie qui s'entêtait à dire que la plaie était insensible. Si elle avait pleuré plus tard, c'est qu'elle était déçue que ce ne soit pas Simon qui l'ait ramenée chez elle. Toujours Simon, avait songé Anne LaFlamme. Chaque fois que sa fille pleurait, c'est qu'elle avait vu ce garçon!

Et ce soir-là, dans la pénombre du cachot, quand Anne croyait consoler Marie des brutalités qu'on lui avait infligées et d'une terreur bien légitime, elle entendit son enfant murmurer:

— Simon. Simon pourrait nous faire sortir d'ici, maman. Il est soldat du roi. Il faut qu'il apprenne que nous sommes emprisonnées.

Anne LaFlamme soupira à l'idée de piétiner les rêveries romantiques de sa fille. Non, Simon ne saurait rien. Il ne viendrait pas. Et il n'épouserait jamais la fille d'une sorcière.

— Tu n'es pas une sorcière! protesta Marie. Ils verront bien! Anne secoua la tête.

— Non. C'est moi qui verrai les bourreaux. Marie serra les mains de sa mère à les briser.

— Ils n'ont pas le droit!

— Ils ont tous les droits, chuchota la matrone. Désignant Lucie Bonnet, Anne LaFlamme ajouta :

— Ils ont mis une journée pour l'arrêter. Un après-dîner pour se saisir de toi. Une heure pour me jeter en prison. La procédure aurait dû être plus longue, je le sais. Guy Chahinian en a déjà parlé.

— Ce poltron ! cracha Marie LaFlamme. Il a été le premier à fuir quand l'officier a posé ses sales pattes sur moi !

La colère la détournait de sa peine, lui insufflait de nouvelles forces. Elle répéta à sa mère que Simon Perrot apprendrait leur incarcération.

— Il m'aime. Il nous sauvera.

Autant lui opposer la logique, songea Anne LaFlamme.

— Et qui le lui dira ?

— Geoffroy de Saint-Arnaud. Il a été le seul à me défendre. C'est lui qui t'a prévenue au lazaret ?

Anne acquiesça vaguement. Sachant quel rôle jouait réellement Guy Chahinian, Marie pourrait le trahir au cours d'un interrogatoire.

Interrogatoire? Jamais! On ne toucherait pas à sa fille! En la regardant, cheveux emmêlés, chemise déchirée, jupe tachée, elle se dit qu'elle méritait les pires supplices pour n'avoir pas cru plus tôt l'orfèvre. Elle s'effondra sur les genoux de sa fille en lui demandant pardon.

Marie caressa les épaules secouées de sanglots avec émotion. Elle n'avait jamais remarqué comme la chair était maigre, comme les os étaient frêles, comme les veines étaient fines, comme sa mère avait vieilli. Elle avait toujours admiré une femme active, cueillant des plantes ou les appliquant, raboutant ou sciant des membres, ouvrant ou suturant une blessure, prenant la mesure d'un tibia ou le sacrifiant. Marie baisa la tête de sa mère et Anne se redressa lentement, comme si elle s'éveillait d'un mauvais rêve. La vue des murs de pierre la détrompa rapidement, sans que le désespoir l'ébranle pour autant de nouveau. Elle allait rassurer sa fille quand geignit Lucie Bonnet.

— Elle appelle ses petits. Elle avouera tout ce qu'on veut pour les revoir. Mais moi je résisterai, crâna Marie.

— Non, murmura Anne LaFlamme.
Pas toi. Tu m'accuseras!

— Quoi? Que je...

— Ecoute-moi; il est inutile que nous
restions toutes deux ici. Je serai plus forte
te sachant à l'abri. Si tu m'accuses, ils te
relâcheront peut-être...

Marie s'exclama:

— Alors je serai libre! Et je dirai à
Simon que tu es emprisonnée! Tu ne me
crois pas? J'irai le trouver à Paris!

— Ma pauvre enfant...

— Michelle m'accueillera. Elle me fera
rencontrer Simon qui reviendra à Nantes
pour te libérer!

— Qui te dit que Simon est toujours à
Paris? Les soldats circulent beaucoup...

— Il est à Paris. Je le sais. Je le sens. Et
Michelle et lui doivent souvent parler de
moi!

* * *

Marie LaFlamme avait raison: au moment
où elle songeait à rejoindre Simon dans la
capitale, celui-ci annonçait à sa cadette sa

prochaine nomination. Ils s'étaient rencontrés, selon leur habitude, devant l'église Saint-Paul. Simon avait bien protesté, du fait que Michelle ne l'invitât pas chez sa maîtresse, mais la jeune fille s'était montrée inflexible. Cette fermeté nouvelle exaspérait Simon qui avait coutume de se faire obéir de sa sœur. Il lui avait dit que sa nouvelle situation lui montait à la tête pour mépriser ainsi sa famille. Elle avait pleuré, protesté que la baronne seule décidait de ses visites. Et qu'elle ne voulait point fâcher.

Depuis qu'elle avait quitté Nantes, la musicienne avait acquiescé aux propos de son hôtesse, sans émettre la moindre réflexion. La baronne s'était demandé si Michelle était intelligente bien que cette question fut sans grande importance : ce qui comptait, c'est qu'elle attire des invités de marque, qu'elle les émerveille, les retienne et qu'on la réclame dans les salons. Qu'elle brille en jouant et qu'elle s'efface le reste du temps. Même si elle était impatiente de produire sa découverte, la baronne de Jocary avait su contenir sa presse afin de présenter Michelle dans les meilleures conditions. Et surtout, d'être renseignée sur les jeux prisés par les Parisiens. Armande de Jocary ne s'était pas installée dans le marais sans raison; elle savait y trouver des amateurs pour le brelan, l'hombre ou le lansquenet. Elle rageait contre la clandestinité que la loi imposait et espérait que Louis XIV qui encourageait la Cour à jouer, songerait à instaurer des mesures moins répressives. En attendant, Michelle Perrot ferait office de couverture : le lendemain de son arrivée, la baronne avait fait quérir un maître de chapelle réputé qui avait accepté, de mauvaise grâce, de l'entendre. Il n'avait pu masquer son admiration et, quand la jeune fille avait reposé sa flûte, le maître avait pris la baronne à part pour l'inciter à lui confier Michelle. Sa place était dans une église, à honorer Dieu. La baronne, rassurée sur les talents de sa protégée, avait promis d'y réfléchir.

Elle riait encore de ce mensonge en commandant des toilettes pour elle et Michelle Perrot. Elle avait vu ensuite le perruquier, engagé une cuisinière et des servantes. Elle pariait qu'avant la Noël elle aurait reçu tous les gens de qualité et trierait les invitations qui afflueraient à son domicile.

En attendant, elle répétait à Michelle de jouer, et de jouer encore.

La musicienne n'avait pas besoin d'encouragements pour répéter mais, habituée à l'abbaye où elle prenait ses leçons, à prier dans le cloître en prenant congé de mère Marie de l'Epiphanie, elle avait exprimé le désir de se recueillir à l'église pour implorer Dieu de l'inspirer. La baronne n'avait pu qu'accéder à sa demande. Les premiers jours, elle l'avait accompagnée à la chapelle Saint-Paul pour la laisser y aller ensuite avec sa servante Josette. A la modestie de l'église du marais, la baronne préférait les sermons de Saint-Germain où on se bousculait pour entendre Bourdaloue et la messe de midi à l'église des Carmes où se rencontrait la galanterie bourgeoise.

Deux semaines après son arrivée à Paris, Michelle n'avait pas encore parlé de son frère à la baronne, sentant confusément qu'un soldat ne pourrait être le bienvenu dans les salons de son hôtesse. La baronne de Jocary n'y recevait que des gens de son rang ou des artistes. Simon Perrot n'était ni l'un ni l'autre. Si la baronne, qui savait ce dernier à Paris, n'en avait point parlé à sa protégée, c'est qu'elle voulait l'ignorer. Mais comme elle ne lui avait pas interdit de le voir, Michelle avait décidé de retrouver discrètement son aîné. Elle avait dû mettre la servante, Josette, au courant de ses agissements secrets, afin que celle-ci porte les missives fixant leurs rendez-vous. Josette, qui n'était guère plus âgée que Michelle, était ravie de tromper sa patronne et avait juré silence à la musicienne. Quand elle avait vu Simon, elle l'avait trouvé si joli garçon qu'elle avait craint que Michelle ne lui ait menti et que Simon ne soit son galant. Leur conversation l'avait rassurée. Ils parlaient de leur famille, de leur pays, de leurs amis. Il racontait les batailles auxquelles il avait participé, énumérait les services rendus au roi, exagérait le péril que représentaient les prisonniers qu'il gardait. A force de la voir,

Simon avait commencé à lutiner Josette.

Quand il vit les jeunes filles tourner rue Pavée, il leur fit des grands signes de la main : le sourire ravi de la servante décida Simon à la séduire. Il était assuré de l'accueil de la jeune fille. S'il la fréquentait, il pourrait aller la retrouver chez la baronne. Il verrait enfin où vivait sa sœur.

Contrairement à son habitude, il ne fit aucun reproche à Michelle et lui sourit plutôt en annonçant gaiement qu'il allait sûrement être distingué.

— Si vite ? s'étonna-t-elle. Si vite ?

Josette battit des mains, couvant Simon d'un regard admirateur pour s'inquiéter aussitôt :

— Resterez-vous à Paris ?

— Je l'ignore.

— Que dis-tu là ? fit Michelle ! Oh Simon ! Je viens à peine d'arriver à Paris !

— Je vais où le roi m'envoie, dit-il avec un plaisir cruel.

— Et Marie ?

— Marie ?

Josette serra les dents : ce n'était pas la première fois qu'elle entendait mentionner ce nom. Qui était donc cette fille?

— Oui! Marie! Elle viendra me rejoindre ici! Ne pars pas avant de l'avoir retrouvée! Vous rentrerez ensemble à Nantes.

Simon s'esclaffa:

— Retrouver Marie? Aller à Nantes? Pour pêcher la morue? Ou travailler le bois? Tu perds la raison!

— Mais Marie? bredouilla Michelle. Je croyais que... elle t'aime...

— Grand bien lui fasse, fit le soldat. Alors? M'achèteras-tu ces bottes dont je t'ai parlé?

— Où veux-tu que je trouve l'argent?

— Myriam Le Morhier t'en a donné, tu me l'as dit.

— Pour en user dans le besoin, seulement. Simon jura, prit Josette à témoin.

— Vous trouvez juste qu'elle refuse d'aider son frère? Josette se rapprocha de Simon en signe d'approbation.

Michelle haussa les épaules et dit qu'elle y réfléchirait, puis elle invita ses compagnons à pénétrer dans la chapelle.

Simon attendit que sa cadette soit agenouillée pour faire signe à Josette de le suivre à l'extérieur.

Michelle ne s'aperçut de rien, trop émue par ce qu'elle venait d'apprendre : son frère se moquait de l'amour de Marie. Comment écrire pareille chose à sa meilleure amie ?

* * *

— Je te jure, maman ! s'écria Marie, Simon te fera sortir d'ici ! Mais... si on t'interroge durant mon absence ? Et si...

— Ne t'en fais pas, je leur donnerai des réponses. Fausses bien sûr...

— Et pourquoi est-ce que je n'accuserais pas Clotaire Dubois et Françoise Lahaye à mon tour ? Et Henriette Hornet !

— Marie ! Tu ne sais pas ce que tu dis !

— Que si ! Pourquoi serions-nous les seules à être persécutées ?

Lucie Bonnet poussa un long cri qui empêcha Anne LaFlamme de gronder Marie. Elle secoua doucement la fileuse, pour la tirer de son cauchemar.

— Où sont mes enfants ? Mes enfants !

— L'abbé Germain a promis de s'en

charger. Rendormez-vous. Demain sera une longue journée.

CHAPITRE 25

Non, pas pour Lucie Bonnet: le bourreau était arrivé.

Le 3 décembre 1662 resterait gravé dans la mémoire de Guy Chahinian aussi sûrement que les poinçons dont il marquait ses pièces d'orfèvrerie.

Bien qu'il n'eût guère dormi les derniers jours, l'orfèvre n'avait pas fermé l'œil de la nuit. Il avait vu l'aurore dorer les pavés des rues, rosir les pierres des tourelles, colorer de vermeil le frimas de sa vitre, mais l'aube qui l'émouvait tant d'ordinaire l'emplissait au sonner des matines d'une indescriptible angoisse. A la mort de sa cousine, son effroi était si subit qu'il n'en avait pris la mesure qu'au cours des semaines suivant son exécution. A Nantes, Chahinian saisissait pleinement l'atrocité de la situation. Puisque toutes ses appréhensions s'étaient justifiées dans les heures précédentes, il pouvait croire que ce matin hiémal inaugurerait l'escalade dans l'horreur tant redoutée.

Les Nantais, impatients, se pressaient sur les quais pour assister à l'épreuve de la baignade. Des plus prospères aux plus démunis, tous attendaient l'arrivée de Lucie Bonnet dans une telle agitation qu'on devinait aisément l'esprit qui les animerait au cours du procès d'Anne et Marie LaFlamme. Dont on parlait beaucoup d'ailleurs. Juliette Guillec répétait à qui voulait l'entendre qu'on avait retiré plusieurs lettres d'indices dans le tronc de la cathédrale; le père Thomas pourrait le certifier. Henriette Hornet se louait intérieurement d'avoir su donner l'exemple.

Des clameurs retentirent quand on aperçut le carrosse des juges précédant la charrette de la condamnée.

— On verra bien si elle n'est pas sorcière! dit Juliette Guillec à Guy Chahinian. Regardez-la, n'a-t-elle pas curieuse allure?

L'orfèvre déglutit péniblement en voyant un sergent jeter la malheureuse au sol, la bourrer ensuite de coups pour qu'elle se relève et, avec l'aide empressée de trois volontaires, la traîner brutalement sur le bord du quai. Des insultes fusaient de toutes parts et des crachats maculaient les vêtements déchirés de la prisonnière que l'épouvante défigurait. Des cernes creusés par des années de misère se révélaient dans l'angoisse comme le rictus qui déformait les lèvres exsangues. L'œil enfoncé, la bouche ouverte dans un cri muet, étaient déjà une caricature de la mort.

Lucie Bonnet ne voyait plus personne. Que le visage de ses jumeaux. Le père Germain, avait dit Anne LaFlamme, le père Germain s'occuperait de Justine et Guillaume.

Guillaume et Justine.

Lucie Bonnet hurla ces deux noms quand on la poussa dans la rivière. Des curieux se penchèrent imprudemment pour voir la magie s'effectuer : la malheureuse, pieds et poings liés, fouetta l'eau glacée en tous sens mais en moins de trois minutes, épuisée par la lourdeur de ses haillons, elle coula, disparut dans un faible remous qui déçut les spectateurs. Un léger clapotis leur donna une lueur d'espoir; Lucie Bonnet allait remonter, la Loire bénie par le père Thomas avant l'exécution de la sentence allait rendre la créature diabolique. Elle survivrait, donnant ainsi la preuve de son pouvoir. Il n'en fut rien. L'innocence de Lucie Bonnet était indiscutable puisqu'elle s'était noyée.

Guy Chahinian n'avait pas regardé l'agonie; hébété, il était partagé entre l'horreur et le soulagement: on avait assassiné une pauvre femme sans qu'il ait pu davantage intervenir qu'au pied du bûcher où gémissait Péronne mais, pour avoir entendu hurler si longtemps cette dernière, il savait que Lucie Bonnet avait eu une fin moins pénible et qu'elle avait échappé, en touchant le fond de la rivière, aux tortures les plus monstrueuses. Tortures qu'elle aurait dû néanmoins subir avant la baignade. Pourquoi avait-on modifié la procédure? Chahinian s'en ouvrit à sa voisine.

— Dites-moi, madame Guillec, vous qui connaissez la loi mieux que moi... J'ai déjà vu une exécution à Paris mais on avait interrogé durant plus de deux jours le condamné avant de le jeter à la Seine avec des poids.

— Il avait flotté?

L'orfèvre frémit de dégoût: cette femme s'enquérait avec des mines quasiment gourmandes du sort d'un homme mort des années plus tôt comme si le fait qu'il eût surnagé la vengeât de sa déception matinale. Soucieux toutefois de la satisfaire, Guy Chahinian lui affirma que le sorcier n'était pas allé au fond.

— C'est bien ce que je pensais, affirma-t-elle stupidement. Puis elle lui expliqua qu'à l'aube Lucie Bonnet avait admis avoir été soignée par Anne LaFlamme. Le bourreau n'avait eu qu'à étaler ses outils.

— Et alors? murmura l'orfèvre.

— Lucie Bonnet a fait appel à la matrone pour être délivrée et elle a eu deux enfants du même coup! C'est bien une preuve de magie! Ensuite, quand elle a eu les fièvres, elle l'a fait quérir. Elle savait pourtant qu'Anne LaFlamme était sorcière mais elle l'a acceptée chez elle.

Cette convention tacite pouvait s'appliquer à tant de Nantais! faillit dire Guy Chahinian. Aucun juge ne pouvait se vanter d'obtenir des preuves de la convention expresse puisqu'il s'agissait, selon le magistrat Bodin, d'un parchemin signé en lettres de sang entre le diable et la sorcière, à la croisée de certaines routes ou sur la lande du sabbat, là où le sorcier renonçait publiquement aux bienfaits de l'Eglise pour embrasser Satan. A défaut de cette preuve, on ramassait des rognures d'ongles, des cheveux, le manche d'un balai dans l'espoir de les produire comme indices au procès.

— Mais on n'a cependant rien découvert chez Lucie Bonnet.

— On a mal cherché. Mais on aura de meilleures surprises chez Anne LaFlamme. Ils y vont aujourd'hui. Avec le père Thomas.

Fière de son savoir, la femme de l'échevin raconta que la sage-femme était si redoutable qu'elle s'était livrée sans trembler aux magistrats. Cette assurance constituant quasiment une preuve de sa puissance, les juges avaient prié le père Thomas d'exorciser la maison d'Anne LaFlamme après la fouille.

La femme se tut subitement en apercevant Geoffroy de Saint-Arnaud qui semblait en proie à une grande anxiété. Ce qu'il avait vu et entendu depuis son lever le bouleversait: s'il avait provoqué l'arrestation de Lucie Bonnet, il n'avait pas prévu qu'elle serait exécutée aussi vite, que les esprits s'échaufferaient au point d'inciter les magistrats à négliger la procédure et qu'Anne LaFlamme et sa fille seraient incarcérées avec pareille célérité. Il avait cru qu'elles trembleraient durant plusieurs jours, sentant la suspicion des voisins peser sur elles, suivant le procès de la fileuse avec une peur croissante, devinant qu'elles subiraient bientôt le même sort. Il aurait alors proposé à la sage-femme un marché qu'elle n'aurait pu refuser.

L'armateur se maudit: si les deux femmes étaient brûlées, on vendrait leur maison, leur terre, leur bien pour payer les juges.

Et le trésor lui échapperait: Anne LaFlamme en parlerait assurément quand on la soumettrait à la gêne!

Si le peu qu'il avait entendu dans la cour

de justice était vrai, les magistrats devaient discuter à cette heure des signes qui distinguent une sorcière d'une honnête femme. Et peut-être avait-il eu tort de protéger publiquement Marie et de manquer au tribunal où il siégeait habituellement. On se taisait dorénavant en sa présence alors qu'il devenait impératif d'apprendre les bruits. Chahinian, oui, Guy Chahinian le servirait enfin. Il ne pourrait se soustraire aux questions de l'armateur au sujet d'Anne LaFlamme car nul autre Nantais ne pouvait lui commander d'ouvrages d'aussi bon rapport.

Il le rattrapa alors qu'il regagnait son atelier. Chahinian lui sourit.

— Monsieur de Saint-Arnaud, quel honneur de vous revoir ici.

— Voilà qui est fort bien dit, monsieur : l'honneur est la raison qui vous vaut ma visite. Je veux vous entretenir d'Anne LaFlamme.

— Mais... mais pourquoi? bredouilla l'orfèvre qui craignait que l'armateur n'ait eu vent de son expédition au lazaret.

— Parce que vous la voyiez souvent...

— Souvent? Je la connaissais bien moins que vous...

L'homme est décidément assez pleutre, se réjouit l'armateur.

— Mais peut-être se sera-t-elle confiée?

— A moi?

— Comprenez-moi: je n'accepterai pas qu'on condamne Anne LaFlamme comme Lucie Bonnet. Mais pour agir, je dois savoir ce qu'elle a fait vraiment, si certaines accusations sont fondées...

— Mais je n'en sais rien, monsieur!

— Vous avez bien écouté les conversations au palais et au marché!

— Je n'en sais pas plus que vous. Mais on m'a dit que les témoins seraient entendus aujourd'hui tandis qu'une fouille serait effectuée chez elles. Allons-y! Si les sergents de ville ont trouvé quelque chose, ils auront du mal à nous le cacher! Peut-être même qu'ils en parleront?

— Vous irez aussi prendre les nouvelles au palais.

— Si cela vous agrée, monsieur de Saint-Arnaud.

— Oui. Vous viendrez chez moi ensuite.

Je veux savoir ce qu'ont dit les témoins.

— A cette heure, on ne les entend pas encore : les juges dissertent des signes de reconnaissance...

Chapitre 26

Avant de suivre Martin Le Morhier, Nanette avait brûlé toute la médecine d'Anne mais elle ne pouvait deviner que le balai qu'elle utilisait chaque jour et les bouts de ficelle accrochés à un gros clou au-dessus du linteau de l'âtre seraient considérés comme des instruments maléfiques permettant à sa maîtresse de voler au sabbat ou de nouer l'aiguillette. Guy Chahinian vit les sergents aux mines satisfaites quitter la maison de la sage-femme. Des murmures d'aise dans la foule, les calomnies des badauds se rendant au palais pour témoigner achevèrent de le désespérer. Les témoins venaient de tous les coins de la ville et cette masse croissante ressemblait à cette horrible bête aux mille tentacules qui hantait les abords des îles exotiques. On disait que la pieuvre avait étouffé des femmes, englouti des enfants durant des années sans jamais être assouvie: la foule grouillante n'était pas moins affamée de victimes. Les gens se battaient quasiment pour témoigner, exigeaient le sacrifice.

Les magistrats n'allaient pas les décevoir.

Entre deux témoignages, ils discutaient de points de droit, comparant leurs observations, notant les questions qu'ils poseraient bientôt à l'accusée.

Selon les directives de sa mère, Marie avait fait savoir qu'elle la reniait et demandait à être séparée d'elle, craignant d'être ensorcelée à son tour. Il avait fallu tous les pouvoirs de persuasion d'Anne pour convaincre sa fille de l'accuser publiquement mais après qu'on eut emmené Lucie Bonnet, elle y était enfin parvenue. Les juges avaient cependant refusé d'éloigner Marie : si elle était sincère, elle épierait sa mère pour eux. Elle devait donc rester dans la même cellule.

Tout en se réjouissant du précieux témoignage de Marie LaFlamme, les juges consultaient les écrits des plus célèbres inquisiteurs afin de mener à bien le procès.

— La matrone n'a pas pleuré ; l'absence de larmes est un signe.

— Plusieurs malades disent qu'elle leur a donné des pommes et qu'ils ont eu ensuite des maux de ventre comme si mille diables s'agitaient dans leurs entrailles. Les fruits étaient maléficiés!

— Des pommes? s'étonna malgré lui le bailli Antonin.

— Il faut se garder de tout ce que cette femme a touché! Tout! répéta le magistrat Rolin. Il avait lu que l'illustre Nicolas Rémy avait su dès son plus jeune âge se méfier des diables qui égaraient ses billes; lui-même se souvenait que des démons avaient pourri les confitures sèches offertes à sa mère pour Noël.

Comme le magistrat, ses collègues redoutaient d'être trompés par les réponses sataniques d'Anne LaFlamme, aussi s'appuyaient-ils sur les terribles directoires des premiers inquisiteurs.

— Nous devons maintenant, dit le jurisconsulte Darveau, rechercher la marque diabolique. Avec les témoignages, nous aurons tous les éléments pour la faire avouer.

— Et le bourreau nous y aidera, dit

l'échevin Guillec. L'homme avait acquis en très peu de temps une assurance qui le portait à une surenchère de cruauté pour plaire à ses pairs. Il avait prononcé ces derniers mots en guettant l'approbation du jurisconsulte qui lui avait prêté le guide de démonologie. Un sourire discret le combla. Zélé, il répéta que le chapelet trouvé sur Anne LaFlamme ne lui appartenait peut-être pas : qu'elle eût affirmé le détenir depuis la mort de son mari ne prouvait rien puisqu'on ne devait pas croire ce que disait une sorcière.

— Qui assistera le bourreau ? demanda le magistrat Pijart. M. Gigaudon, M. Le Franc ou M. Hornet ?

— Je propose M. Hornet : il a étudié à Paris, vous savez. Et il sera impartial ; il ne connaît pas la prévenue. Qu'on le fasse quérir maintenant : on procédera à la recherche du *punctum diabolicum* dès ce soir.

L'éclatante satisfaction d'Henriette Hornet quand un sergent de ville lui dit de prévenir son mari qu'on l'attendait au palais après souper révolta Guy Chahinian.

Il se précipita chez Martin Le Morhier.

— Il faut agir!

— Mais comment? gémit Martin Le Morhier.

— Je vais voir Geoffroy de Saint-Arnaud! décida Guy Chahinian. Il a prétendu tantôt soutenir Anne LaFlamme. J'ai peine à le croire, mais nous ne pouvons rien négliger. Pas même cet individu.

— Vous croyez qu'il achèterait les juges?

— Il m'a bien confié un énorme diamant pour la bague de fiançailles... En attendant, faites dire à Anne et Marie par l'abbé Germain qu'on s'efforce de les sauver. Il pourra bien les confesser?

— Oui, je crois.

— Qu'il les voie tous les jours... Qu'on s'habitue à la prison à ses allées et venues. Et qu'il porte toujours sa large cape.

— Que voulez-vous dire?

— Que je prendrai la place de l'abbé quand il aura fait quelques visites. S'il accepte. Je vais maintenant chez l'armateur.

Quand Guy Chahinian atteignit la riche demeure, il vit un corbeau le devancer à la porte. L'oiseau se jucha sur le linteau de pierre et, après avoir déféqué sur la devise gravée en lettres gothiques, il croassa bruyamment. L'orfèvre eut la désolante impression que le volatile se moquait de lui et le prévenait que Geoffroy de Saint-Arnaud ne valait qu'une crotte. Comment pouvait-il s'en remettre à lui?

Guy Chahinian répéta néanmoins ce qu'il avait entendu plus tôt et insista sur le fait qu'on était allé chercher M. Hornet.

— Le *pactum diabolicum*... Ils procéderont ce soir.

— Ce soir?

— Il faudra vous montrer au palais avant la fin du jour, si vous voulez lui éviter cette recherche de la marque. Mais êtes-vous si sûr de son innocence? On a bien trouvé chez elle un balai et des cordelettes!

— Un balai et des cordelettes ne prouvent rien!

— On saura demain, quand elle répondra aux questions des juges.

— Demain? Demain? répéta Geoffroy de Saint-Arnaud.

— Oui. Ils ne l'interrogeront pas cette nuit! Après la recherche de la marque, ils seront épuisés. Ils siègent depuis l'aube!

L'armateur dissimulait mal son contentement: il était assuré qu'après la recherche de la marque Anne LaFlamme l'écouterait enfin. Il lui démontrerait que l'examen auquel on l'avait soumise n'était pas considéré comme torture. Quand on appliquerait la question, elle connaîtrait véritablement l'enfer. En compagnie de sa fille.

Puis il songea subitement qu'Anne LaFlamme pourrait parler du trésor durant la recherche de la marque!

— Vous avez raison, Chahinian. Le temps presse, dit-il en sonnant un valet. Mon manteau noir, vite!

Le domestique s'élançait quand il l'arrêta.

— Attends! Dites-moi, orfèvre, est-ce que les magistrats ont adopté la vêture de leurs confrères parisiens?

Cette coquetterie choqua Guy Chahinian sans vraiment le surprendre. Ainsi, alors qu'Anne LaFlamme se morfondait dans sa cellule, attendant le pire, son galant voulait savoir si les conseillers ou le président de l'assemblée portaient le mortier, la simarre et la grande cape d'hermine.

— Je l'ignore.

— Tant pis, je prendrai ma cape.

S'en revêtant, Geoffroy de Saint-Arnaud releva les deux pans d'une main affectée afin qu'on puisse voir le bas de la rhingrave brodée et ses larges canons de dentelle. Voyageant en coche pour se protéger du froid, il oubliait, tant il était habitué à paraître, que nul ne verrait son habillement. N'ayant plus rien à obtenir de l'orfèvre, il le salua sur le pas de sa porte sans songer à lui offrir de monter. Guy Chahinian en fut soulagé; l'homme lui déplaisait plus que jamais. Il savait maintenant qu'il avait sollicité son aide en pure perte.

Il erra longtemps sur les quais en se demandant s'il n'attirait pas le mauvais sort puisque tous ses amis, depuis Péronne, trépassaient par les soins d'un bourreau? Ne valait-il pas mieux qu'il se jette dans la Loire, qu'il aille rejoindre Lucie Bonnet? Il n'avait rien pu faire pour elle. Et il ne lui restait qu'à prier pour Anne et sa fille. Cette solution dérisoire n'empêcherait jamais les épingles d'acier de trouer la chair des femmes.

Il vit des pointes briller dans les reflets métalliques des flots et le soleil périr dans une mare de sang. Il vit le lierre étrangler des pierres, le gui étouffer des bouleaux, le gel brûler les herbes. Les hurlements d'un chien déchirèrent le crépuscule, annonçant l'épouvante des prochaines heures.

Pendant que l'orfèvre s'interrogeait sur la clémence de Dieu, Geoffroy de Saint-Arnaud remerciait le Ciel de sa bonne fortune. Sitôt arrivé au palais, il avait croisé le bailli Marcel Antonin qui lui avait appris que Marie LaFlamme avait accusé sa mère de sorcellerie. L'armateur avait failli applaudir : tout serait si simple ! Il ferait acte d'humilité et expliquerait à ses pairs qu'il avait été abusé, enchanté par Anne LaFlamme. On comprendrait aisément qu'il veuille se venger.

Il s'empressa de se proposer pour obtenir des aveux de la part d'Anne LaFlamme :

il profiterait du sentiment amoureux qu'il lui inspirait pour la tromper. On le félicita de son ingéniosité tout en lui faisant remarquer que la prévenue aurait peut-être tout avoué durant la recherche de la marque.

— La recherche... Mais...

— On y procède en ce moment. L'abbé Germain a vu la sorcière tantôt, mais il soutient qu'elle n'a rien avoué, qu'elle n'a que prié avec lui. Comme si elle savait encore prier! Enfin... Si vous pouvez la faire parler...

— J'essaierai, bredouilla Geoffroy de Saint-Arnaud, j'essaierai.

Il espérait être le premier à l'entendre.

* * *

Le bourreau était un homme de grande expérience et le magistrat Pijart, le jurisconsulte Darveau ainsi que le chirurgien Hornet l'assistèrent avec une estime grandissante; il promettait des prodiges pour la question.

Il officiait lentement et offrit même au chirurgien d'attendre une heure entre

chaque piqûre. Alléguant une grande fatigue, le magistrat Pijart s'y opposa. Il ne
pouvait accepter qu'on arrête ainsi la
séance; malgré l'inquiétude qui l'envahissait à constater son érection, preuve des
pouvoirs de la sorcière, il était trop excité
pour refouler la tension qui montait en lui
à la vue du corps dénudé.

Le chirurgien Hornet rasa sa rivale avec
une telle joie qu'il en tremblait quasiment.
Peu importe s'il la blessait, personne n'y
trouverait à redire. Il avait commencé par
le crâne, coupant avec entrain les longs
cheveux de la sage-femme, et il aurait ri de
son air de bête étrange si la gravité du jurisconsulte ne l'avait retenu.

Le bourreau enfonça une aiguille
longue comme un doigt à travers la joue
gauche. Le sang perla. Il recommença avec
la joue droite. Le sang goutta encore. Puis
avec le cou, les oreilles, le nez, tout endroit
qui permettait de piquer profondément
ou de traverser la peau. Le sang perlait
toujours. Il demanda alors au chirurgien
Hornet de l'aider à tirer la langue de la patiente. Le sang gicla.

Anne pensait à Pierre. A Marie. A sa mère. Pitié, mon Dieu. Elle ne pensait plus à rien. Qu'à une seule chose: que tout finisse. Par pitié. Que tout s'arrête.

Quand on lui rasa le ventre, elle oublia le soulagement ressenti en constatant qu'on avait épargné ses yeux. On la tripotait comme les bouchers le font avec la chair. Comme la chair, on la frappait, on la piquait, on la roulait d'un côté, puis de l'autre. Le chirurgien et le jurisconsulte lui tenaient les mains tandis que le magistrat attrapant une jambe la pressait fortement contre son sexe. Malgré l'épaisseur de l'étoffe de sa robe, elle comprit et réussit à cracher.

On la piqua trente-deux fois avant de découvrir une marque sur sa cuisse gauche. Elle était à demi inconsciente quand le bourreau lui jeta sa chemise au visage. Le lin fut aussitôt pivelé de taches rougeâtres et quand on poussa Anne LaFlamme dans sa cellule, Marie eut tout le temps, avant qu'elle ne se remette de son évanouissement, de compter les marques.

Et de jurer qu'elle vengerait sa mère.

CHAPITRE 27

Des bruits de pas alertèrent Marie qui veillait le sommeil de sa mère: deux hommes s'approchaient en parlant.

Elle reconnut la voix du geôlier puis celle de Geoffroy de Saint-Arnaud. Son cœur bondit de joie: l'armateur ne serait pas venu leur rendre visite dans ce trou infâme s'il n'avait l'intention de les aider!

Elle embrassa sa mère au front pour l'éveiller. Anne gémit en reprenant connaissance mais s'efforça de sourire à sa fille. Se redressant lentement, elle cherchait vainement une posture qui la ferait moins souffrir quand la porte du cachot s'ouvrit.

— Allez, sortez! ordonna Gilles Rouget. Non, pas toi, dit-il en repoussant Marie. Juste elle. Va au bout du couloir. On veut te parler.

En serrant une couverture mitée sur sa poitrine, Anne se dirigea vers la pièce désignée. La lumière des bougies la fit cligner des yeux; il lui semblait qu'elle n'avait pas vu le jour depuis très long-temps. Geoffroy de Saint-Arnaud eut un geste de recul en l'apercevant : son crâne rasé accentuait l'angulosité de ses traits. Elle était vraiment laide. Et pitoyable. Elle n'avait plus cette lueur narquoise au fond de l'œil. Que la peur. D'un ton sec, il lui désigna une chaise.

— Vous avez constaté, Anne LaFlamme, que votre situation est... périlleuse. Pour ne pas dire désespérée. Je quitte à l'instant vos juges et la recherche de la marque étant concluante, vous subirez demain un interrogatoire qui leur permettra de dé-couvrir jusqu'à quel point vous êtes liée au Diable.

— Sottises ! murmura la sage-femme.

— Nous verrons cela. Nous avons en-tendu plusieurs témoignages prouvant que vous êtes une sorcière. Ainsi que votre fille.

Anne frissonna.

— Tremblez-vous de froid ou craignez-vous pour Marie ? Supportera-t-elle les poucettes ou l'estrapade ?

— Elle n'est pas sorcière ! Elle m'a

même reniée, moi, sa mère!

Geoffroy de Saint-Arnaud sourit.

— Les magistrats ont peut-être cru à votre histoire. Mais moi... je vous connais depuis trop longtemps.

Il garda le silence avant d'assener la vérité.

— Vous êtes perdue, madame. Perdue. On vous traînera bientôt au bûcher. Je vous conseille de répondre gentiment à toutes les questions des magistrats si vous préférez être étranglée avant d'être rôtie. J'ai vu des sorcières se tordre des heures dans les flammes avant de rendre l'âme. Vous ferez bien la leçon à votre fille: si on lui demande de danser les rondes du sabbat, qu'elle s'exécute rapidement. On l'étouffera peut-être en même temps que vous.

— Je ne resterai pas ici à vous écouter, dit Anne en se levant. Que vous désiriez vous venger parce que je vous ai repoussé est une chose. Que je le supporte en est une autre!

— Toujours arrogante... Rassoyez-vous et écoutez-moi. Vous allez mourir, je ne peux rien pour vous, trop de gens veulent votre perte. Mais je peux faire libérer Marie.

— Marie? murmura Anne LaFlamme.

— Ah! ah! Je vous intéresse? L'homme savourait sa revanche.

— Dites-moi où est le trésor, et elle quittera cette geôle rapidement.

Anne ouvrit la bouche, la referma, déglutit; est-ce que Geoffroy de Saint-Arnaud était devenu fou? Un trésor?

— Le trésor? bredouilla-t-elle. Quel trésor?

— Ah! Vous voulez jouer aux devinettes? Bien, je vais vous aider... C'est très coloré. Vert comme émeraude. Rouge comme rubis. Bleu comme saphir. Vous en avez souvenance? Il est ma foi vrai que votre mari a caché les pierres il y a longtemps. Un peu avant de mourir, je crois. Il semble que vous n'ayez pas eu le temps de les reprendre avant d'être arrêtée. C'est mieux ainsi.

— Mieux? demanda Anne espérant obtenir d'autres précisions sur cette fable. Pierre? Un trésor? Si Marie n'avait pas été l'enjeu de cette discussion, Anne LaFlamme aurait éclaté de rire. Mais elle avait vite compris que l'armateur croyait au mystérieux butin. Et que ce dernier allait servir de monnaie d'échange. Geoffroy de Saint-Arnaud ne devait pas apprendre qu'elle n'avait jamais entendu parler des pierres précieuses.

— Mieux pour moi. Et pour Marie. Quand j'aurai le trésor, je la ferai sortir de prison.

Souhaitant gagner du temps, la sage-femme se laissa aller à la colère.

— Ainsi, c'est pour cette raison que vous vouliez m'épouser! Avouez-le!

— Regardez-vous! C'est le trésor que je veux! Votre mari m'a tout conté avant de mourir. L'imbécile! Il me demandait de rendre les pierres à l'Etat! Que sa mémoire ne soit pas ternie! Je suppose qu'il avait conservé le trésor du pirate pour doter votre fille. Elle et Simon Perrot ne sauraient en faire aussi bon usage que moi.

L'armateur rit bruyamment, puis se reprit.

— Assez bavardé. Dites-moi ce que je veux savoir.

— Vous m'avez trompée, monsieur, fit Anne, vibrante de dignité bafouée. Croyez-vous que je sois si bête? Vous nous abandonnerez, ma fille et moi, dès que vous aurez ce que vous voulez! Puisque mon époux voulait que notre trésor revienne à l'Etat, j'en parlerai demain à mes juges. Qu'on respecte les dernières volontés de Pierre.

— Non, donnez-moi votre fille. Je l'épouse si le trésor est sa dot.

— Que ma fille vous...

— Oui. Vous ne parlez pas du trésor à vos juges et j'épouse Marie.

— Vous êtes assuré que les juges la libéreront?

— Je suis assez puissant, croyez-le.

Anne LaFlamme avait envie de vomir : comment se résoudre à marier son enfant à un tel monstre? Elle le devait néanmoins mais si elle avait été jadis aveugle à son égard, ses yeux étaient maintenant dessillés et, sans réelles garanties, elle ne pouvait lui confier Marie. Dès qu'elle aurait été exécutée, rien n'interdirait à l'armateur de se débarrasser de sa fille en la faisant ac-

cuser de sorcellerie. Non. En la tuant lui-
même de peur que Marie ne parle à son
tour du trésor aux juges. Le silence avait
peut-être un prix.

— Je dois voir ma fille, monsieur.

— Je veux une réponse au matin. Avant
qu'on ne vous interroge, dit l'armateur en
quittant la pièce.

Il songea, amusé, que le froid des prisons
devait presque convaincre les sorcières des
bienfaits d'un bûcher. Il le dit au jurisconsulte qui le répéta à deux magistrats. Il affirma avoir persuadé Anne d'avouer mais
soutint que sa fille était innocente.

— Elle ne regarde même plus sa mère.
Et quand votre geôlier a ouvert la porte du
cachot, elle a tenté de sortir pour la fuir.
Anne LaFlamme est assurément une sorcière !

— Nous recueillons demain ses aveux.

* * *

— Huit heures, ma fille, c'est tout ce qu'il
nous reste. Ils m'amèneront dès le lever du
jour. L'aube est tardive en hiver mais vient
encore trop tôt...

— Je me demande qui du coq ou de Geoffroy de Saint-Arnaud chantera le premier? Maman, je...

— Si tu fais ce que je te dis, tu seras sauvée.

— Toi aussi?

— Peut-être. Si tu épouses Geoffroy de Saint-Arnaud.

Anne LaFlamme devait mentir pour persuader sa fille de s'unir à l'armateur car Marie, épouvantée par la duplicité de l'homme, n'aurait jamais accepté sa proposition. La rage l'étouffait depuis qu'Anne lui avait rapporté leur entretien. La rage. Et la curiosité: ce trésor l'intriguait. Elle avait été bien étonnée d'apprendre que son père avait révélé l'existence d'un trésor à Geoffroy de Saint-Arnaud.

— C'est un conte! Ton père ne m'a jamais parlé de ce butin, faillit dire Anne LaFlamme. S'il avait possédé ces fameuses pierres, je l'aurais su.

Puis elle songea que si sa fille croyait aussi au trésor, elle ne se trahirait pas devant Saint-Arnaud. L'homme était trop cupide et trop retors pour ne pas tenter de faire parler Marie: elle devait avoir entendu la même fable. Le père Germain lui dirait la vérité en temps voulu.

— Pourquoi ne profite-t-il pas de notre exécution?

— Tout lui échapperait, voyons! Il redoute par-dessus tout que nous ne parlions de ce trésor aux juges! Ceux-ci voudraient aussi les pierres... Geoffroy de Saint-Arnaud doit penser qu'il sera le seul à hériter du butin. Il me croit stupide pour s'imaginer qu'une simple promesse de mariage me fera parler. Il devra t'épouser réellement.

— Qu'il m'épouse! s'écria Marie, horrifiée. Mais je le hais!

— Hais-tu moins la mort?

Anne LaFlamme regarda sa fille avec une tendresse résignée.

— Tu n'as aucun autre choix. As-tu entendu le geôlier quand il t'a dit que le bourreau se porte bien?

— Mais j'aime Simon! Je ne peux être à l'armateur.

— Simon ne peut rien pour toi!

Ecoute-moi! Tu quitteras la prison si tu épouses Geoffroy de Saint-Arnaud.

— Qui me tuera quand il aura trouvé le trésor.

— Non, tu fuiras dès que tu auras le trésor! Voici maintenant les trois indices que tu dois connaître.

Marie écouta attentivement sa mère et, bien que l'idée d'épouser Geoffroy de Saint-Arnaud lui répugnât, elle admit qu'Anne avait raison. Au crépuscule, une lueur timide éclairait le cachot, permettant à la sage-femme de contempler le visage de sa fille. La condamner à subir les étreintes de l'armateur la révulsait; elle connaissait la sensibilité de son enfant et savait qu'être initiée aux gestes amoureux par un tel homme serait une véritable épreuve, mais pour immondes que soient les caresses du traître, celles des flammes étaient mortelles. Si tout se déroulait comme Anne le souhaitait, Marie saurait échapper à ce terrible époux. Martin Le Morhier et Guy Chahinian l'aideraient. Elle le savait, et l'abbé Germain le lui avait répété. Il avait promis qu'il reviendrait prier avec elle après l'interrogatoire et qu'il la recommanderait à Dieu. Anne implora sa sainte patronne de lui donner la force nécessaire pour affronter ses juges et duper Geoffroy de Saint-Arnaud.

En le retrouvant dans la pièce au bout du couloir, Anne bénit simplement le Ciel que son mari soit décédé; Pierre n'aurait pu supporter de livrer son enfant adorée à pareil minotaure. Anne se souvint de la légende et souhaita que sa ruse vaille celle d'Ariane. Que Marie recouvre sa liberté comme tous les jeunes Athéniens promis au supplice.

— Alors, madame, à quand la noce?

Anne LaFlamme serra les dents pour se retenir de lui cracher au visage. Inspirant profondément, elle lui exposa son idée

— Quand vous voudrez. A la condition que je sois toujours vivante au moment du mariage.

Geoffroy de Saint-Arnaud rugit.

— C'est insensé! Vous êtes déjà condamnée!

— Il faut donc vous marier très vite, dit Anne, imperturbable. Marie croit que vous me ferez libérer, c'est pourquoi elle accepte votre demande, mais mes juges n'ont pas, comme vous le dites si bien, l'intention de m'oublier. J'ai menti à ma fille mais je veux être certaine que vous l'épouserez et ne la livrerez pas au bourreau après moi. D'ailleurs, si vous changiez d'intention après ma mort, le trésor vous échapperait définitivement; Marie dirait tout aux juges. Vous feriez mieux de hâter les choses. Plus vite vous aurez épousé Marie, plus vite le compagnon de Pierre se manifestera.

— Le compagnon de Pierre? demanda l'armateur inquiet. Quel compagnon?

— Celui qui détient l'autre moitié du rébus.

— Le rébus?

L'effarement rendait les traits un peu mous de Geoffroy de Saint-Arnaud.

— Croyez-vous que mon époux soit si bête qu'il ait tout bonnement enterré les pierres dans notre jardin? Qu'on n'ait qu'à bêcher la terre pour découvrir le trésor? Non! Il était fermement décidé à ce que sa fille en hérite jusqu'à ce que la mauvaise conscience le pousse à vous en parler et vous demander de rendre le butin au roi. Il s'est repenti. Mais il n'a pas eu le temps de vous dire qu'afin de protéger la cachette du trésor, il avait inventé une charade.

— Mais quelle charade? tonna l'armateur.

— C'est tout simple: Marie détient les trois premiers indices. Un marin les trois derniers. Le tout mène au butin.

— Mais qu'est-ce que...

— Pierre aimait les jeux d'esprit mais, surtout, il se méfiait des engouements amoureux de sa fille. Vous serez d'avis avec moi que Simon Perrot ne vaut pas grand-chose. Marie s'en est pourtant entichée! Redoutant qu'elle ne l'épouse pour découvrir ensuite sa véritable nature après qu'il aurait dilapidé sa dot, Pierre a songé au rébus. S'il décédait en mer, il continuerait pourtant à protéger sa fille contre elle-même, contre une mauvaise union. Marie n'apprendrait la seconde moitié de la charade qu'après trois mois de mariage. Elle aurait eu le loisir de voir qui était Simon. De savoir si elle partageait sa fortune avec lui ou non. Avec tout cet argent, elle pouvait aussi le quitter.

La fureur étouffait Geoffroy de Saint-Arnaud. Et le doute l'agitait.

— Qui me prouve que vous dites vrai?

— Qui vous prouve le contraire? Vous n'êtes pas obligé de me croire mais vous renoncez aux pierres si vous n'épousez pas Marie. Mon époux m'a dit qu'il n'en avait jamais vu de cette pureté. Et il avait beaucoup voyagé. Cependant il craignait ma faiblesse envers Marie, et il n'a pas voulu me montrer ni me révéler où étaient cachées les pierres de peur que je ne les remette trop tôt à notre enfant. Vous pensez bien que Simon Perrot ne serait jamais parti s'il avait cru que ma fille serait riche trois mois après leurs épousailles! Il n'y avait que vous et moi qui connaissions l'existence du trésor. Marie sait maintenant. Je viens de lui apprendre les trois premiers indices. Mais seul le compagnon de Pierre peut vous permettre de trouver le trésor. Et j'ignore son nom. Je ne sais même pas s'il est de Nantes.

Geoffroy de Saint-Arnaud fit répéter toute cette histoire à la sage-femme, espérant la prendre en défaut, mais elle s'en tint à ses premières déclarations. Si elle avait cette même assurance durant le procès, les juges auraient bien du mal à lui faire avouer quoi que ce soit. Il se rappela soudain qu'il avait promis à ces derniers qu'Anne avouerait. Il lui conseilla d'avoir une conduite plus soumise au tribunal, si elle voulait aider sa fille.

— C'est vous qui l'aiderez, monsieur. Moi, je n'ai qu'à demeurer vivante jusqu'à votre mariage. Et pour cela, je dois résister à mes juges.

— Comment être assuré que votre fille me révélera les trois indices après notre mariage?

Anne LaFlamme eut un geste d'agacement.

— Je suppose que vous la surveillerez sans relâche. Mais dites-vous bien que c'est à Marie, et à Marie seulement que l'homme de confiance de mon mari donnera l'autre moitié de la solution.

— Et ce compagnon? Ne voudra-t-il pas sa part du butin?

Anne LaFlamme avait prévu cette question.

— Il ignore de quoi il s'agit. Pierre lui a seulement dit qu'il toucherait deux cents livres quand il remettrait le parchemin où sont inscrits les trois éléments.

— Mais votre fille? Si elle décide de garder le silence?

— Je n'ai pas dit à Marie quel être odieux vous êtes. Elle n'aurait pas accepté de vous épouser. Elle est jeune, fort entêtée, ne mesure pas le danger qu'elle vit. Moi, je sais ce qu'il est advenu de Lucie Bonnet et quel sort m'attend. Mais ma fille croit toujours au miracle. Elle pense même que son Simon Perrot, en qualité de soldat du roi, pourra la faire sortir de prison! Je lui ai dit qu'à défaut d'amour, elle devrait vous être reconnaissante et qu'elle devrait vous dire de bonne grâce ce que vous voulez savoir. Cependant, elle pourrait préférer tout raconter à Simon Perrot si elle est trop malheureuse avec vous. Evitez qu'ils ne se revoient.

— Vieille sorcière! gronda l'armateur.

Anne le regarda sans ciller; elle espérait, par ses dernières paroles, atténuer les souffrances futures de sa fille: si Geoffroy de

Saint-Arnaud devait s'efforcer de plaire à Marie, il oublierait les brutalités envisagées pour lui faire dire ce qu'elle savait au sujet du rébus. Dans un premier temps, du moins.

CHAPITRE 28

Une odeur sucrée, écœurante, entêtante, indisposa Anne LaFlamme quand elle pénétra dans la salle du tribunal. Elle reconnut, dans les volutes grises d'un encens de piètre qualité, les hommes qui avaient assisté à la recherche de la marque, et l'échevin Guillec et le bailli Antonin. Les autres juges ne lui étaient pas étrangers mais on avait veillé à ce qu'elle n'ait soigné personne dans cette assemblée. Excepté Geoffroy de Saint-Arnaud qu'elle fixa jusqu'à ce que le jurisconsulte Darveau élève la voix pour obtenir le silence.

— N'oubliez jamais, messieurs les Juges, déclama-t-il, que des puissances surnaturelles nous cernent de toutes parts : nous sommes l'enjeu du combat que se livrent le Bien et le Mal. Ayez toujours à votre esprit que la sorcière est un être fourbe ; ainsi, en l'an 1634, une femme a déclaré n'aller au sabbat qu'une fois l'an alors qu'il est de notoriété publique que ces abominables cérémonies ont lieu chaque samedi. Méfiez-vous, messieurs, méfiez-vous !

Après ces recommandations, le jurisconsulte invita un des juges à lire les actes d'accusation. Anne apprit avec stupéfaction que Germaine Michaud avait vu une femelle de rat la mordre derrière le cou et que plusieurs avaient remarqué qu'elle parlait avec un chat noir.

Ancolie. Qu'était-il devenu ? La mère-sage avait dit à sa fille que Nanette l'avait emporté avec elle en se cachant grâce aux soins de Martin Le Morhier mais elle n'en savait rien. Elle souhaitait seulement que Marie retrouve son compagnon au sortir de prison.

Anne LaFlamme apprit aussi qu'elle était responsable des épizooties qui avaient décimé tant les troupeaux que des bêtes isolées, de l'inondation qui avait emporté le pont de Belle-Croix en 1657, des grêles de l'année précédente, de l'incendie de la Saint-Paul, et, bien sûr, des pluies diluviennes qui avaient noyé Nantes les dernières semaines. Ces catastrophes naturelles énoncées, le magistrat fournit ensuite une liste de dommages plus détaillée; tours de reins ou fièvres pour tel paysan, fausse couche ou rhumatismes chez telle bourgeoise. Une nommée Percheval soutenait qu'Anne LaFlamme avait noué, lors de la cérémonie nuptiale de sa sœur, cette fameuse lanière magique qui rend les maris impuissants. Sa cadette n'avait point d'enfant depuis. Un savetier perdait ses forces à chaque fois que la sage-femme le soignait. Il était quasiment à l'agonie. Enfin, tous s'accordaient à dire, juges y compris, que la prévenue devait avoir des accointances avec le Diable pour n'avoir jamais péri de la peste ou de la lèpre.

Tandis que le magistrat faisait une pause, Anne en profita pour demander quels avantages il y aurait à commettre ces méfaits.

— Le Diable paie les sorcières pour qu'elles exécutent ses maléfices, répondit l'échevin Guillec sans se rendre compte qu'il indisposait le jurisconsulte car celui-ci voyait mal qu'un dialogue s'établît entre la prévenue et ses juges. Elle ne devait pas poser de questions mais répondre uniquement quand on l'interrogeait. Il tenta vainement d'attirer l'attention d'Egide Guillec.

— Elles doivent être riches? dit Anne LaFlamme. L'échevin se troubla mais continua d'ânonner.

— Les sorcières peuvent se métamorphoser en bêtes fauves. Comme le Diable qui emprunte plusieurs aspects: bouc, lévrier, corbeau, loup. C'est dans sa nature propre de se transformer pour tromper l'honnête homme!

— Comment une sorcière peut-elle alors l'identifier?

Le jurisconsulte se dressa d'un bond; quelle créature éhontée!

— Messieurs, voici le moment d'interroger la prévenue au sujet de ces accusations.

Après s'être enquis de l'état civil d'Anne LaFlamme, de ses nom, prénom, parents, lieu de naissance, il attaqua brusquement.

— Depuis quand es-tu sorcière?

— Je ne suis pas sorcière.

Il fit mine d'ignorer la réponse.

— Quel serment as-tu prêté avec Satan?

— Aucun.

— Quand as-tu renoncé au baptême, à la Vierge et aux sacrements.

— Je ne suis pas sorcière, répéta Anne LaFlamme.

— Quand as-tu rencontré le Diable pour la première fois?

— Je ne l'ai jamais vu.

— Depuis que tu es sorcière, as-tu reçu la sainte hostie?

— J'ai communié mais je ne suis pas...

— Ah! Tu reconnais donc avoir communié? Et combien d'hommes as-tu fait périr?

— Je n'ai tué personne! cria l'accusée.

— Le frère de Clotaire Dubois est pourtant mort après que tu l'as vu.

— Les fièvres quartes qu'il avait attrapées en Inde en sont la cause.

— Le Diable se sert-il d'un instrument en bois ou en métal pour s'unir avec les sorcières? demanda le magistrat Pijart, en espérant qu'aucun de ses confrères ne remarque le tremblement de sa voix. Il n'osait l'exiger lui-même mais espérait par-dessus tout qu'on fasse déshabiller cette sorcière et qu'on l'oblige à montrer où le diable avait l'habitude de la baiser. Des sorciers avaient, par le passé, évoqué les incroyables prouesses sexuelles du Diable et l'impression d'avoir été transpercés par un pique fabuleux durant l'accouplement. Est-ce qu'Anne LaFlamme approuvait ces dires? Reconnaissait-elle que l'instrument du Cornu était glacé? Embrassait-elle le Diable aux reins, aux fesses ou à l'anus?

Anne LaFlamme n'avait nul besoin de regarder le magistrat Pijart pour comprendre quel effet ces questions produisaient sur lui et, comme dans la salle des tortures, elle devinait son excitation malsaine. Un regain de combativité l'aida à nier l'affirmation suivante.

— Non. Ce balai que vous montrez maintenant ne m'aide pas à voler dans les airs!

— Sauf si vous l'enduisez d'onguent. J'ai ici la composition de cet enduit maléfique, dit l'échevin Guillec, en se trémoussant dans sa toge noire.

Il buta sur les mots pentaphilon et hyosccyame, mais énuméra plus aisément les autres ingrédients : belladone, sang de chauve-souris, morelle furieuse, ciguë, persil, feuilles de peuplier, pavot, aconit, bave de crapaud. Certains manuels prétendaient que de l'ergot entrait aussi dans la composition de l'onguent. Niait-elle connaître cette plante ?

Non, elle connaissait l'ergot. Heureusement ! L'Eglise prétendait que les douleurs de l'accouchement n'étaient que la punition méritée par les femmes pour le péché originel d'Eve, mais Anne LaFlamme, comme ses parentes, avait toujours employé l'ergot pour hâter le travail durant l'enfantement comme la consoude pour combattre l'hémorragie, ou la belladone pour arrêter les contractions si l'enfant s'annonçait trop tôt ou si une fausse couche menaçait.

— J'ai sauvé bien des enfants en soignant leurs mères, dit-elle simplement.

— Pourtant, il y en a beaucoup qui sont morts, s'insurgea le bailli Guillec. Vous aviez besoin des corps des nouveau-nés pour les faire bouillir dans un chaudron de cuivre.

— Et pour les manger, compléta un magistrat.

Egide Guillec précisa aussitôt que les sorcières ne mangent pas la tête car elle a été ointe du saint chrême, ni le côté droit.

— Le côté droit? s'étonna un juge.

— On fait le signe de croix de la main droite, expliqua le jurisconsulte. Regardez ceci, madame.

Du bout du doigt, il désignait sur une table posée au milieu de la pièce une longue broche trouvée chez la sage-femme. Elle l'utilisait pour suspendre des herbes à sécher.

Anne LaFlamme haussa les épaules.

— Ah! Vous ne pouvez nier! triompha le magistrat Rolin. Vous percez bien le crâne des nouveau-nés avec! On dit aussi que vous mangez la chair des pendus.

Anne LaFlamme poussa un cri de dégoût, accueilli avec satisfaction par les juges.

— Est-il vrai que le sel est absent de

tous ces festins? Et que vous préférez la danse en rond après les banquets?

Le magistrat Pijart eut subitement très chaud : allait-on demander enfin à la prévenue de faire une démonstration de cette danse sabbatique?

— Je n'ai jamais été au sabbat, affirma très clairement Anne LaFlamme.

Le magistrat Pijart insista.

— Si vous n'avez pas dansé, c'est que vous étiez occupée à copuler avec le Diable. Il vous a d'ailleurs marquée, comme nous l'avons vu hier. Mais certains de ces messieurs étant absents, enlevez votre chemise qu'ils puissent voir ici le sceau satanique.

La sage-femme regarda ses tortionnaires un à un. Il lui sembla que Geoffroy de Saint-Arnaud souriait. Seul le bailli Antonin baissa les yeux, confus : Anne LaFlamme fixa le crâne luisant du petit homme en ouvrant brusquement sa chemise. Il y eut des oh, des ah, des toux et des rires dans la découverte du corps martyrisé. Dominant un réflexe de pudeur qui l'aurait poussée à tenter de cacher sa poitrine ou son sexe de ses mains, Anne demeura immobile, refusant qu'on mesure son humiliation.

On lui ordonna de tourner sur elle-même plusieurs fois, d'avancer, de reculer. Le froid, la colère, la firent bientôt trembler. Le magistrat demanda au jurisconsulte si ces soubresauts qui agitaient la prévenue n'étaient pas démoniaques.

Alphonse Darveau n'en croyait rien mais il opina de la tête, avançant que ces tressaillements devaient être les prémices d'une sarabande satanique.

La sage-femme eut un haut-le-cœur qui fit pousser une exclamation à un des juges.

— Prenez garde! Elle nous vomira un crapaud!

Elle aurait bien souhaité en être capable. Elle aurait voulu vomir des serpents venimeux, des insectes répugnants, des monstres fabuleux, des diables, oui, de ces incubes ou succubes qu'on l'accusait d'aimer. Elle aurait aimé que les éléments lui obéissent, qu'un incendie consume le palais, qu'une inondation noie ses bourreaux, que la foudre terrasse le jurisconsulte.

Mais elle n'avait qu'un seul pouvoir : nier.

Elle ne put néanmoins prétendre n'avoir jamais mis les pieds à la grotte où on avait tué la Boiteuse. Ni réfuter qu'elle cueillait ses herbes dans la forêt.

— Près du chapiteau où je soigne les malades ! Payée par la ville. Par vous, messieurs ! dit-elle dans un accès de rage. Vous qui m'avez agréée comme matrone !

Le jurisconsulte retint un cri de jubilation : il avait emmené la prévenue là où il le voulait. On parlait maintenant de faits réels. Si nul n'avait vu voler Anne LaFlamme, tous les Nantais savaient qu'elle connaissait la médecine.

— Nous vous rémunérions pour garder et nourrir les malades. Non pour soigner. Nous avons appris avec horreur la vérité sur vos agissements.

Il rappela à l'assemblée que l'Eglise considérait comme hérétiques les empiriques.

— Cette femme n'a pas étudié la médecine et, pourtant, elle guérit. C'est donc qu'elle est sorcière.

Il n'avait pas terminé sa phrase qu'Anne LaFlamme s'avançait vers lui, hors d'elle :

le jurisconsulte croyait l'anéantir en apportant cette prétendue preuve, il avait plutôt galvanisé sa fureur.

— Les femmes n'ont pas de droit au savoir ! Parce que des hommes comme vous protègent des hommes comme Hornet.

— Nous vous protégeons contre vous-même ! tonna le jurisconsulte. La nature de la femme est frivole, menteuse, sensuelle.

Tapotant le traité de démonologie, il rapporta les précisions de Sprenger : *femina* vient de *fe*, qui veut dire foi, et de *minus*, qui signifie moindre.

— Par sa faiblesse, la femme est donc plus facile à corrompre que l'homme : le Diable le sait. C'est pourquoi il vous offre ce que la loi vous refuse pour votre bien : le pouvoir de guérir. Il connaît la valeur de cet appât.

— Ce n'est pas le Diable qui m'a enseigné ce que je sais. J'ai appris ! J'ai lu ! J'ai eu un maître.

Dès qu'elle eut cessé de parler, Anne LaFlamme comprit son erreur : elle avait reconnu sa science. On ne cesserait dorénavant de l'interroger sur l'étendue de son pouvoir. Heureusement, l'homme qui lui avait révélé l'anatomie et la botanique était mort et enterré depuis longtemps : aucun innocent ne serait arrêté après ses déclarations.

Déclarations qui lui vaudraient peut-être le salut, songea-t-elle en reprenant espoir. Pour avoir étudié, elle serait passible d'une longue peine d'emprisonnement mais pouvait échapper au bûcher si elle persistait à nier qu'elle était sorcière.

Le jurisconsulte considéra aussi la chose; refusant la tournure que prenait l'interrogatoire, il recommença à lui poser des questions concernant son amant satanique. Il briserait la résistance de l'accusée : dût-il y passer la semaine ! Il savait que le magistrat et plusieurs juges étaient tout prêts à livrer Anne LaFlamme au bourreau mais Alphonse Darveau n'entendait pas écourter les séances, il aimait trop faire état de son érudition démonologique. Cependant, afin de ne pas mécontenter ses pairs, il proposa cependant l'ajournement.

Surprise, Anne se vit reconduire à sa

cellule sans qu'il ait été convenu de quelque torture. Dieu l'avait-il entendue? Elle prierait encore avec Marie et l'abbé Germain.

* * *

— Mon bon père, dit Anne en s'agenouillant devant lui. Bénissez-moi: ils m'ont épargnée aujourd'hui.

L'abbé Germain effleura le front de la sage-femme avec délicatesse. Il murmura des mots d'encouragement puis commença à réciter ses prières que les femmes s'empressèrent de reprendre. Il tira ensuite de sa poche deux pains moutons que les prisonnières acceptèrent avec reconnaissance. Tandis qu'elle mordait le pain sucré, Anne se souvint de l'avidité avec laquelle la Boiteuse mangeait les pommes qu'elle lui donnait. Elle se rappelait ses regards de bête traquée. Elle devait lui ressembler ce jour-là. Et les chasseurs n'en avaient pas terminé avec elle: ils seraient repus quand ils l'auraient mise en pièces. Ils exposeraient peut-être ses restes sur la place publique ou au carrefour des pendus. Ces pendus qu'on la soupçonnait de dévorer.

— Ils ont dit que je mangeais de la chair humaine!

— Ma pauvre fille, dit l'abbé Germain avec douceur. Ils sont fous. *Ils ne savent pas ce qu'ils font.*

— Mais je ne peux leur pardonner! fit-elle. Je ne suis pas une sainte, moi! Je ne suis qu'une simple femme! Ni déesse ni sorcière! Le comprendront-ils?

— J'ai peur que non, fit le prêtre. Ils te doivent beaucoup trop pour te pardonner. L'homme n'aime guère être débiteur.

— Tu aurais dû les laisser mourir, cria Marie.

— Elle en aurait été incapable. Mais si elle a sauvé des vies, il semble qu'elle n'ait rien pu faire pour les âmes. Moi non plus, fit l'abbé Germain tristement. Fallait-il que les temps soient sombres pour que ses ouailles se détournent de Dieu si aisément en condamnant une innocente?

Le prêtre avait tenté par tous les moyens d'exhorter les fidèles à plus de sagesse. En vain. Il avait l'impression de s'adresser à des sourds. On l'écoutait plus dans le vacarme indescriptible d'un abordage, au milieu des cris, des râles, des tirs de canon! Pour Anne, il ne restait que la prière. Pour Marie, le mariage avec l'armateur.

* * *

— Alors, monsieur de Saint-Arnaud? demanda le jurisconsulte. N'aviez-vous pas dit qu'Anne LaFlamme avouerait? Vous avez échoué...

— Pas encore. Je me suis abaissé à lui faire une cour empressée alors qu'elle se donnait à Satan. Un jouvenceau aurait eu plus de cervelle! Tout Nantes se moque de moi aujourd'hui! Elle m'a enchanté. On n'a jamais possédé ainsi Geoffroy de Saint-Arnaud. Je ne peux l'admettre! Mais la mort d'Anne LaFlamme, si elle apaisera ma colère, vous appartient pourtant. Je veux donc ma vengeance personnelle. Laissez-moi épouser sa fille!

— Epouser sa fille? s'exclama Alphonse Darveau.

— Ecoutez-moi: non seulement Marie LaFlamme renie sa mère mais elle épouse son prétendant! Quelle suprême insulte d'être ainsi rejetée ! La matrone saura que tout est fini, qu'elle ne peut attendre d'aide de ma part. Elle avouera.

Le bailli Antonin qui cherchait depuis le début de la semaine à sauver Marie LaFlamme du bûcher fut le premier à approuver Geoffroy de Saint-Arnaud.

— Il est vrai que la fille renie la mère. Le geôlier les a entendues se chicaner, mentit-il. Nous avons des pages d'accusation contre Anne LaFlamme mais bien peu d'informations sur Marie.

— Mais pourquoi n'avez-vous pas courtisé plutôt la fille ? demanda le jurisconsulte, soupçonneux.

— Anne LaFlamme l'avait enchanté ! Il vous l'a dit !

Geoffroy de Saint-Arnaud hésitait à justifier davantage sa décision : s'il insistait trop pour épouser Marie, il exciterait la curiosité d'Alphonse Darveau. Il dit néanmoins que tout Nantes savait que Marie LaFlamme était éprise de Simon Perrot et qu'elle l'aurait repoussé sans nul doute.

— Aujourd'hui, tout est différent. Les Perrot ne permettront jamais à leur fils d'épouser la fille d'une sorcière.

— Mais vous, vous ne craignez rien? fit le magistrat Rolin. Si Marie avait aussi des pouvoirs magiques?

— Non, j'ai pitié de cette pauvre fille. Souvenez-vous qu'elle a renié sa mère sans avoir été molestée d'aucune manière. Son cri était naturel. Songez aussi aux frais de deux procès avec les membres d'une même famille: en vendant la maison, ou plutôt la masure des LaFlamme, vous n'en tirerez qu'une somme dérisoire. Qui suffira à peine à payer les témoignages et votre travail au tribunal. Où irez-vous chercher l'argent pour rémunérer de nouveaux témoins pour Marie LaFlamme?

— Si vous l'épousez, la maison vous reviendra, argua le jurisconsulte.

«Nous y voici!» songea avec soulagement l'armateur; l'appât du gain dictait le comportement d'Alphonse Darveau. Ce dernier devait espérer toucher quelques centaines de livres à l'issue du procès. Il avait sourcillé quand Geoffroy de Saint-Arnaud avait parlé des frais d'un deuxième procès; certes, tous les juges se payaient avec la vente des biens de la prévenue mais les bénéfices diminueraient s'il fallait débourser pour des témoignages supplémentaires.

— Je paierai au tribunal une somme équivalente à la valeur des biens de l'accusée.

— Vous achèteriez la maison des LaFlamme ? s'étonna le magistrat Pijart.

Geoffroy de Saint-Arnaud avait préparé la réponse.

— Oui, messieurs. Je veux détruire cette maison de mes mains. Marie LaFlamme saura vite qui est le maître. Elle n'aura jamais avec moi la conduite de sa mère. Je saurai la dresser ! Voici mon prix.

La magistrat Pijart, déçu à l'idée d'être privé du supplice de la deuxième accusée, fut rasséréné en entendant le chiffre proclamé par l'armateur. Bien que surpris, comme le jurisconsulte par la largesse du calcul, il réfléchit comme tous ses confrères que Geoffroy de Saint-Arnaud tenait vraiment à sa revanche. Et que lui pourrait s'offrir un cheval avec la somme empochée.

— Vous savez ce que vous faites, monsieur, lui dit-il.

— Le père Thomas bénira notre union. Je veux qu'Anne LaFlamme entende sonner les cloches de sa geôle.

— Mais elle sera morte! s'insurgea le jurisconsulte.

— Morte? fit Geoffroy de Saint-Arnaud en mimant la déception. Ah non! Je la veux vivante ce jour-là! Vous l'exécuterez après le mariage! Le jour même si vous le désirez! Mais pas avant!

— Vous voudriez que nous la gardions prisonnière...

— Que vous les gardiez: un séjour en prison me préparera une épouse plus docile, dit-il en riant. Je ne la veux pas trop maigre au soir de ses noces pourtant et je paierai son entretien ici.

Rassuré sur la dépense que supposait la garde prolongée des prisonnières, le jurisconsulte dit à l'armateur qu'il ferait bien d'aller voir dès maintenant sa fiancée.

La prière avait consolé Anne LaFlamme; c'est avec une assurance qui déplut à Geoffroy de Saint-Arnaud qu'elle s'avança vers lui.

— Alors? M'annoncerez-vous que vous serez mon gendre?

— Oui. Les bans seront publiés demain. J'épouserai votre fille pour la Noël, dit-il en regardant Marie qui baissa aussitôt la tête.

Sa mère avait prétendu avoir loué l'armateur auprès d'elle; elle aurait dû lui témoigner de la gratitude. Mais elle en était incapable. Elle espéra qu'il prendrait son attitude farouche pour de la timidité.

Geoffroy de Saint-Arnaud sourit en disant qu'il prisait cette soumission puis il fit signe à Anne LaFlamme de le suivre. Il renvoya le geôlier d'un geste autoritaire. Dès qu'il entendit ses pas décroître dans le couloir, il dit à la sage-femme qu'elle devrait tout avouer le lendemain.

— Vous n'avez plus rien à perdre! Si vous n'avouez pas, ils vous tortureront. Plusieurs le désirent.

— Mais si j'avoue, ils me grilleront.

— Pas avant le mariage, fit l'armateur. J'ai dit que votre présence était essentielle à ma vengeance.

— Si je n'avoue pas, je serai simplement bannie.

— Ils vous appliqueront la question ordinaire et extraordinaire. Vous ne pourrez supporter ces supplices !

Il lui parla des poucettes, de l'estrapade, des brodequins en prenant soin de détailler minutieusement chaque torture. Il décrivit le chevalet et le gril avec un luxe de précisions effarant. Il lui dit qu'il ne pouvait nommer aussi bien qu'elle tous les os du corps humain mais qu'il l'assurait qu'on devrait la porter sur un grabat au bûcher car tous ses membres seraient démis ou fracturés. Il conclut en lui rappelant que l'aveu lui donnerait la possibilité d'être étranglée avant d'être brûlée.

— Cela ne vaut-il pas mieux ?

— Ne vaudrait-il pas mieux que vous m'évitiez toutes ces horreurs ? Qui sait ? Je pourrais parler sous la torture.

— Cessez ce manège, madame, ou c'est votre fille qu'on brûlera sous vos yeux.

— Et le trésor vous échappera.

— Et votre fille mourra. Dites-moi maintenant ce que je dois faire pour prévenir le compagnon de votre mari... Les bans ? Un crieur public ?

— Vous n'avez qu'à préciser trois éléments dans les termes de votre annonce publique à la grand-messe : ne parlez pas de Marie LaFlamme mais bien de *Marie-Pierre* LaFlamme, demandez que votre union soit célébrée à trois heures de l'après-dîner et que l'on chante *trois* Ave Maria, inventa la sage-femme. L'homme saura qu'il devra se manifester trois mois plus tard à la même date.

— Il est donc resté à Nantes ?

— Je l'ignore ! Pierre a choisi l'homme qu'il lui fallait.

Geoffroy de Saint-Arnaud grimaça : il ne saurait rien.

Chapitre 29

Anne LaFlamme n'avait pas osé apprendre sa condamnation à sa fille, redoutant que tout courage n'abandonne alors Marie et qu'elle ne refuse de s'arracher à elle et d'épouser l'armateur. Celui-ci l'avait condamnée, elle le savait et attendait depuis la fin de la cérémonie nuptiale le retour des juges à sa cellule.

Ils s'étaient précipités. Elle allait répéter ses aveux. Ils obtiendraient de nouveaux détails. Le bourreau était patient.

Les lueurs vespérales éclairant suffisamment le cachot, le magistrat Pijart s'était empressé de faire apporter des bougies. Il avait même aidé le geôlier à les disposer près du chevalet. Les multiples flammes ravivaient l'éclat des lames et des tenailles et traduisaient l'ombre des juges sur les murs en monstrueuses créatures. Leurs âmes s'étiraient ainsi sur ces pierres suintantes qui avaient empêché tant de cris d'être entendus au-dehors, elles s'allongeaient sur ces pierres de granit moins dures qu'elles, elles fouillaient la glaise puante où dormaient les pierres et la trouvaient plus propre qu'elles. Le macabre ballet de ces formes noires s'agitant autour des braises rougies préfigurait atrocement l'Enfer. Non pas celui qui attendait Anne LaFlamme après sa mort. Celui qu'elle vivrait avant.

Elle avait peur.

Terriblement peur.

Elle était si blême quand on la mena au bourreau qu'il craignit un instant qu'elle ne s'évanouisse. Bah, il savait bien ranimer les clients.

* * *

Guy Chahinian déglutit, détourna les yeux des mains d'Anne LaFlamme. Les poucettes, ces lames qu'on enfonçait sous les ongles des accusés, avaient réduit en une sanguinolente bouillie les doigts de la sage-femme. Il oublia aussitôt l'effroi qui l'avait envahi à son lever quand il avait rencontré Martin Le Morhier pour régler les derniers détails de leur supercherie.

Les deux hommes avaient suivi le

déroulement du procès dans un état proche de la démence tant ils se sentaient impuissants. Seul le projet de sauver Marie les soutenait. Ils avaient appris la nouvelle du mariage avec stupeur, comme tous les Nantais, mais avaient deviné très vite qu'Anne s'était sacrifiée. L'abbé Germain, sans manquer au secret de la confession, avait longuement parlé avec Martin Le Morhier et lui avait rapporté les conversations entendues à l'intérieur et à l'extérieur de la cellule. Anne LaFlamme avait tout nié jusqu'à ce qu'elle discute avec l'armateur. Et elle n'avait plus partagé la même cellule que sa fille après ses aveux. Cette séparation lui avait coûté mais avait assuré plus de sécurité à Marie. Elle avait confié cette dernière au prêtre qui lui avait promis de veiller sur elle, sans savoir comment il pourrait s'acquitter de cette tâche. Elle lui avait parlé du capitaine et de l'orfèvre. Ceux-ci avaient alors soumis leur plan au jésuite qui avait accepté aussitôt de les aider. Il leur prêterait ses vêtements religieux.

— J'ai très peu parlé avec le geôlier

même si je ne devrais pas lui tenir rigueur du métier qu'il exerce... Mais je ne suis qu'un pécheur moi aussi. Et je n'ai pu voir les juges sans dégoût. Aussi, les ai-je évités le plus souvent. Ils ne m'ont guère remarqué. Le capuchon est large, il vous cachera bien le visage. Et à l'heure où vous vous présenterez, Gilles Rouget ne sera guère éveillé. Avec un peu de chance, il cuvera son vin.

— Je me chargerai de le faire boire, s'était écrié Martin Le Morhier. Nous prendrons prétexte du mariage pour fêter. Vous pouvez compter sur moi; l'homme sera plein au crépuscule.

Le capitaine n'avait pas menti: au matin, en s'approchant du geôlier après avoir franchi le premier poste de garde où les hommes le saluèrent machinalement, l'orfèvre renifla une haleine avinée qui le rassura. Il secoua Gilles Rouget qui se frotta les yeux, et murmura d'une voix pâteuse qu'il allait lui ouvrir la porte de la cellule. Guy Chahinian dut presque le soutenir en chemin et l'aida à insérer la clé dans la serrure. Il prit garde de bloquer la porte. Le geôlier ne remarqua rien et retourna au bout du corridor s'affaler sur un banc.

Anne LaFlamme sursauta quand il lui secoua le bras alors qu'il la bâillonnait pour prévenir un cri de surprise. Comme elle frappait dans un geste de défense naturelle, il vit ses mains affreusement torturées qui ne pouvaient rien presser, tout juste tenter de le repousser. Anne se reprit rapidement à son soulagement et c'est avec une infinie douceur qu'il la toucha aux poignets. Il la serra contre lui, incapable de parler.

— Vous êtes venu, finit-elle par dire d'une voix rauque d'avoir trop hurlé.

Il fouilla dans les poches de sa toge, en tira un morceau de coton qu'il déplia devant Anne LaFlamme. Elle reconnut immédiatement la noix de muscade.

— J'ai pensé que... si vous voulez, vous pourrez.

— Ah! mon ami, murmura la sage-femme bouleversée. C'est pourquoi vous êtes ici? Comment connaissez-vous ce poison?

— J'ai cherché dans votre livre. Pour vérifier si ma mémoire était bonne : mon ami Jules Pernelle, l'apothicaire, m'a déjà parlé du danger que représente cette graine. Mais j'arrive trop tard, dit-il en regardant brièvement les mains brisées.

— C'était absurde, eut-elle pour réponse. Succomber à la torture prouve la culpabilité. Mais si j'avais résisté, ils auraient dit que Satan me donnait des forces magiques pour supporter les tourments... Je n'ai pu me laver depuis mon arrestation ? Ils ont décrété que les sorcières sentent mauvais. Donc puisque je sens mauvais, je suis une sorcière. Enfin, j'éviterai les flammes grâce à vous. Car ils refuseront de m'étrangler. Même si j'ai donné des noms.

— Des noms ?

— Que j'ai inventés. Le temps qu'ils les vérifient, je ne serai plus. Mais dites au meunier d'être prudent ; on m'a demandé si j'avais vu le moulin tourner durant la nuit quand j'allais au sabbat.

L'orfèvre agita la main comme s'il chassait une bestiole.

— Oubliez-le. Il a été un des premiers à vous accuser. Et d'avoir justement moulu du blé à minuit sans qu'il puisse vous arrêter, prisonnier de votre magie.

Anne soupira longuement.

— Parlons plutôt de Marie.

Guy Chahinian recueillit le testament oral sans chercher à retenir ses larmes mais il se reprit pour affirmer avec fermeté qu'il respecterait toutes les volontés de la condamnée. Il écouta avec une attention particulière l'incroyable histoire du trésor. Il ne cacha pas sa surprise de la découvrir si rusée après avoir été si naïve. Il allait s'accuser de lui avoir envoyé Geoffroy de Saint-Arnaud quand elle le rassura; il représentait sa seule chance de sauver Marie. Du moins provisoirement. L'orfèvre jura aussitôt qu'il enlèverait Marie à l'armateur, qu'il la protégerait et la chérirait comme un père. Et lui remettrait quand il le jugerait opportun le précieux cahier de notes de la sage-femme. Marie continuerait à pratiquer la médecine; il y veillerait.

Il pria avec Anne LaFlamme avec une

ferveur inaccoutumée et, s'efforçant d'être aussi courageux qu'elle, il tenta de trouver les mots justes pour lui dire une dernière fois comme il l'avait toujours estimée. Elle le remercia avec beaucoup de dignité avant d'ajouter qu'elle n'avalerait le poison qu'au moment où elle entendrait les pas des tortionnaires venant la chercher pour la conduire au supplice. Il avait tout le temps de rendre les vêtements compromettants et de rentrer chez lui.

— Vous vous chargerez de Marie, vous me le jurez?

— Avant qu'un mois ne soit écoulé, elle sera loin de Nantes. En sécurité. Je lui dirai la vérité sur le trésor et que vous deviez vraiment lui mentir.

L'avenir lui donnerait à moitié raison.

* * *

Marie LaFlamme tituba jusqu'à la fenêtre de la chambre. L'ouvrit toute grande. Se pencha au risque de passer par-dessus la grille de fer forgé. Elle respira à pleins poumons l'air glacé de la nuit. Elle espérait que cette fraîcheur lui donnerait une impression de propreté. Elle aurait tant voulu se laver. Débarrasser son corps de cette souillure. Mais elle avait trop peur de quitter la pièce.

Et de revoir Geoffroy de Saint-Arnaud.

Dans un premier temps, elle n'avait même pas osé se toucher du bout des doigts tant elle se trouvait sale. Elle était restée couchée sur le dos, ravalant ses cris. Mais elle n'avait pu s'empêcher de vomir dans le pot de chambre. Elle ne ferait pas un geste pour le vider. L'odeur acre, l'odeur surie repousserait peut-être Geoffroy de Saint-Arnaud jusqu'au lendemain.

Elle tremblait en regardant les étoiles. Elle ne les quittait pas des yeux comme si elle avait voulu être hypnotisée par elles et tout oublier. Sombrer dans un sommeil qui durerait plus de cent ans. Au bout duquel aucun homme ne viendrait la réveiller, la toucher, la flétrir.

Geoffroy de Saint-Arnaud avait défait sa chemise d'un coup sec et l'avait aussitôt empoignée par le cou pour l'embrasser. La mordre plutôt. Elle tentait de secouer la tête pour éviter ses lèvres épaisses qui cherchaient sa bouche mais l'homme lui pressait si fort la mâchoire qu'en criant elle desserrait les dents. Il plongeait une langue visqueuse, elle avait du mal à respirer mais ne voulait pas avaler la bave du violeur. Il l'avait projetée sur le lit, s'était rué sur elle, l'écrasant de tout son poids, bestial. Tout en lui pétrissant les seins violemment, l'homme s'agitait entre ses cuisses. Il s'était soudain arrêté. Elle avait soupiré, ignorante, croyant que c'était terminé. L'instant d'après il se redressait, baissait son froc, lui ouvrait grandes les cuisses, l'obligeait à les replier et la pénétrait d'un seul coup. Elle avait hurlé de terreur et de douleur. S'était débattue, tentant de repousser l'assaillant. Mais il s'activait sans se soucier des coups de poing de sa victime. Il allait et venait en elle à un rythme infernal, plongeant au plus profond, s'acharnant cruellement. Quand il s'était enfin écarté d'elle, il avait constaté qu'elle s'était évanouie. Il essuya son sexe teinté de sang sur la chemise déchirée et quitta la chambre pour aller boire et fêter avec ses amis. Il se vanta auprès d'eux d'avoir bien accompli son devoir conjugal. Tout en espérant que la nouvelle épousée mette un peu plus du sien la fois suivante.

— Elles crient toujours mais elles s'y font, affirma un des invités.

— Buvons, messieurs!

Les chants des festoyeurs avaient éveillé Marie. Elle s'était demandé durant quelques secondes où elle était, puis elle s'était souvenue. De tout. De l'haleine écœurante de Geoffroy de Saint-Arnaud, de sa brutalité, du regard satisfait qu'il avait en la violant. Anne LaFlamme lui avait pourtant dit qu'elle avait convaincu l'armateur de ne pas la maltraiter. Elle n'avait pas pensé que l'homme ne considérerait pas que le viol était un mauvais traitement. C'était son dû, Marie était désormais sa femme.

Et il entendait le lui prouver chaque soir.

Et chaque soir, quand il la réveillait pour la prendre, elle hurlait en le reconnaissant et appelait sa mère.

— Vous savez bien qu'elle est morte! lui dit-il une nuit. Bien curieusement d'ailleurs... Le hasard fait extraordinairement les choses. On pourrait même croire à la magie. Votre mère était sans vie quand on l'a remise au bourreau. Et il n'a pas pu la ranimer.

Il palpa le corps de Marie comme un maquignon.

— Je vous trouve bien maigre, vous devriez manger davantage. Vous n'avez jamais eu d'aussi bonnes choses à votre disposition. On m'a pourtant affirmé que vous étiez gourmande...

Marie ferma les yeux, écœurée: comment aurait-elle pu avoir de l'appétit alors qu'on lui parlait de la mort de sa mère? Elle se traînait de sa chambre au salon, du salon à sa chambre et, avec ses habits sombres, elle ressemblait aux sorcières décrites dans les contes. Certains serviteurs de l'armateur redoutaient de la rencontrer. Dépérissant un peu plus chaque jour, Marie inquiétait maintenant son époux. Si elle décédait avant le retour du marin, il n'apprendrait rien, perdrait le trésor. Mécontent, il s'en était ouvert à Guy Chahinian en allant le voir à sa boutique.

— Elle est maigre comme un chien galeux, mais elle ne manque de rien! avait-il maugréé. Et elle devrait être contente que sa mère n'ait point brûlé!

Guy Chahinian avait vaguement acquiescé.

— N'est-ce pas étrange? Les juges croient plus que jamais qu'Anne LaFlamme avait pactisé avec Satan. Pour qu'il vienne la leur enlever. C'est peut-être vrai?

— A moins qu'elle ne soit morte des suites de la torture, avait suggéré l'orfèvre en s'appliquant à polir une tige d'or.

— Oh non! Le bourreau est réputé. Il a toujours su ménager le patient. S'il recommandait une seconde séance, c'est qu'Anne LaFlamme pouvait la supporter. Sa fille est moins forte.

— Vraiment?

— Elle savait bien que sa mère serait exécutée. Qu'elle porte le deuil d'une condamnée est douteux. Qu'elle refuse en outre de manger est ridicule! Je verrai tantôt le Dr Hornet.

Guy Chahinian frémit; Hornet? Marie rejetterait toute médecine venant de lui. Devrait-on la forcer à manger? La gaver? Anne n'aurait pas voulu qu'on la supplicie de cette sorte.

— Avec les jeunes filles, émit-il lentement, les méthodes brusques n'apportent pas toujours les résultats voulus. Vous la nourririez malgré elle, qu'elle souffrirait tout de même de mélancolie. Et si les saignées libèrent paraît-il des humeurs, elles n'ont pas toujours les mêmes effets avec la mélancolie.

Geoffroy de Saint-Arnaud donna un coup de poing si violent sur l'établi de l'orfèvre que les pièces d'argenterie, les fils, les pinces, les crochets rebondirent et retombèrent en cliquetant.

— Que vais-je faire? mugit-il.

— Il faudrait qu'elle ait près d'elle une personne qui la connaisse bien et sache la raisonner.

— Qui? Dites-moi qui!

— Je ne sais pas, avoua l'orfèvre. Demandez peut-être à Madeleine Perrot.

— Madeleine Perrot? La mère de

Simon ? Vous êtes stupide : Marie lui demanderait sans cesse des nouvelles de ce vaurien !

Guy Chahinian eut un geste de protestation.

— Non, demandez à Madeleine Perrot si elle connaît quelqu'un. Elle était leur voisine.

L'armateur se calma : l'homme avait peut-être raison. Qu'était-ce que d'employer une servante de plus si on sauvait Marie ? Il ne la garderait que les deux mois nécessaires. Son épouse y verrait un geste d'amitié qui l'inciterait à lui parler du trésor en temps voulu.

— Je vais suivre votre conseil. Montrez-moi maintenant notre bijou ! Sera-t-il bientôt prêt ? Il me tarde de l'offrir à ma jeune femme... Peut-être qu'elle saura mieux l'admirer que les indiennes que je lui ai données à l'arrivée du *Lion-d'Argent* ?

— Sa mère venait de mourir... Mais aucun chagrin ne saurait durer devant pareil diamant, fit Guy Chahinian en sortant l'ouvrage de son écrin. Si ce n'était péché, j'y travaillerais aujourd'hui. La beauté de votre épouse inspirerait les dieux. Le simple mortel que je suis espère lui rendre l'hommage qui lui est dû.

Geoffroy de Saint-Arnaud sourit.

— Je ne doute pas de votre talent !

CHAPITRE 30

En refermant la porte de la boutique de l'orfèvre, l'armateur affichait une mine plus réjouie qu'à son arrivée. Il trouverait quelqu'un pour s'occuper de Marie LaFlamme. Une femme d'expérience qui saurait la nourrir. La raisonner. Lui expliquer qu'un homme a droit à certaines prévenances de la part de son épouse. Que c'est son devoir depuis toujours de se soumettre à ses exigences. S'il avait pris du plaisir aux cris de Marie qui prouvaient bien qu'elle était pure quand il l'avait possédée, ses supplications quand il s'approchait d'elle, ses plaintes, ses pleurs quand il la pénétrait, l'agaçaient davantage chaque nuit. La veille, il avait failli l'étouffer avec le drap pour cesser de l'entendre gémir. Et au matin, il aurait voulu lui bander les yeux pour éviter son regard vide.

Madeleine Perrot mit du temps à comprendre ce que lui demandait l'armateur tant elle était surprise qu'il l'aborde après la grand-messe. Elle frémit : Simon ! Marie devait avoir parlé de Simon : elle nierait tout. D'ailleurs son fils n'avait jamais aimé Marie, l'armateur pouvait en être assuré. Et Simon resterait encore longtemps à Paris, Geoffroy de Saint-Arnaud pouvait rentrer chez lui l'esprit quiet. Préparée à cette question, elle bégaya lamentablement quand il lui en posa une autre.

— Une femme ?... Pour servir Marie ?... Pourquoi ?... Je ne sais pas...

— Cherchez, voyons ! s'impatienta-t-il.

— Il y avait Nanette avant. Mais elle a disparu depuis les arrestations. Elle ajouta, plus bas : A croire qu'elle s'est envolée aussi.

— Personne ne l'a revue depuis ?

— Non. Pas moi en tout cas. Mais elle est peut-être retournée mourir dans son coin.

Madeleine Perrot expliqua que la nourrice n'était pas native de Nantes même si elle y était arrivée très jeune. Elle supposait qu'elle venait du Croisic. Elle en avait déjà parlé. L'armateur pouvait demander à

Jacques Lecoq qui la connaissait mieux.

Geoffroy de Saint-Arnaud s'arrêta au *Poisson d'or* pour chopiner et sourit dès qu'il eut passé la porte : le marchand de drap était installé près du feu.

Jacques Lecoq avait longtemps marché dans la neige et ses vêtements étaient trempés; il grelottait en se frottant les mains devant les flammes. Le bois qui crépitait le réconfortait et il n'entendit pas Geoffroy de Saint-Arnaud s'approcher. Il sursauta quand celui-ci s'assit à ses côtés, tendant aussi ses gants mouillés vers l'âtre.

— Quel froid ! trouva-t-il seulement à dire à l'armateur.

— Vous arrivez de loin ? Le commerce est malaisé avec cette neige. Prions qu'elle fonde dans la journée !

— Les retards sont désolants. Je n'ai pu me rendre qu'au Bourgneuf.

— Vous n'êtes pas allé au Croisic ? Dommage. Jacques Lecoq fronça les sourcils :

— J'y vais pas souvent, avança-t-il, prudent.

— Mais vous y connaissez du monde ?

— Ça dépend, persista l'autre. Ça dépend.

— Nanette? La nourrice de Marie LaFlamme?

— Bah, tout le monde la connaît ici, dit prudemment le marchand. Entendre prononcer le nom des LaFlamme ne lui disait rien de bon. Il voulait oublier la mort d'Anne, et sa propre lâcheté.

Martin Le Morhier, attablé tout près d'eux, manqua s'étouffer en entendant nommer Nanette.

— Mais elle est bien du Croisic? insistait l'armateur.

— Je crois.

— Vous ne sauriez pas si elle est repartie là-bas?

Devant l'air soucieux du marchand, il lui répéta la conversation qu'il avait eue avec Guy Chahinian. Martin Le Morhier songea que ce dernier avait dû le chercher depuis pour lui narrer cette rencontre : devait-on prévenir Nanette? Nanette qui voulait revenir à Nantes pour s'occuper de Marie, quitte à le payer de sa vie.

— Je donnerais cher pour savoir où elle

est, déclara Geoffroy de Saint-Arnaud en élevant la voix.

— On l'a pas vue depuis des semaines, dit Germaine Crochet sur un ton d'excuse. Elle est peut-être trépassée.

— J'espère bien que non! affirma l'armateur. Je voudrais qu'elle travaille pour moi. Qu'elle s'occupe de ma femme. Elle la connaît depuis le ber après tout.

Comment savoir si l'armateur était sincère? Ne voulait-il pas plutôt se débarrasser de la vieille nourrice pour effacer toute trace du passé de Marie? Martin Le Morhier était dubitatif. Mais quand l'armateur expliqua que sa femme n'aimait pas la cuisine qu'on lui servait chez lui puisqu'elle était habituée à celle de Nanette, il éprouva la même surprise que tous les clients de la taverne. Que Geoffroy de Saint-Arnaud osât exprimer une telle délicatesse était pour le moins inhabituel. Il interrogea le mari attentionné.

— Et vous logeriez Nanette chez vous? Elle a toujours vécu chez Anne...

— Si elle veut demeurer dans cette bicoque, libre à elle, je ne l'ai pas fait brûler pour ne pas déplaire à ma femme. Tant qu'elle vient nourrir Marie. Elle dépérit, monsieur. J'ai fait ce que j'ai pu mais...

Le ton chagrin sur lequel il dit ces dernières paroles s'ancrerait dans l'esprit de Germaine Crochet qui raconterait à tous ses clients que M. de Saint-Arnaud gâtait sa jeune épouse même si elle ne méritait pas un tel traitement.

L'armateur se leva, paya et répéta qu'il saurait récompenser celui qui lui enverrait la nourrice.

* * *

Martin Le Morhier quitta l'établissement à sa suite et se rendit directement chez l'orfèvre. La neige crissait sous ses pas mais il n'entendait pas ses couinements. Il oubliait d'apprécier la sérénité du paysage, les angles arrondis des maisons, capitonnées de blanc, la douceur de la lumière qui nacrait la Loire, les arbres, les rues. Il ne percevait plus l'odeur d'eau fraîche qui purifiait la ville. Il se souvenait seulement de l'étrange expression de l'armateur quand il répétait avec véhémence qu'il voulait retrouver Nanette.

— Il est réellement contrarié, dit-il à Guy Chahinian.

— Pardi! Il ne veut pas que Marie meure avant qu'il n'ait le trésor.

— Le trésor, s'esclaffa Martin Le Morhier. Personne n'était plus sage que Pierre. Détourner un butin est passible de mort. Il aimait trop sa femme et sa fille pour tenter pareille chose. De plus, il n'était pas homme à errer dans les rues mal famées des ports étrangers. Il ne buvait pas, n'allait pas voir les filles. Quand aurait-il rencontré ce pirate? Je me demande ce qui a pu l'inciter à inventer cette fable!

— Anne aura rusé en pure perte si Marie dépérit...

— Elle doit survivre! Elle pourra bientôt quitter Nantes!

— Mais elle l'ignore. Et nous ne pouvons la rencontrer. Geoffroy de Saint-Arnaud l'isole complètement. Et elle l'aide sans le savoir en sombrant dans la désolation. C'est pourquoi Nanette doit se rendre auprès d'elle; nous aurons ainsi quelqu'un dans la place.

— Etes-vous sûr que Geoffroy de Saint-Arnaud ne médite pas plutôt de la faire disparaître? Au cas où elle aurait eu vent de l'existence du trésor?

Guy Chahinian soupira.

— Non, l'armateur ne peut imaginer qu'un homme fasse confiance à une servante au point de lui confier un tel secret. N'oubliez pas qu'Anne lui a dit qu'elle ignorait tout. De plus, vous me dites qu'il a demandé publiquement qu'on lui retrouve Nanette. Malgré son pouvoir, il ne pourrait l'assassiner impunément. Pas dans l'immédiat. Et, plus tard, les deux femmes seront en sécurité.

— Prions pour que vous ayez raison. Et que le temps s'adoucisse vite. Les glaces ralentissent les transports!

— Vous pourrez tout de même faire revenir Nanette?

— Oui, elle sera bientôt ici. Elle fera semblant d'avoir appris au Croisic la mort de sa maîtresse. Personne ne la croira mais on ne discute pas les volontés de Saint-Arnaud.

— Que Dieu vous entende! Marie doit

être bien malheureuse! Elle semblait plus courageuse en prison.

— Moi qui l'ai toujours connue si arrogante! Je sais que les mariages ne sont pas affaire de cœur et que l'attachement que Myriam et moi éprouvons l'un pour l'autre peut sembler ridicule à certains, mais je ne peux m'empêcher d'imaginer l'effroi qui doit ronger Marie si elle croit qu'elle finira ses jours avec Saint-Arnaud. Qu'elle souhaite les abréger ne m'étonne guère.

— Nanette doit la convaincre du contraire, dit l'orfèvre en reconduisant Martin Le Morhier. Et c'est encore vous qui vous chargerez de cette tâche.

— Vous vous occuperez plus tard de Marie, vous le savez bien. Dans trois semaines vous partirez vers Paris. Je vous envie! Vous reverrez ma femme avant moi.

— Elle aurait pu revenir; les gens se sont calmés après le décès d'Anne LaFlamme. Ils ont regretté qu'elle n'ait pas été brûlée publiquement mais ils ont pu voir ses restes assez longtemps... Je suis tout de même surpris qu'il n'y ait pas eu d'autres arrestations. Anne n'avait dénoncé personne, mais si on avait voulu...

— Les gueux remplacent Anne. Et il y en a tant que chaque Nantais a quasiment le sien à chasser.

Martin Le Morhier évoquait les mesures décrétées par les autorités municipales depuis le début de la nouvelle année. Comme l'orfèvre l'avait prédit, les récoltes gâchées avaient engendré la disette. La municipalité nantaise distribuait des aliments aux plus démunis; cette louable attitude attirait des centaines d'errants vers la ville qui s'efforçait de les chasser. On recommandait aux habitants de les fouetter et de leur refuser toute nourriture, tout abri. Certains mettaient beaucoup de zèle à appliquer le règlement et si on découvrait au détour des rues les cadavres de ces indigents, on se félicitait que le gel pétrifie les corps, prévenant ainsi les épidémies. Qui se serait alors chargé du lazaret? s'était demandé Guy Chahinian.

— A quoi pensez-vous? lui demanda Martin Le Morhier.

— Aux épidémies évitées...

— Tant qu'il fera froid. Car si je souhaite un temps clément pour la navigation, j'ai peur que bien des maladies ne se déclarent. C'est pourquoi je préfère que Myriam demeure à Paris où elle est bien installée.

Il ne devait pas faire meilleur à Paris; l'insalubrité de la ville offrait moins de garanties mais Chahinian tut son scepticisme et sourit à son ami.

— Souhaitons que l'animation de la ville distraie ma femme, fit Martin Le Morhier. Je lui ai fait porter une missive lui apprenant la mort d'Anne LaFlamme. Elle la tenait en haute estime. Quant à Marie, j'espère avoir bientôt de meilleures nouvelles à donner à mon épouse.

— Votre sœur pourra l'héberger aussi? Martin Le Morhier fit un signe de tête afirmatif.

— Pour un temps... Mais il faudra placer cette petite comme apprentie.

— J'ai des relations à Paris, ne vous en faites pas. La boutique d'un apothicaire serait parfaite.

— Les plantes?

— Oui. J'ai promis à Anne LaFlamme que sa fille n'oublierait pas son enseignement. Mais il serait dangereux qu'elle manifeste trop ouvertement ses connaissances.

— Et pour vous? Il y a bien des périls qui vous guettent dans la capitale?

L'orfèvre hésita avant de répondre; il tenait à ce que son ami soit assuré de sa confiance mais lui révéler sa véritable nature l'impliquait dès lors; qui sait si on n'interrogerait jamais Martin Le Morhier sur son compte?

— L'ignorance est parfois salutaire, murmura-t-il doucement.

— Je préfère qu'on m'annonce les tempêtes. Mais je respecte votre silence...

— J'aimerais le rompre mais je craindrais qu'on ne vous accuse ensuite de complicité. Oh! N'allez pas croire que j'aie commis un crime. Mais ma quête de la vérité en incommode quelques-uns.

— Vous seriez huguenot? tenta Martin Le Morhier.

— Non. Mais guère mieux...

Un long silence signifia au capitaine Le

Morhier que son compagnon n'en dirait pas plus ce jour-là.

D'avoir parlé de sa femme avec Guy Chahinian avait avivé la nostalgie de Martin Le Morhier. Il avait déjà été séparé de Myriam plus longtemps mais il était alors en mer et avait tant à faire que l'absence de sa femme se faisait moins cruellement sentir. Seul à Nantes à ressasser les derniers événements, il goûtait l'amertume de la solitude; sa demeure lui semblait vide, son lit trop grand, le drap glacial. La veille, il avait rêvé de Myriam. De leur dernière étreinte avant qu'elle tire pays. Elle s'était glissée sous les couvertures, était descendue lentement vers son sexe, l'avait emprisonné de ses mains agiles, avec une délicate fermeté. Ses doigts couraient en tous sens sur sa chair durcie, la pressaient, la relâchaient, la tendaient, mesurant l'efficacité des caresses. Quand il avait senti la bouche brûlante de Myriam s'emparer de son membre turgescent, il avait gémi de bonheur; il connaissait l'incroyable vivacité de sa langue, l'insoutenable chaleur de sa gorge, mais à chaque fois que Myriam lui donnait cette preuve de sa science amoureuse, il avait l'impression qu'on ne l'avait jamais aimé ainsi. Seule l'envie de faire jouir sa femme lui avait permis de résister aux savants assauts : il l'avait forcée à remonter vers lui et, la couchant sur le dos, il l'avait à son tour léchée avidement avant de la pénétrer doucement. Depuis son départ, il se caressait en pensant à elle mais son rêve était d'une telle acuité que cette jouissance l'avait laissé insatisfait. Son plaisir dépendait de la présence de Myriam, de la douceur de sa peau, de la raucité de sa voix, de la fraîcheur de son rire. Il ne se consolait de son absence qu'en songeant qu'elle était en sécurité à Paris et que sa sœur Louise devait s'efforcer de l'amuser pour lui faire oublier son exil.

Louise Beaumont, en effet, s'ingéniait à occuper sa belle-sœur et son fils. Elle avait vite compris que le jeune homme s'ennuyait à Paris : il répétait que la ville était bien sale, qu'il se languissait de repartir en mer et qu'il s'en irait bien vite à Dieppe. Pourtant, au début de leur séjour, les visites de Michelle Perrot avaient suscité son intérêt, il était même surexcité après leur première rencontre. Quand ils s'étaient revus chez Mme Beaumont, Michelle venait d'apprendre que Simon ne retournerait pas à Nantes pour retrouver Marie.

— Il ne l'aime pas. Il me l'a dit! avait affirmé la musicienne sans savoir qu'elle redonnait un fol espoir à Victor Le Morhier. Eh? Tu m'écoutes? Comment puis-je écrire pareille chose à Marie?

— Il faut pourtant le lui apprendre! Et ce ne sera pas ton frère qui le fera.

Michelle Perrot avait baissé la tête, soupiré; ses retrouvailles avec Simon ne l'avaient pas réjouie comme elle l'avait imaginé. Durant l'année où ils avaient été séparés, elle avait magnifié son souvenir mais leur rapprochement l'avait obligée à s'avouer que son frère était dur, cruel, rusé. Elle n'aimait guère comme il jouait de son regard velouté, ni les inflexions menaçantes qu'elle devinait trop souvent dans le ton de sa voix. Elle se demandait si ce n'était pas ce qu'elle devait écrire à Marie? Pourquoi ne pas lui dire qui était réellement Simon?

— Non, avait dit Victor Le Morhier. Elle ne te croirait pas. Toi-même, tu as mis du temps à voir que Simon est guidé par son profit. Il aura fallu qu'il t'ennuie avec cette histoire de chapeau, puis de bottes, pour que tu comprennes. Non, écris-lui ce qu'il t'a dit. Je me chargerai de lui faire parvenir ta lettre.

— Marie sera si triste!

— Elle le sera autant si elle l'épouse.

— Je le sais... Je t'apporterai ma lettre lundi.

Victor Le Morhier avait évidemment modifié ses plans; il n'avait plus parlé de partir pour Dieppe mais tenté d'interroger subtilement sa mère pour savoir si Anne et Marie LaFlamme viendraient à Paris comme son père et M. Chahinian l'avaient dit. Aurait-il le temps de regagner Nantes et de donner la lettre à Marie avant que celle-ci n'ait de son côté quitté leur ville? S'il la rattrapait, il devrait la persuader de le suivre ailleurs qu'à Paris. Il se demandait si sa marraine accepterait de lui confier Marie quand un courrier était arrivé de Nantes.

Un courrier leur apprenant les tragiques événements. Si l'annonce de la mort d'Anne LaFlamme plongeait Victor dans l'affliction, celle du mariage de Marie avec l'armateur l'anéantissait.

La jeune fille était perdue pour lui.

CHAPITRE 31

L e chat miaula longuement, guettant le réveil de sa maîtresse. Peut-être daignerait-elle enfin s'occuper de lui? Il voulait qu'elle lui ouvre la fenêtre afin qu'il puisse dévorer le loriot qui se pavanait derrière la vitre.

Marie LaFlamme accéda à son désir, sachant que le volatile s'enfuirait dès qu'il la verrait. En humant l'air frais du matin, la jeune femme éprouva un tel vertige qu'elle dut s'appuyer au châssis de bois. Une sorte d'éblouissement la pétrifiait de bonheur, lui rappelait la douceur du printemps et sa force. Elle aurait pu palper les effluves marins, mâcher la lumière vermeille qui inondait la cour, boire la moiteur de la terre qui s'éveillait. Une fée avait déchiré ce voile noir plus lourd que le plomb qui la momifiait depuis la mort de sa mère. Une force inconnue la poussait à soulever son chat pour l'entraîner dans une danse effrénée à travers la chambre.

Elle pressait la bête contre son cœur, persuadée que l'animal devinerait la sève nouvelle qui palpitait en elle. Et, effectivement, malgré le tumulte de cette sarabande improvisée, Ancolie ronronnait, heureux que sa maîtresse redevienne ce qu'elle était avant ses épousailles: une fille impétueuse et riante. Oui, Marie recouvrait la joie que lui procurait l'effervescence de la nature. Et le déferlement des vagues sur les galets, le clapotis des gallinules dans les marais, la rosée à l'odeur de framboise à l'aube des nuits aoûtiennes, la vigueur tonique de l'aquilon ou la magie d'une étoile filante l'enchanteraient de nouveau, elle le savait.

Pour la première fois depuis des semaines, elle se remémora le visage de sa mère autrement qu'en martyre; Anne LaFlamme lui souriait en lui tendant une branche d'aubépine, cette fleur blanche qui arrête l'épanchement de sang. Elle lui disait d'en cueillir et d'en user. L'acuité de cette vision intérieure fut telle que Marie promit à haute voix d'obéir à sa mère.

— J'irai chercher cette plante et je

sauverai un jour des malades, je le jure. Mais je jure aussi que j'empoisonnerai Geoffroy de Saint-Arnaud.

Elle crachait plus qu'elle ne prononçait le nom du mari honni comme si la pensée même de l'armateur la souillait. En refermant la fenêtre, elle vit son reflet dans la vitre. Elle sursauta : était-ce bien elle cette hâve créature aux joues creuses ? Elle courut vers un miroir : qu'elle était amaigrie ! Et ses cheveux ! Ils étaient sagement tressés mais avaient perdu ce cuivre éclatant dont elle s'enorgueillissait. Avait-elle si longtemps déliré ? Quand elle avait tourbillonné avec son chat, elle avait cru que ses jambes fléchiraient ; trop forte émotion ou suites d'un alitement prolongé ? Marie fouetta l'air d'une natte, rageuse. Contre Geoffroy de Saint-Arnaud mais surtout contre elle-même : comment avait-elle pu se laisser détruire ainsi ? On avait voulu l'anéantir et elle y avait quasiment consenti, oubliant les serments de vengeance proférés lors de son incarcération. Elle n'avouerait pas à sa nourrice qu'elle mesurait sa sottise mais, dorénavant, Nanette ne l'entendrait plus gémir. Nanette? Où était-elle? Elle avait souvenance d'avoir vu sa bonne figure ridée penchée sur elle, lui murmurant des mots d'apaisement. Avait-elle rêvé de sa nourrice ou celle-ci l'avait-elle veillée? Par quel miracle était-elle arrivée chez Geoffroy de Saint-Arnaud?

Marie se précipita vers la porte de la pièce, puis s'arrêta, consciente du peu de décence de sa chemise. Elle attrapa une couverture dont elle se drapa maladroitement et sortit de la chambre en criant «Nanette, Nanette!» avec son impatience caractéristique.

Une servante accourut quelques minutes plus tard et recula en voyant Marie debout.

— Vous êtes... vous marchez?

— Il me semble. Est-ce que Nanette... Où est ma nourrice?

— A... à la cuisine. A cuire votre bouillie.

— Allons-y.

La servante écarquilla les yeux avant de murmurer qu'elle ne savait pas si le maître approuverait.

— Où est-il?

— Au port.

— Voilà une bonne nouvelle. Allez, aidez-moi, donnez-moi votre bras. Je dirai à M. de Saint-Arnaud que je suis descendue seule.

Le duo croisa quelques domestiques qui eurent tous la même expression d'effarement en voyant Marie LaFlamme; certains se signèrent, d'autres balbutièrent des mots incompréhensibles.

— Suis-je donc si laide? questionna la convalescente. On croirait qu'ils ont vu un spectre.

La servante l'abandonna aussitôt avec un petit cri, dévalant l'escalier à toute vitesse. Marie resta quelques instants plantée au haut des marches, stupéfaite. Qu'avait-elle dit pour effrayer à ce point la pauvre fille? Elle s'appuya à la rambarde, décidée à descendre même si les marches tanguaient, lui rappelant de houleuses virées en mer.

Elle parvint enfin à la cuisine : Nanette remuait des braises dans l'âtre. Quand elle entendit la voix de Marie, elle se retourna, laissa échapper le tisonnier, puis demeura immobile tandis que la jeune fille s'avançait vers elle.

— Nanette! Tu ne dis rien? Tu me trouves donc bien vilaine toi aussi?

La vieille femme ouvrait et fermait la bouche sans proférer un seul son. Marie s'approcha d'elle, lui secoua un bras, presque taquine et, désignant une marmite de fonte posée sur une table, elle demanda à sa nourrice si elle lui avait préparé la soupe aux haricots qu'elle aimait tant. Ce détail quotidien ressaisit Nanette qui balbutia plusieurs fois le mot soupe avant d'éclater en sanglots. Marie l'enlaça tendrement et, quand sa nourrice fut un peu calmée, elle lui dit en souriant qu'elle espérait qu'on l'accueille avec des rires et non des pleurs.

— Tu n'es donc pas heureuse de me voir?

— Ma petite... ma petite... Si tu savais...

— Je ne sais pas, mais j'entends que tu m'expliques ce qui s'est passé. J'ai eu les fièvres?

— Si tu as eu les fièvres? Mais le père

Thomas est venu t'administrer les derniers sacrements!

— Le père Thomas! Je ne l'aime pas!

Malgré elle, Nanette sourit.

— Tu viens à peine de reprendre tes sens que tu commences à discuter! Père Thomas ou non, tu es toujours vivante!

— Ce n'est pas grâce à lui, mais grâce à tes soins car je devine que c'est toi qui m'as veillée?

— Toi qui es si gourmande, tu mangeais moins qu'un oiseau et je ne connais pas les plantes comme ta pauvre mère. Et ce ne sont certes pas les saignées de cet âne d'Hornet qui t'ont aidée. C'est ta jeunesse qui t'a sauvée, ma fille. Et la bonne Sainte Vierge.

— Elle a pourtant oublié ma mère.

— Ne blasphème pas! articula lentement la nourrice. Je l'ai tant priée! Des heures durant, à ton chevet, je l'ai implorée. Elle m'a écoutée et je ferai le pèlerinage!

— Le pèlerinage?

— J'ai juré d'aller me recueillir à la cathédrale de Notre-Dame de Paris aussitôt que tu serais en bonne forme.

— Mais tu...

— J'irai, décréta Nanette d'un ton sans réplique.

Marie lui sourit, reportant à un autre moment le soin de démontrer à sa nourrice qu'elle était trop âgée pour songer à entreprendre un tel périple. Elle s'empara plutôt des mains ridées, aux veines saillantes, et les embrassa gentiment, puis lui demanda quand était venu le père Thomas.

— Lundi passé. Et à la fin janvier.

— Mais quel jour est-on?

— C'est bientôt Mardi gras, dit doucement Nanette.

— Quoi! s'exclama Marie. C'est extraordinaire!

Nanette lui expliqua qu'elle était alitée depuis plus d'un mois. Qu'elle-même avait été engagée quelques semaines après son mariage.

— Je t'ai trouvée si maigre qu'il m'a semblé que tu n'étais pas plus lourde qu'à tes dix ans! Tu me regardais et tu pleurais, puis tu semblais oublier que j'étais près de toi. Au début, tu hurlais, tu te débattais quand je voulais te nourrir. Puis tu t'es calmée. Mais tu rejetais tout ce qu'on te donnait, même ma bouillie à la cannelle. Et Dieu sait que tu aimes ma bouillie! Tu vomissais tout, tu tremblais puis tu tombais comme si tu étais maléficiée.

Nanette fit une pause avant d'ajouter à voix basse que certains ne s'étaient pas privés de colporter des ragots.

— Ils disaient que tu étais une sorcière, comme Anne! Ils sont tous fous, ici! Mais ton mari les a fait taire... Il refuse qu'on te blâme de quelque manière. Je me suis peut-être trompée sur lui. Il m'a suppliée avec tant de crainte de t'empêcher de dépérir!

— Ce n'est pas de moi qu'il s'inquiète... Mais continue, je te raconterai ensuite...

— Il n'y a rien de plus: tu as failli trépasser deux fois. Il n'y a pas une semaine, les servantes n'osaient franchir la porte de ta chambre. Seuls ton époux et moi y rentrions. Lui, il venait dix fois par jour. Avant-hier, tu as mieux dormi. J'ai fait brûler des cierges et dire une messe. L'armateur aussi. Plusieurs messes. A la cathédrale! Il ne voulait pas que tu meures, c'est sûr! Tu verras qu'il a les yeux creux.

— Tant mieux! Car ce ne sont pas les remords qui l'ont miné!

— Explique-toi!

— Attends, je veux d'abord savoir comment Saint-Arnaud t'a trouvée? L'abbé Germain nous avait appris en prison que Martin Le Morhier t'avait cachée.

— Que Dieu le bénisse! Il a quasiment dû m'assommer pour m'entraîner loin de chez nous et me garder au Croisic. J'étais enragée contre lui les premiers jours: je voulais vous rejoindre en prison mais quand il m'a expliqué que je te serais plus utile vivante, j'ai bien compris qu'il avait raison. C'est lui qui a su que ton époux me cherchait pour te soigner et qui m'a ramenée à Nantes, où j'imagine sans peine qu'on m'aurait emprisonnée si ton époux n'avait pas eu besoin de mes services. Anne ne leur a pas suffi. Anne! Je n'ai pas cru le capitaine quand il m'a dit qu'elle était morte.

— Je comprends, murmura Marie. Je ne pensais pas qu'ils la tueraient. Il me semblait que maman ne pouvait pas mourir.

— Je sais... Quand Martin Le Morhier m'a appris que ses restes étaient encore exposés, j'ai bien dû l'admettre...

— On a montré... la dépouille... de maman? dit Marie d'une voix atone.

Nanette baissa la tête.

— Ils ont osé!

— Oublie ça, ma fille, c'est mieux.

— Jamais! siffla Marie. Ils paieront leur outrage! Je n'accepterai pas que...

La nourrice l'attrapa pas les poignets avec fermeté.

— Tu n'accepteras pas? Ça suffit maintenant, mon petit! Ta mère n'est plus là pour te dire gentiment que tu devrais mieux te dominer... Moi, je te parlerai sur un autre ton: tu n'es pas une reine, ni une princesse, tu es la fille d'une condamnée. Et que tu acceptes ou non ce qu'on lui a fait n'y change rien! Musèle ton orgueil car tu n'as aucun pouvoir. Tu as peut-être épousé le plus riche des Nantais mais il ne t'aidera sûrement pas à te venger des bourreaux d'Anne. Ta beauté ne peut pas tout, ma fille, ne l'oublie jamais! Le temps où tes sourires te valaient l'indulgence est révolu.

Nanette relâcha la jeune femme sans cesser de la regarder : Marie dévisageait sa nourrice avec stupéfaction.

— Mais, Nanette...

— Non. N'essaie pas de m'amadouer. Je veux que tu comprennes que ton avenir sera compromis si tu fais encore des bêtises en t'entêtant comme avant.

— Mais je veux venger ma mère !

— Ah oui ? Et comment ? Tueras-tu tous ses juges ? Marie haussa les épaules.

— Ne prends pas tes grands airs avec moi, gronda la vieille femme.

— Mais écoute-moi ! Tu verras que j'ai raison et que je pourrai venger maman ! Assieds-toi, j'en ai pour un moment.

— Tu n'es pas encore bien solide, grommela Nanette. Tu ferais peut-être bien de retourner te coucher.

— Non. Il faut que tu saches.

Marie relata avec précision ce qui s'était passé en prison. Elle aurait pu épargner sa nourrice et éviter de détailler les tortures qu'avait subies Anne mais elle voulait que Nanette partage son désir de vengeance. Quand elle conclut son récit en lui demandant si elle comprenait pourquoi Geoffroy de Saint-Arnaud était un monstre :

— Je le tuerai de mes mains! vociféra Nanette.

— Non. Car c'est moi qui aurai le plaisir de l'empoisonner. Dans un mois, dans un an, ou dans vingt : dès que je saurai quelle plante employer pour qu'il souffre cruellement avant de trépasser.

Nanette hocha la tête même si elle savait qu'Anne n'aurait jamais approuvé cette démarche : elle l'avait toujours entendue dire que son destin était de guérir. Elle n'aurait pas permis que ses herbes soient utilisées à de telles fins. Mais sa propre fin n'était-elle pas suffisamment atroce pour qu'on songe à exterminer ses bourreaux? Elle aiderait Marie.

— Mais comment pourras-tu cueillir des plantes? Ton époux ne te le permettra jamais!

— Je sais. Et il me fera sans cesse escorter au cas où je dénicherais le trésor sans lui. Ah! Si je savais à quel marin mon père a donné l'autre partie du message?

— Même ta pauvre mère l'ignorait...

— Elle n'a même pas cherché à trouver! Mais papa a caché pour moi un trésor. Parce qu'il m'aimait. Et je le trouverai. Et je le garderai pour moi toute seule.

— Mais l'armateur?

— Je m'enfuirai! J'irai retrouver Simon à Paris. Avec ce trésor, nous partirons dans un joli pays et nous serons très heureux tous les trois, ma Nanette.

La nourrice pinça les lèvres: ainsi elle pensait toujours à ce vaurien de Perrot? Anne n'aurait jamais accepté que Marie dilapidât sa dot avec ce gars-là. Elle soupira longuement, se demanda pourquoi tout était devenu si compliqué. Bien qu'elle ait tancé Marie, Nanette s'interrogeait aussi sur la volonté divine: comment avait-Il permis qu'Anne soit condamnée? Ne savait-Il pas qu'elle était une sainte? Ou voulait-Il l'avoir plus près de lui? Il lui semblait que la vérité lui échappait: elle avait beau se répéter que Dieu avait sauvé Marie, il n'en restait pas moins qu'elle n'aurait pas été malade si Anne n'avait pas été exécutée. Elle se signa, effarée de l'hérésie de ses pensées. Elle devrait s'en confesser au père Germain. Elle étouffa une exclamation.

— Je l'ai oublié!

— Qui?

— Le père Germain. Il doit venir prier avec moi pour ta guérison. Ton mari ne l'aime guère, aussi notre abbé préfère-t-il l'éviter. Il vient ici en son absence. Il sera là après dîner et je n'ai encore rien préparé! Il faut que tu te nourrisses! Va vite te recoucher, je t'apporterai à manger.

— Mais je me sens très bien! protesta Marie.

— Tu ne sais pas ce que tu dis! Tu as déliré durant des jours. Je t'aide à remonter.

— Je suis capable toute seule!

— Tu vas m'écouter, ma petite! Je ne t'ai pas soignée pour que tu te ruines la santé en t'épuisant sitôt que tu prends un peu de mieux.

— Tu m'as sauvée pour me contrarier, marmonna Marie.

— Répète ce que tu viens de dire!

Marie haussa les épaules, boudeuse.

— Moi qui croyais que les épreuves te

corrigeraient! Tu es toujours aussi impudente. Qu'est-ce qu'il te faut pour te raisonner? Tu n'as pas assez souffert?

— Si! Justement! S'il faut que toi aussi tu sois contre moi! Nanette tenta de gifler Marie qui l'esquiva.

— Tu vois que je ne suis pas si faible... Nanette. Nanette? La nourrice s'était subitement retournée, tentant vainement de retenir ses larmes: voilà qu'elle manquait de battre sa petite alors que cette matinée n'aurait dû être qu'allégresse. Mais de qui Marie tenait-elle dont cette nature volontaire qui la faisait parfois si dure?

— Nanette, murmura Marie en s'approchant d'elle. Ne pleure pas pour mes sottises... C'est trop bête. Je vais aller me coucher.

La vieille femme se retourna et, en reniflant, elle lui expliqua qu'elle avait eu si peur de la perdre. Marie acquiesça et répéta qu'elle monterait à sa chambre à condition qu'on lui serve très vite sa potée. Elle savait qu'elle distrairait sa nourrice de son chagrin en exigeant son dîner. Elle n'aimait guère ces scènes d'attendrissement: elle était vivante, non? A quoi bon ruminer le passé et se dire qu'elle aurait pu mourir comme sa mère. Elle ne devait penser à elle qu'en imaginant sa vengeance.

Quand elle se glissa entre les draps du grand lit, Marie convint intérieurement que sa nourrice avait raison: elle ressentait une profonde lassitude et malgré sa volonté de demeurer éveillée pour décider de sa conduite future avec Geoffroy de Saint-Arnaud, elle s'endormit si vite que Nanette rapporta sa potée à la cuisine après l'avoir tendrement bordée. En descendant l'escalier, elle se dit qu'elle demanderait au prêtre de monter bénir Marie.

CHAPITRE 32

La nouvelle de la quasi-résurrection de Marie LaFlamme se répandit aussi rapidement que l'annonce de son mariage avec l'armateur. La fille de la sorcière semblait réserver encore bien des surprises à ses concitoyens. Quand elle parut à la cathédrale après deux mois d'isolement, on s'écarta sur son passage avec une admiration craintive. Elle portait une longue cape de velours noir qui mettait en valeur la transparence de son teint, la pureté de ses traits, la lumière des frisures qui garnissaient ses tempes et son front. Le sombre tissu rehaussait la beauté de son visage aussi sûrement qu'un riche écrin flatte l'éclat d'une perle. Les bourgeoises, que les vêtements de deuil avantageaient rarement, virent une raison supplémentaire de détester la nouvelle épouse de l'armateur. Une épouse qui ne semblait même pas apprécier l'honneur qu'on lui avait fait. Agenouillée à l'arrière de la nef, Marie

LaFlamme n'avait pas regardé son mari de toute la messe. A croire qu'il était pour elle invisible. Il avait eu beau la menacer dans le carrosse qui les menait à la cathédrale, elle avait conservé l'attitude qu'il lui connaissait depuis sa guérison: l'ignorance. Il pouvait s'agiter devant elle, tempêter, gronder, rugir, elle entretenait ce regard fixe qui l'indisposait tant. Si elle répondait à ses questions, elle le faisait d'une voix monocorde, sans jamais trahir la moindre émotion alors qu'il l'entendait s'écrier, protester et même rire avec Nanette ou les domestiques. Elle réservait à lui seul cette détestable inertie, cet air odieux d'automate. Il l'avait frappée trois jours plus tôt, incapable de supporter davantage ce comportement étrange. Elle n'avait pas bronché, aucune expression n'était venue animer ses yeux violets. Elle lui avait fait simplement remarquer qu'elle ne lui serait d'aucune utilité s'il la tuait. Cette observation avait décuplé sa rage et c'est l'unique espoir de posséder bientôt le trésor qui l'empêcha d'étriper sa femme sur-le-champ. Elle ne perdait rien pour attendre. Le Petit pourrait bientôt s'amuser avec elle. Il avait excité l'imagination de son âme damnée en lui détaillant les nuits passées avec Marie. Il lui avait parlé de la chaleur de son ventre, de la fermeté de ses cuisses, de la rondeur de ses mollets. Il lui avait dit comme elle criait, comme elle se débattait pour finir par s'avouer vaincue. Il lui dit qu'elle était si étroite qu'il croirait posséder une vierge. Il n'avait qu'à patienter. Quelques semaines encore.

Quand les époux Saint-Arnaud s'éloignèrent dans leur carrosse, des groupes se formèrent aussitôt devant la cathédrale pour commenter l'événement.

— La puissance de messire de Saint-Arnaud aura permis à sa femme de revenir à l'église, énonça Henriette Hornet.

— Je croyais pourtant qu'elle était excommuniée, dit François Lahaye.

— Il ne l'aurait jamais épousée ! Mais il est bien téméraire de s'être uni à la fille d'une sorcière.

Jacques Lecoq, quittant les marchands avec lesquels il devisait, s'insurgea contre ces propos.

— Anne LaFlamme a été condamnée parce qu'on a prouvé qu'elle était coupable. Mais on n'a rien retenu contre sa fille.

— Admettez que sa guérison a été fort subite. On la disait à l'agonie un jour et elle dansait le lendemain.

— Elle dansait? s'étonna le marchand.

— C'est ce qu'une servante a prétendu.

— C'est qu'elle se portait réellement mieux, voilà tout.

— Mon époux est médecin, monsieur, et il n'a jamais vu pareille rémission.

— Que voulez-vous dire?

— Mais rien...

— Après tout, elle a eu un excellent médecin, dit Jacques Lecoq. Marie a pu guérir grâce à votre mari. Il n'y a rien d'étonnant à cela.

La bourgeoise pinça les lèvres pour cacher sa fureur: que pouvait-elle répliquer? Elle n'aimait pas le comportement de Jacques Lecoq. Il n'avait guère défendu Anne LaFlamme lors de son procès, mais voilà pourtant qu'il prenait parti pour sa fille. Ils étaient assez nombreux à agir comme lui: des hommes qui ne savaient pas résister au mystère des yeux irisés, des femmes qui regrettaient d'avoir accusé bien vite la sage-femme, des gens qui espéraient plaire ainsi à Geoffroy de Saint-Arnaud, ou des esprits prudents qui redoutaient encore le pouvoir magique d'Anne LaFlamme.

— Il a peut-être guéri son corps, mais son âme... Les actes de sa mère l'ont sûrement gâtée, s'entêta Juliette Guillec. N'est-ce pas, monsieur Chahinian?

L'orfèvre qui allait de groupe en groupe pour écouter les bruits lui fit répéter sa question. Le ton était si hargneux que l'orfèvre se dit qu'il fallait que Marie quitte Nantes. Elle aurait dû être à Paris depuis longtemps.

* * *

La baronne de Jocary avait envoyé Josette chercher de l'eau de Mélie pour désinfecter la blessure de sa protégée: c'était moins par sollicitude que par intérêt qu'elle s'efforçait de guérir rapidement Michelle Perrot. Comment cette petite sotte avait-elle réussi à s'entailler l'index en coupant un pain de Gonesse? Il n'était pas du jour, certes, mais il n'était pas aussi dur que celui du boulanger de la rue voisine. La baronne l'avait fait prendre aux Halles par Josette qui avait montré un empressement suspect à l'aller quérir. Celle qui rechignait naguère à sortir dans Paris courait quasiment quand sa maîtresse l'envoyait acheter un poulet d'Inde ou un perdreau, de l'andouille de Troye ou de la fressure de porc, une carpe ou un barbeau. La baronne avait vite soupçonné que sa servante s'était entichée d'un poissonnier ou d'un volailler pour afficher une telle gaieté à faire les courses. Elle devait rencontrer son galant entre deux emplettes, dans le quartier voisin. La petite avait raconté que les tarifs des marchands des Halles étaient moindres que ceux du marché bihebdomadaire et qu'elle aimait passer devant l'église Saint-Merri. Armande de Jocary avait souri, fait mine d'approuver puisque l'ami de Josette lui réserverait peut-être quelque bon morceau à prix modique. Si la réception donnée deux jours plus tôt avait été couronnée de succès, c'était sans mystère : la baronne avait dû débourser plus de quinze livres pour le repas. Elle avait évidemment renoncé au marcassin et aux pigeons, décidément trop chers, et avait espéré que les chapons plairaient tout de même à ses invités.

Il lui semblait, le surlendemain, alors qu'elle regardait Josette disparaître sous le porche, que sa réception avait été réussie. Les invités avaient été édifiés d'apprendre qu'elle avait fait un pèlerinage pour honorer la mémoire de son mari. S'ils avaient su la vérité...

Armande Boulet n'avait jamais été mariée. Elle avait beaucoup voyagé avec une troupe de baladins jusqu'à ce qu'elle rencontre Octavio de Jocary. Il lui avait enseigné le jeu, la langue espagnole et la lecture. Ils avaient parcouru la France pendant dix ans, vivant de leur habileté à taquiner les dés et distribuer les cartes et, comme ils n'avaient jamais été surpris à tricher, Armande de Jocary prétendit un jour qu'ils pouvaient oublier les foires et les cabarets et se produire dans des milieux plus huppés. Son concubin, plus timoré, essaya vainement de l'en dissuader et quand elle lui annonça qu'elle allait le quitter, il la dénonça comme courtisane. Elle fut condamnée à l'enfermement et comprit vite que seule une amende honorable la sortirait de l'hôpital général. Elle feignit la conversion et supplia qu'on l'envoie au couvent. La vie religieuse était rigoureuse mais Armande de Jocary espérait rencontrer des femmes de grandes familles qui sauraient lui enseigner les lettres et les bonnes manières. Elle demeura sept ans au cloître dont cinq contre son gré. On ne quitte pas si aisément ce genre d'endroit et celle qui se prétendait baronne de Jocary aurait pu y moisir encore longtemps si un incendie n'avait fort opportunément ravagé le couvent. Armande s'empara de la cassette où la mère supérieure gardait les dots des religieuses — on pleurerait sûrement la perte des pièces d'or évanouies mais comment les retrouver sous les décombres? — et elle s'enfuit en Espagne où elle vécut durant six mois. C'est là qu'elle décida d'imposer son personnage de baronne et qu'elle s'obligea à un long pèlerinage pour l'accréditer. Sa rencontre avec Michelle Perrot était le signe qu'elle avait suivi la bonne voie.

Tout en jouant avec le ruban aurore qui ornait le milieu de son décolleté, la baronne songeait que ses invités respectaient bien peu les ordonnances du roi. Mazarin, en son nom, défendait de porter des étoffes d'or et d'argent. On avait observé cette consigne mais personne n'avait abandonné les chamarrures, les passements et les boutons, les chaînettes, les cannetilles et les paillettes. On désobéissait et on se ruinait pour se vêtir afin de conserver un prestige vestimentaire sur les bourgeois et les manants. La baronne de Jocary avait été flattée de voir comme on s'était paré pour venir la visiter : elle ne s'était pas trompée en misant sur Michelle Perrot, qu'elle présentait comme une cousine orpheline et qu'elle avait rebaptisée Michelle-Angèle des Lys. La musicienne s'était retenue de pouffer devant sa protectrice mais elle imaginait comme son frère s'esclafferait quand il entendrait pareil nom! Enfin, si ça plaisait à la baronne de Jocary, Michelle s'inclinerait: elle aimait tant cette nouvelle vie où on la priait sans cesse de jouer et cette ville aux nombreuses églises où retentissaient les grandes orgues. Ses parents lui manquaient, et sa chère Marie, mais elle savait que ce sacrifice était une épreuve à laquelle Dieu la soumettait pour sonder la sincérité de sa vocation. Michelle Perrot espérait être recommandée au maître de la chapelle de Saint-Julien et se consacrer à la musique religieuse: il ne lui déplaisait pas de jouer dans les salons mais l'art profane ne la comblait pas entièrement. Elle attendait donc que le Très-Haut écoute ses prières.

— Dieu que Josette est lente! maugréa la baronne. L'apothicaire n'est pas si éloigné!

— Mais ce n'est rien, cette coupure est sans gravité, je vous assure, madame, insista Michelle.

— Et si elle s'infecte? Comment jouerez-vous? N'oubliez pas que nous verrons le marquis de Saint-Onge, jeudi! Vous devez l'étonner! Puisque vous êtes si gauche, je vous interdis dorénavant tout objet coupant.

Michelle soupira pour toute réponse; il était inutile de tenter de raisonner la baronne quand elle s'emportait. Ses colères, heureusement, ne duraient pas : elle tempêtait mais se calmait aussi soudainement.

— Mais que fait-elle? demanda-t-elle à la musicienne. Josette a un galant, c'est ça?

Michelle mima la surprise.

— Un galant? Josette?

— Vous a-t-elle dit quel est ce marchand?

Michelle, qui détestait mentir, fut aussitôt soulagée et répondit franchement qu'elle ignorait de quel marchand on lui parlait.

— Elle ne s'est donc pas éprise d'un pâtissier? Ou d'un boucher?

— Pas que je sache, madame la Baronne.

L'aristocrate eut une moue de déception : elle aurait pourtant parié qu'un marchand tracassait sa servante.

Et elle aurait perdu. Voilà bien longtemps qu'elle n'avait pas joué, elle avait peut-être raison de continuer à s'en abstenir malgré la furieuse envie qui la démangeait. Et le souci de voir comme son pécule diminuait depuis son installation à Paris. La location de la maison lui avait coûté plus de onze mille livres! Mais elle ne pouvait tout de même pas se priver de domestiques. Ni jouer au-dessus de sa pseudo-condition! Il lui tardait néanmoins d'être invitée à des parties entre gens aisés, entre nobles. Et même à la cour. Louis XIV aimait que ses courtisans jouent gros afin que, ruinés, ils soient entièrement à sa merci. La baronne ignorait si c'était vrai mais elle se jurait de gagner partout où elle irait. Heureusement, le marquis de Saint-Onge avait emmené la veille un gentil duc qui lui avait proposé de jouer chez lui la semaine suivante.

L'arrivée de Josette permit à la baronne de reporter sa frustration sur elle. Elle morigéna sa servante avant de lui arracher quasiment des mains l'eau traitante. Elle força ensuite Michelle à tremper sa main durant une heure. La musicienne eut beau lui dire qu'un peu de sel dans l'eau à boire aurait fait aussi bien l'affaire, la baronne s'entêta et resta auprès de Michelle durant l'opération, l'entretenant du choix des pièces à jouer pour le marquis de Saint-Onge.

— Saurez-vous tout retenir?

— Je le crois, madame.

— Je le souhaite, ma fille. Le marquis peut beaucoup.

En entendant ces propos, Michelle opta aussitôt pour une cantate de Charpentier qu'elle avait apprise six mois auparavant et que la marquise n'avait jamais entendue, Michelle ne la jouant qu'en ses absences. Même si elle se sentait coupable de lui cacher cette pièce, elle n'avait pu se résoudre à la jouer devant elle. Sans pouvoir l'expliquer, elle sentait que cet air sacré devait être protégé par un certain mystère. Elle savait que la baronne appréciait son talent mais elle avait souvent l'impression que celle-ci ne comprenait pas vers quelle dimension elle tendait. L'aristocrate confondait l'art et la technique et Michelle l'impressionnait souvent en jouant des mélodies chargées où les notes se bousculaient sans cesse. C'étaient pourtant des airs d'apparence plus simple qui exigeaient le plus de travail : rendre la dignité ou l'allégresse d'une pièce sobre était bien ardu quand on voulait doter chaque note d'une âme.

Elle avait déjà tenté de partager cette émotion avec Marie ou avec son frère mais ils avaient répliqué qu'elle compliquait tout. Elle les enviait parfois d'être si décidés. Simon ne s'embarrassait jamais de questions oiseuses : il faisait ce qu'il avait envie de faire sans hésiter. Michelle aurait aimé lui ressembler un peu. Mais pas tout à fait. Elle désapprouvait son comportement à l'égard de Josette car elle devinait que son aîné se moquait de la servante; il n'éprouvait pas de véritables sentiments pour elle. Il n'y avait que l'intéressée pour ne pas s'en apercevoir. Comme Marie, qui avait toujours voulu croire que Simon l'aimait. Elle en avait persuadé Michelle. A entendre Marie, Simon s'était plus ou moins déclaré avant de quitter Nantes. La flûtiste savait maintenant que Marie fabulait.

Marie avait-elle reçu la lettre où elle lui apprenait avec bien des ménagements la triste vérité? Elle avait remis la missive à Victor Le Morhier qui avait promis avec empressement de l'acheminer.

Car, songeait alors Victor, Marie avait épousé Geoffroy de Saint-Arnaud pour sauver sa vie. Mais elle devait toujours aimer Simon! Aussi voulait-il lui envoyer très vite la lettre de Michelle; elle aurait mal comme lui. Il glissa la missive dans une poche de son pourpoint de velours gris et sortit dans les rues de Paris malgré les protestations de sa mère et de sa tante qui craignaient quelque mésaventure.

— Tu ne connais pas encore la ville!

— Et quand j'aborderai les Indes, vous croyez que je les connaîtrai? Je dois être plus dégourdi!

— Ne va surtout pas au Pont-Neuf! lui recommanda Louise Beaumont. On t'y détrousserait aussi vite.

Victor Le Morhier jura d'éviter le pont tout en pensant le contraire: il ne songeait peut-être pas à mourir pour oublier Marie mais il espérait que la peur chasserait la douleur et il allait au-devant du danger avec une inconscience inhabituelle. S'il agissait si sottement en mer, il ne gagnerait jamais ses galons.

Il atteignit le Pont-Neuf sans encombre et allait l'emprunter pour gagner le quartier Saint-Germain quand il vit deux hommes se pencher au-dessus de la balustrade pour en balancer un troisième dans la Seine. Il faillit se ruer sur les sicaires mais ceux-ci s'enfuyaient déjà à l'autre extrémité du pont. Il courut à toutes jambes jusqu'au bord de la rivière en se débarrassant de son pourpoint. Il pesta en entendant les cris de détresse de la victime car la nuit était si noire qu'il distinguait mal d'où venaient ces plaintes qui s'amenuisaient trop vite. Il se jeta à l'eau, étonné de ne pas sentir le froid le paralyser, puis il se souvint qu'il se baignait en cachette de ses parents dans les eaux glacées de la Loire quand il savait que Marie LaFlamme viendrait rejoindre son père. Elle lui avait dit un jour qu'il nageait bien. Et qu'il avait eu raison d'apprendre, contrairement à nombre de marins imprudents.

Les cris faiblissaient mais Victor savait

maintenant qu'il retrouverait la victime : il toucha bientôt le pan d'un manteau, le tira, attrapa un bras qu'il releva aussitôt pour maintenir la tête de l'homme hors de l'eau. Il remercia le ciel que celui-ci respire toujours mais qu'il n'ait plus la force de se débattre : il le traînerait plus aisément vers la rive. Elle lui semblait très loin tant l'homme était lourd et Victor craignit de se noyer à son tour quand il buta enfin contre une pierre. Il réunit ses dernières forces pour tirer le rescapé loin des flots puis il se laissa tomber à ses côtés, à bout de souffle, suant et grelottant à la fois. Après quelques minutes, il parvint à se relever pour reprendre son pourpoint. Il revenait vers la victime quand celle-ci reprit conscience.

— Où suis-je ?... Que s'est-il... ? Ah ! Ma tête !

— On vous a assommé puis jeté à l'eau. Mais vous voilà sauf. Il faut bien vite rentrer chez vous car le froid nous tuera plus sûrement que vos assassins si nous demeurons ici. Pourrez-vous marcher jusqu'à la rue ? Nous trouverons peut-être une patrouille qui pourra vous raccompagner.

L'homme s'ébroua faiblement.

— Ce n'est pas nécessaire. J'habite à côté. Si vous pouvez m'aider... Je me sens déjà mieux.

Victor Le Morhier en doutait mais il n'osa contredire l'étranger et, le soutenant par les aisselles, il entreprit de regagner la place de Grève. L'homme n'avait pas menti, il logeait rue de la Verrerie au fond d'une cour plus noire encore que la Seine où il avait failli sombrer.

Après avoir bu un peu de vin et s'être drapés dans des couvertures de laine dont l'épaisseur étonna Victor Le Morhier, les deux hommes se dévisagèrent longuement. Le Nantais devait acquérir l'habitude de juger ses semblables s'il voulait un jour recruter convenablement un équipage. Il aurait bien voulu approcher une bougie du visage de son hôte pour mieux l'observer, mais c'était lui qui était le plus éclairé et il devait avoir une bonne figure puisque l'étranger rompit le silence le premier. Il avait décidé qu'il ferait confiance à son sauveteur. Il lui dirait ce qu'il était : un fripon, un filou, un grec, bref, un tricheur professionnel.

Les révélations d'Emile Cléron, surtout quand il apprit qu'on jouait beaucoup rue Saint-Honoré, à côté de chez son oncle, amusèrent Victor Le Morhier et quand son hôte lui demanda pourquoi il errait au Pont-Neuf au moment où on l'avait attaqué, il répondit qu'il se promenait là par hasard. Emile Cléron soupira.

— Vous ne me dites pas la vérité...
Victor baissa la tête, contrit.

— C'est une histoire de femme. J'ai été ridicule.

— Vous vouliez vous tuer ?
Le jeune marin eut un sourire triste.

— Je ne sais pas. Non. Je ne crois pas.

— La vie vaut trop cher pour qu'on la perde aussi bêtement. Croyez un homme qui a vu la mort de près...

— Mais je l'ai vue aussi ! protesta Victor Le Morhier. Ne croyez pas que je sois un de ces oisifs qui n'ont d'autres soucis que le nombre de galants qui ornent leur justaucorps ! Je suis marin, monsieur. Et la mer ne nous épargne pas. J'ai essuyé des tempêtes. Et j'en essuierai encore.

— Cette femme est donc si belle?

Victor se tut.

— Dans ce cas... Puis-je vous aider à mon tour? Vit-elle ici?

— Non. Elle est de Nantes, comme moi. Et jeune mariée. Ne parlons plus d'elle. Je vais rentrer maintenant. Soyez prudent.

Emile Cléron sourit.

— Vous aussi, mon ami, revenez me voir. Et oubliez cette femme.

Rue Beaubourg, Victor déchira la lettre.

CHAPITRE 33

Geoffroy de Saint-Arnaud retira à sa femme la cape de velours qui avait fait l'envie de tant de bourgeoises à la cathédrale et la tendit à une servante qui la rangea dans une armoire d'acajou. Il observait le reflet de Marie dans le miroir à cadre doré. Elle était aussi immobile que la statue qu'elle apercevait au milieu de la cour. Un lion en marbre! Qui venait de Florence! Six jours plus tôt, l'armateur avait acheté la sculpture en pensant impressionner son épouse. Il s'était trompé. Il l'avait entendue dire à sa nourrice que les lions sont lâches sous leurs allures conquérantes. Ce sont les femelles qui chassent et nourrissent la famille. Son père le lui avait appris de retour d'un voyage en Afrique. La nourrice avait tancé Marie, en lui faisant remarquer qu'en cet instant, c'était pourtant Geoffroy de Saint-Arnaud qui les faisait vivre et qu'elle n'avait pas à le comparer au félin.

Marie avait rétorqué que tout changerait quand elle aurait le trésor.

Derrière la porte de la cuisine, l'armateur avait étouffé une exclamation rageuse : ainsi donc, il ne se méfiait pas sans raison. Cette petite garce avait bien l'intention de garder pour elle le butin. Il avait bien deviné et il la ferait surveiller dans tous ses déplacements. Il chargea le Petit d'embaucher deux hommes pour cette tâche. Il aurait préféré la confier à l'infirme mais son étrange apparence empêchait l'anonymat indispensable à ce genre d'opération. Après une semaine de filature, on ne lui avait rien rapporté d'intéressant sur les allées et venues de Marie, elle se rendait à l'église, au marché, au port mais n'adressait la parole qu'à sa nourrice. Geoffroy Saint-Arnaud se demandait s'il ne l'avait pas fait suivre prématurément. Il répugnait aux dépenses inutiles.

— Sortirez-vous de nouveau aujourd'hui ? demanda l'armateur en désignant la cape jetée sur un fauteuil.

— Non.

— Savez-vous qu'il y a deux mois jour

pour jour que nous nous sommes mariés?

— Oui.

— Il semble que cette union ne vous plaise pas davantage qu'à moi.

— Oui, fit Marie en fixant le feu qui faiblissait dans l'âtre.

— Vous ne connaissez donc que ces deux mots? Oui et non?

— Non.

— Je vous ferai regretter votre impertinence! tonna l'armateur.

— Non, dit doucement la jeune femme.

— Vous verrez! Dans un mois, votre damné marin sera ici, avec la solution du rébus. Et vous me remettrez la moitié du trésor, comme convenu avec votre mère.

Marie fronça les sourcils; il n'avait jamais été question que l'armateur lui remette la moitié du trésor. Voulait-il l'amadouer pour mieux la trahir ensuite?

— Quand vous aurez votre part, vous quitterez à jamais cette maison! Cette ville! Vous irez à Paris revoir votre petit soldat! Ce ne sont pas les liens sacrés du mariage qui vous pèseront. Quand on a une mère qui a renié Dieu...

— Non, réussit à dire Marie alors qu'elle se retenait de lui sauter à la gorge depuis le début de leur entretien. «Non», répéta-t-elle. Seule la conviction de le réjouir en sortant de ses gonds l'aidait à se contrôler. Elle s'efforça à ne penser qu'à sa fuite. Dès qu'elle serait entrée en possession du trésor, elle tuerait l'armateur. Au poignard, si elle n'avait pas réussi à trouver le poison. Elle ne craignait pas qu'on l'arrête car elle tirerait pays à la nuit. En échange d'un diamant, un matelot accepterait bien de les prendre, elle et Nanette, à bord de sa gabare. Il suffisait qu'elle excite suffisamment son époux pour qu'il décide de passer cette nuit fatidique avec elle.

Marie se mordit les lèvres : rejeter l'armateur comme elle le faisait depuis quelques semaines pouvait lui nuire : les serviteurs s'étonneraient de voir entrer leur maître dans sa chambre et d'y rester contrairement à ses habitudes. On s'inquiéterait qu'il ne regagne pas ses appartements. Elle n'avait pas le choix; elle devait changer d'attitude et séduire l'armateur, accepter et garder son mari auprès d'elle quelques nuits pour s'assurer qu'aucun domestique ne manifeste trop de curiosité.

Elle avait agi sottement en défiant Geoffroy de Saint-Arnaud et elle avait moins d'un mois pour réparer sa bévue. Comment modifier son comportement sans provoquer la surprise? Comment faire acte de contrition?

Acte de contrition! Voilà la solution! Elle n'avait qu'à prétendre que son directeur de conscience l'avait exhortée à plus d'amabilité envers son époux. Il serait dérouté mais elle saurait utiliser ses charmes. Le père Germain l'avait d'ailleurs mise en garde contre le péché d'orgueil. Et quand il vit qu'elle portait ce dimanche une robe prune qui lui découvrait les épaules, il lui répéta qu'il la trouvait bien coquette.

— Est-ce ma faute si Dieu m'a ainsi créée?

— Tu sais ce dont je veux parler, ma fille! Tu détestes ton époux mais tu ne rechignes pas à porter toutes ces soies brillantes, ces passements et ces dentelles. Et que dire de ta manière effrontée de montrer ta gorge!

— Mais c'est la reine mère qui a lancé cette mode! rétorqua Marie. Anne d'Autriche a toujours aimé ces cols rabattus!

— Je doute qu'elle prise cette vêture! Tu repousses ton mari mais tu ne fais rien pour le calmer! Ces fanfreluches me semblent bien gaies pour qui devrait porter le deuil!

— Mon père... Je ne les mets qu'ici. Je porte du noir si je sors.

— J'aimerais t'interdire de t'habiller ainsi mais tu ferais à ta tête dès que je serais reparti. Les épreuves ne t'ont guère mûrie!

— Vous parlez comme Nanette! Quel ennui!

— Et tu t'adresses à moi comme à elle! tempêta le prêtre. Comment oses-tu?

Marie aurait voulu répondre qu'elle avait assez souffert justement et que ce n'étaient pas quelques rubans qui l'enverraient en enfer, mais la colère de l'abbé Germain la saisit: il l'avait maintes fois grondée mais jamais il n'avait eu ces accents dédaigneux dans la voix. Elle se tint coite.

L'abbé se radoucit lentement, expliquant à Marie qu'il devait la guider maintenant qu'Anne avait disparu. Elle promit pourtant au prêtre d'être une meilleure épouse. Afin de mieux accréditer son changement d'humeur, elle se confia également à Nanette, alléguant qu'elle n'avait pas tellement le choix : puisqu'elle vivait avec l'armateur, elle devait tenter de s'entendre avec lui. Nanette fut déconcertée, rappela à Marie qu'elle parlait peu de temps auparavant de trucider son époux.

— Je sais, s'impatienta la jeune femme. Mais comme je ne peux rien faire pour le moment... Et tu l'as dit toi-même, Saint-Arnaud nous assure le vivre et le couvert. Je pense comme toi au trésor mais qui nous dit que le marin choisi par mon père n'est pas mort depuis ? Que deviendrons-nous alors ? Saint-Arnaud m'a rappelé tantôt que je suis fille de sorcière...

— Marie !

— C'est ce que tout Nantes croit ! Qui nous accueillerait si l'armateur nous jette à la rue? Tu ne ferais pas cuire ce potage aux pigeonneaux, ni ces artichauts, ni ces boudins blancs. Nous serions réduites à manger des racines et des noix. Comme cette Boiteuse qu'on a si vite lapidée.

— Te voilà bien raisonnable, considéra Nanette avec une expression suspicieuse.

Marie détourna son regard et se composa une attitude mi-humble, mi-contrariée pour avouer que le père Germain l'avait morigénée. La nourrice retrouva alors un semblant de placidité et, troussant une volaille, elle confia à Marie qu'elle appréciait d'avoir à composer des menus plus élaborés. Geoffroy de Saint-Arnaud s'était vite habitué à des soupers fins et quand la santé de sa femme s'était améliorée, il avait oublié de renvoyer Nanette. Il aurait voulu recevoir des notables et même le comte de Gensac mais la mauvaise humeur de Marie l'en décourageait : il était hors de question d'être ridiculisé devant ses amis.

Il fut donc tout aussi surpris que Nanette du changement d'attitude de sa femme quand il la rejoignit en fin d'après-midi pour souper. Il crut d'abord qu'il se trompait : se pouvait-il qu'elle lui ait souri ?

— Bonsoir, madame, fit-il en la dévisageant.

— Bonsoir, monsieur, répondit-elle avec grâce. Vous revenez du port ?

Interloqué, l'armateur bégaya un oui quasi inaudible.

— Les gabares ont-elles fini de charger vos marchandises ?

— Que se passe-t-il, madame ? Qu'est-il arrivé ici en mon absence ? Le diable vous a rendu la parole ?

— Non, monsieur, le diable n'y est pour rien.

— Me direz-vous ?

— Est-ce vraiment utile ?

— Je veux savoir ce qui se passe sous mon toit, insista-t-il. Marie soupira, puis parla de l'abbé Germain tout en prenant garde de baisser les yeux.

— Ma foi, je n'ai jamais aimé tellement ce prêtre mais s'il peut vous faire entendre raison, il est dorénavant le bienvenu dans cette demeure.

Marie lui sourit une seconde fois mais évita de répondre ; elle éveillerait quelque doute si elle changeait trop brusquement de conduite. Il convenait de procéder prudemment; elle aurait tort de sous-estimer son ennemi. Elle avait commis assez d'erreurs en deux mois.

Il lui sembla cependant que son époux mangeait avec encore plus d'appétit qu'à l'accoutumée. Après le boudin blanc au gingembre et au girofle et le potage, il lui dit que sa nourrice était décidément fort douée pour la cuisine. Quand on déposa le pâté de marouette et la morue frite en ragoût, il poussa un soupir de satisfaction. Même s'il doutait que la seule bonne parole de l'abbé Germain ait réussi à raisonner sa femme, même s'il supposait qu'elle se comportait ainsi dans un but précis, il n'allait pas bouder sa métamorphose. S'il pouvait prendre du bon temps avec cette femme avant l'arrivée du matelot, il serait sot de s'en priver.

Plus tard dans la soirée, Geoffroy de Saint-Arnaud se demanda si ce n'était pas son charme naturel qui agissait. Pourquoi ne subirait-elle pas comme les autres sa sé-duction? Il l'observerait avec un surcroît d'attention. Devant sa glace, en dénouant son jabot de dentelle beige, il sourit à son image. Aucun Nantais n'avait d'aussi belles moustaches que lui, si fines, si parfaitement dessinées, et les rides qui plissaient le coin de ses yeux, comme son front, lui conféraient une sagesse certaine. Son nez était fort mais droit, et sa bouche, eh bien, sa bouche aux lèvres lippues était vraiment sensuelle. Oui, Marie devait l'admettre à cette heure. Il faillit aller la trouver mais il refusait de se précipiter vers elle dès qu'elle lui souriait. Elle attendrait son bon vouloir.

Jusqu'à ce qu'elle soit enfin persuadée que toute la maison était endormie, Marie vécut dans la crainte de voir apparaître son époux au seuil de sa porte. Elle savait pourtant que c'était indispensable mais sa décision était trop récente pour qu'elle ait eu le temps de l'appréhender complètement. Comment réussirait-elle à camoufler le dégoût que lui inspirait l'armateur? «Je penserai à Simon», se dit-elle pour y renoncer aussi vite: elle ne mêlerait pas son amoureux à cette sordide histoire! Elle ne salirait pas le souvenir de cet homme qui se languissait d'elle à Paris. Jamais!

* * *

Le lieutenant Chalumeau s'approcha silencieusement de Simon Perrot: il le regardait dormir depuis quelques minutes, affalé sur un banc, tête renversée vers l'arrière. Il souriait béatement et son supérieur hésita à le tirer d'un rêve aussi agréable.

— Eh! Réveille-toi! Tu n'as pas été engagé pour ronfler!

— Quoi?... Que?... Mon lieu... lieutenant, bredouilla Simon en se redressant subitement.

— Tu as trop peu dormi cette nuit, c'est ça? dit Hector Chalumeau d'une voix égrillarde. Elle était jolie?

Simon rajusta son costume avant de répondre que Josette avait en effet des appas auxquels il était difficile de résister.

— Et elle ne coûte rien! ajouta-t-il en riant. C'est mieux que les putains de la Cité ou de la butte Saint-Roch. Elle est un peu gourde, elle n'avait jamais fauté avant.

Mais quand le cœur y est! Elle s'est entichée de moi.

— Pauvre fille! ricana le lieutenant. Elle va souffrir! A moins que tu n'en sois épris également?

Simon Perrot émit un petit rire sec.

— Il y a beaucoup trop de femelles à Paris pour que je me réserve pour une seule...

— Tu as raison, mon garçon, fais comme moi. J'ai jamais eu de misère à en trouver une! De toute manière, elles ne peuvent pas refuser! Il y a des avantages à être soldat. J'ai été logé dans des maisons où les servantes étaient plus jeunes les unes que les autres! J'en ai bien profité. Et j'ai tâté parfois de la bourgeoise...

— Moi, c'est la baronne que je veux! Et je l'aurai! Hector Chalumeau éclata de rire.

— Ta baronne? Encore? Et ensuite? Une comtesse? Une princesse?

— Je suis sérieux, affirma Simon Perrot. J'ai mes chances.

— Vraiment?

Le lieutenant savait qu'il était quasiment impossible d'approcher les nobles ou les opulentes bourgeoises, mais chaque fois qu'il était sorti avec le Nantais, il avait remarqué que son charme agissait. Les servantes regardaient ses boucles noires et on devinait qu'elles auraient voulu démêler l'épaisse chevelure. Les lingères, elles, auraient tiré des draps fraîchement empesés sur le corps musclé que des cuisinières auraient volontiers nourri. Il avait même cru noter, la semaine précédente, qu'un carrosse avait ralenti à leur niveau alors qu'ils arpentaient la vallée des misères avant de regagner le Grand-Châtelet. Le Bouc conquerrait peut-être sa baronne.

— On a arrêté ce matin un poissonnier, dit Simon Perrot. Un nommé Béthinaut qui s'est plaint que le blé avait renchéri.

— On l'a condamné au fouet? s'enquit l'officier Chalumeau d'une voix enthousiaste.

Simon Perrot secoua la tête.

— Pas encore. Ils le jugeront demain.

— Il devrait être fouetté! Sur la place publique! Nous devons étouffer la moindre émotion! Avec la disette, il y a plus de voleries que jamais! Les désordres se multiplient. Si on laisse les pauvres gémir, ils finiront par crier. Et il sera malcommode alors de les faire taire.

— Mais les gens de qualité continuent à faire l'aumône aux mendiants, malgré le règlement. Ces manants ne quitteront jamais une ville où on les nourrit!

— Ce sont ceux qui leur donnent du pain qui viennent ensuite se plaindre qu'on leur a pris leur bourse.

— Ou leur perruque! s'esclaffa Simon Perrot. C'est arrivé hier, rue de la Mortellerie, en plein midi. Le drôle était bien rapide pour voler le bourgeois devant l'assemblée.

Hector Chalumeau sourit en imaginant la scène puis revint à sa préoccupation.

— Alors? Tu iras t'informer au sujet de ce mécontent qui doit tâter du fouet?

— Oui, monsieur.

— As-tu ramassé quelques sols ce matin?

— Les dames sont venues. Elles ont bien donné. Plusieurs prisonniers ont payé leur nourriture et...

— Et?

— On m'a dit que le libraire était mal-en-point. Que l'infection gagnait tout son corps.

Le lieutenant Chalumeau grogna : cette nouvelle le contrariait car elle impliquait la libération du pamphlétaire. Si on le gardait plus longtemps, il contaminerait les prisonniers qui partageaient sa cellule. On continuait à payer pour l'entretien de Thomas Berger et Louis Patin ; tant que les frères de Lumière seraient incarcérés, le lieutenant Chalumeau et son aide seraient rémunérés. Il ne fallait donc pas qu'ils périssent de la contage.

— Je sortirai la lettre de cachet. Et tu le libéreras à la nuit. Je ne veux pas qu'on le voie sortir d'ici.

— Bien, monsieur.

Simon Perrot ne s'étonna point que son supérieur lui montre sur-le-champ la lettre ordonnant la mise en liberté du libraire. Sa sentence ayant été exécutée, il avait été prévu qu'il demeure prisonnier encore cinq semaines. Mais comme la vue de ses doigts sanguinolents devait, selon Chalumeau, décourager les frères de

Lumière, il avait décidé de surseoir à sa libération. Il avait espéré que les souffrances du supplicié amèneraient les prisonniers à parler. Il s'était fourvoyé et avait tenu le libraire responsable de son erreur. Il n'avait pas assez crié ni assez pleuré pour effrayer ses compagnons.

— Tu diras à ses amis que nous l'exécuterons à l'aube. Une nuit avec un condamné à mort les inquiétera...

Simon Perrot approuva silencieusement, admirant la ruse de son lieutenant. Il avait beaucoup appris de lui depuis son arrivée à Paris et il se félicitait d'avoir trouvé cet emploi après leur retour de Compiègne. Décidément, la destinée lui avait souri. Il y avait eu cette rencontre avec Chalumeau. Puis la venue de sa sœur. Michelle l'ennuyait, l'agaçait mais elle lui avait permis, à son insu, de lui faire rencontrer la baronne de Jocary, un jour qu'il quittait Josette après l'avoir possédée dans l'écurie désaffectée, entre deux bottes de foin pourries.

Après avoir regardé la jeune servante courir vers l'escalier de service qui lui permettait de rejoindre les appartements de la baronne, il avait quitté la cour d'un pas souple et réfléchissait au moyen de rencontrer la baronne dont Josette lui avait tant vanté la richesse, quand il entendit des hommes s'invectiver.

Un cocher, arrêté avec son carrosse devant une maison voisine, obstruait la rue, interdisant le passage d'une charrette chargée de tonneaux de vin. Les deux conducteurs semblaient près d'en venir aux mains quand une femme vêtue d'une mante gris souris sortit enfin du carrosse et adressa un sourire radieux à l'homme qui s'énervait derrière sa voiture. Indécis, ce dernier finit par ôter son chapeau et la saluer mais elle ne le vit pas car Simon Perrot s'était rué vers elle pour l'aider à traverser la rue, cherchant à lui éviter les immondices qui auraient pu salir le bas de sa robe grise. Il nota que ses vêtements de couleur terne mettaient curieusement ses yeux clairs en valeur, seul attrait d'un visage ingrat. Tout en sentant la forme d'un gros cabochon sous le gant de soie noire, les mailles d'un bracelet et l'infime

mais réelle pression des doigts de l'aristocrate, il s'obligea à fixer le sol dans une
attitude servile mais il la dévisagea subitement avec une stupeur admirative quand
ils atteignirent sa porte et, ainsi assuré de
son identité, il la salua bien bas en l'ap-
pelant madame la Baronne.

— Vous me connaissez? dit-elle avec
autant de chaleur que de surprise dans la
voix.

— Vous êtes bien la baronne de Jocary?

— Si fait. Et vous?

— Je suis un pauvre sot. Je n'aurais
même pas dû vous regarder. Mais je n'ai
pu résister. Pardonnez ma franchise, mais
je vous ai toujours imaginée plus âgée. Ma
sœur me parle de vous avec tant de vénération que je vous croyais destinée à être
bientôt canonisée. Je me trompais lourde-
ment...

Le mélange de suffisance et d'humilité de
Simon Perrot amusa la baronne de Jocary:
elle ne savait plus si elle devait s'indigner
des propos du jeune homme ou en rire. Elle
l'aurait peut-être souffleté s'il n'avait pas été
aussi beau. Mais elle s'attarda sur ses mains

puissantes, son torse bien pris, son menton volontaire, l'arrogance des pommettes qui saillaient, et la rapacité de ses yeux noirs. L'homme qui se dressait devant elle avait trop d'exigences pour qu'elle ne puisse en satisfaire aucune.

— Vous avez parlé de votre sœur, monsieur.

— Ma sœur s'appelle Michelle Perrot. Même si elle m'interdit de me montrer chez vous, je n'ai pu résister à l'envie de voir où elle logeait. Je comprends maintenant qu'elle me parle de vous avec cette admiration... Je n'ai plus qu'à vous remercier de prendre si bien soin d'elle.

— Mais vous semblez fort courtois. Vous pourrez voir votre sœur. Si vous me promettez d'être discret.

— Madame, je préférerais ne pas me montrer chez vous plutôt que de vous causer des embarras, fit Simon, chevaleresque.

La baronne s'attarda sur la brillance des cheveux de jais avant de répéter qu'elle parlerait à Michelle. Tandis que Simon s'éloignait en sifflotant, elle s'engouffra vivement sous le porche et poussa la porte de l'antichambre en souriant; Simon était à la fois curieux, cupide et naïf. Elle l'avait jugé rapidement et pouvait jurer que le jeune soldat se vanterait sur l'heure de l'avoir conquise. Il devrait pourtant patienter; elle n'entendait pas céder aussi vite qu'il l'espérait. Même si elle en avait grande envie.

Comme elle l'avait prévu, Simon Perrot avait narré sa rencontre dès qu'il avait rejoint son supérieur. Chalumeau l'avait ensuite taquiné tous les jours à ce sujet mais Simon continuait à crâner malgré l'inquiétude que lui causait la résistance inattendue de la baronne.

— Vous verrez, je vous apporterai son mouchoir brodé.

— Pourquoi pas son jupon? En attendant, tu ferais mieux de t'occuper du poissonnier Béthinaut.

Le rire gras du lieutenant Chalumeau résonnant jusqu'au bout du corridor agaça Simon qui se demandait si l'homme ne se moquait pas de lui. Il pesta intérieurement contre les manières des aristocrates qui compliquaient tout. Il était pourtant sûr de plaire à Armande de Jocary. Alors? Quel but poursuivait-elle?

CHAPITRE 34

Quel esprit animait donc Marie? se demandait Geoffroy de Saint-Arnaud en attachant les glands de son rabat. Il s'était vêtu distraitement, encore choqué de sa nuit. Quand il avait rejoint sa femme, la veille, elle n'avait pas eu l'ombre d'un geste de rejet. Elle n'avait pas détourné la tête quand il l'avait embrassée, elle n'avait pas croisé ses jambes, fermé ses cuisses, ni hurlé, ni pleuré. Elle n'avait même pas bougé quand il s'était retiré et, pour la première fois, elle avait regardé son sexe avant qu'il la pénètre. Geoffroy de Saint-Arnaud avait toujours été fier de son équipage mais le sourire de sa femme lui avait donné l'impression qu'elle en évaluait la qualité comme elle l'aurait fait au marché d'une viande ou d'un bout de gras.

Il ne se trompait pas. Avant qu'il plonge en elle pour cacher son instrument, Marie avait en effet pensé à quelque bout d'andouille, de boyau ou de tripe et s'était juré de ne plus jamais toucher à ces mets. Quand elle aurait le trésor, elle mangerait des chapons de palier et du chevreau, de la fricassée de bécasse, de l'alose et même de la tortue. Et Nanette leur ferait, à Simon et à elle, des violettes candies et des tourtes aux rousselets. Et des marmelades de coings. Elle ne devait pas penser à Simon en ce moment précis, elle se l'était répété toute la semaine; il lui semblait que ça lui porterait malheur. Que ça nuirait à *leur* bonheur, mais son image s'était imposée à elle sans qu'elle le veuille. Elle devait penser aux confitures. Seulement aux confitures. Elle s'y était employée de son mieux jusqu'à ce que son mari s'arrache à elle dans un grognement de satisfaction. Voilà, il avait fini. Enfin. Il lui restait maintenant à toucher sa main pour lui signifier de rester auprès d'elle. Cette quête, envers cet homme qu'elle détestait, la dégoûtait quasiment autant que l'étreinte antérieure. C'est d'une voix presque inaudible qu'elle lui avait demandé de moucher la chandelle. L'armateur avait hésité, craignant d'avoir mal entendu mais, quand elle lui avait effleuré le poignet, il avait soufflé immédiatement la bougie, redoutant que sa femme ne change d'idée et ne commence à pleurer comme à son habitude. Mais non, elle s'était endormie gentiment sans l'avoir repoussé.

L'homme ne trouva pas le sommeil rapidement, l'esprit troublé par cette question : quel motif guidait son épouse pour qu'elle lui témoigne tant de gentillesse ? S'il avait bien voulu croire dans un premier temps que les remarques du père Germain, ainsi que sa séduction naturelle, avaient modifié le comportement de Marie, il adhérait de moins en moins à cette idée. Et ce regard indéchiffrable qu'elle avait eu en observant sa verge précisait son malaise. Il se tourna et se retourna dans le lit tout au long de la nuit pour finir par se dire qu'il était sot de s'inquiéter ainsi. Il faisait suivre sa femme ; elle ne pouvait rien fomenter dans son dos. Il l'aurait su. Aussitôt.

Il rêva pourtant qu'elle cherchait le trésor du cap d'Aigle après lui avoir fait boire une potion magique. Il la regardait

bêcher dans sa cour sans pouvoir intervenir, métamorphosé en lion. En ce lion de
marbre dont elle s'était moquée. De l'intérieur du corps de pierre, il la sentait
rogner ses griffes, gratter la terre tout
autour de ses grosses pattes et extirper des
racines enchantées qu'elle tressait aux
longs poils de sa crinière. Les racines poussaient, se resserraient à son cou et l'étran-
glaient lentement. Il se réveilla en hurlant
et tomba quasiment de sa couche en
voyant Marie à ses côtés. Il se leva d'un
bond, repoussant les couvertures et quitta
la chambre sans mot dire. Quelle jubilation elle éprouverait si elle devinait qu'elle
l'avait effrayé! Il devait s'activer, chasser
les émotions de la nuit: il ordonna à ses
domestiques d'enlever le lion de marbre et
de le ranger au fond de l'écurie après
l'avoir soigneusement emballé. Il surveilla
l'opération et ne put s'empêcher de faire
retourner la terre pour achever d'exorciser
le songe. Les mottes noires remuées, il se
sentit à la fois rassuré et anxieux. Son rêve
n'était qu'un rêve, il avait été sot d'y voir
quelque vérité. Il était soulagé et, pour la

énième fois en quelques jours, il se dit que c'était son épouse qui avait des raisons de trembler. Cependant, en gagnant le port, un vol de halbrans fonça vers lui et le brutal tumulte de leurs battements d'ailes, le clouant sur place, lui rappela l'horrible sensation de paralysie de son cauchemar. Il revit le sourire de sa femme tandis qu'elle creusait la terre et il dut admettre qu'elle ne semblait guère apeurée. Ni déçue. Elle ne trouvait pourtant pas le butin! S'en moquerait-elle donc?

Cette hypothèse le laissa pantois: comment pouvait-on renoncer à un trésor? Il divaguait! Il s'approcha des charpentiers qui réparaient une gabare pour les regarder travailler. Le bruit des clous enfoncés, le choc des planches de bois, leur craquement, la rengaine des scies, étaient bien réels. L'arrivée de la barque de pêche de Nestor Colin, l'odeur du poisson qui se mêlait à celle de l'étoupe, le petit chien jaune qui déféquait au loin aussi. Et ses bateaux, sa demeure, son carrosse, ses chevaux, ses domestiques, sa perruque parisienne. Et Marie LaFlamme. Elle était bien palpable et elle était sa femme. Une femme: avait-on déjà vu une créature dédaigner des pierres précieuses? Elle le mènerait au trésor. Il ignorait à quel jeu elle jouait en mutipliant ses amabilités mais il décida de l'imiter afin de voir comment elle réagirait. Il enfonça résolument son chapeau qui menaçait de s'envoler, chassa d'un coup de pied le chien qui venait vers lui et repartit vers le cœur de la cité où de nombreuses personnes le saluèrent avant qu'il n'atteigne la boutique de Guy Chahinian. Les marques de déférence des bourgeois et des deux magistrats qu'il avait croisés l'avaient ragaillardi et il avait retrouvé sa morgue habituelle quand il poussa la porte de l'orfèvre. Ce dernier formula quelques mots de bienvenue tout en dépliant le carré de daim où dormait la bague commandée par l'armateur.

— Eh quoi, monsieur? Sera-t-elle bientôt achevée? Pourquoi n'y travaillez-vous pas maintenant?

— Parce que ce diamant est si beau qu'on ne peut y toucher qu'en pleine lumière. J'attends que le soleil soit bien haut dans le ciel pour finir de le polir. Voyez, il reste bien peu de besogne à faire. Dans quelques jours, vous pourrez venir le prendre.

— Vous me l'apporterez plutôt! rétorqua Geoffroy de Saint-Arnaud.

— Toutes les Nantaises vont jalouser votre épouse!

— Vraiment?

— Que croyez-vous donc? Vous étiez le meilleur parti de la ville et des environs sûrement. Je ne connais pas Saint-Nazaire, Chantenay ou Paimbœuf mais vous ne deviez pas y avoir de véritable rival... Combien de femmes vous ont espéré pour gendre? Elles ne pardonneront jamais à votre épouse d'avoir été élue au détriment de leur fille. Voilà pour les liens maternels, qui sont bien peu en regard de la rage que la beauté de Mme de Saint-Arnaud éveille en elles. Je crains même que ce diamant qui est pourtant d'une pureté absolue ne paraisse terne à son doigt tant sa peau est lumineuse. Le teint parfait de votre épouse serait suffisant pour que les dieux vous la ravissent si nous vivions à l'époque antique.

— Heureusement, il n'en est rien! Et il faudrait qu'un homme soit fou pour songer à me la prendre. Il périrait dans l'heure.

— Et il faudrait qu'il tue d'abord Nanette car, si je ne m'abuse, elle va où va sa maîtresse et ne la quitte jamais.

— Elle l'abandonne parfois, dit l'armateur avant d'émettre un rire égrillard.

Guy Chahinian cacha ses poings fermés sous son tablier de cuir et s'efforça de sourire à son client. Celui-ci cessa de ricaner pour confier à l'orfèvre qu'il se félicitait d'avoir pris la nourrice à son service.

— Quand vous viendrez me porter la bague, vous resterez à souper: vous verrez de quel prodige cette vieille est capable.

Chahinian tourna et retourna le bijou entre ses doigts comme s'il évaluait le travail à faire et promit d'en avoir terminé le surlendemain. Il aurait pu finir plus vite mais il tenait à rencontrer Martin Le Morhier avant de se présenter chez Geoffroy de Saint-Arnaud.

Le temps était venu de révéler à Marie la promesse faite à sa mère et les projets qui en découlaient. Il devait trouver moyen de l'aborder seule au cours de sa visite, ce dont il s'était abstenu depuis qu'elle était guérie et se montrait en ville. Comme Marie le méprisait car elle ne l'avait pas entendu défendre sa mère sur la place publique, elle n'avait fait, de son côté, aucun effort pour le rencontrer. Martin Le Morhier, lui, avait pris soin de ne lui adresser la parole qu'en ayant plusieurs témoins prêts à répéter les banalités échangées. Marie s'étant inquiétée de l'absence de Myriam, le capitaine avait expliqué qu'elle était allée à Paris soigner sa belle-sœur. Marie avait frémi en entendant le mot Paris mais seule Nanette l'avait remarqué sans oser toutefois en parler à la jeune femme. Inutile de l'indisposer en lui répétant d'oublier Simon Perrot. Le temps s'en chargerait et viendrait à bout de son entêtement à aimer ce vaurien.

Nanette sous-estimait la passion et l'opiniâtreté de Marie LaFlamme, et Martin Le Morhier et Guy Chahinian allaient s'y heurter et devraient modifier considérablement leurs plans. Mais quand l'orfèvre se rendit chez Geoffroy de Saint-Arnaud, il ne soupçonnait aucune résistance de la part de Marie et il craignait uniquement qu'elle ne se trahisse quand il lui remettrait un billet où il lui demandait de se plaindre de la taille de sa bague et de venir la faire ajuster le lendemain à sa boutique. A son soulagement, elle glissa le petit bout de papier dans les dentelles de sa manche sans sourciller et le regarda à peine de tout le repas, s'adressant plutôt à son mari qui semblait ravi de ces attentions.

L'armateur souriait d'aise entre deux bouchées et reçut les compliments de l'orfèvre sur la délicatesse de sa table avec un plaisir manifeste.

— Je n'avais pas mangé de bescard aussi goûteux depuis longtemps. Quant à ces abricots en dragées, ce sont là des merveilles qui me rappellent Paris, mais je n'ai plus l'habitude de faire aussi bonne chère et vous me pardonnerez de laisser cette pâte de violette.

Comme Marie se levait pour quitter la

table, il l'imita mais Geoffroy de Saint-Arnaud le fit rasseoir.

— Ma femme s'est mise en tête de finir sa tapisserie, mais j'espère que vous ne m'abandonnerez pas aussi?

— Je ne veux pas m'imposer.

— Ne vous inquiétez pas. Rapprochons-nous du feu, il y fera meilleur. Bonsoir, madame, fit-il à l'adresse de Marie qui passait la porte du salon.

— Bonsoir, monsieur. Viendrez-vous me dire tantôt où je dois ranger si beau bijou pour le soustraire à la convoitise des servantes?

— Vous n'avez pas à trembler qu'on vous le vole. Celui ou celle qui chaparderait n'aurait pas même le temps de le regretter. Bonne nuit, ma chère.

— Bonne nuit, messieurs, fit Marie en jetant un coup d'œil rapide à Guy Chahinian. Voulait-elle ainsi lui signifier qu'il la verrait le lendemain? Il n'avait lu nulle chaleur dans son regard et il demeura assez perplexe pour que son hôte lui demande ce qui le gênait.

— Rien... Enfin, je me disais que le

solitaire était peut-être trop large. Il m'a semblé que la bague roulait à l'annulaire de votre épouse. Renvoyez-la-moi demain si votre femme n'est pas satisfaite.

L'armateur hocha la tête lentement, écoutant distraitement son invité. Il s'interrogeait sur la meilleure manière d'aborder le sujet qui l'avait poussé à convier Guy Chahinian.

— Vous êtes de ce métier depuis des années, monsieur Chahinian, commença-t-il doucement. Des années, sûrement, pour faire de la si bonne ouvrage...

— Il est vrai que j'ai appris tout jeune et que je suis maintenant assez âgé.

— Voyons, vous n'êtes pas un vieillard, dit Geoffroy de Saint-Arnaud avec une bonhomie forcée. Vous avez simplement acquis du métier. Je parie que vous pouvez apprécier une pierre à sa seule vue?

— A sa vue? bredouilla Guy Chahinian, comprenant que l'armateur lui parlait du trésor. Y avait-il du nouveau?

— Oui, s'impatienta son vis-à-vis. Si je vous montrais un rubis, par exemple, vous sauriez ce qu'il peut valoir?

— Ce n'est pas si aisé mais, bien sûr, j'aurais une idée.

— Voyez-vous, j'ai un ami, en qui j'ai toute confiance, qui m'a assuré qu'il reviendrait bientôt des Indes avec des pierres... Vous vous doutez que c'est par vous que je les ferai travailler si je les achète. Mais vous savez aussi comme sont gourmands les officiers du roi! Nous ne pouvons tout de même pas leur remettre tous nos gains.

Guy Chahinian fit un signe de tête compatissant.

— Mon ami, reprit Geoffroy de Saint-Arnaud, mon ami est méfiant et ne voudra pas, je le crains, montrer les pierres à qui que ce soit. Mais pour me les revendre, il faudra bien en calculer le prix. Et c'est là qu'intervient votre science. Sauriez-vous m'aider à établir leur valeur?

Guy Chahinian déglutit avant de bégayer qu'il serait plus qu'honoré d'apporter son concours. Et que s'il ne pouvait jurer que le prix donné à une pierre soit parfaitement exact, il pouvait jurer de sa parole. La discrétion était une qualité indispensable pour réussir dans son métier.

L'armateur souriait en le raccompagnant vers la sortie; il avait bien choisi son confident. Chahinian était crédule mais pas au point d'ignorer son intérêt; il saurait se taire au sujet des pierres s'il espérait les tailler ultérieurement. De toute manière, s'il s'aventurait à en parler, il ne pourrait aucunement prouver ses dires. Il valait mieux servir un homme riche qui paierait bien qu'un Etat qui vous rémunérerait en remerciements.

L'armateur désirait une évaluation du trésor car il envisageait de revendre les pierres à Paris ou en Hollande. Comme il n'avait pas de connaissances approfondies de ce marché, il n'entendait pas se faire rouler par ignorance. Les renseignements de l'orfèvre lui éviteraient ces erreurs. Et peut-être lui ferait-il tailler les pierres si elles étaient trop importantes: inutile d'alerter des consciences scrupuleuses. Oui, Chahinian lui serait bien utile. Et quand il n'aurait plus besoin de ses services, on prétendrait peut-être à Nantes que l'étranger était reparti comme il était venu. Seul l'armateur et le Petit sauraient qu'il n'était pas arrivé à bon port.

Geoffroy de Saint-Arnaud se frotta les mains de satisfaction et, pour fêter sa ruse, il se servit un verre de vin du Bordelais. Il claqua la langue : ce cru était indiscutablement supérieur à celui des vignobles voisins. Devant les bûches rougeoyantes de l'âtre, il compara la robe du vin à celle des rubis qu'il soupèserait bientôt. Il s'endormit en rêvant à des saphirs, des améthystes, des diamants tandis que Marie, dans sa chambre, s'émerveillait réellement à la lueur des bougies qu'un solitaire puisse multiplier ses feux à l'infini. La jeune femme savait qu'elle devrait vendre les pierres du trésor pour s'assurer d'un avenir radieux avec Simon mais la bague qui brillait à son doigt lui faisait déjà regretter d'avoir à se séparer de ces gemmes rutilantes. Aussi, malgré la haine que lui inspirait son mari, elle décida qu'elle garderait le bijou quand elle s'enfuirait. En guise de dédommagement pour les souffrances imposées. Elle frissonna en remontant le col de sa chemise de nuit, espérant que le vin qu'elle avait abondamment servi à son mari durant le repas l'avait suffisamment étourdi pour qu'il l'oublie. Après la nuit passée en sa compagnie, elle avait dû, plusieurs fois dans la journée, freiner l'envie de se laver, et, quand elle s'était couchée le soir suivant, elle avait secoué vigoureusement les draps pour chasser son odeur. Oh oui! Elle emporterait le diamant! Et puis, n'était-il pas destiné à sa mère? Bon, il est vrai qu'Anne n'aurait jamais porté le solitaire.

— Mais elle n'a pas épousé non plus Geoffroy de Saint-Arnaud! dit Marie à voix basse, furieuse de se justifier. Et puis l'orfèvre a tant travaillé, ce serait vilain de bouder sa bague. C'est une splendeur.

Guy Chahinian s'était surpassé: Marie, tendant sans cesse sa main vers un candélabre, ne se lassait pas d'admirer les minuscules fleurs des décors émaillés du chaton d'or blanc où s'enchâssait le diamant. Celui-ci, taillé en rose, captait par ses dix-huit facettes parfaitement régulières l'intensité de la flamme qu'il traduisait en mille rayons mouvants. La réfraction de cette étrange lumière sur un mur ne pouvait manquer d'attirer l'attention du chat qui tenta vainement d'attraper l'éclair. Marie amusa longtemps sa bête à ce jeu qu'elle avait pratiqué autrefois avec des bouts de ferraille quand le soleil pénétrait dans leur maisonnette. Anne et Nanette riaient avec elle. Maintenant, il n'y avait qu'Ancolie qui prenait encore du plaisir à griffer les murs.

Marie fit tourner la bague de façon à cacher la pierre dans sa paume. Il est vrai que le jonc était un peu grand, comme le lui avait écrit Guy Chahinian: l'avait-il modelé ainsi exprès? Il avait piqué sa curiosité: elle irait le voir même si elle ne l'estimait guère.

CHAPITRE 35

—Voilà, Marie, vous savez tout maintenant, dit Martin Le Morhier. M. Chahinian quittera Nantes cette semaine afin de ne pas éveiller les soupçons sur votre destination. Quand vous vous enfuirez à bord de la gabare destinée à vous conduire au Croisic, d'où vous prendrez un autre navire pour vous mener à Orléans où notre ami vous attendra, votre mari ne fera pas le lien entre le départ de son orfèvre et celui de sa femme et vous fera chercher, si Dieu nous garde, dans les villages voisins, avant de songer à Paris.

Marie LaFlamme avait poussé bien des exclamations de surprise au cours de son entretien avec les deux hommes. Après avoir appris avec des larmes de joie que sa mère n'était pas morte par les mains du bourreau mais en avalant du poison, elle entendait qu'on voulait l'aider à fuir Nantes! Voilà qu'elle n'avait même plus à se soucier de ce départ précipité! On arrangeait tout pour elle et Nanette.

— Comment vous remercier, messieurs? Ah! J'ai honte d'avoir été dure avec vous, monsieur Chahinian. Je croyais que vous aviez renié ma mère.

— Jamais, madame, jamais, et je serai heureux de vous mener à Paris dans deux semaines.

— Quoi? l'interrompit Marie. Dans deux semaines? Mais non, vous vous trompez! Je ne peux pas partir!

— Comment? s'écrièrent les deux hommes. Marie eut un soupir, puis pinça les lèvres.

— Dans deux semaines, non. Dans trois, oui.

— Mais vous êtes en danger! explosa Martin Le Morhier, quand Saint-Arnaud verra qu'il n'y a pas de trésor, il se vengera sur...

— Qui vous a parlé du trésor? le coupa Marie.

— Votre mère, dit Guy Chahinian, m'a tout raconté la veille de sa mort. Comment vous avez pu épouser Geoffroy de Saint-Arnaud, son propre sacrifice, et sa ruse.

— Sa ruse? Quelle ruse? De quoi

parlez-vous? Le matelot se présentera dans seize jours et il me dira où trouver le butin de mon père. Quand je l'aurai, je vous suivrai à Paris. Pas avant.

— Mais votre mère a tout inventé: elle vous a laissé croire au trésor de peur que vous ne vous trahissiez.

— J'ai les énigmes!

— Anne les a inventées pour Saint-Arnaud! Comme l'histoire du marin.

— Je ne vous crois pas!

— C'est pourtant la vérité!

— C'est ce que vous prétendez... Ah oui? Si ma propre mère me ment, comme vous le prétendez, pourquoi pas vous?

La vieille nourrice marmonna.

— Mais si ces messieurs te disent qu'on doit partir, on va partir.

— Comme des pauvresses! Pour mendier dans les rues de Paris? Jamais!

Nanette joignit ses mains noueuses en une prière désespérée.

— Entends donc raison! Ces messieurs savent!

Marie opposait un silence farouche.

— Tu ne comprendras donc jamais

rien! tonna Martin le Morhier. Tu es pire qu'un âne! A moins que ton époux ne te plaise? C'est ça? Madame aime jouer les châtelaines?

Marie toisa le capitaine avant de cracher au sol.

— Moi? Aimer ce porc immonde? Ce... ce...

— Mais nous n'en pensons rien! l'interrompit Guy Chahinian. C'est votre vie qui est en jeu! N'avez-vous pas eu assez de crainte en prison?

— Je veux le trésor!

— Mais il n'y a pas de trésor! Votre père s'est moqué de Geoffroy de Saint-Arnaud. Et votre mère a ajouté cette histoire d'énigmes.

— Si vous savez si bien qu'il s'est moqué, dites-m'en la raison? rétorqua Marie d'un ton narquois.

Dans son emportement, son chignon s'était défait et les mèches rebelles encadrant son visage lui rendaient subitement cette allure de biche sauvage qui avait ému Guy Chahinian quand il l'avait vue pour la première fois. Mais les mouvements de sa belle tête étaient plus brusques, sa spontanéité s'était teintée d'arrogance. Etait-ce une manière de se protéger contre de nouvelles déceptions ou avait-elle réellement changé? S'il s'en était ouvert à Nanette, elle lui aurait dit que Marie avait perdu la candeur qui donnait plus envie de rire de ses entêtements que de les mater. Pourtant, il fallait qu'elle ait gardé quelque naïveté pour croire au trésor, et si Guy Chahinian comprenait que la jeune femme ait besoin de rêver pour survivre, il lui apparaissait cependant urgent de la convaincre des dangers qui la guettaient en refusant de quitter sa ville. Aussi répondit-il que son père avait menti à l'armateur dans les délires de la fièvre.

— Comment aurait-il dissimulé pareil secret à votre mère? Les marins se racontent en mer des histoires fabuleuses où les pirates aiment des sirènes qui leur révèlent où sont enfouis des coffres remplis de pierres précieuses. Ils n'y croient pas vraiment... Quand la fièvre s'en mêle, ils confondent tout. C'est sûrement ce qui est arrivé à votre père.

Marie ne parut guère impressionnée par l'explication, elle fit une moue qui acheva d'indisposer Martin Le Morhier. Il l'attrapa par le bras et l'obligea à le regarder en face.

— Si tu étais ma fille, il y a longtemps que je t'aurais servi la correction que tu mérites! Ton père est mort, ta mère aussi sans que nous ayons rien pu faire, et c'étaient les meilleures personnes de Nantes. C'est toi leur seule descendante, qui par goût de l'argent nous tient ainsi tête! Tu mériterais qu'on t'abandonne à ton sort! C'est bien les promesses faites à ma femme et à Anne qui me retiennent. Tu vas faire ce qu'on te dit sans discuter!

Guy Chahinian, voyant le regard de Marie se durcir au fur et à mesure que son ami parlait, l'arrêta.

— Calmez-vous, mon bon. Marie n'est plus une enfant. Elle sait ce qu'elle dit et a tout loisir de disposer d'elle comme elle l'entend. Si elle préfère rester à Nantes et risquer sa vie, c'est son droit. Nous l'aurons prévenue. Restons-en là.

Malgré la sécheresse du ton, Marie

trouva pourtant moyen de sourire, content d'avoir le dernier mot. Nanette soupira et Martin Le Morhier, après avoir manifesté sa surprise, interrogea l'orfèvre du regard; celui-ci cligna discrètement de l'œil pour le rassurer. Le capitaine s'efforça donc de saluer galamment les deux femmes qui sortaient mais, dès que la porte fut refermée, il frappa du poing dans sa main.

— M'éclairerez-vous? Cette petite sotte...

— Est bien jeune. Elle croit qu'on lui a gâché sa vie et que le trésor la consolera: elle ne peut pas tout perdre en même temps. Son père, voilà un an, puis sa mère, et enfin sa dignité, sa pureté. Je vous accorde qu'elle est bien impudente mais, si elle était moins rétive, elle se serait soumise à Geoffroy de Saint-Arnaud et il ne resterait plus rien de la fille d'Anne LaFlamme. N'avez-vous jamais surpris quelque orgueil sur le visage de notre chère matrone quand elle réussissait une opération? Marie a de qui tenir. Souhaitons seulement que les années l'adoucissent. Les épreuves ne l'ont pas mûrie mais plutôt aguerrie. Et le trésor est son armure; elle s'imagine qu'elle soumettra le monde... Comme on peut se l'imaginer à son âge. N'avez-vous pas espéré être un découvreur, conquérir l'univers?

— C'est plutôt mon fils qui me parle de contrées lointaines: il ne songe qu'à partir! Sa mère m'a écrit qu'il veut aller à l'école normale de marine à Dieppe! Avant de s'embarquer pour un long trajet de mer...

— Vous voyez! La jeunesse rêve d'horizons inconnus!

— Sans savoir ce qui l'attend! Marie LaFlamme a pourtant été l'objet d'un marché entre Geoffroy de Saint-Arnaud et sa mère! Comment peut-elle croire encore qu'elle réussira à s'opposer à lui? Dès qu'il verra qu'Anne l'a roulé, il se vengera sur sa fille!

— C'est pourquoi il faut empêcher cela et gagner la confiance de Marie. Je vais l'approuver.

— Vous allez vous ranger à son idée?

— En apparence. Je le lui dirai demain quand elle viendra prendre sa bague. Nous ne pourrons plus nous parler ici ensuite; il faudra convenir d'un autre lieu.

— Nanette? Au marché? Il sera facile de lui glisser quelque missive... Mais...

— Mais Marie fuira plus vite que prévu. Nous lui donnerons rendez-vous au moment opportun sur la gabare qui l'emmènera jusqu'au Croisic. Et ce moment opportun doit être fixé à la nuit.

— Nous l'enlèverons? Guy Chahinian hocha la tête.

— Oui, c'est la seule solution puisqu'elle ne veut rien entendre. Mais comme elle se méfiera peut-être, je ne pourrai pas partir avant elle. Je partirai donc après elle.

— Après elle?

— Elle restera avec Nanette sur la gabare jusqu'à ce que je les rejoigne le lendemain si tout se déroule comme nous l'espérons.

— Mais comment pourra-t-elle venir au port?

— L'armateur ne sera pas chez lui. Il sera ici, à discuter avec moi d'achat d'or et d'argent. Je l'aurai appâté avec un marché extraordinaire. Je saurai bien le retenir plus d'une heure. Marie partira durant ce temps. Il faut agir au moins une semaine avant le jour prévu pour l'arrivée du marin car je doute que notre armateur quitte sa femme plus d'une minute quand l'échéance sera aussi rapprochée.

Martin Le Morhier proposa de donner rendez-vous à Marie dans la petite crique où son père avait souvent pêché, le dimanche suivant.

— Il n'y aura qu'un quartier de lune, ce qui nous assurera plus de sûreté. Personne ne doit nous voir. Ni Marie, ni Nanette, ni moi, ni mon bateau. Je serai donc sur les lieux bien avant qu'elles ne me rejoignent. Mais n'oubliez pas qu'on les suit.

Guy Chahinian faisait allusion aux deux hommes qui se relayaient pour épier Marie. Martin Le Morhier sourit à l'orfèvre.

— Ils sont grossiers et manquent d'intelligence. Marie pourra peut-être échapper à celui qui la suivra mais j'en doute...

Guy Chahinian arrêta son ami d'un geste de la main.

— Je sais à quoi vous pensez: qu'il faudra se débarrasser du guetteur.

— Oui ! Si je l'assomme quand il verra Marie s'embarquer, il reviendra bien à lui un jour...

— Et il pourra répéter tout ce qu'il a vu, renseigner Geoffroy de Saint-Arnaud. Toutefois, on ne peut l'enlever aussi, ni le séquestrer à Nantes trop longtemps. Ni le tuer.

— C'est pourtant ce que nous devrions faire. Sinon il parlera et m'accusera.

— Et pourquoi vous accuserait-il ? Puisqu'il ne vous verra pas ? Ecoutez-moi : quand Marie et Nanette gagneront le voilier, l'homme hésitera quelques secondes avant de les intercepter car on lui a dit de les suivre sans se faire voir. C'est durant ces quelques secondes que vous devrez étourdir notre homme, et le ficeler solidement. Il y a bien un arbre ou un rocher pour vous permettre de vous cacher ?

— Si fait, mais je le répète, à son réveil, il dira ce qu'il a vu.

— Et il aura vu une gabare appartenant à Geoffroy de Saint-Arnaud, dit l'orfèvre en souriant. Notre cher armateur est si fier d'avoir été anobli qu'il fait reproduire ses armoiries sur tout ce qu'il possède, c'est tout juste s'il ne peint pas ses chevaux à ses couleurs. Toutes ses barques, gabares, allèges et fausses-marées arborent ces dernières. Il nous suffit donc de maquiller une de vos gabares... Quand l'espion reprendra connaissance, il décrira ce qu'il aura vu, ce que j'aurai peint dans mon atelier sur un panneau de bois : le fameux lion à queue d'argent des armoiries. Il expliquera ainsi son hésitation à intervenir. Le temps qu'il s'éveille, vous serez assez éloignés.

— Et Marie ? Vous croyez qu'elle me regardera faire sans broncher ?

— Non. Vous l'assommerez aussi.

— L'assommer ? s'écria Martin Le Morhier. Mais c'est une femme, enfin, elle mérite une bonne correction pour sa bêtise et...

— Et elle en fera d'autres si vous ne la mettez hors d'état de nuire quelque temps. Vous la ligoterez, la bâillonnerez et la confierez à Nanette quand vous aurez atteint Le Croisic.

— D'où je reviendrai au matin, sans le panneau des armoiries Saint-Arnaud et avec un chargement conséquent?

— Vous avez tout compris.

— Et vous?

— Je partirai le lendemain après m'être montré à la première messe et avoir annoncé à quelques commères que je me rends à Angers. Avec l'aide de la Providence, Geoffroy de Saint-Arnaud n'aura pas découvert avant le matin que sa femme a disparu. Ils ne passent pas leurs nuits ensemble, Nanette nous l'a dit. Et même s'il découvre tout durant la nuit, il la fera d'abord chercher dans la ville, près de leur demeure, avant de songer au port. Et quand on trouvera son espion, celui-ci ne lui sera pas d'une grande aide. Geoffroy de Saint-Arnaud fera probablement fouiller toutes les embarcations, aussi ne pourrai-je partir qu'après cette opération. Entre le rapt et mon arrivée au Croisic, tout reposera sur les épaules de Nanette.

— Vous pensez qu'elle saura résister à Marie?

— Il faut la convaincre qu'elles mourront toutes les deux si elles ne quittent pas Nantes. Elle ne devra défaire les liens de Marie sous aucun prétexte. Saurez-vous transporter Marie sans encombre d'une gabare à l'autre ?

— Ne vous inquiétez pas; tout ira bien tant que je serai présent. C'est le pouvoir de Marie sur sa nourrice qu'il faut redouter. Elle la priera en pleurant de la relâcher. Et Nanette finira par lui céder.

— C'est à nous d'être plus rusés que Marie. J'évoquerai la promesse faite à sa mère avant qu'elle ne meure. Nanette a toujours vénéré Anne.

— J'espère que vous serez aussi fort à manier la barque qu'à échafauder des plans... Enfin, Dragon et ses fils vous aideront.

Après un silence, il reprit :

— Pourquoi avez-vous juré à Anne de sauver sa fille ? Moi, j'ai une dette envers la défunte qui avait sauvé ma femme et mon fils, mais vous ? Vous ne l'avez guère connue.

— Mais j'ai connu jadis une autre femme. On l'a accusée de sorcellerie et elle est morte brûlée.

— Et vous l'aimiez, dit doucement Martin Le Morhier.

— Oui. J'espérais honorer sa mémoire, me faire pardonner, en sauvant Anne LaFlamme. J'ai échoué.

— Nous réussirons avec Marie!

Guy Chahinian regarda avec émotion le visage expressif du capitaine. Il lui serra l'épaule avec force avant de lui dire qu'il était heureux de l'avoir fréquenté.

— Mais nous nous reverrons à Paris quand j'irai y chercher ma femme et mon fils, dit Martin Le Morhier avec un enthousiasme exagéré.

— Peut-être.

— Si vous êtes prudent. Et vous serez prudent, vous me le promettez?

Pour toute réponse, l'orfèvre ouvrit grands ses bras et étreignit son ami avant de convenir avec lui des derniers détails du rapt.

CHAPITRE 36

Geoffroy de Saint-Arnaud traversa la place des Jacobins en sifflotant. Sa conversation avec le père Thomas, la gravité de ses propos l'avait tant égayé qu'il avait redouté qu'on ne devine sa joie alors qu'il devait afficher la plus grande désolation. Car l'homme d'Eglise, après avoir écouté l'armateur, ne lui avait pas caché ses inquiétudes: Marie LaFlamme devait avoir hérité des pouvoirs magiques de sa mère. D'ailleurs, ne l'avait-il pas mis en garde contre pareille union? Que Geoffroy de Saint-Arnaud se plaigne maintenant des comportements étranges de sa femme ne le surprenait guère.

— Vous me rapportez qu'elle change d'humeur aussi soudainement que la noirceur tombe quand on souffle une chandelle. C'est justement de noirceur qu'il s'agit: le Diable a le sombre dessein de conquérir votre femme maintenant qu'on lui a enlevé la mère. Mais comme

Dieu a eu pitié de votre épouse en lui permettant de se racheter auprès de vous, un combat se livre en son âme et voilà pourquoi elle est avec vous ange ou démone.

— Que dois-je faire? Elle prie pourtant beaucoup avec l'abbé Germain.

— Vous connaissez mon opinion à son sujet, dit sèchement le père Thomas avant qu'un frémissement n'agite le côté gauche de sa bouche.

Il se mordit aussitôt les lèvres, furieux d'être incapable de contrôler ce tic. Personne n'osait s'en moquer devant lui mais il était persuadé qu'on s'ébaudait derrière son dos. C'est avec colère qu'il répéta que l'abbé Germain n'était sûrement pas le directeur de conscience qu'il fallait à une jeune femme.

— Il n'a pas emmené sa mère à se repentir devant ses juges! Nous ne savons même pas si Anne LaFlamme s'est confessée à lui avant de mourir! Et avez-vous pensé qu'il pouvait entretenir son souvenir auprès de votre épouse? Vous jouez avec le feu, monsieur. Et cette image malheureuse n'est pas, je l'espère, plus qu'une image. Mais s'il faut, pour votre bien, pour notre bien à tous, savoir si Marie n'adore pas Satan, je veux bien être le premier à sonder son cœur.

— Acceptera-t-elle de vous parler?

— Vous êtes le mari, elle vous doit obéissance. Et elle préférera sûrement se confesser à l'église plutôt qu'au tribunal. Elle a vu ce qui est arrivé à sa mère...

— Mais que ferez-vous si vous découvrez que le Diable s'est emparé d'elle?

Le père Thomas baissa la tête comme s'il se recueillait pour demander à Dieu de lui inspirer sa réponse mais il supputait ses chances de convaincre l'armateur qu'il était apte à ramener sa femme dans le droit chemin sans l'aide des magistrats. Ceux-ci l'avaient plus ou moins écarté du procès d'Anne LaFlamme, le reléguant quasiment au rang de témoin alors qu'il représentait la sagesse divine; cette fois, si Marie était sorcière, il serait le seul à s'en charger. Comme il y avait eu très peu de procès pour sorcellerie à Nantes, l'armateur ne devait pas connaître toutes les subtilités de la procédure, le père Thomas décida de tabler sur son ignorance.

— Je comprends que vous soyez épris de votre femme et que vous n'ayez pas l'intention de la voir périr dans les flammes. C'est cependant ce qui pourrait lui arriver si elle est arrêtée. Pourquoi ne pas plutôt l'exorciser avant? Si je parviens à chasser le Malin, elle n'aura pas à redouter un procès.

Geoffroy de Saint-Arnaud feignit du mieux qu'il put le soulagement et demanda humblement au prêtre s'il accepterait d'aller voir sa femme après dîner et il le quitta d'un pas mesuré alors qu'une furieuse envie de gambader le démangeait: il avait roulé le père Thomas aussi facilement que tous les autres et l'avait emmené là où il voulait: à croire que Marie était possédée. Dans trois semaines, il faudrait l'exorciser. Au lendemain de l'arrivée du marin. Maintenant qu'il était certain, pour avoir vu comme Marie appréciait son solitaire, qu'elle ne renoncerait jamais au trésor pour l'en priver, il devait songer à s'en débarrasser. Il élabora plusieurs hypothèses mais la défenestration due à une crise de folie lui semblait la meilleure. Et le père Thomas, qui l'aurait exorcisée quelques heures avant, pourrait témoigner du grand tumulte qui agitait Marie LaFlamme. Qu'elle se lève ensuite durant la nuit, en proie au délire, et qu'elle se jette de la tourelle, n'étonnerait personne. On plaindrait le veuf qui avait tant fait pour elle.

En aboutissant rue des Chapeliers, Geoffroy de Saint-Arnaud vit Guy Chahinian se diriger droit sur lui avec une presse qui ne lui était pas coutumière. Il devait avoir quitté sa demeure en hâte car son pourpoint mal attaché présentait des becs disgracieux. Il se rua sur l'armateur en posant une main lourde sur son bras et, tout en tentant de reprendre son souffle, il roulait des yeux effarés.

— Mais enfin, mon brave, que vous arrive-t-il?

— Il m'arrive, il m'arrive que je vous cherche depuis le matin. Et que si j'avais osé, je me serais montré chez vous à la nuit! Vous avez devant vous un homme bien embêté! Et comme vous êtes ici la seule personne qui puisse me conseiller, je vous prie de me venir en aide. Vous vous souvenez m'avoir parlé, lors de notre première rencontre, des marins qui proposent de ces marchés...?

— Oui, que vous...?

— Pas ici. J'aurais trop peur qu'on ne nous entende. Venez ce soir chez moi. Après souper, à huit heures.

— Mais pourquoi pas tout de suite? dit l'armateur que l'anxiété de l'orfèvre avait gagné.

— Je dois livrer deux pièces. De plus, si on nous voit ensemble, ce sera néfaste pour l'avenir. Et il y va peut-être de nos intérêts... Je peux seulement vous dire qu'il s'agit d'or. De beaucoup d'or. A ce soir.

Guy Chahinian disparut aussi vite qu'il s'était avancé, abandonnant Geoffroy de Saint-Arnaud à sa perplexité. Il avait eu envie de se retourner pour vérifier si l'armateur était vraiment ahuri mais celui-ci l'aurait rattrapé et questionné alors qu'il devait s'interroger toute la journée et frapper ainsi à sa porte à l'heure dite, dévoré de curiosité. L'orfèvre dépassa rapidement la Grand-Rue, traversa le quartier Saint-Saturnin d'un pas vif; il devait retrouver Martin Le Morhier au quai de la Poterne pour le dîner mais sa rencontre tardive avec l'armateur l'avait mis en retard. Il avait voulu l'interpeller en le voyant pénétrer dans l'église mais il avait alors aperçu Juliette Guillec à qui il avait annoncé son voyage à Angers. Avant la fin de la matinée, toutes ses connaissances sauraient qu'il allait réclamer à son frère la part d'héritage à laquelle il avait droit et qu'il attendait depuis déjà trop de temps.

— Je rentrerai bien vite à Nantes. Cette expédition ne me sourit guère car je serai, comme toujours, malade en mer.

— Mâchez de la menthe, c'est excellent!

Guy Chahinian songea que Juliette Guillec avait de la chance qu'aucun de ses voisins n'ait envie de l'accuser de sorcellerie: Anne ne lui avait-elle pas dit qu'on l'avait longuement interrogée sur les tisanes de queues de cerise qu'elle préparait?

Il pensait sans cesse à elle et à sa fille. Il ne pouvait s'en abstenir même s'il se sentait coupable de se laisser distraire de sa mission. Pourtant, cet odieux procès résumait le combat des frères de Lumière. Le Grand Maître le lui aurait dit, Guy Chahinian se le répétait pour excuser son comportement. Sans grand succès. Que dirait-il à ses frères quand il les reverrait à Paris? Que rapporterait-il de son séjour à Nantes? Rien. Mais pourquoi donc le Maître l'avait-il envoyé dans cette ville? Guy Chahinian avait vainement attendu un signe, une visite, une missive. Comment savoir s'il devrait revenir à Nantes ou rester à Paris? Etait-il trop impatient? Devait-il demeurer plus longtemps près de la Loire? «Le Grand Fleuve» avait dit le Maître avant d'expirer. L'orfèvre était descendu au port chaque jour sans que rien ne se passe.

Tout serait différent dans les heures qui suivraient: il devrait retenir Geoffroy de Saint-Arnaud dans sa boutique au moins deux heures. Il croyait qu'il y parviendrait: quand il s'était éveillé, il avait cru entendre le gazouillis d'une hirondelle. Il s'était approché lentement de la fenêtre de son atelier mais il n'avait pu apercevoir qu'une petite forme se percher sur la plus haute branche d'un peuplier. Le soleil éclairant le volatile à contre-jour, l'orfèvre n'en distinguait pas les couleurs; seules les arabesques propres aux hirondelles auraient pu lui apporter une certitude. Il s'entêta néanmoins à croire qu'il avait eu la chance de voir arriver la première hirondelle. Et qu'elle lui porterait bonheur. Il lui semblait aussi que le ciel avait la teinte exacte, ce parme radieux si rare, des yeux de Marie LaFlamme.

Son assurance allègre était communicative et, quand il quitta Martin Le Morhier, celui-ci était tout aussi certain des chances de succès de leur plan. S'ils exécutaient exactement les opérations prévues, Marie serait en lieu sûr vingt-quatre heures plus tard. Le capitaine avait remis à son ami une lettre pour sa femme et donné un dessin du port où il accosterait et retrouverait leur captive et Nanette.

— Dragon vous attendra et rentrera

plus tard pour vous montrer où est la seconde gabare mais si jamais... vous aurez ce papier.

— Ne craignez rien, tout ira bien. Et nous nous verrons à Paris dans peu de temps.

— N'oubliez pas; gardez l'armateur durant une heure et demie au moins.

— Je vous le promets: sa cupidité le perdra.

Ils rirent ensemble pour se donner du courage et se séparèrent brusquement afin de masquer leur émotion. Martin Le Morhier gagna sitôt la gabare tandis que Guy Chahinian livrait une timbale et une assiette cloisonnée chez un riche marchand.

La journée lui parut interminable et autant il s'était réjoui de l'éclat du soleil à son réveil, autant il s'énervait de sa lenteur à décliner: la nuit ne viendrait donc jamais? Il avait martelé de l'argent et du cuivre tout l'après-midi, incapable de se concentrer sur un ouvrage délicat, et, quand il entendit sonner huit heures, il poussa un soupir de soulagement. L'attente prenait fin. Le temps de l'action était venu. Il tiendrait sa promesse.

L'armateur était ponctuel et Guy Chahinian lui ouvrit sa porte avec une anxiété qui n'était plus simulée.

— Ah! Vous voilà enfin, messire. Dieu vous garde! Comment vous remercier d'être venu?

— En me disant ce que je fais ici! Vous êtes dans un état...

— Près de la folie, messire, n'ayez pas peur de me le dire. Mais savez-vous ce qu'on m'a proposé hier soir, après le souper? Venez voir...

Guy Chahinian tira de dessous sa couche un sac de peau noir et le tendit à l'armateur.

— Combien pèse-t-il selon vous?

— Trois, quatre livres?

— Plus de quatre livres! Ouvrez le sac. Doucement. Geoffroy de Saint-Arnaud réprima son impatience pour tirer délicatement sur les cordons de la bourse. Quand il vit le contenu du sac, il ne put retenir une exclamation et faillit tout laisser tomber. Guy Chahinian lui reprit le sac en murmurant :

— Vous voyez que j'avais raison d'être ému, messire.

— Mais qu'est-ce que?... D'où... Que voulez-vous?

— Je ne sais pas. C'est là le drame. Ah, mon Dieu, pourquoi me mêle-t-on à cette histoire?

— Quelle histoire? Cessez de gémir et racontez-moi.

— Vous parlez sagement, je vais tenter de vous narrer mon aventure et vous me montrerez ce que je dois faire.

Tout en relatant une histoire abracadabrante à l'armateur, l'orfèvre se disait que l'avidité rend idiot: n'importe qui aurait eu des doutes sur la véracité de ses dires et aurait posé beaucoup plus de questions que n'en posait Geoffroy de Saint-Arnaud. Mais ce dernier devait craindre de perdre la confiance de Guy Chahinian en manifestant trop de curiosité et il l'avait écouté patiemment en espérant bien dissimuler le mépris grandissant que lui inspirait l'orfèvre. Cet homme était encore plus sot qu'il ne l'avait cru! Quoi? On lui proposait d'acheter ce sac rempli d'or pour la moitié de sa valeur et il hésitait! Il prétendait que le vendeur ne lui inspirait pas confiance.

— Je crains qu'il ne veuille me faire sortir mes pièces d'argent, mes écus pour me les voler au moment où il les verra. Il m'assommera et reprendra son bien! Qu'est-ce que je deviendrai? Il est vrai que j'ai besoin d'or pour tous mes ouvrages et que le prix demandé est bien tentant... Mais si je me fais rouler? Je suis méfiant depuis ma mésaventure parisienne... Que feriez-vous à ma place?

— La même chose que vous, avança d'une voix mielleuse l'armateur. Je demanderais conseil à un ami. Ne suis-je pas là pour vous aider?

Guy Chahinian n'eut aucune gêne à sourire franchement tant il était soulagé que l'armateur morde si vite à l'hameçon.

— Je suivrai vos indications!

Geoffroy de Saint-Arnaud lui suggéra d'acheter la moitié de l'or proposé. Ainsi, il serait présent quand le marin reviendrait et, s'il y avait quelque entourloupe, les risques seraient partagés.

Guy Chahinian fit semblant d'hésiter un peu mais quand l'armateur dit qu'il se contenterait du tiers du marché, il lui sourit largement et lui présenta sa main pour toper. Le choc des deux paumes claqua comme une détonation.

L'orfèvre eut le pressentiment que tout ne se déroulait pas comme prévu à la crique: qu'on s'y battait, qu'on s'y tuait. En constatant que l'armateur frémissait d'excitation en enfonçant ses doigts dans le sac de cuir, il implora le Ciel de protéger ses amis qui eux, assurément, tremblaient pour d'autres motifs.

* * *

Bien qu'elle ait fait taire Nanette quand celle-ci lui avait dit que son expédition était trop dangereuse pour s'y hasarder seule, Marie ne pouvait s'empêcher de sur-sauter au moindre bruit et elle avait hâte d'atteindre la crique où lui avait donné rendez-vous Martin Le Morhier. Elle avait failli lui faire porter une missive pour lui demander de remettre cette rencontre nocturne car elle craignait l'homme qui la suivait comme une ombre. Mais son mari lui avait annoncé qu'il s'absentait pour la soirée, et elle avait compris que l'orfèvre l'occupait quelques heures pour permettre à Martin Le Morhier de lui expliquer leur plan sans témoin. Le capitaine avait sans nul doute prévu d'occuper celui qui s'attachait à ses pas. C'est Nanette qui lui avait remis le billet du capitaine et quand Marie le lui avait lu, elle avait insisté pour l'accompagner.

— Mais c'est inutile, je te raconterai tout ce qu'il me dira.

— J'irai avec toi! Tu ne peux pas te promener seule dans les rues à cette heure!

— Mais je courrai et tu me gênerais si tu me suivais.

— Mes vieilles jambes sont encore bonnes! Est-ce que je ne reste pas debout des heures dans ta cuisine?

— Ce n'est pas la même chose! rétorqua Marie. Le sol est uni, le sable de la crique l'est moins. Et tu n'y vois guère pour t'avancer dans la nuit. Non, tu resteras ici.

— Est-ce un ordre, ma fille? demanda Nanette, blessée. Marie s'impatienta.

— Non. Mais j'irai pourtant seule.

Le ton employé excluait toute plaidoirie; Nanette tourna le dos à sa maîtresse et gagna sa cuisine. Elle y laissa tomber un chaudron pour manifester sa colère, puis, légèrement soulagée, elle se dit que les caprices de Marie ne changeraient pas grand-chose à la situation. Elle la suivrait au lieu de l'accompagner. Le comportement hautain de cette gamine raffermirait ses positions: elle avait promis au capitaine Le Morhier de garder Marie et de ne pas écouter ses prières. Elle n'aurait qu'à se souvenir de sa morgue pour lui résister. Comme le lui avait conseillé Guy Chahinian, elle s'affaira à préparer le souper en choisissant des mets particulièrement lourds qui donneraient plus envie à Geoffroy de Saint-Arnaud, en quittant l'orfèvre, de rentrer pour s'affaler sur sa couche que de traîner au port ou retrouver sa femme.

Nanette aurait bien voulu servir un potage de salé aux pois mais, le carême l'interdisant, elle apportait donc, quelques heures plus tard, un potage de navets, de la tourte d'épinards, des rissolets, des anguilles en cervelas et des tanches frites en ragoût. Marie soupa avec autant d'appétit que son époux et la nourrice songea avec tristesse qu'elle n'aurait pas de sitôt le loisir de satisfaire sa gourmandise. Que mangeraient-elles en cheminant vers Paris? Martin Le Morhier avait prévu des provisions de bouche mais Marie serait privée de bien des gâteries. Aussi, se réjouit-elle en remplissant un petit panier de douceurs; elle pouvait s'en charger puisque Marie la devancerait.

Elle entendit la porte du premier salon s'ouvrir et se refermer: Geoffroy de Saint-Arnaud sortait retrouver Guy Chahinian. Marie ne tarda pas à l'imiter et, peu après, Nanette sortait derrière elle. Au premier coin de rue, elle faillit laisser choir son panier de sucreries quand elle vit un premier homme, puis un second emboîter le pas à Marie. Nanette refoula son envie de hurler à Marie de prendre garde et trottina du mieux qu'elle put derrière les espions. Elle récita vingt Pater Noster avant d'apercevoir la crique et se demandait comment elle alerterait Martin Le Morhier, le croyant à bord de l'embarcation, quand elle entendit un juron étouffé, puis un cri. Elle vit en même temps les deux guetteurs : un s'écroulait, assommé par Martin Le Morhier, l'autre relevait son pistolet pour l'abattre. Elle hurla : l'homme se retourna et fit feu sur elle. Elle tomba à genoux sans quitter Marie des yeux, sa petite Marie qui la fixait d'un air hébété, et qui voyait rouler dans le sable les dragées et les confitures sèches, les marrons glacés et les pralines qu'elle avait soigneusement emballés pour elle. Elle sentit que le froid de la terre la gagnait et lui ferait oublier la brûlure de sa blessure. Elle pensa qu'elle s'était bien souvent brûlée dans sa cuisine mais jamais si fort et qu'Anne n'était plus là pour lui appliquer d'apaisantes pommades. Mais peut-être que Marie ? Elle était douée avec les plantes. Sa mère l'avait toujours dit. D'ailleurs, voilà qu'elle s'approchait en portant des brassées d'immortelles. Et des pieds-de-loup. Elle se souvint des formidables flambées de cette mousse quand on la jetait au feu. Elle vit une lumière plus intense encore que ces flammes qui l'attirait vers l'éternité. Elle n'entendit pas Marie gémir quand Martin Le Morhier l'assomma.

CHAPITRE 37

Le capitaine ravala le flot de bile qu'il sentait monter et frotta son épée dans le sable pour essuyer le sang de l'homme qui agonisait devant lui. Il avait dû le frapper à trois reprises avant de le sentir ramollir. Il se signa. Il n'avait pas voulu le tuer.

— Je n'avais pas le choix, expliqua-t-il à Dragon qui avait sauté hors de la gabare et le rejoignait, poignard à la main. Range ça, mon ami. Il n'y a plus personne à pourfendre.

Dragon désigna l'agresseur inconscient du bout du doigt.

— Je l'ai frappé avant qu'il me voie. Laissons-le ainsi. Et embarquons vite la fille! Ce tumulte pourrait avoir été ouï... Quant à Nanette...

Martin Le Morhier se pencha sur le corps de la fidèle servante et traça un signe de croix sur son front.

— Nous ne pouvons plus rien pour elle. Hâtons-nous maintenant!

Dragon souleva Marie sous les aisselles tandis que Martin Le Morhier lui attrapait les pieds. Ils la portèrent promptement à la gabare et la poussèrent vers le fond où le capitaine la recouvrit de son manteau après avoir pris soin de la bâillonner. Il s'y reprit à trois fois pour faire le nœud tant il était bouleversé : Nanette était morte pour les sauver, Marie et lui. Il avait failli périr et il avait tué un homme. Tout ça, en moins de temps qu'il n'en avait fallu pour écarter la gabare de la rive. Dragon dut comprendre son trouble car il lui posa une main compatissante sur l'épaule. Martin Le Morhier l'étreignit avant d'exprimer sa surprise.

— J'ai déjà tué des hommes, tu le sais, Dragon. On n'a pas le choix contre les pirates. Et je ne dis pas que cet homme était aussi doux qu'un agneau. Mais je ne croyais pas que j'aurais à dégainer. Ni que Nanette serait sacrifiée. Qu'est-ce qu'elle faisait derrière Marie ?

Le muet haussa les épaules.

— Cette fille n'apporte que la désolation autour d'elle. Si elle nous avait écoutés, nous n'aurions pas eu à procéder ainsi et sa nourrice serait toujours vivante! Souhaitons qu'on ne la revoie plus jamais à Nantes et que Guy Chahinian la loge rapidement; je n'aimerai pas la savoir chez ma sœur. Notre ami te rejoindra demain midi. D'ici là, gardons cette péronnelle bien ficelée: Dieu seul sait ce qu'elle pourrait faire!

La Loire était aussi sombre qu'étale et la gabare s'avançait avec une régularité qui apaisa Martin Le Morhier et l'incita à prier pour le repos de l'âme de la vieille nourrice. Il était profondément recueilli quand les plaintes de Marie le détournèrent de ses dévotions. Il s'approcha d'elle lentement, qu'elle puisse bien distinguer ses traits et, s'agenouillant à ses côtés, il lui dit brutalement que Nanette était morte. S'en souvenait-elle? Marie secoua la tête pour nier la vérité et Martin Le Morhier la saisit par le menton afin de la forcer à le regarder.

— Oui, elle est morte, en voulant m'avertir du danger, en voulant nous sauver. Je pourrais t'enlever maintenant ce bâillon car je voudrais savoir pourquoi elle n'était pas près de toi, comme nous en étions convenus, mais je doute que tu conserves ton calme.

Un violent sursaut agita Marie. Le capitaine ricana.

— Eh oui, Nanette entendait le bon sens! Elle savait que tu devais quitter Nantes! Elle a bien hésité un peu au début, tant tu avais réussi à la persuader de l'existence de ce trésor maudit, mais aujourd'hui, après la visite du père Thomas, je n'avais plus à la persuader. Elle craignait trop qu'on ne t'arrête de nouveau. Non, ne pense pas que tout est la faute du prêtre; ta nourrice nous avait promis bien avant son concours. Néanmoins, elle a été affolée de la désinvolture que tu as manifestée envers le père Thomas. Elle a compris le danger. Elle était moins sotte que toi! Tu peux rager et mordre ce bâillon. Je te l'ôterai quand tu seras plus sage. Pense à ta nourrice, ma pauvre fille. Penses-y bien.

Les larmes qui jaillirent des yeux de Marie lui firent un peu honte et il se détourna pour ne pas s'apitoyer: si on avait traité plus rudement cette fille quand elle était enfant, elle n'aurait pas aujourd'hui de ces mortels caprices, il en était certain. Il la laissa pleurer et renifler une bonne heure avant de se pencher de nouveau vers elle pour la débarrasser de l'affreux bâillon. Elle resta bouche bée quelques secondes avant que Martin Le Morhier lui tende une flasque d'eau. Elle but goulûment avant de parler.

— Nanette ne m'a pas dit qu'elle devait venir avec...

La gifle surprit tellement Marie qu'elle ne poussa pas un cri.

— Maintenant, tu vas m'écouter, espèce de garce! dit le capitaine en la secouant rudement. Sur mes navires, les hommes qui me mentent sont fouettés au sang. Je n'hésiterai pas à agir de même avec toi si tu persistes à te moquer de moi.

Marie hocha la tête et l'homme relâcha sa pression.

— Alors? Tu te décides?

— C'est vrai, je vous ai menti. Mais j'ai été obligée de m'y habituer pour survivre auprès de Geoffroy de Saint-Arnaud! La fourberie entraîne la dissimulation. Je suis désolée. Nanette a voulu m'accompagner, il est vrai, mais je l'ai repoussée car je ne trouvais pas qu'une femme aussi âgée qu'elle pouvait se promener dans cette crique la nuit. Vous me parlez de bon sens: c'est le bon sens qui me guidait quand je lui ai dit de me laisser vous voir seule.

Elle fit une pause, sentant qu'elle avait ébranlé son interlocuteur.

— Je suis venue à la nuit, bravant les mauvaises rencontres du quai de la Fosse, je ne voulais pas que ma Nanette...

Elle se tut, incapable de poursuivre. Dragon lui tapotant l'épaule pour la consoler, elle eut un mouvement pour se presser vers lui. Si elle émut Dragon, elle laissa Martin Le Morhier perplexe: ses propos n'étaient pas dénués de raison. Il se souvint aussi que Chahinian lui répétait que Marie n'était qu'une enfant. Il soupira et entreprit de la libérer de ses liens. Tout en se massant les poignets, elle leur jura qu'elle ignorait que Nanette la suivait.

— Je ne suis pour rien dans son assassinat, dit-elle.

— Si tu nous avais écoutés au lieu de t'entêter à demeurer à Nantes!

— Mais je veux le trésor! s'exclama-t-elle.

— Tu devras bien l'oublier. Ton père était honnête, ma fille, j'ai assez navigué avec lui pour le savoir. Il n'aurait pas volé un quignon de pain. Alors un trésor... Je ne sais pas pourquoi il a dit une telle bêtise à ton armateur mais j'incline à penser, comme notre ami Chahinian, qu'il devait délirer. Tu devras comprendre dorénavant que tu es seule au monde. Et que les amis que tu as sont rares. Alors ne te plains pas trop et ne les trompe jamais, si tu ne veux pas être abandonnée. Guy Chahinian te rejoindra demain et vous partirez ensemble pour Orléans. Vous gagnerez ensuite Paris en coche. Là-bas, tu vivras une semaine chez ma sœur, le temps que notre bon orfèvre te place comme apprentie.

Marie l'écouta attentivement et dit d'un ton boudeur qu'elle irait à Paris puisqu'on l'y forçait mais qu'elle voulait que l'orfèvre lui ramène son chat en la rejoignant.

— Ton chat? s'exclama-t-il. Ton chat!

— Geoffroy de Saint-Arnaud le jettera à la rue, ou pis, le tuera! Tentez de le retrouver avant. Il n'était pas au manoir quand je suis sortie. Il est en chasse. Mais il rôdera au port au petit matin quand vous rentrerez.

La stupéfaction du capitaine était telle qu'il ne prit même pas la peine de discuter: comment Marie pouvait-elle s'inquiéter du sort de sa bestiole dans un pareil moment? Il se remémora alors l'obstination de sa femme à se charger du perroquet quand elle était partie pour Paris. Il dit à Marie qu'il essaierait d'attraper le chat et de le donner à Guy Chahinian. Elle ramena alors les pans du manteau sur elle et fit mine de s'endormir. Elle espérait que Martin Le Morhier parlerait d'elle et confierait quelque secret à Dragon. Mais le capitaine demeura longtemps silencieux et le clapotis des vagues engourdit doucement Marie. Elle se recroquevilla, ramenant ses poings sous son menton, et son attitude à la fois décidée et enfantine arracha un rire rauque au muet. Martin Le Morhier passa la main dans sa barbe.

— Regarde comme elle fronce les sourcils tout en dormant! Souhaitons qu'elle obéisse tout de même à Guy Chahinian. Elle est si butée!

Il ajouta plus bas:

— Et si belle. Que deviendra-t-elle? Ne la laisse pas quitter l'embarcation, pas même deux minutes: elle est trop jolie et trop rousse pour ne pas attirer l'attention. Elle doit arriver à Paris saine et sauve. Espérons que notre ami a su retarder le retour de l'armateur et que ce dernier n'aura pas l'idée de lutiner sa femme cette nuit. Nous avons eu assez de déboires!

Après avoir hésité, il désigna un point dans le ciel.

— Mais... il me semble... que cette étoile que tu vois là, à côté du triangle, il me semble qu'elle nous protégera... Et qu'elle gardera cette gamine effrontée!

Le muet sourit gravement en contemplant Marie: personne ne toucherait à un seul de ses cils. Pas même en pensée. Il frissonna en se remémorant l'instant où elle s'était approchée de lui. Une odeur de sous-bois, de châtaigne fraîche et de cascade s'était imposée à son esprit.

Il découvrit à l'aube que ses cheveux avaient la couleur d'un bois des Amériques. Il se pencha vers elle en lui secouant doucement le bras, elle se pelotonna davantage, repoussant l'opportun en rentrant les épaules. Il attendit quelques minutes puis affirma sa pression : la gabare toucherait bientôt la rive, Martin Le Morhier s'éveillerait et prendrait moins de précautions pour l'arracher à ses rêves.

Elle ouvrit enfin les yeux, et se redressa brusquement en découvrant où elle était. Elle scruta l'horizon, examina la gabare, et après avoir constaté que Martin Le Morhier ronflait, elle observa longuement l'homme qui se tenait devant elle avant de tirer une mèche de cheveux derrière ses oreilles.

— Nous arrivons bientôt ?

Dragon hocha la tête.

— C'est vrai que tu ne parles jamais ?

Il courba le dos, embarrassé, fuyant son regard : il n'avait jamais tant regretté d'avoir la langue coupée. Marie lui prit la main.

— Tu seras bien le seul qui ne m'ait pas fait la morale depuis des semaines ! Tu as l'air gentil. J'aurai un moment de répit avec toi avant que Guy Chahinian arrive ici et me sermonne à nouveau. Quant au capitaine...

Martin Le Morhier conseilla à Marie de rester dans son coin et de n'en pas bouger quand ils accosteraient, il répéta ses consignes à Dragon, en priant que la seconde gabare soit bien amarrée où elle le devait.

En moins d'une heure, Dragon et lui avaient chargé la gabare de tonneaux de sel et, après s'être restauré, Martin Le Morhier prenait congé de Marie et de son compagnon en leur faisant mille recommandations. L'attitude réservée de la jeune femme l'avait adouci et le ton bourru qu'il employa pour lui souhaiter une meilleure vie à Paris n'abusa personne.

En regagnant Nantes, il songeait toujours à elle : que lui réservait l'avenir? Martin Le Morhier avait toujours souhaité avoir une fille mais, dans l'humidité de ce matin de mars, il devinait quelles inquiétudes l'auraient rongé. Les désirs d'aventure de son fils le tourmentaient bien assez. Il comprenait l'affolement de

Myriam quand elle lui avait écrit les projets de Victor : Dieppe, puis le grand large, l'inconnu, le nouveau monde, les colonies, la Nouvelle-France ! Il avait hâte de le retrouver à Paris pour lui démontrer que le commerce avec l'Afrique allait se développer et que le climat y était bien plus clément. Les marins qui péchaient la morue à Terre-Neuve s'étaient toujours plaints du froid et les ursulines de Rouen, qui avaient des sœurs dans la colonie, avaient rapporté que les sauvages du pays marchaient sur le fleuve gelé avec d'étranges palmes de bois tressé aux pieds pour ne pas s'enfoncer jusqu'au cou dans la neige. Quand Victor saurait cela, il renoncerait sûrement à semblable expédition.

Martin Le Morhier distinguait nettement les tourelles du château qui s'élevaient fièrement au-dessus de la brume et il ressentit ce pincement au cœur si caractéristique des retours à Nantes. Il avait fait des centaines de voyages, des milliers peut-être mais quand il apercevait sa ville, ses clochers, ses murs, ses quais, il ne pouvait s'empêcher d'être ému. Il aimait Nantes comme il aimait Myriam. Il subissait sa séduction, son parfum salin, ses caressantes bourrasques, ses couleurs changeantes, ses colères et sa clémence. S'il avait aidé Guy Chahinian à sauver Marie LaFlamme, c'est qu'il avait eu honte du comportement de ses concitoyens. Il avait voulu sauver l'honneur de sa cité en lui ravissant sa prochaine victime. Il n'y aurait pas d'autre procès pour sorcellerie; aucun bûcher ne défigurerait une si belle ville.

Ce n'est pourtant pas l'envie de brûler Marie LaFlamme qui manquait aux Nantais. Martin Le Morhier le comprit dès qu'il eut fait quelques pas dans le port. On ne parlait que de la fuite de Marie, et des cadavres trouvés sur la grève. La marée avait effacé toute trace de pas et de lutte mais chacun donnait sa version en examinant les corps. Le capitaine eut droit à de nombreuses explications et les écouta avec autant de dégoût que d'attention. Il frissonna en entendant un marchand affirmer que Geoffroy de Saint-Arnaud avait jeté lui-même le chat de sa femme dans l'âtre du grand salon. Et qu'il avait fait quérir le père Thomas pour purifier sa demeure des esprits malins que son épouse avait attirés.

Il erra un moment sur les quais en mesurant à quel point Chahinian avait eu raison de le convaincre d'enlever Marie. Il parlait avec les uns et les autres et commentait également le double meurtre en espérant que l'orfèvre se montrerait rapidement. Il tenait à lui relater les malheureux événements avant qu'il ne s'embarque. En l'attendant, il entreprit de décharger sa gabare et quand on s'étonna de l'absence de Dragon, il le traita de pouilleux et de viande saoule et dit qu'il avait dû l'abandonner au Croisic où il cuvait son vin avec quelque ribaude.

— Il est pourtant bien brave d'habitude, fit remarquer un marin.

— Tu as raison, je suis un peu dur, reconnut aussitôt Martin Le Morhier, mais j'ai peu goûté de rentrer sans lui.

Il fit une pause, cligna de l'œil avant d'ajouter.

— Ma foi, je dois dire que la catin qui était avec lui semblait bien chaude ! Elle l'a entrepris hier sans qu'il se rende compte de son manège! Il n'a rien vu!

Martin Le Morhier s'esclaffa, son interlocuteur l'imita et Guy Chahinian profita de cette gaieté pour aborder le capitaine.

— Vous semblez bien riant, aujourd'hui. Vous savez pourtant qu'on a trouvé deux morts sur...

— Je sais, monsieur, et je ne m'en réjouis guère. Mais la vie continue et je dois débarquer seul mes tonneaux parce que mon compagnon s'est enivré après le chargement. Et je n'ai pas que ça à faire, croyez-moi. A moins que vous n'ayez envie de m'aider. Mais je vous préviens, c'est plus lourd que vos timbales en argent ou vos marteaux.

Il dit cette dernière phrase sur un ton moqueur afin que Guy Chahinian soit obligé de prouver qu'il pouvait soulever une barrique. C'est à voix haute que l'orfèvre répondit qu'il le seconderait avec plaisir. Les badauds les regardèrent décharger les premiers tonneaux puis se désintéressèrent du spectacle. Le capitaine put alors conter son histoire à Chahinian.

Ce dernier lui confirma la mort du chat.

— Je regrette cette barbarie mais j'avoue qu'elle me servira pour tenir Marie LaFlamme. Elle comprendra peut-être qu'elle subira le même sort si elle revient? De plus, m'auriez-vous vu m'embarquer pour Orléans avec cette bête? Marie n'est vraiment pas sensée! Je redoute le pire à Paris, je ne vous le cacherai pas. Croyez-vous que votre femme saura se faire écouter mieux que nous?

— Non, articula Martin Le Morhier. Il aurait fallu qu'elle goûte aux spécialités du bourreau.

— Taisez-vous! Il s'occuperait déjà d'elle si vous ne l'aviez pas emmenée: Geoffroy de Saint-Arnaud est dans une rage si violente que tous ses domestiques l'ont fui et que le père Thomas a hésité à franchir sa porte. Quand il est ressorti, l'armateur s'était calmé en apparence mais il força ses serviteurs à assister à l'agonie du chat en disant qu'il se débarrassait du démon. Il lui a crevé les yeux avant de l'immoler. Il en ferait de même avec Marie s'il la tenait. J'ai entendu dire qu'il brûlerait sa maison. Et il le fera sans doute, quand il sera réellement persuadé qu'elle n'abrite aucun trésor. Il lancera aussi des hommes aux trousses de sa femme. Notre ruse concernant les armoiries a réussi au-delà de nos espérances : il prétend que Marie lui a volé cette embarcation. Et enfin, elle est partie avec le solitaire. Vous savez, cette bague que j'ai...

— Elle est donc accusée de vol ! s'écria le capitaine.

— Hélas ! Et, en ce cas précis, Geoffroy de Saint-Arnaud est dans son droit. Mais il y a pire : on prétend qu'elle a tué sa nourrice !

— Partez vite ! Si on vous trouve en sa compagnie, vous serez complice.

— De vol, de meurtre et d'enlèvement. Et exécuté. Martin Le Morhier écrasa son poing dans la paume de sa main.

— Vous réussirez néanmoins à gagner Paris ! Simulez maintenant l'épuisement pour m'abandonner à mes tonneaux et rendez-vous au bateau qui doit vous permettre de gagner Angers. Ayez confiance en la Providence. Et en Dragon...

Guy Chahinian sourit à cette preuve de bon sens, avant de s'éloigner vers la flotte d'allèges amarrées plus loin. Il n'eut pas à patienter longtemps avant que l'embarcation quitte le port mais il lui sembla que Nantes mettait une éternité à s'effacer derrière lui et qu'il garderait de son séjour à Sainte-Croix le goût amer de l'échec. Il n'avait pas su comprendre les directives du Maître, la Loire ne lui avait confié aucun secret. Quel était donc ce grand fleuve sis au nord-ouest où il aurait dû aller? Il espérait rencontrer à Paris des frères qui l'aideraient à déchiffrer cette énigme. Il était décidé à rendre les objets sacrés; il n'en avait pas été digne.

Une mouette se posa sur sa tête et, durant une seconde, elle s'ingénia à lui picorer le crâne comme si elle avait voulu en extraire ces tristes pensées. Il la chassa doucement du revers de la main et la regarda virevolter avec reconnaissance.

La brume s'était évanouie dans l'onde céruléenne, le soleil avait triomphé des nuages, les paysages se succédaient avec une netteté admirable et l'air était presque chaud : l'orfèvre souhaita ardemment que Marie soit sensible à la mansuétude du temps et qu'elle le suive à Paris sans trop le détester.

CHAPITRE 38

Une lumière tendre rosissait les façades des maisons de la rue Bourubourg et les passants qui se dirigeaient vers les rues Vieille-du-Temple, Sainte-Croix ou la place de Grève, ralentissaient le pas afin de goûter l'affable rayonnement : durant un moment, ils oubliaient la saleté de la ville, sa puanteur, son infernal brouhaha, et ils souriaient presque en humant cette impression de printemps.

De sa fenêtre, la baronne de Jocary lisait cette béatitude sur les visages des Parisiens et elle espérait qu'elle saurait présenter la même expression d'agrément à Simon Perrot quand elle l'aperçut enfin en bas de chez elle. Elle devait rester calme. Elle inclina la tête très discrètement, lui signifiant qu'il pouvait monter chez elle, que la cuisinière, Michelle et Josette étaient absentes. Josette ! Saurait-elle obliger Simon à épouser cette dinde ? Il le faudrait bien. Il n'avait pas le choix.

Quand Michelle Perrot, après avoir recueilli les confidences de la servante, avait plaidé sa cause auprès de la baronne, cette dernière avait failli renvoyer sur-le-champ sa domestique et n'avait pas manqué de crier bien haut ce qu'elle pensait des filles de peu de vertu qui se font engrosser. Mais Michelle avait dit qu'elle était coupable de ce qui était arrivé puisque c'est elle qui avait présenté Simon à Josette et qu'elle engagerait son frère à épouser la jeune fille.

Si la pensée que son amant soit marié à sa servante n'avait guère enchanté la baronne dans un premier temps, elle vit pourtant l'avantage que présentait cette solution : Simon vivrait sous son toit, elle le verrait tous les jours sans qu'on y trouve à redire. Il fallait qu'il accepte.

Comme elle s'y attendait, il refusa d'abord tout net en lui disant qu'il ne pouvait avoir envie de baiser cette fille maintenant qu'il la connaissait, elle.

Sans s'imaginer que Simon puisse s'exprimer comme le disgracieux Pellison qu'elle apercevait parfois chez sa voisine

Mlle de Scudéry, la baronne aurait aimé que son amant usât de formules plus nuancées et lui dît, par exemple, qu'il était le plus heureux des hommes depuis qu'elle lui accordait ses divines faveurs, mais elle ne s'illusionnait guère sur les progrès potentiels de Simon : il n'avait pas la finesse de sa sœur, ne l'aurait jamais. Ils se ressemblaient si peu ! Au moral comme au physique : personne ne pourrait jamais soupçonner que l'angélique et blonde musicienne était du même sang que ce magnifique soudard. Michelle était silencieuse et réservée, Simon disait les choses fort crûment. Et si Armande de Jocary goûtait la violence de ses étreintes, bien différentes des tièdes hommages de son défunt concubin, elle avait considéré que la seule manière de l'élever au-dessus de sa condition était d'en faire un mousquetaire du roi. Elle ne l'emmènerait jamais à la cour avec sa sœur mais s'il se conduisait en vrai soldat et rendait service à l'Etat, il pourrait être cadet aux gardes, puis colonel, brigadier de dragons. Le sachant sensible à la flatterie, elle lui avait dit que nul ne porterait mieux que lui la casaque bleu de ciel et qu'elle serait très fière de le voir parader dans tout Paris.

— Seulement, je ne pourrai intercéder pour vous auprès du général Meynaud sans raison. Je dirai que vous m'avez sauvé la vie alors que j'étais attaquée par des bretteurs place Maubert et que vous m'avez raccompagnée jusqu'ici où vous avez rencontré ma servante. Et connue...

— Qui me dit que j'en suis le père? demanda Simon pour la vingtième fois. Cette gourde n'a pas barguigné longtemps pour m'attirer ici!

— Ne revenons pas sur ce point précis, dit sèchement la baronne. Josette m'apprend que vous l'avez mise en famille, comme elle le dit si bien. Vous n'avez rien fait pour éviter cet incident. Qu'y a-t-il de si terrible à vous unir avec cette pauvre fille? Comprenez bien que ma prière, adressée au général, aura meilleure tournure si je lui dis comme je me soucie du bien de mes serviteurs: il a toujours été trop faible avec les siens. Que je demande qu'on vous fasse mousquetaire afin que votre enfant ait un avenir plus reluisant l'étonnera peut-être, mais il sera touché par ma bonté.

— Vous pensez toujours à vous, fit remarquer Simon avec un cynisme qui ne déniait pas l'admiration.

— Toujours, dit-elle sans honte aucune. Et à toi, parfois.

— Parfois?

Simon se jeta sur sa maîtresse avec sa fougue habituelle. Armande de Jocary n'était pas jolie, mais son corps avait gardé un modelé séduisant; les cuisses, les fesses, les seins étaient fermes et la souplesse de la chair excitait le jeune homme. Il l'empoigna par la taille, la souleva et l'appuya contre le mur où il troussa ses jupes en pestant contre leur nombre élevé. La baronne tenta de le repousser mais l'homme se moquait de ses protestations: il avait atteint l'objet de sa convoitise et pétrissait maintenant à pleines mains les fesses charnues de la baronne, tout en frottant son sexe durci contre les dentelles d'un jupon qui chut dans l'opération. Simon pénétra aussitôt sa maîtresse et, malgré ses cris, précipita ses coups de bélier, la clouant au mur avec force. Après avoir joui, il resta longtemps en elle, malgré l'inconfort de cette posture, et se mit à remuer doucement du bassin, en un mouvement qui ne tarda pas à le faire bander de nouveau. De sentir gonfler en elle le membre de son amant arracha de petits gémissements à la baronne, puis un long soupir de satisfaction. Elle s'abandonna au plaisir et eut à peine conscience que Simon l'étendait au sol pour mieux la labourer.

Quand il roula enfin à son côté, ils se dévisagèrent pour évaluer leur pouvoir respectif et se sourirent, apparemment satisfaits de ce qu'ils pensaient obtenir l'un de l'autre. Avant de se relever, Simon accepta d'épouser Josette.

Tandis qu'elle regagnait son domicile, la baronne se félicitait de sa matinée : elle avait réussi à abuser son amant plus vite qu'elle ne l'espérait. Et bien qu'il ait manifesté peu d'empressement à épouser Josette, il lui obéirait pourtant.

Michelle ignorait qu'Armande de

Jocary avait agi selon son intérêt et se réjouissait en toute innocence de l'heureuse conclusion. Dans son enthousiasme, elle promit à son aîné de l'habiller et de le botter bravement pour son mariage. Elle dépenserait au moins la moitié de l'argent que lui avait remis Myriam Le Morhier quand elle avait quitté Nantes.

Elle ne le dirait pas à cette dernière, bien sûr. Les Le Morhier n'avaient jamais aimé Simon : Victor et lui s'étaient sans cesse bagarrés dans leur enfance et Michelle ne pouvait nier que c'était toujours son frère qui jouait les provocateurs. Et quand elle avait revu Victor et sa mère à l'église Saint-Eustache au sermon du Carême, et qu'elle leur avait parlé de son aîné, son impression s'était confirmée. Aussi, excepté ce jour où elle avait confié à Victor une missive pour son amie Marie, elle n'avait plus jamais mentionné Simon au cours de ses visites à Myriam Le Morhier qui l'invitait à venir la voir dès qu'elle le pouvait. La jeune fille la distrayait et, comme sa belle-sœur, elle adorait l'entendre jouer. Victor semblait s'animer en sa présence ; Myriam

aurait aimé que ces deux enfants s'épren-
nent l'un de l'autre. Si Victor était
amoureux, il manifesterait moins de goût
pour les interminables traversées, les îles
perdues ou les nuits de maraude. Elle
s'ingéniait donc à multiplier leurs rencontres. Quand Michelle Perrot était venue
annoncer le mariage de son frère, Myriam
Le Morhier avait pensé, devant la réaction
enthousiaste de Victor, qu'il espérait secrètement être invité à la célébration et profiter peut-être de cette occasion pour se
déclarer. Elle garda secrètes ses réflexions
concernant la hâte subite de Simon à
épouser Josette et assura Michelle qu'elle
partageait son allégresse.

— Vous aurez une occasion de plus de
vous réjouir car vous verrez bientôt Marie.
J'ai reçu hier une missive me prévenant de
son arrivée.

— Quoi? s'écrièrent ensemble Victor et
Michelle.

— Vous avez bien entendu. Marie
LaFlamme sera à Paris dans quelques jours.

— Quand? demanda Victor.

— Jeudi. Tu es rentré trop tard hier soir

pour que je te l'apprenne, dit Myriam Le Morhier avec une nuance de reproche dans la voix.

— Que vient-elle faire à Paris? s'exclama Michelle, affolée.

— Je croyais que la nouvelle te remplirait de joie...

— Si fait, madame, j'aime tant Marie! Je suis surprise, voilà tout.

— Je n'aurais pas dû te le dire, fit Myriam Le Morhier. Mais tu aurais fini par la rencontrer et commettre quelque bévue. Il vaut mieux que vous sachiez la vérité, mes enfants, mais que vous la gardiez secrète. Marie a fui Nantes et son époux, Geoffroy de Saint-Arnaud.

— Quoi?... Elle était mariée à l'armateur? Mais c'est sa mère qui...

— Mais je t'ai dit que sa mère était morte, fit Victor.

— Marie vous apprendra elle-même ce qu'elle veut de cette union mais sachez que personne ne doit connaître ici son passé. L'armateur est puissant: il la fera rechercher pour la ramener auprès de lui. Je ne sais pas pourquoi elle l'a quitté, mais elle avait sûrement de bonnes raisons car mon époux et M. Chahinian l'ont aidée. Nous ferons ici ce que nous pouvons pour elle. Je compte sur votre silence...

Le trouble de Michelle intrigua assez Myriam Le Morhier pour qu'elle oublie l'exclamation de son fils. Il est vrai que la musicienne était repartie en toute hâte après avoir bégayé une excuse oiseuse et qu'elle s'était frappé la tête en ouvrant la porte sans s'en apercevoir. Elle avait marché longtemps sur les bords de la Seine pour se réfugier finalement à l'église Saint-Gervais. Après avoir prié la Vierge de l'inspirer, elle ressortit du temple réconfortée : elle trahirait le secret de Marie et apprendrait à la baronne son arrivée. Il ne fallait pas que sa venue remette en cause le mariage de Simon : un innocent allait naître qui avait besoin d'un père.

Michelle dirait à la baronne que Marie était trop séduisante pour ne pas être un obstacle aux épousailles. Elle ne préciserait pas que son amie était déjà mariée et qu'elle devrait tôt ou tard retrouver son époux. La baronne devait vraiment s'inquiéter pour Josette. Et Marie devait être protégée malgré elle. Si elle avait quitté Geoffroy de Saint-Arnaud pour retrouver Simon, elle n'écouterait jamais la voix de la raison et se jetterait à sa tête. Michelle l'en empêcherait: rien de bon ne surgirait d'une rencontre avec son frère, elle en était intimement persuadée. Et profondément affligée. Ni le vert timide qui pointait au bout des branches des arbres, ni les carillons de l'église n'auraient raison de sa morosité, elle avait la ferme conviction que Simon ne rendrait jamais Marie heureuse.

Elle en eut la confirmation trente minutes plus tard alors qu'elle longeait la rue Bourubourg.

Elle croisa son frère dans l'escalier qui menait à la chambre de la baronne de Jocary et elle demeura si interdite qu'après s'être assurée que personne ne la suivait, Simon éclata de rire. Il arborait une telle satisfaction que Michelle demeura muette, n'osant même pas penser. S'y refusant.

— Josette est revenue du marché?

Michelle frémit; il n'était même pas honteux de confirmer ainsi ses doutes.

— Tu as perdu ta langue dans le bénitier ? ironisa Simon en croyant que sa sœur rentrait de l'église comme elle l'avait dit à la baronne.

— Ne blasphème pas de surcroît ! s'écria Michelle. Tu es un monstre !

— Tut, tut ! Fais attention à ce que tu dis, ma belle... Je pourrais changer d'idée. Tu sais que je n'ai pas fol plaisir à me marier.

— Simon, non !

— Non, voilà, non. C'est ce que je répondrai peut-être au prêtre qui nous unira. Qu'en penses-tu ?

Michelle dévisageait son frère avec horreur et, pendant une fraction de seconde, il lui parut que les boucles noires remuaient, et qu'en leurs pointes dodelinaient de méchantes petites têtes à la langue fourchue. Elle descendit l'escalier d'une marche. Son frère la suivit, l'attrapa par les poignets.

— Maintenant tu vas m'écouter : ne t'avise pas de répéter à Josette que tu m'as vu quitter la baronne. D'ailleurs, il vaudrait mieux que tu n'en parles à personne. Armande serait furieuse d'apprendre que tu m'as rencontré car elle voulait qu'on se voie ailleurs.

— Mais...

— Tu te tairas! Puisque toi tu es trop sotte pour profiter de l'intérêt du marquis pour ta petite personne, il faut bien que je me débrouille seul. Je n'ai pas envie de me contenter de tes bottes et de ton habit pour mes noces. J'aurai beaucoup mieux! Regarde donc ce que m'a déjà donné la baronne.

Il extirpa de sa poche une petite dague au manche incrusté d'ivoire et la présenta côté lame à Michelle qui frissonna et la repoussa du bout du doigt.

— Elle est bien coupante, non? Armande veut que je puisse me défendre si on m'attaque... Elle serait trop navrée de me perdre.

— Mais... mais... Josette? Tu dois te marier avec elle!

— Que tu es gourde, Mimi, on peut avoir du goût pour la viande sans cracher sur la volaille. Et tant que Josette ne pondra pas, j'aurai envie de la croquer.

Mais la baronne, toute faisandée qu'elle soit, tient plus au corps. Et à ma bourse. Sais-tu qu'elle me fera mousquetaire? J'irai avec vous à la cour!

— A la cour?

— Le marquis et sa femme finiront bien par vous présenter au roi.

Michelle haussa les épaules, incrédule.

— Tu oublies peut-être que notre père est menuisier!

— Je l'oublie, comme tu dis. La baronne aussi. Tu en feras autant.

— Simon...Tu ne devrais pas...

— Cesse de gémir. Continue à jouer de la flûte pendant que je joue de mon pipeau. A chacun son instrument! Rougis, rougis autant que tu veux mais gare à ton cul si tu parles. J'ai bien appris à fouetter au Grand-Châtelet. Je serais bien marri d'avoir à te chauffer les fesses. Maintenant, descends, et parle haut si tu vois quiconque s'en venir par ici.

Michelle dévala l'escalier épouvantée. Moins par les menaces de son frère que par ses insanités. Elle n'était pourtant pas prude: on parlait cru chez elle, les aïeuls surtout qui aimaient les gaudrioles et ne se privaient pas de ponctuer leurs phrases de jurons salés. Elle avait entendu maintes fois son aîné user des mêmes termes mais, dans l'escalier, il n'avait pas ce ton gouailleur qui l'amusait à Nantes. Sa voix vibrait d'une prétentieuse tyrannie qui la blessait plus méchamment que ce martinet qu'il lui promettait. Simon n'avait jamais été tendre mais elle n'aurait pu imaginer que ses jappements de dogue se mueraient en grondements de fauve. Elle se tortura tellement à se demander si elle devait conseiller à Josette de repousser son frère que la baronne commenta sa mauvaise mine et lui suggéra de faire de longues promenades; le climat n'était-il pas délicieux? Michelle acquiesça en se disant qu'elle en profiterait pour demander son avis à Mme Le Morhier.

CHAPITRE 39

— Vous ne serez donc jamais content? soupira Guy Chahinian.

— A qui la faute? Pourquoi n'avez-vous pas voulu qu'on s'arrête dans cette auberge si charmante? demanda Marie.

— Je vous ai expliqué que nous avons déjà du retard. Vous pouvez encore marcher.

— Je suis fatiguée. Ma robe est gâchée par toutes ces ordures! Les gens se croient-ils en pleine campagne pour élever ainsi leurs poules et leurs chèvres autour du caniveau?

— Vous aviez pourtant très envie de venir à Paris, commença l'orfèvre. Vous vous extasiiez tantôt devant les fontaines. Et maintenant que...

— Si j'étais venue à Paris comme je l'entendais, j'aurais eu assez d'argent pour me payer un carrosse. Ou un de ces curieux coches.

— Pour rester sur place? Nous irons

aussi vite à pied. Ces nouveaux coches sont toujours arrêtés, soit ils prennent des passagers, soit certains descendent, ou bien le carrefour est trop encombré pour leur permettre de passer.

— Vous êtes déjà monté dans un de ces engins?

— Non, mais...

— Alors vous ne savez pas de quoi vous parlez! Je suis certaine que nous y serions mieux! Et je ne pataugerais pas dans la gadoue tout en me gardant des larrons et des coupeurs de bourse!

Guy Chahinian laissa entendre un rire bref.

— Vous trouvez tout ceci amusant, monsieur?

— Ma foi, je ne crois pas que votre bourse soit suffisamment garnie pour susciter l'envie des truands.

Marie pinça les lèvres d'un air courroucé et détourna la tête, s'obstinant résolument à regarder la Seine. Guy Chahinian avait raison, bien évidemment, comme toujours; elle n'avait pas un sou vaillant et dépendait de lui entièrement mais, justement, il aurait dû avoir la galanterie de ne pas le lui rappeler. Et comprendre que c'était une manière de lui exprimer ses craintes d'avoir à affronter toute cette étrange cohue. Comment Simon pouvait-il accepter de vivre dans un pareil endroit? Dès le lendemain, elle lui parlerait du trésor et il reviendrait à Nantes avec elle pour le chercher. Il saurait bien la défendre contre l'armateur! N'était-il pas soldat? Penser à son amoureux radoucit Marie: elle finit même par dire à Guy Chahinian que la rivière qu'ils traversaient était bien étroite comparée à la Loire mais que toutes ces boutiques sur les ponts lui plaisaient bien et qu'elle y reviendrait sûrement y faire quelques emplettes.

— Je vais vendre le solitaire, vous savez, dit-elle subitement.

Il hocha la tête en la dévisageant: il n'était pas surpris de cette décision, l'approuvait même, et devait admettre que Marie, qui savait se montrer fort désagréable et l'avait empoisonné par ses récriminations depuis Le Croisic, n'en était pas moins courageuse. Elle le regardait droit dans les yeux, prête à affronter sa déception ou sa colère. Elle cachait bien la peur que lui inspirait la grouillante capitale et il pariait qu'en moins d'une semaine elle aurait oublié toutes ses appréhensions.

— Vous ne dites rien? C'est pourtant vous qui avez fait cette bague.

— Je sais. Mais vous avez raison de vous en séparer. Si vous le voulez, je m'occuperai de la vendre. Il vaudrait mieux que ce soit un marchand étranger qui l'achète et que ce solitaire quitte le sol français.

Devant la surprise de Marie qui s'attendait à des protestations, il lui prit le bras pour l'inciter à tourner vers la gauche.

— Venez par ici, vous verrez l'église Saint-Germain-l'Auxerrois et le palais du Louvre.

Marie écarquilla les yeux en voyant la demeure des souverains: non qu'elle trouvât l'édifice d'une grande beauté, elle avait toujours cru qu'il était en verre et en or massif comme les châteaux des contes de fées. Ces pierres et ces grilles étaient bien décevantes mais elle ne pouvait nier l'excitation qu'elle ressentait en songeant que le roi Louis XIV avait marché là où elle marchait maintenant. Elle foulait un sol béni, oui. Et ça lui porterait bonheur, elle en était assurée!

Quand ils empruntèrent la rue des Vieilles-Etuves-Saint-Honoré pour rejoindre le logis de Louise Beaumont, Marie affichait une gaieté qui rassura l'orfèvre tout en l'étonnant: sa protégée changeait d'humeur de manière si radicale qu'il ne s'y était pas encore fait. Il lui venait souvent à l'esprit qu'elle tenait autant du lapin que du serpent. En la fréquentant quotidiennement, il lui avait trouvé la même candeur, la même insouciance, la même étourderie et la même absence de modestie qu'à sa cousine Péronne. Il le lui avait dit après lui avoir raconté comment elle était morte. Marie s'était enfermée dans un silence offusqué et l'orfèvre, qui avait parlé ainsi pour étouffer le trouble que la ressemblance de Marie avec Péronne suscitait parfois en lui, s'était juré de garder dorénavant ses secrets. Marie ne prisait guère les conseils. Comment s'entendrait-elle avec l'apothicaire?

Pourtant, Marie n'avait émis aucune objection à travailler pour Jules Pernelle, même après que Guy Chahinian lui eut avoué qu'elle passerait probablement ses journées dans l'arrière-boutique. Au contraire, elle semblait satisfaite de parfaire ses connaissances; elle ne l'avait pas remercié quand il lui avait remis, à Orléans, le cahier de notes de sa mère, mais elle l'avait ouvert maintes fois durant leur voyage et avait parlé de médecine avec un sérieux qui avait impressionné Guy Chahinian. L'apothicaire s'émerveillerait de son intelligence mais supporterait-il ses caprices? L'orfèvre éprouvait un coupable soulagement à confier Marie LaFlamme à Myriam Le Morhier: non qu'il la délaisserait vraiment, il s'occuperait de son futur logement et de ses faux papiers. Mais ce soir-là, après huit jours de surveillance, il avait hâte d'errer seul dans les rues et, malgré le danger, il savait qu'il déambulerait longtemps, qu'il serait bouleversé en revoyant la fontaine des Innocents, l'église Saint-Eustache, la rue du Temple.

Et le Grand-Châtelet. Il avait évité de le regarder après avoir franchi la Seine, refusant de s'effondrer devant Marie LaFlamme, mais l'image de ses compagnons emprisonnés s'était précisée à mesure qu'il approchait de Paris. Il verrait l'apothicaire dès qu'il se serait séparé de Marie LaFlamme; Jules Pernelle saurait le renseigner sur le sort de ses frères.

— C'est encore loin? gémit Marie.

— Nous arrivons. Ils sont logés après l'enseigne de ce parfumeur; n'est-elle pas merveilleuse?

L'enseigne mesurait près d'une toise: l'artiste avait peint une énorme bouteille de verre couchée sur un lit de fleurs aux couleurs si éclatantes qu'elles semblaient réelles. Marie, enthousiaste, se précipita vers la boutique et devait déjà se demander ce qu'elle y achèterait après la vente du solitaire quand elle entendit des cris, puis une voix familière derrière elle: Michelle Perrot lui ouvrait les bras. Marie crut défaillir de bonheur en s'y jetant: elle n'était pas aussitôt arrivée dans la ville que sa meilleure amie la rejoignait pour lui donner des nouvelles de Simon. Quelle bonne compagne elle avait là! Elle allait l'interroger quand un signe de Michelle lui fit comprendre qu'elle ferait mieux de remettre à plus tard ses questions. Elle cligna de l'œil d'un air entendu et présenta Michelle à Guy Chahinian qui s'inclina avant de désigner l'immense chapeau de bois qui se balançait au bout d'une poterne de fer.

— Le logis de Mme Beaumont?

Michelle approuva d'un signe de tête tandis que Marie examinait de près le feutre factice. Il atteignait sûrement une aune en hauteur et presque autant en largeur, et les plumes d'autruche fort bien imitées donnaient l'impression qu'elles s'inclineraient au moindre coup de vent. Octave Beaumont n'avait pas hésité à choisir un peintre de talent pour réaliser son enseigne et décorer le tour du vitrage de sa boutique. Il savait le client sensible à ces marques de goût et d'opulence. Des gens de grande qualité, fidèles à son voisin parfumeur, avaient été attirés par son enseigne et par les chapeaux de carton qu'ils apercevaient derrière la vitre. Si le commerçant prenait la peine de présenter des imitations afin que sa marchandise ne soit pas détériorée à force d'être exposée, on pouvait être assuré d'un service de qualité. On poussait la porte, pour hésiter entre un chapeau de laine du Berry ou de castor. M. Beaumont certifiait que ces derniers arrivaient tout droit de la Nouvelle-France et que le marquis de Gênes en raffolait au point d'en posséder autant que le chef des sauvages, ceux-là mêmes qui chassaient l'énorme rongeur. En apercevant Guy Chahinian devant sa boutique, le commerçant sortit cérémonieusement, dans une attitude respectueuse, habile mélange d'empressement et de confiance, puis il vit Michelle Perrot derrière lui, son sourire s'effaça et il indiqua d'un ton sec que sa femme et sa belle-sœur les attendaient. Le trio traversa la cour en silence mais dès que Marie atteignit la cuisine, elle pouffa de rire en imitant le ton rêche du marchand.

— Est-il toujours aussi amène? Mme Le Morhier...

— Prétend qu'il est sévère mais juste, s'empressa de dire Michelle qui n'aimait guère les moqueries. Venez, c'est au bout du couloir, après cette pièce.

— Il est plutôt prospère en tout cas! fit Marie. Sa demeure est plus petite que celle de Saint-Arnaud mais je préfère son vaisselier et elle est mieux décorée.

La cheminée et les corniches de la salle du rez-de-chaussée supportaient une trentaine de bibelots en faïence hollandaise et des miroirs de Venise ornaient le mur nord-est, multipliant heureusement la lumière qui entrait par l'unique fenêtre.

Michelle allait frapper à la porte de la chambre où devisaient Myriam Le Morhier et Louise Beaumont quand cette dernière l'ouvrit toute grande, considérant avec curiosité cette Marie LaFlamme dont sa belle-sœur lui avait tant parlé. Elle avait dit vrai: la fille était superbe, éclatante même, et elle songea que Myriam Le Morhier était bien sûre de son frère pour lui confier pareille jeunesse. Elle l'envia un instant: si son propre époux ne la trompait pas, ce n'était pas par fidélité mais parce que les choses du cœur et du corps ne l'avaient jamais intéressé. Et elle s'ennuyait depuis tant d'années en sa compagnie qu'elle était ravie de la visite de Myriam et de Victor, et de l'arrivée de Marie et de Guy Chahinian. Elle aima comme ce dernier lui présenta ses hommages et la remercia au nom de Marie et de sa défunte mère de son hospitalité.

— Marie ne demeurera que quelques jours avec vous. Je saurai bientôt où la loger, n'ayez crainte.

— Elle ne nous gênera pas. Victor couchera au grenier et lui laissera sa chambre. Plutôt que de faire des embarras, racontez-nous votre voyage et parlez-moi de mon frère!

— Il s'ennuie de madame, fit galamment Guy Chahinian à l'adresse de Myriam, mais comme il vous rejoindra très vite, je lui ai trouvé meilleure mine ces derniers jours.

— Martin viendra donc? s'écria joyeusement sa femme.

— Voici une lettre où il vous l'annonce lui-même.

— Espérons qu'il saura faire entendre raison à notre fils.

— Il rêve toujours de partir pour les colonies?

Myriam Le Morhier hocha tristement la tête.

— Quand il ne traîne pas dans les rues, il étudie des cartes maritimes... Je ne sais quel danger, celui de la cité ou celui d'une expédition outre-mer, l'excite le plus. Quel qu'il soit, souhaitons que Martin sache lui parler. Les colonies! La Nouvelle-France! Mon beau-frère a rencontré des voyageurs qui s'étonnent encore d'être vivants et d'avoir tous leurs cheveux! Savez-vous que les sauvages charcutent leurs prisonniers pour les leur arracher? Jamais mon fils n'ira dans pareil endroit!

Bien qu'elles aient entendu maintes fois ce récit des deux marchands de peaux de castor et de loutre, Michelle Perrot, Myriam Le Morhier et Louise Beaumont frémirent. Marie LaFlamme haussa les épaules et dit d'un ton froid qu'en France on appliquait les poucettes pour faire avouer les prisonniers, qu'on les trouait par tout le corps avec un stylet long d'une palme, qu'on les disloquait, qu'on les noyait et qu'on les brûlait.

Sa déclaration créa un tel malaise qu'elle dut elle-même rompre le silence qui s'éternisait.

— Je voulais simplement dire que Victor ne trouvera pas pire ailleurs qu'ici.

— Tu partirais pour ces pays? s'exclama Michelle.

— Quand j'aurai fait ce que je dois et que Simon m'aura rejointe, je crois que je serai bien aise de quitter un pays qui ne m'a réservé que de mauvaises surprises.

Myriam Le Morhier toussa et regarda Michelle avec fermeté, considérant qu'elle devait profiter de cette ouverture pour informer Marie des projets matrimoniaux de son frère.

— Je ne crois pas que Simon te rejoindra, Marie. Simon a quitté Paris.

Marie poussa un cri de déception.

— Ah non! Quand revient-il? Il n'est pas parti guerroyer au moins? Je ne veux plus qu'il joue ainsi sa vie!

— Simon n'est pas à la guerre. Il est parti à Auteuil.

— A Auteuil? C'est loin? Pourquoi?

Michelle posa sa main sur l'épaule de son amie mais ne put articuler un seul mot. C'est Louise Beaumont qui trancha.

— Pour se marier. Simon épouse Josette Cadieux.

Marie LaFlamme n'eut d'abord aucune réaction; elle avait mal entendu, sûrement : comment Simon pouvait-il épouser une autre femme qu'elle ? Elle s'était dit qu'ils vivraient ensemble dès qu'elle aurait obtenu une dispense qui annulerait son mariage avec Geoffroy de Saint-Arnaud. Elle ne mentait pas, plus tôt, quand elle affirmait qu'elle irait s'installer aux colonies : elle pourrait facilement y épouser Simon : M. Chahinian ne devait-il pas, de toute manière, lui fournir de faux papiers pour la protéger de l'armateur ?

— Mais non, Michelle ! J'aurai une nouvelle identité. Simon et moi partirons très loin !

— Je ne pense pas. Il doit épouser Josette d'ici la fin du mois. Marie secoua vivement la tête.

— Non ! Jamais ! Je dois le voir ! Lui expliquer !

— Lui expliquer quoi? demanda Myriam Le Morhier.

— Mais nous sommes promis depuis toujours! s'entêta Marie. N'est-ce pas, Michelle? Tout le monde sait que je dois retrouver Simon! Et nul ne m'en empêchera!

Guy Chahinian remercia le Ciel que l'entêtement que manifestait Marie en toutes circonstances ménage encore son orgueil. La véhémence déguisait le désespoir: Marie ne s'écroulait pas. Elle luttait. Contre la vérité, contre la terre entière, contre son destin. Elle levait d'ailleurs un poing fermé quand elle répéta qu'elle voulait Simon et qu'elle l'aurait. L'armateur eut des regrets en songeant que personne ne l'avait aimé avec autant de fougue; il avait adoré Péronne, mais elle n'avait éprouvé pour lui que des sentiments de tendre amitié car elle lui préférait alors un godelureau. Il ressentait vingt ans plus tard la même envie tandis que Marie vantait les mérites de Simon Perrot.

— Il est soldat, ne l'oubliez pas. Il saura

me défendre contre Geoffroy de Saint-Arnaud !

— Qui est cette Josette qu'il doit épouser ? demanda cruellement l'orfèvre.

— Une brave fille, dit précipitamment Myriam Le Morhier pour éviter à Michelle de répondre. Si Marie apprenait que Josette était la servante de la baronne de Jocary, elle serait capable d'accuser la musicienne d'être sa complice et de l'avoir trahie.

— Simon n'a rien à faire d'une brave fille ! ricana Marie. Maintenant que je suis à Paris, tout va changer ! Viens, ma Michelle, allons nous promener, tu me parleras de ton frère tandis que M. Chahinian racontera notre voyage.

— Mais je te dis qu'il se marie !

— Et je te redis qu'il n'épousera pas cette Josette !

Le ton de Marie était taquin et Myriam Le Morhier poussa un soupir d'impuissance en regardant Michelle Perrot. Comment faire accepter la réalité à cette sourde ?

— Bien, Marie, tu as raison, allons par la ville.

Myriam Le Morhier était soulagée qu'elles quittent la pièce car elle voulait aussi s'entretenir en privé avec Guy Chahinian mais elle prit néanmoins le temps de faire ses recommandations aux jeunes filles.

— Ne vous éloignez pas du faubourg et rentrez dès que le jour déclinera! Victor ou M. Chahinian raccompagnera ensuite Michelle.

Cette dernière dut quasiment courir derrière Marie qui traversait la cour à grandes enjambées.

— Attends!

— Non, viens! Plus vite! J'ai tant de choses à te dire!

« Moi aussi », songea Michelle Perrot, le cœur lourd, la gorge serrée. Elle maudissait son frère d'être la cause de tant de désolation. Elle devrait prier encore davantage pour son salut même si elle doutait que mille neuvaines à la Vierge parviennent à purifier son âme.

— Michelle, ma mie, si tu savais! s'écria Marie. Si tu savais! Je suis riche!

— Riche?

— Tu peux me regarder et considérer ma robe de drap et mon tablier avec étonnement, je te répète que j'aurai bientôt des toilettes aussi belles que celles de ta baronne!

— Mais comment... Tu...

— Jure-moi le secret, ma chérie! Jure-le!

Michelle Perrot pressa la main de son amie, espérant que celle-ci se contenterait de cette simple réponse: elle craignait trop la suite des événements pour accepter de jurer sur la tête de la Vierge. Marie, heureusement, était trop énervée pour insister et, se penchant à son oreille, lui murmura qu'elle possédait un trésor.

— Un quoi?

— Tu as bien entendu. J'ai un trésor. Enfin, je l'aurai d'ici peu. Je retournerai à Nantes le chercher. Avec Simon! C'est pourquoi il me tarde qu'il revienne! Nous partirons aussitôt quérir mon butin.

— Quel butin?

— Celui du pirate. Mon histoire est longue. Tu sauras tout ce que j'ai subi avant d'aboutir à Paris. Et tu comprendras que je sois si pressée de revoir ton frère. Allons donc chez ta baronne!

Songeant que Simon s'y trouvait peut-être, Michelle s'y opposa vivement et elles apercevaient les Tuileries quand Marie conclut son récit.

— Voilà, tu sais tout. Je vais me venger de Geoffroy de Saint-Arnaud! Je vais reprendre mon trésor! Je vais épouser Simon! Et tu seras ma belle-sœur! Nous te marierons à un gentilhomme et nous élèverons ensemble nos enfants.

— Marie...

— Et nous vivrons dans des maisons aussi vastes que celles de l'armateur! Dans les colonies, le seigneur donne à chacun sa terre! Tu pourras demander à M. Beaumont qui connaît des marchands de peaux! Nous ne porterons plus ces mantes de drap mais des fourrures aussi douces que le poil d'Ancolie.

Marie se tut un instant, subitement attristée.

— Saint-Arnaud me le paiera très cher d'avoir brûlé mon chat! Je trouverai un poison qui lui rongera aussi chaudement les entrailles que des braises ardentes!

Michelle, effrayée, ne put retenir un cri; les gens qu'elle aimait ne pensaient donc qu'au mal?

— Marie! Tu ne dois pas parler ainsi!

— Il m'a tout pris, Mimi! Tout! Il est cause de tous mes malheurs! Ma pauvre mère! Elle est morte par sa main aussi sûrement que s'il l'avait égorgée. Tu peux pleurer pour moi, je n'ai plus de larmes; j'ai inondé ma couche tant de fois!

Entre deux hoquets, Michelle chuchota qu'il fallait pourtant pardonner comme le Très-Haut l'enseignait.

Marie allait rétorquer que le Très-Haut n'avait pas été livré à Geoffroy de Saint-Arnaud quand l'intensité douloureuse qui brillait dans le regard de sa compagne l'arrêta: elle ne pouvait pas comprendre, elle était encore trop innocente. Il valait mieux l'entretenir de l'avenir que du passé.

— Dis-moi quand Simon reviendra à Paris?

Michelle essuya ses larmes lentement avant de répondre qu'elle n'en savait rien.

— Mais il faut que je le voie! Si nous ne

retournons pas très vite à Nantes, le marin s'en ira peut-être bien loin, ne m'ayant pas trouvée, et nous n'aurons jamais la deuxième partie de l'énigme ! Songe à tout ce que nous pourrons faire avec ces pierres !

— Mais Simon doit épouser Josette, ne l'entends-tu pas ?

— Non ! Il ne sait pas ce qu'il fait ! C'est moi qu'il aime, Michelle ! Je dois le retrouver !

— Mais j'ignore aussi où il est !

— Ce n'est pas vrai ! protesta Marie. C'est impossible !

— Mais nous ne savions pas que tu viendrais ; je ne l'ai appris que cette semaine. Simon était déjà parti, mentit Michelle.

— Il faut qu'il revienne ! Je vais aller le chercher !

— As-tu perdu la tête ? Tu n'as pas un sou vaillant et tu voudrais aller seule par les routes ?

— Que puis-je faire ? se lamenta Marie. Aide-moi ! Michelle sourit tristement en notant l'alarme qui figeait les traits de son amie.

— Oui, je t'aiderai.

Elle n'avait pas fini sa phrase que Marie l'embrassait en l'étourdissant de questions.

— Comment feras-tu? Comment sauras-tu où il est?

— Il faut écrire à Simon. Ecoute-moi: fais ce soir une lettre que je viendrai quérir demain après le dîner. J'aurai cuisiné Josette pour qu'elle me dise enfin où est Simon. Mais surtout, ne te montre pas chez la baronne pour me donner ta missive: si Josette te voyait, elle pourrait peut-être deviner...

— Je ferai comme tu me diras, ma Mimi. Promis!

— Rentrons maintenant. M. Chahinian semble bien se soucier de toi. Et c'est grâce à lui...

— Oh! Il m'ennuie! Il m'ennuie!

— Il t'a pourtant sauvée!

— Je m'en serais sortie aussi bien sans lui, bouda Marie.

Michelle faillit protester mais l'air dur de son amie la découragea et elle se contenta de lui prendre le bras pour l'inciter au retour. Comme convenu, Guy Chahinian la raccompagna rue du Bourubourg avant de traverser la Seine pour rejoindre son ami Jules Pernelle.

CHAPITRE 40

Les nouvelles concernant les frères de la Croix-de-Lumière étaient mauvaises : Antoine Robinet et Louis Patin étaient morts. Albert Mathurin croupissait dans un cachot où les exhalaisons putrides qui se dégageaient des latrines où ses compagnons de geôle et lui se soulageaient, finiraient par être tout aussi mortelles qu'un garrot. Le manque d'hygiène, la faim et le désespoir tueraient ce frère. Il était incarcéré depuis huit mois et, bien que l'apothicaire ait fait remettre régulièrement, comme il le lui avait demandé, une bourse remplie de deniers à Hector Chalumeau, le sort d'Albert Mathurin ne s'était guère amélioré. Le père Aubier qui visitait les prisonniers avait confié à Jules Pernelle qu'il doutait que Mathurin tienne jusqu'à l'été.

— Tout cet argent que vous m'avez donné avant de quitter Paris n'a servi qu'à engraisser le geôlier ! dit Jules Pernelle à Guy Chahinian.

— Vous savez comme moi qu'Albert Mathurin est toujours vivant parce que je paie. Quand Chalumeau perdra son gousset, il n'hésitera pas à oublier de nourrir notre ami.

— Votre fortune n'est pas inépuisable...Vous n'êtes pas cet artisan que vous avez prétendu être à Nantes, certes, et la nouvelle de votre retour excitera bien du beau monde car personne ne sait ouvrer comme vous l'or et les pierres et vous pourrez refaire très vite fortune. Mais vous savez bien que ce n'est pas une solution que de payer et payer encore pour garder notre ami vivant.

— Croyez-vous donc qu'on pourrait le faire évader? demanda Guy Chahinian, le cœur battant d'espoir.

L'apothicaire se dandina sur ses petits pieds.

— Je n'ai pas dit ça. J'ai dit que cette situation ne pouvait durer. Albert Mathurin finira peut-être par tout avouer. Il donnera votre nom. Vous n'êtes plus à Nantes d'où vous auriez pu fuir aisément. On pourrait vous arrêter rapidement! Que n'êtes-vous resté là-bas?

— J'y ai vécu huit mois inutilement, vous le savez! Les frères qui devaient m'y rejoindre ne se sont jamais présentés. Ils ont tous disparu. Nous étions mille, il y a cinq ans. Cent l'an dernier. Quarante-quatre aujourd'hui. Quel temple dérisoire, ne trouvez-vous pas?

— Comment osez-vous parler de la sorte? s'exclama Jules Pernelle. Vous êtes le dépositaire du Grand Maître!

— Justement. Il s'est trompé en me choisissant.

— Le Grand Maître ne peut pas se tromper! Reprenez-vous, mon ami, vous divaguez. La fatigue et les émois du voyage...

Chahinian eut un signe d'assentiment, il devait, en effet, être bien las pour s'exprimer en ces termes. Voyant que l'apothicaire hésitait à poursuivre son propos, il le pria d'oublier ce moment de défaillance:

— Dites-moi tout, mon ami. Je dois savoir.

— Les frères de la cinquième demeure songent à quitter le pays et certains autres membres ne sont pas loin de croire qu'ils agiraient sensément. Les frères du Loir et de la Bourgogne n'ont pas assisté aux deux dernières réunions et ceux de Rouen se demandent...

— Ce que je fais? Ils ont raison, convenez-en.

— Non! Vos frères ne vous condamnent pas, ils s'interrogent. Ne soyez pas plus sévère avec vous qu'ils ne le sont : on vous a confié une tâche ardue sans vous y préparer. Vous avez eu raison de vous cacher à Nantes après toutes les arrestations de la fin d'août. Et vous n'êtes pas fautif d'y avoir attendu vainement les pères des neuf demeures. Certains ont été tués, d'autres ont hésité. Douté. C'est à vous de procéder à la réunification de la confrérie, et de les inciter à reprendre leurs recherches. C'est votre devoir. Que nos amis n'aient pas été inutilement sacrifiés.

— Et Albert Mathurin?

— Il vous faudra faire vite car il est à bout de forces. Il faut repartir avant qu'il ne parle.

— Vous semblez bien assuré de sa défection.

— Vous devez réunir tous les frères et

songer à quitter la France. C'est une terre stérile pour nous. Ecoutez les propositions de la cinquième demeure. Ils ont raison.

— Ils songent toujours aux colonies? L'apothicaire sourit.

— Pourquoi pas?

— Et comment espérez-vous poursuivre notre quête de la lumière? Je doute qu'on pratique l'alchimie aux Indes orientales ou chez les sauvages! Nous avons travaillé durant des années à l'élaboration de notre poudre lumineuse. Nous avons fait des expériences concluantes avec du vif-argent. Si nous persévérons, nous parviendrons au but très bientôt!

— Peut-être. Si nous sommes toujours vivants. Si nous nous exilons, nous reportons nos expériences, je le sais. Mais n'est-il pas préférable d'arrêter les recherches durant un an ou deux, le temps que nous soyons tous installés ailleurs plutôt que de cesser définitivement toute activité? Notre but est trop élevé pour qu'on y renonce pour cause d'impatience.

— Vous parlez sagement, c'est vous qui devriez garder les objets sacrés.

Jules Pernelle baissa modestement la tête.

— Si le Maître vous a choisi, c'est qu'il avait ses raisons. Rentrez maintenant chez vous et dormez bien. N'oubliez jamais les préceptes de santé que nous ont dictés nos pères : vous devez multiplier vos forces pour voir la lumière.

Il fit une pause puis ajouta que les lumières de Paris, elles, se faisaient rares.

— Voulez-vous que je vous accompagne jusqu'au carrefour du Clos-Bruneau ? On y trouvera peut-être un porteur qui pourrait vous escorter ?

— C'est inutile. Ce n'est pas par économie, vous le savez bien, mais je ne suis pas si loin.

— Justement, vous n'en auriez même pas pour dix sols. Chahinian sourit, l'apothicaire calculait toujours aussi serré : que le porteur soit muni d'une lanterne à l'huile et exige trois sols pour le quart d'heure ou qu'il porte un flambeau à cinq sols la tranche de cire, le résultat ne varierait guère.

— Et vous seriez plus vite chez vous.

Vous mettrez plus d'une demi-heure pour rentrer si vous êtes seul.

— Votre sollicitude me va droit au cœur mais il n'est pas si tard.

— Qu'il soit neuf heures ou quatre heures, la noirceur est la même.

— Je serai prudent, je vous le jure. Je vous laisse maintenant dormir et vous reviendrai demain pour vous présenter cette jeune femme dont je vous ai parlé.

— Nous verrons si elle est si irascible, dit l'apothicaire en ouvrant la porte de sa boutique.

— Elle l'est. Mais elle est aussi intelligente et pourra vous aider mieux que ces garçons que vous envoyez courir à droite et à gauche pour vous trouver vos produits et qui ne distinguent pas l'achillée de la valériane. Sa mère était une remarquable guérisseuse et Marie LaFlamme a hérité de ses dons.

— Je serai heureux de parler avec elle mais j'espère qu'elle a bien compris qu'elle ne devra pas se montrer à la clientèle. Une femme qui se mêle de médecine est...

— Elle a vu mourir sa mère pour cette

raison. Elle sera discrète. Ce que je vous demande, c'est de stimuler son esprit, de l'inciter à apprendre. Lisez ensemble les carnets d'Anne LaFlamme, je ne doute pas que vous y trouverez des informations intéressantes. Elle a tout noté: les opérations, la composition de ses onguents, les effets observés sur ses patients, ses notions d'anatomie et, bien sûr, ses connaissances en enfantement. Vous pourriez pratiquer la médecine mieux que les praticiens du roi après pareille lecture. Vous jugerez vous-même...

En apercevant les porteurs de lanterne, Guy Chahinian avait failli revenir sur sa décision mais il éprouvait un tel besoin de solitude qu'il traversa le carrefour sans recourir au service de l'éclaireur. Il quitta la rue Bordet, descendit jusqu'à la place Maubert en repensant aux propos de l'apothicaire. Tout paraissait simple à Jules Pernelle: «réunissez tout le monde» et voilà! Mais comment saurait-il convaincre ses frères alors qu'il éprouvait le plus grand trouble? Son enthousiasme, en ce qui concernait la poudre lumineuse, était intact : il avait trop goûté à l'exaltation de la recherche et s'il était persuadé que leur découverte aboutie changerait le sort de l'humanité, il se demandait si l'humanité valait la peine qu'on s'y intéresse. Etait-il devenu si amer en quelques mois pour rejeter la base même de sa religion, la foi en l'homme ? Comme il enviait les gens qui avançaient dans la vie avec des certitudes. La seule qui l'habitait, en cette fraîche nuit d'avril, était qu'Albert Mathurin souffrait depuis des mois.

— Que dois-je faire ? dit l'orfèvre à haute voix.

Un hurlement lui répondit, aigu et long, douloureux. Guy Chahinian se souvint qu'il avait entendu une telle lamentation la veille de la mort d'Anne LaFlamme. Il se répéta qu'il n'était pas superstitieux, mais en atteignant la rue des Lombards l'impression de malaise ne s'était pas dissipée et l'orfèvre tentait de deviner quelle serait la prochaine catastrophe. Il dormit mal, rêvant que Marie LaFlamme était brûlée en place de Grève car toutes les femmes qu'elle avait délivrées avaient mis au monde des chats semblables à Ancolie. Les miaulements de deux matous qui se battaient sous sa fenêtre prolongèrent le cauchemar. Même bien éveillé, Guy Chahinian s'habillait en se demandant s'il avait raison d'emmener Marie chez l'apothicaire. Sa mère voulait qu'elle poursuive son œuvre, soit. Mais à quel prix? Chahinian était toujours aussi étonné de ce désir d'Anne LaFlamme: n'était-elle pas morte pour avoir pratiqué la médecine? Il aurait voulu avoir son audace. Et sa science: après avoir lu les carnets de la sage-femme, il regrettait de ne pas lui avoir parlé de la poudre lumineuse. Elle aurait pu lui faire quelque judicieuse suggestion car elle avait bien appréhendé les principes d'alchimie. Il était rempli d'admiration pour ses intuitions et ses déductions et même s'il s'inquiétait de voir Marie imiter sa mère, il ne doutait pas qu'elle témoigne d'une aussi remarquable perspicacité. Jules Pernelle serait épaté.

* * *

Michelle Perrot ferma les yeux en remettant à Marie une missive qui venait apparemment de Simon. Elle entendit le cachet craquer, le papier, puis un cri, un bruit de chute. Elle parvint tout juste à empêcher la tête de son amie de heurter le sol. Elle n'avait pas besoin de lire la lettre; la baronne l'avait écrite devant elle quelques jours auparavant, quand elle lui avait appris que Marie posséderait bientôt un trésor.

— Simon abandonnera peut-être Josette s'il revoit Marie aussi riche que belle. Ils ont toujours été amis. Ils pourraient l'être encore davantage s'ils se rencontraient.

— Non, s'écria la baronne. Je ne veux pas que... Elle toussa, se reprit.

— Il ne faut pas que votre frère abandonne Josette. Que deviendrait la pauvre fille? Nous devons la protéger! Simon doit l'épouser au plus tôt!

La baronne avait de tels accents de pitié dans la voix que Michelle aurait cru à sa générosité si elle avait ignoré sa liaison avec Simon. Ecœurée par tant de fourberie, elle détourna le regard, attendant que sa protectrice précise sa pensée.

— Nous quitterons Paris demain.

— Nous ?

— Moi, vous, Josette et son fiancé.

— Ne devrais-je pas vous rejoindre plus tard et expliquer à Marie qu'elle doit définitivement renoncer à Simon ? Elle est butée, croyez-moi, et entichée de mon aîné au point de nous chercher à Auteuil.

— A Auteuil ?

Michelle agita doucement sa main pour prévenir les questions.

— J'ai cru bien faire en lui disant que Simon était déjà à Auteuil.

La baronne pencha la tête sur le côté, dubitative : est-ce que cette petite oie serait moins bête qu'elle ne le pensait ? Assurément, puisqu'elle lui proposait maintenant d'écrire une lettre qui découragerait totalement Marie LaFlamme. Mais dans quel but proposait-elle d'être la messagère ?

— J'ai suggéré à Marie d'écrire une lettre à Simon que je devrai prétendument lui faire parvenir à Auteuil. J'aurai cette lettre demain. Je la déchirerai. Mais vous y répondrez à la place de Simon... Je n'oserais le faire moi-même car Marie connaît mon écriture. Mais Simon ne sait que signer son nom, ce dont je puis me charger. J'attendrai ensuite quelques jours, comptant les aller et retour de deux courriers, pour remettre à Marie la réponse de mon frère.

— Vous attendrez plutôt dix jours: le temps que Simon soit vraiment marié. C'est plus sûr. Je m'en vais rédiger cette lettre que vous me mandez.

La baronne se racla la gorge puis dit d'un ton égal qu'elle s'étonnait que Michelle se place sous le signe de Mercure.

— Remettre cette missive sera malaisé si vous aimez tant votre compagne. Et n'avez-vous pas songé que si elle épousait votre frère vous profiteriez un peu de sa fortune?

Michelle feignit l'indignation.

— Simon perdra son âme s'il abandonne Josette. Il sera voué aux Enfers. Puis-je souhaiter pareille fin à mon frère? Vous êtes disposée à les aider, Josette et lui, vous l'avez dit. Je ne saurais mieux agir qu'en vous imitant. Pour cela, je ne dois pas perdre de vue que l'homme est faible : il ne doit pas être tenté de faillir à sa promesse.

La baronne qui se souvenait distinctement du visage de Marie, aperçu ce jour où elle venait enlever Michelle à ses parents pour l'emmener à Paris, ne douta pas un instant du bien-fondé de ces propos et, s'asseyant à sa table, elle approcha encre, plume et papier et entreprit de duper Marie LaFlamme.

Chère Marie,
J'ai reçu ta lettre que j'ai refusé de lire. Je me suis marié hier et ma femme me donnera bientôt un fils. Je ne veux pas qu'il ait à pâtir de mes actes; oublie-moi. Un mousquetaire du roi doit vivre honorablement.
Ton ami, Simon Perrot.

En lisant la lettre, Michelle eut un goût de vase dans la bouche : il fallait que la baronne soit bien rouée pour oser parler d'honneur.

Et Marie bien éprise pour attribuer

d'aussi nobles pensées à Simon.

Son évanouissement en témoigna, et, tout en la ranimant, la musicienne redoutait d'avoir à affronter le désespoir qu'elle avait fomenté aussi sûrement qu'un complot. Si l'abbé Drouot, son confesseur, ne l'avait soutenue dans sa démarche, elle aurait peut-être abandonné et permis à Marie de revoir Simon.

Maintenant, elle la consolait du mal qu'elle avait dû lui faire.

Après le premier choc, Marie nia la nouvelle : son Simon ne pouvait être marié, et ne pouvait pas plus renoncer à elle qu'elle ne pouvait renoncer à lui. Elle irait le trouver à Auteuil, elle lui parlerait ! Michelle réussit à la persuader d'oublier ce projet en lui exposant tout le tort qu'elle causerait ainsi à Simon : un mousquetaire du roi ne pouvait être mêlé à un scandale. Si Marie s'entêtait à le voir, elle provoquerait sa ruine. Ce n'était pas ce qu'elle désirait, n'est-ce pas ? Non, elle voulait le bonheur de Simon.

Et le sien. En son for intérieur, elle ne croyait pas qu'il l'avait oubliée et elle imagina, sans toutefois y trouver de raison, que Michelle lui mentait : Simon devait être à Paris. Quand son amie l'invita rue du Bourubourg, elle vit bien que Simon n'y logeait pas, ni la baronne, ni Josette, mais rien n'empêchait qu'il soit à sa caserne. Elle tenta secrètement de persuader Victor de l'y accompagner mais il la repoussa avec une hargne qui la surprit énormément mais qu'elle oublia dès qu'elle atteignit la rue du Bac. Si Marie n'avait pas été aussi belle, on l'aurait peut-être jetée, à la caserne des Mousquetaires gris, mais on se contenta de lui répondre qu'il n'y avait aucun Simon Perrot en ces murs, que le bonhomme devait être parti ailleurs.

Marie manqua se faire écraser par un cheval quand elle tourna rue de Beaune, aveuglée par ses larmes.

Et dans les jours qui suivirent, elle semblait si anéantie par la nouvelle que Guy Chahinian eut l'impression, une semaine plus tard, alors qu'il l'emmenait chez Jules Pernelle, de traîner derrière lui un automate. Marie avait refusé de se confier à

Michelle, à son confesseur ou à toute autre personne, et même si Myriam et Martin Le Morhier, arrivé à Paris, répétaient à Guy Chahinian qu'Anne LaFlamme n'aurait jamais voulu que Simon Perrot vive avec sa fille, il regrettait, en ce début d'avril, d'être associé à Michelle dans ses mensonges et il pria l'apothicaire d'occuper Marie autant qu'il le pourrait.

CHAPITRE 41

Guy Chahinian avait minimisé l'effet que produirait Marie LaFlamme sur l'apothicaire. Elle ne travaillait chez lui que depuis six jours qu'il lui proposait de quitter l'arrière-boutique pour accueillir avec lui la clientèle. La semaine suivante, il imaginait de l'inviter bientôt à habiter au-dessus de la boutique de façon qu'elle n'ait pas à traverser la Seine pour venir l'aider. Il en avait parlé à Guy Chahinian qui avait paru contrarié disant qu'il avait trouvé pour Marie une chambre fort convenable, à deux pas de la boutique, rue de la Montagne-Sainte-Geneviève, chez une veuve. Que diraient les gens si l'apothicaire hébergeait une jeune femme? Jules Pernelle n'avait pas insisté mais il se promettait de revenir à la charge : il était réellement enchanté des dispositions de sa jeune élève : elle était capable d'une attention soutenue durant des heures, elle avait un sens de l'observation particulièrement aiguisé et une curiosité naturelle qui la poussait à poser mille et une questions.

Jules Pernelle avait toujours vécu seul, sans jamais s'interroger sur sa condition. Il avait préparé des centaines de potions pour des centaines de femmes qu'il n'avait pas vraiment regardées, se consacrant exclusivement à ses expériences d'alchimie. Il partageait cette passion avec quelques hommes, dont Guy Chahinian, et confondait relations spirituelles et affectives. Il aurait ainsi soutenu qu'il était ami avec l'orfèvre alors qu'il ne connaissait de lui que ses compétences en ductilité et son rôle dans la confrérie de la Croix-de-Lumière. De la vie, il ne voyait que l'effectif, la matière, ses propriétés, et s'il avait mis une certaine émotion dans son discours quand il avait conseillé à Chahinian d'agir, c'était parce qu'il avait répété, en employant les mêmes mots, les propos que le frère Cyprien Lescot avait tenus devant lui en apprenant que Guy Chahinian était de retour à Paris. Les sentiments gênaient Jules Pernelle car il se les expliquait mal, il les avait donc naturellement bannis de son existence. Une existence bien définie, bien réglée : des repas frugaux, des clients réguliers, la réunion mensuelle des frères de Lumière et, chaque soir, l'étude d'une plante, d'une poudre, d'un métal.

Il avait bizarrement considéré Marie comme telle : il l'observait sous une loupe imaginaire, définissant ses propriétés, ses qualités. Il lui avait trouvé des ressemblances avec le pavot pour sa souplesse, l'émeri pour son irritabilité et l'or pour sa beauté. Son teint était plus frais que l'odeur de la menthe, ses yeux brillaient comme de la poudre de diamant et ses ongles avaient la couleur et la forme exactes d'un coquillage.

Sous sa loupe, il ne vit pas qu'elle avait trente ans de moins que lui et qu'elle se considérait comme sa nièce, telle qu'il la présentait aux visiteurs. Il vit qu'elle ne se lassait jamais d'apprendre, qu'elle mangeait un peu plus chaque jour même si elle blêmissait parfois quand un soldat pénétrait dans la boutique. Il réfléchit qu'avec ses potions il avait guéri bien des femmes de la mélancolie. Il préparerait pour Marie une formidable décoction. Il lui rendrait sa gaieté. Elle oublierait son soldat.

Si on avait demandé à Jules Pernelle ce qu'il éprouvait pour Marie LaFlamme, il aurait eu bien du mal à répondre. Il ignorait qu'il était amoureux, ne pouvant ou ne voulant identifier des signes qu'il n'avait jamais connus. Il ne songeait pas à l'épouser, encore moins à la caresser ou la prendre, ses intentions étaient pures. Il croyait estimer la jeune femme mais il l'adorait plus qu'il ne l'admirait. Il s'éveillait au moins deux heures avant son arrivée à la boutique pour préparer les poudres et les plantes dont ils discuteraient l'usage dans la matinée. Il disposait gravement les herbes, les graines, les liquides, les pilons, les couteaux, les ciseaux, les balances, les poids, comme s'il s'agissait d'une pratique rituelle. Il en était le grand prêtre et Marie la vestale. Dans l'obscurité de son arrière-boutique, les bougies qu'il allumait en récitant ses prières accentuaient l'image du temple dans l'esprit de l'apothicaire, et quand Marie paraissait enfin devant lui, il était presque étonné de la trouver vêtue d'une robe de feutre, d'un tablier et de sabots plutôt que d'une longue tunique blanche fermée à l'épaule. Il restait muet durant quelques minutes, le temps de se remettre de sa joie : Marie était persuadée que l'apothicaire se taisait car il somnolait encore et elle lui offrait alors de jeter quelques brins de thym dans une marmite pour les réconforter tous deux. Elle ne pouvait deviner que cette attention accroissait la vénération de son patron et quand il lui souriait au-dessus des vapeurs odorantes qui montaient des bols brûlants, elle pensait qu'il appréciait comme elle les vertus de la plante tout en dressant mentalement une liste des préparations de la journée.

C'était peut-être pour oublier Simon Perrot, peut-être aussi qu'elle voulait honorer la mémoire de sa mère : chose certaine, Marie LaFlamme se surprenait elle-même de sa passion pour l'étude des sciences et de son plaisir à voir certains papiers virer de couleur au seul contact d'une minuscule goutte d'eau. Elle n'oubliait pas toutefois son but ultime; trouver le poison qui ferait fondre les entrailles de Geoffroy de Saint-Arnaud. Le choc de la nouvelle du mariage de Simon passé, elle avait vite conclu que cette dernière épreuve était encore causée par l'armateur: si elle n'avait pas été en danger auprès de Saint-Arnaud, elle aurait écrit à Simon qu'elle attendait l'arrivée du marin pour entrer en possession du trésor et le retrouver à Paris. Elle serait arrivée à temps pour empêcher son mariage.

Marie occultait superbement certains événements; la grossesse de Josette tout comme le fait que Chahinian et Le Morhier l'avaient forcée à quitter Nantes alors qu'elle voulait y rester, s'étaient estompés dans son esprit. Elle n'aurait pas davantage reconnu qu'elle avait bien peu de chances de pouvoir administrer du poison à Geoffroy de Saint-Arnaud. Elle s'entêtait à penser qu'il était l'unique responsable de ses malheurs et qu'il le paierait. Elle aimait également penser qu'elle poursuivait un noble but puisqu'elle vengerait la mort de sa mère.

Elle travaillait donc avec Jules Pernelle depuis dix-sept jours quand elle lui demanda s'il lui apprendrait bientôt comment user de la digitale et de l'euphorbe. Il frémit, s'imaginant aussitôt qu'elle voulait attenter à ses jours.

— Ma pauvre petite fille, chevrota-t-il, refusant de préciser sa pensée, redoutant de la matérialiser. Tu as bien besoin d'aide.

Le visage de la jeune femme s'éclaira d'un tel soulagement que l'apothicaire crut qu'elle pensait qu'il accepterait de lui donner du poison. Il allait s'empresser de préciser qu'il envisageait de la soutenir en lui donnant un élixir contre la mélancolie quand elle bredouilla qu'elle ne le remercierait jamais assez de l'aider à se venger.

— Se venger?

— Geoffroy de Saint-Arnaud va rôtir en enfer mais je ne sais pas s'il ne s'y sentira pas mieux qu'en ses dernières heures sur terre! Il me faut un poison terrible, monsieur Pernelle. Je suis si heureuse que vous m'appuyiez!

Tout en disant cela, elle s'était approchée de lui et lui serrait les poignets tendrement pour le remercier.

— Vous êtes bien la première personne à m'aimer suffisamment pour comprendre que je ne saurais respirer librement tant que Geoffroy de Saint-Arnaud vivra !

L'apothicaire ne désirait pas adhérer à ce projet meurtrier, mais il dit pourtant à Marie que l'armateur méritait la mort et qu'il inventerait avec elle une mixture qui ferait regretter à son mari de n'avoir pas été brûlé comme sorcier. Elle se jeta spontanément au cou de Jules Pernelle. Il resta pétrifié et quand Marie l'entraîna près du feu et le força à s'asseoir car elle voulait lui conter toute son histoire, il la suivit d'une démarche vacillante.

— Je suis bien contente de pouvoir enfin me confier.

— Je... je... vous aurais entendue bien avant, parvint à bégayer l'apothicaire.

— Je me méfiais de vous, car vous êtes un ami de Guy Chahinian qui est très bon pour moi mais qui ne m'écoute guère, il décide toujours à ma place ! Je sais qu'il paie tout pour moi, mon voyage et ma chambre, mais pourquoi, justement, refuse-t-il que je m'installe ici ? Mon travail vous dédommagerait et lui n'aurait plus à m'entretenir. Je sais qu'il agit pour mon bien mais je ne suis plus une enfant. Il prétend que j'aggraverais ma situation. Et la vôtre.

— Notre situation ?

— J'ai fui Geoffroy de Saint-Arnaud. Il me fera rechercher tôt ou tard. Chahinian prétend que si quelqu'un me retrouve à Paris chez vous, vous auriez les pires ennuis. On pourrait vous accuser de rapt. N'est-ce pas une idée ridicule ?

Marie sourit, puis dit :

— D'autant que c'est lui qui m'a enlevée ! Il est généreux, je le répète, mais trop honnête. Il ne veut pas admettre que la mort de Saint-Arnaud est la meilleure idée ! Il parle même de m'emmener loin de Paris s'il me sent suivie ou menacée par les gens de l'armateur.

— Loin de Paris ? Mais où ?

— Est-ce que je sais ? Pour ma part, j'irais bien à Nantes régler son cas à Geoffroy de Saint-Arnaud et récupérer mon trésor mais ensuite je reviendrai à Paris... C'est étrange, j'ai détesté cette ville quand j'y suis arrivée mais plus maintenant.

— Ah ! fit l'apothicaire, soulagé : il avait tremblé un instant de perdre Marie.

— Oui, je me plais ici. Je dois dire que M. Chahinian sait si bien parler de sa ville que j'ai fini par me rendre à son idée. Marcher avec lui dans Paris est fort plaisant ; il me raconte la ville avec autant de talent que votre M. Perrault ! Quand il me parle ainsi, je me demande pourquoi il n'est toujours pas marié : il saurait bien dire ce qu'il faut à une femme pour qu'elle l'épouse, ne croyez-vous pas ? Il est bel homme et s'il affichait une mine moins austère... Il ne peut attirer comme vous les confidences en ayant toujours ce triste visage et je n'oserais jamais lui ouvrir mon cœur comme je le fais avec vous.

Marie avait des regards ingénus mais elle savait fort bien quel trouble envahissait l'apothicaire en l'écoutant. Quand elle avait loué Chahinian, il avait pensé s'étrangler de jalousie. Mais voilà qu'heureusement cette petite lui avouait qu'elle n'avait confiance qu'en lui, Jules Pernelle. Allait-il défaillir de contentement?

— Dites-moi tout, Marie, je suis là pour vous aider. Je suis votre ami.

— C'est vrai? demanda-t-elle les yeux brillants.

Il hocha la tête lentement, osant poser une main moite sur son épaule.

— Vous comprenez alors que je n'aie pu oublier Simon? Elle crut que la pression accentuée de la main était une marque de sympathie. Toute à sa passion, elle disait qu'elle ne pourrait jamais oublier son ami d'enfance, qu'ils étaient promis l'un à l'autre, que Geoffroy de Saint-Arnaud avait gâché sa vie mais qu'après l'avoir tué, elle reviendrait à Paris pour voir Simon Perrot.

— Simon Perrot? bafouilla l'apothicaire.

— M. Chahinian ne vous avait pas dit son nom? Je serai sa maîtresse si sa femme survit à ses couches... Je ne serais pas la première ici! J'aurai peut-être quelque difficulté à me faire entendre de Simon. Il est franc et valeureux! Dans la lettre où il m'apprenait qu'il était marié, il me disait qu'il devait faire honneur au roi en tant que mousquetaire. Il est si courageux qu'il veut toujours aller se battre contre l'ennemi! Si vous saviez comme je redoute qu'il ne soit blessé lors d'un combat! Ou même ici! Il y a sûrement bien des criminels à Paris, il risquait gros même s'il n'en parlait pas dans ses lettres au pays. Heureusement, quand je serai riche, Simon n'aura plus à travailler... Vous savez maintenant pourquoi il me presse tant de rentrer en possession de mon trésor. Je ne veux pas que Simon aille guerroyer au loin! Honneur ou pas! Je sais que je serai toujours fière de lui. Que je l'admirerai jusqu'à mon dernier souffle! Je suis si contente que vous m'approuviez!

L'approuver? Jules Pernelle n'était pas certain que son cœur survivrait à une telle succession d'émotions contradictoires, et Marie qui attendait un commentaire s'apeura de le voir si pâle.

— Oh! mon ami! Ne soyez pas malade

pour moi ! J'ai trop besoin de vous pour retrouver Simon Perrot !

D'entendre prononcer le nom du bien-aimé obligea l'apothicaire à s'allonger sur un banc tant la tête lui tournait. Simon Perrot ! Le geôlier des frères de Lumière ! Elle aimait cet homme ? Quand il se releva enfin, sa voix était ferme.

— Oui, Marie, je retrouverai Simon Perrot. Je vous le jure.

Jules Pernelle n'avait jamais manqué à sa parole : il s'absenta plusieurs fois la semaine suivante et si Marie LaFlamme n'osait le questionner, elle s'efforçait de lui témoigner sa gratitude en multipliant ses cajoleries. Confiante, elle cachait mal sa gaieté aux Le Morhier et à Guy Chahinian et elle se réjouissait que Michelle soit partie pour Auteuil car elle n'aurait pu résister à l'envie de lui conter ses projets.

Plus elle témoignait de joie à l'idée de revoir Simon, plus la décision de l'apothicaire se précisait : il montrerait à Marie quelle était la véritable nature de son amoureux. On avait fréquemment parlé devant l'apothicaire de l'archange maudit, de cette beauté si démoniaque qu'elle vous dégoûtait des jolis visages. Et un prêtre à qui Jules Pernelle remettait de l'argent pour les prisonniers disait que ce Simon devait prendre plaisir à assister aux tortures car le lieutenant Chalumeau ne lui donnait pas plus que le cinquième de ses gains. Pourquoi se portait-il toujours volontaire pour accompagner les condamnés chez le bourreau?

Il avait pensé à réunir quelques prisonniers qui avaient connu Simon lors de leur incarcération et qui l'auraient dépeint à Marie, mais elle était trop entichée et depuis trop longtemps pour croire autre chose que ce qu'elle verrait. Il devrait donc produire devant elle le spectacle de la veulerie de son amant.

Il n'avait eu aucune peine à trouver Simon: en payant Chalumeau, il avait eu toutes les informations qu'il désirait et avait pu rencontrer Simon à Auteuil.

Et comme ils en étaient convenus, Simon Perrot se présenta à la boutique de l'apothicaire, ce soir d'avril, pour y arrêter Guy Chahinian, accusé d'être le gardien des frères de la Croix-de-Lumière.

Mais, contrairement à ce qu'avait imaginé Jules Pernelle, Simon Perrot se présenta à la boutique avec un autre homme et, tandis que ce dernier tenait sa lame contre la gorge de l'orfèvre, Simon lui désignait en riant le traître.

— Voilà un bon ami! Un ami très bavard qui nous a conté qui vous êtes, comment vous avez fui Paris, où vous avez vécu ces derniers mois. Quand je pense que vous étiez avec Jacques Lecoq et que vous avez écrit une lettre pour moi! Nous étions destinés à nous voir, monsieur Chahinian.

— Ne l'écoutez pas, Guy, ce n'est pas ce que vous croyez! Ce n'est pas ce que...

Jules Pernelle ne put terminer sa phrase: voici qu'un liquide chaud lui emplissait la bouche et lui paralysait la langue tandis qu'il voyait ébahi des flots de sang jaillir de son estomac. Il fallait pourtant qu'il explique à Guy Chahinian qu'il voulait en effet que Simon l'arrête à sa boutique. Mais pour quelques minutes seulement. Il lui avait bien dit qu'il devait être seul. Qu'ils n'auraient pas ainsi à partager avec une tierce personne l'argent de la récompense! Jules Pernelle avait insuffisamment misé sur la convoitise de Simon Perrot: celui-ci avait embauché un coquin, ignorant de l'identité de Guy Chahinian, pour l'aider dans son entreprise en lui promettant quelques deniers, mais il n'entendait pas remettre le moindre sol à Jules Pernelle. Il avait pensé à tout: pour se couvrir, il accuserait Guy Chahinian du meurtre de l'apothicaire.

Le sang s'écoulait dans un gargouillis de plus en plus faible mais l'apothicaire restait debout sur ses jambes, incrédule. Guy Chahinian ne pourrait jamais deviner qu'il ne devait être confronté à Simon que quelques minutes, le temps que Marie sorte de l'arrière-boutique, reconnaisse son bien-aimé et le voie pointer son arme sur la gorge de l'orfèvre. Elle aurait été pétrifiée d'horreur. Jules Pernelle se serait précipité, tendant une arme à son ami pour qu'il puisse se défendre. Chahinian aurait tué Simon Perrot dans la lutte.

Et Jules Pernelle aurait été débarrassé à

jamais du soupirant. Il avait espéré aussi que Marie en veuille assez à Chahinian pour lui battre froid quelque temps et décider de s'installer définitivement à la boutique.

Mais pourquoi n'était-elle pas encore là? Il lui avait bien dit de revenir à six heures, qu'il aurait peut-être le poison qu'elle cherchait. Et pourquoi, mais pourquoi Guy Chahinian se penchait-il vers lui pour le soutenir? L'espace d'une seconde, il sentit qu'on lui pressait la main, puis plus rien. Il n'entendit pas le bruit des fioles brisées, de la vitre fracassée, des outils lancés à toute volée dans la pièce. Il n'entendit pas les protestations de Chahinian.

Son corps devait commencer à se raidir quand Marie LaFlamme sortit de dessous l'escalier. Elle s'était mordu les mains au sang mais ne voyait pas qu'elle barbouillait ses vêtements. Elle se rappelait la voix de Simon, son rire quand il arrêtait Guy Chahinian. Elle avait failli courir quand elle l'avait reconnu puis elle avait ressenti ce malaise qu'elle avait enfant quand

Simon coupait des grenouilles vivantes en deux, et elle s'était arrêtée sous les marches. Il y avait eu ce cri étouffé, ce terrible tumulte, elle s'était faite toute petite dans sa cachette tandis que son Simon saccageait la boutique. Aucun voisin, aucun curieux ne s'en était ensuite approché, redoutant les pires ennuis.

Marie se pencha sur le cadavre pour lui fermer les yeux et le regarda longtemps comme si elle ne parvenait pas à croire que l'apothicaire était décédé. Ce n'est qu'au moment où la lune, entrant par la fenêtre, éclaira le visage blême, qu'elle en fut persuadée. Elle frissonna et s'écarta si subitement qu'elle entraîna dans son mouvement le bras droit du mort. Elle vit alors sa main scintiller.

Elle mit dix minutes à écarter les doigts et découvrir ce qu'ils retenaient : deux brillantes coupelles.

Marie LaFlamme quitta la boutique avec le cahier de sa mère contre son cœur, une besace remplie d'herbes et de poudres, et une lune et un soleil dans chaque poche.

Elle songea qu'il faudrait qu'elle parte

au bout du monde pour tout oublier. Elle devait avoir ce regard fixe des déments qui effraie tant car personne ne l'aborda entre la rue des Carmes et celle des Bons-Enfants. Elle frappa à la porte des Beaumont à minuit et Martin Le Morhier écouta son récit, désespéré. Il avait donc raison de penser que Marie ne leur apporterait que des ennuis. Il fallait qu'elle quitte Paris au plus vite : elle était en danger. Et les mettait aussi en péril. Elle portait malheur, oui.

Contre l'avis de ses parents, malgré leur détresse, Victor Le Morhier entraîna Marie le soir même pour Dieppe.

CHAPITRE 42

Victor Le Morhier s'était résigné : Marie LaFlamme s'embarquerait sur l'*Alouette*. Il avait pourtant tout dit, tout fait pour la décourager, mais aux périls qu'il énumérait, attaques de pirates, corsaires anglais, naufrages, famine, maladie, elle répondait qu'elle les préférait au fouet, à la corde ou au bûcher. Il avait beau lui répéter que personne ne la connaissait à Dieppe, elle rétorquait que, justement, il n'y avait aucune raison d'y rester.

— Mais pourquoi veux-tu partir vers la Nouvelle-France ? Tu n'y as aucune famille non plus !

— Ni famille, ni ami, ni ennemi ! Ast'heure, je pourrais le jurer, Geoffroy de Saint-Arnaud a promis une récompense à quiconque me ramènera à Nantes ou lui répétera des bruits sur mon compte !

— Tu pourrais changer de nom ? suggéra Victor. Et couper tes cheveux...

— Jamais !

— Mais, Marie, sois moins bête pour une fois!

— Je suis sotte? Et toi? Tu te crois futé? Ton père n'a-t-il pas dit que je serais accusée de meurtre?

— Mais c'est Simon qui a tué l'apothicaire! Tu l'as dit toi-même!

— Tué... tué... Ils se sont battus et c'est Jules Pernelle qui est mort.

— Ce n'est pas ce que j'avais compris.

— Tu vois: quand je te dis que tu n'es pas plus intelligent que moi. Ces dernières semaines, tous les clients de l'apothicaire m'ont vue. Ils parleront de moi. A cette heure, on a sûrement trouvé le corps. On me cherche? Et on finira par savoir que j'étais l'épouse de l'armateur. Et il me reprendra!

— Mais tu dois rester ici!

Marie LaFlamme secoua vivement la tête: les boucles qu'elle modelait à l'anglaise depuis son arrivée à Paris dansèrent contre ses joues, aussi brillantes que des pendants d'oreilles. Victor Le Morhier reconnut intérieurement qu'il serait bien dommage de couper si belle chevelure:

n'avait-il pas, dans ses aventures avec son ami Emile Cléron, toujours préféré la compagnie des ribaudes à crinière rousse? N'avait-il pas essayé de croire, quand il les prenait en les couchant sur le ventre, en plongeant une main dans leur tignasse cuivrée, qu'il baisait Marie LaFlamme? D'avoir la jeune femme à ses côtés sans pouvoir la toucher lui donna curieusement envie de retrouver ces gueuses parisiennes qui l'accueillaient sans faire d'histoires. Il saurait mieux les aimer quand il reviendrait de son aventure maritime. Accomplir tout un trajet de mer sur le même bateau que Marie LaFlamme! Quelle folie de l'avoir traînée avec lui à Dieppe! Mais pouvait-il deviner qu'elle voudrait s'embarquer pour les colonies? Après tout ce que son oncle, sa mère et sa tante avaient conté sur les sauvages, les animaux et les neiges éternelles de la Nouvelle-France?

— Victor? Tu m'écoutes? Je te dis que je n'ai rien vu, Victor! J'ai entendu! Et je ne suis pas assurée que... Et puis personne ne me croira. On dira que je mens! Tu veux me voir pendue ? Ah ! Vous seriez ensuite bien en paix !

La gifle fut si sonore que Victor crut ouïr son écho. Il regarda sa main avec stupeur. Puis il vit la joue de Marie, aussi rouge que ses lèvres, et son regard, plus sombre que la mer du Nord. Il se jeta à ses pieds en implorant son pardon. Il dut se prosterner cinq bonnes minutes avant que Marie lui réponde qu'elle accepterait ses excuses s'il l'aidait à monter à bord de l'*Alouette*.

— Sinon, je ne te parlerai plus jamais !

— Mais tu ne peux pas t'embarquer comme ça !

— Je saurai bien ! Il faut que je parte !

Marie LaFlamme affirmait qu'elle voulait tirer pays pour échapper à Geoffroy de Saint-Arnaud et en oubliait même momentanément le trésor, mais ce qu'elle redoutait réellement, c'était d'être confrontée à Simon Perrot. Elle ne pouvait s'imaginer témoignant contre lui et il était trop horrible de songer qu'il pourrait l'accuser. Elle fuyait donc la vérité et choisissait, dans un mélange d'ingénuité et de superstition, de partir pour les colonies, comme elle avait souhaité le faire avec Simon. Elle espérait effacer les cris de l'apothicaire, les protestations de Guy Chahinian, l'image du cadavre ensanglanté. Il lui semblait qu'en s'éloignant des côtes normandes elle s'éloignerait aussi de ces atrocités : elle n'aurait pas à admettre que Simon en était l'instigateur. Et qu'elle se trompait à son sujet.

Elle ignorait aussi que l'hérédité comptait dans sa décision de s'embarquer sur l'*Alouette* mais un observateur attentif, en regardant Marie LaFlamme assise sur un ballot sur le port, aurait deviné qu'elle respirait avec contentement les odeurs salines et qu'elle se plaisait à calculer l'heure de la dernière marée ou dénombrer les mâts des vaisseaux. La mer lui paraissait plus grise qu'à Nantes et elle s'avisait que les rochers se mêlant intimement aux flots supposaient une prudence accrue. Les oiseaux cependant étaient les mêmes : ils se disputaient avec férocité la moindre nourriture et lui rappelèrent les petites-bourgeoises de Nantes certains jours de marché quand un horsain déballait devant elles sa camelote. Elle sourit en voyant deux albatros plonger en même temps et Victor l'imita, soulagé qu'elle ne lui garde pas rancune.

— Alors? Tu m'aideras? Je n'ai pas un sol…

Victor Le Morhier secoua la tête tout en songeant qu'il ferait mieux de rester à terre ou de s'embarquer sur un autre navire: tôt ou tard, on apprendrait qu'il connaissait Marie et on l'accuserait de complicité avec la clandestine.

— Ça n'y changerait rien! Les femmes qui montent à bord n'ont pas payé transport, ni les hommes: ce sont des engagés, des trente-six mois.

— Ils vont travailler trois ans pour la colonie? Ah...

— Tu ne peux pas t'engager pour si longtemps! décréta aussitôt Victor. Trois ans, Marie! Et tu es seule! Les femmes qui partent sont toutes mariées. Ou religieuses. Celles-ci déboursent cependant.

— Parce qu'elles sont célibataires? s'indigna Marie. Quelle injustice!

— Mais non, pouffa Victor, c'est qu'elles transportent beaucoup d'effets : des livres pour les sœurs qui sont déjà là-bas, des ustensiles, des objets sacrés. Qu'est-ce que j'ai dit ?

— Rien, répondit Marie qui pensait à la lune et au soleil d'or qu'elle portait toujours sur elle. Rien, continue. Tu es bien renseigné pour quelqu'un qui ne veut pas que je m'embarque.

— Ai-je le choix ? Tu es...

— Pire qu'une bourrique, je sais. Il y a des Nantais parmi les passagers ?

— Non. Je n'en ai point vu. Marie battit des mains.

— Tu vois, tout ira bien. Je monterai avec les autres passagers...

— Et tu te cacheras et on te découvrira lors du séjour en rade. On peut y rester quelque temps avant de s'éloigner de la côte. C'est toujours à ce moment qu'on trouve les clandestines.

Et qu'on punit leur complice, ajouta-t-il à mi-voix. Que lui réserverait-on ? Le fouet ? Les fers ?

— On les trouve parce qu'on cherche

des femmes. Mais je porterai une culotte et je serai si crottée qu'on ne verra pas que je n'ai pas de poil au menton.

— Et tes cheveux?

— Je ferai comme vous tous. Je les enroulerai dans mon bonnet, dit-elle sans frémir. Tu ne couperas pas les tiens, non? Tu ne voudrais pas qu'on te croie forçat? Moi non plus!

— Marie... Tu... tu...

— Il y a près de cent cinquante personnes à bord: on ne s'occupera pas d'un garçon mal débarbouillé. Tout ce que je veux, c'est que tu me gardes ma robe jusqu'à ce qu'on ait gagné la pleine mer. On ne me retournera pas à ce moment-là!

— Prions que les vents soient favorables et qu'on ne reste pas des jours en rade. Ou même des semaines...

Marie haussa les épaules.

— Si tu as trop peur...

— Tu ne connais rien à la vie sur un navire! L'*Alouette* fait quatre cents tonneaux!

— Et mesure plus de cent pieds. C'est un beau vaisseau, même si sa quille est un peu courte. On sera aisés à rattraper si on croise !

— Justement ! Tu croiseras bien des gens à l'intérieur du bateau.

— Faux ! Les marins ont leurs attributions, leurs coins. Tu ne verras même pas ton camarade.

Marie LaFlamme faisait allusion au matelot qui serait désigné par le capitaine pour partager le branle de Victor Le Morhier. Ce dernier ne lui parlerait guère en effet; ils ne travailleraient jamais ensemble puisqu'on amatelotait toujours un homme de tribord avec un homme de bâbord, l'un réveillant l'autre pour prendre sa place dans le hamac quand son quart venait. Sachant qu'en plus d'un branle pourri, certains hommes se prêtaient aussi une cuiller pour manger, Victor avait pris soin d'en apporter une.

— Si tu te fais passer pour un mousse ou pour un page, tu seras amatelotée avec un gamin, dit Victor en souriant: Marie ne partagerait pas son hamac avec un homme. L'idée qu'elle couche à la caraïbe en sentant la chaleur d'un vrai marin l'avait indisposé. Il était partiellement soulagé même s'il lui paraissait incroyable qu'on prenne Marie pour un adolescent. La culotte corsaire laisserait voir ses mollets bien galbés et, bien que la jeune femme bande sa poitrine et porte un tricot par-dessus sa chemise, il n'était pas certain que ses formes passent inaperçues. Oui, il devrait bien prier ce soir-là !

— J'ai même envie d'aller au banquet ! crâna Marie. Victor s'étouffa de stupeur.

— Au banquet ? Mais tu as perdu la raison !

— Je plaisantais. Tu t'y amuseras pour moi.

— Je n'ai aucune envie de fêter notre fol départ ! Ni de payer au retour.

— Payer ?

Heureux de prendre Marie en défaut, Victor lui expliqua que le banquet précédant l'embarquement n'était pas offert par le roi, l'armateur ou le capitaine. Les hommes mangeaient des cochons de lait et buvaient aux barriques de vin parce qu'ils participaient indirectement aux frais : on leur retenait la part définie sur leur salaire.

S'ils oubliaient ce détail dans leur ivresse, ils le digéraient mal au retour, au moment du prélèvement.

— N'y va pas, voilà tout, commenta Marie.

— Je préfère ne pas bouder ainsi mes compagnons.

— Je monterai à bord durant le banquet.

— Tu passeras sous la fosse aux lions...

— Précisément! Je me suis toujours moquée des lions. Devant l'air ahuri de Victor, Marie lui expliqua comment elle prenait plaisir à agacer Geoffroy de Saint-Arnaud au sujet de sa sculpture en marbre italien.

— Tu t'es peut-être gaussée de lui mais ce lion devait être de grand prix.

— Mais tout l'était chez l'armateur. Tiens, regarde, fit-elle en extirpant le solitaire de la doublure de son jupon.

Elle le fit miroiter au soleil, le contemplant avec un plaisir évident.

— Il ne le reverra jamais! dit-elle en riant.

Victor allait sourire aussi quand les

éclats joyeux lui parurent subitement faux, fêlés. Marie baissa la tête et éclata en sanglots. Victor, désemparé, regardait les épaules secouées de longs spasmes, il écoutait ses gémissements pitoyables, ses plaintes désespérées sans oser intervenir. Quand elle renifla à petits coups, comme une enfant, elle lui rappela ce jour où il l'avait trouvée en larmes devant le cadavre de son vieux chien et il l'entoura de ses bras et la berça jusqu'à ce qu'elle s'apaise. Il passait et repassait une longue mèche derrière son oreille droite, s'émerveillant de la finesse des cheveux comme de la rondeur du lobe, s'émouvant de la ligne du col, de la transparence de la peau et de la perfection même des larmes.

Quand elle se calma enfin, elle s'essuya les yeux avec le coin de sa jupe et murmura d'une voix rauque qu'elle se languissait de sa mère.

— Le diamant, Victor, l'armateur devait le donner à maman! Elle me manque tant! Je ne pourrai jamais vivre sans elle! Tout est ruine autour de moi depuis sa mort. Nanette, puis Jules

Pernelle, puis M. Guy... Et Simon !

— Simon n'est pas mort, se força à dire Victor.

— Je sais, mais il ne m'aime plus. Il n'y avait que maman qui m'aimait.

— Tu n'en sais rien ! Plusieurs t'aiment !

— Mais pas autant que maman ! Je voudrais que ce soit elle qui me console !

Victor se raidit, blessé. Marie s'en aperçut et lui baisa la joue en lui prenant la main.

— Je ne voulais pas dire... Je sais que je n'ai pas meilleur ami que toi ici-bas. Mais je voudrais que ma mère soit là. Avec ses mains si gracieuses. As-tu souvenance de leur finesse ?

Victor se racla la gorge avant de répondre qu'il les avait bien en mémoire. Qu'il se rappelait nettement le jour de la Saint-Joseph où elle lui avait recousu le coude.

— Je hurlais ! dit-il en souriant.

Marie eut une petite lueur de gaieté dans l'œil ; le chagrin désertant sa prunelle laissait réapparaître un lilas si pur, si doux que Victor eut envie d'embrasser ses yeux splendides.

— Non, voyons! Maman m'avait dit que tu n'avais pas beaucoup crié.

— Pas beaucoup? Il me semble que tout Nantes savait que marraine était avec moi.

— Non. Ne sois pas trop glorieux, mais maman m'avait confié alors que bien des hommes sont moins courageux que toi!

Victor rougit.

— Tais-toi et viens plutôt acheter ton linge de garçon de bord. Nous irons ensuite à l'église implorer la Vierge et brûler des cierges. Il en faudrait une bonne centaine pour que ton subterfuge réussisse! Je crains surtout l'écrivain du bord... S'il est comme Ernest Nadeau...

— Ah! Je déteste Ernest Nadeau! Il est de ceux qui ont accusé ma mère. On priera aussi pour elle.

— Oui, on priera pour ma marraine. Je l'aimais beaucoup.

— Elle t'aimait aussi.

CHAPITRE 43

Victor Le Morhier prétendit toujours que la Vierge avait entendu leurs prières en cet après-dîner du 7 mai 1663. Et que Marie avait autant de chance que son ami Emile Cléron aux jeux de hasard.

Les vents se levèrent miraculeusement au lendemain de l'embarquement et Marie n'eut à jouer son rôle de mousse qu'une journée et demie, au grand soulagement de Victor qui supposait au moindre juron d'un officier qu'on avait découvert son amie. Il admettait toutefois qu'elle était méconnaissable après avoir caché ses cheveux dans son bonnet et enfilé son costume marin, et il lui aurait quasiment conseillé de garder son rôle de page s'il n'avait craint qu'un matelot ne devine tout et tente d'obtenir ses faveurs en échange de son silence. Et si c'était le capitaine Dufour qui voulait abuser de Marie? Comment réagirait-il quand il la verrait?

Avec surprise.

Georges Dufour aperçut Marie pour la première fois, alors qu'il était sur le gaillard à discuter avec un officier-major. Il fut frappé par son profil hautain et allait la héler quand elle se retourna. Elle comprit tout de suite, à la manière dont il la regardait, qu'il savait tout. Elle attendit donc sans bouger qu'il la fasse chercher et elle suivit prestement le pilote de quart. Le capitaine Dufour n'était pas homme à s'attendrir sur le sort d'une clandestine et, s'il voulut interroger Marie LaFlamme dans la chambre du conseil, ce n'était pas pour la ménager mais pour éviter les indiscrétions. Elle sursauta quand il referma la porte derrière elle mais, malgré sa peur, elle se tint droite devant le capitaine.

— Qui es-tu?

— Marie LaFlamme, capitaine Dufour.

— Tu n'as pas l'air bien troublée par ton méfait, fit Georges Dufour, étonné.

— Si, je le suis. Mais je n'avais pas le choix. Il fallait que je quitte Dieppe.

— Et pourquoi donc? Qu'y as-tu fait de si terrible?

— Rien. Nul ne me connaît à Dieppe.

Mais j'arrive de Paris où mon maître a été assassiné et j'ai craint qu'on ne m'accuse de sa mort.

— On aurait peut-être dû?

Marie plissa les yeux.

— Je pourrais tuer, assurément. Vous me jugez bien. Mais je n'avais aucune raison de souhaiter la mort d'un homme qui m'enseignait sa science.

— Sa science?

— Il était apothicaire. Je savais déjà guérir, comme ma mère qui était matrone, mais je voulais en apprendre davantage.

Le capitaine s'esclaffa.

— Te prétendrais-tu chirurgien?

— J'ai pratiqué des réductions de fracture, monsieur, et mes clients n'ont pas boité longtemps.

— Vantarde avec ça?

— Non, monsieur, je dis vrai. Attendez donc qu'un accident survienne ici et je vous montrerai ce que je peux faire avec ça.

Elle tendit ses mains vers le capitaine qui remarqua le diamant qu'elle n'avait pu s'empêcher de porter.

— Et avec ça? dit-il en désignant le solitaire. L'aurais-tu volé?

Marie n'eut pas le temps de retirer sa main; le capitaine s'en saisit et regarda attentivement la pierre. Après un long silence, il sourit à Marie en tapotant le diamant.

— Nous pourrons peut-être nous entendre, ma belle... Tu pourrais payer ton passage. Je crois que cette bague fera l'affaire.

Sans attendre la réponse de Marie, Georges Dufour retira le bijou du doigt tendu et l'enfouit dans la poche de son habit.

— A ce prix, j'imagine que j'ai droit à un branle, dit Marie avec humeur.

— Tu auras droit au même traitement que tout un chacun mais ce n'est pas parce que tu le mérites! Cependant, j'aurais des complications en te mettant aux fers. L'équipage s'énerverait. Mais gare à toi si tu te fais trop remarquer. Je suppose que personne ne pleurerait la mort d'une criminelle si une lame t'emportait?

— Mais je n'ai pas tué l'apothicaire!

— Que tu dis. Et moi je dis que tu vivras avec les ursulines. Je leur dirai que tu devais t'embarquer avec ton mari, que tu es veuve depuis peu. Que tu n'avais pas assez de livres pour te payer une vêture noire mais que tu veux prier avec elles pour ton défunt. Tu es trop jolie pour te balader sur le pont à troubler mes hommes. Il te faut des chaperons. Je ne voudrais pas punir un pauvre homme qui perd les sens par ta faute. J'avertirai les sœurs de me tenir au courant de tout ce que tu fais. Je te conseille de beaucoup prier. Ton salut ne me semble pas assuré. Et garde à l'esprit que si ton âme est l'affaire de Dieu, c'est moi qui règle ta vie ici-bas.

Marie baissa la tête en signe d'assentiment alors qu'elle repérait plutôt l'endroit où le capitaine avait rangé sa bague : qui sait ? elle réussirait peut-être à la récupérer ?

En fait, bien que les ursulines, comme tous les passagers, dussent obéissance au capitaine, elles se récrièrent quand il leur demanda d'accueillir Marie LaFlamme parmi elles. L'aînée du groupe, sœur Sainte-Blandine, prédit les pires ennuis : on n'avait qu'à regarder cette femme, cheveux au vent et gorge découverte, pour voir qu'elle incitait au péché. Elle proposa qu'on habille Marie de blanc et qu'on la dise infirmière de l'Hôtel-Dieu de Paris.

Et qu'on lui coupe les cheveux pour lui apprendre l'humilité. Marie eut beau protester, le capitaine approuva la religieuse et demanda qu'on lui apporte la plus longue mèche à la fin de l'opération.

A chaque boucle qui tombait au sol, Marie détestait un peu plus sœur Sainte-Blandine mais elle ne manifesta aucune émotion. Ses mains seules tremblaient quand elle ajusta le voile que sœur Suzanne de Saint-Bernard avait maladroitement drapé. Elle croisa le regard de la jeune nonne, mélange d'admiration et de pitié. Elle lui sourit, elle pourrait peut-être s'en faire une alliée.

Elle dut y renoncer car les religieuses demeuraient toujours groupées; elles priaient, chantaient des psaumes, lisaient la Bible, cousaient, mangeaient, assistaient à la messe ensemble. Et sœur Sainte-Blandine veillait à ce que Marie les accompagne; elle n'échappait à sa tutelle qu'en discutant avec les femmes des colons. Parmi elles, une dénommée Julie Laflandre, la croyant véritablement infirmière, l'établit dans ce rôle en lui confiant qu'elle était enceinte et qu'elle éprouvait quelques craintes.

— Est-ce qu'en vomissant sans arrêt, je peux rendre aussi l'enfant?

Marie LaFlamme réussit à contenir son rire; ce n'était pourtant pas la première fois qu'elle entendait pareil propos. Bien des gens et parfois même des personnes instruites prêtaient foi à des fables extraordinaires où les enfants étaient conçus par les oreilles, sortaient par le nombril ou la bouche ou bien grandissaient durant deux ou trois ans dans le ventre de leur mère. Anne LaFlamme lui rapportait souvent des histoires invraisemblables et elles en avaient conclu toutes les deux que le mystère de la naissance était à la fois trop simple et trop mystérieux justement pour éviter les mythes. Marie dit donc à Julie

Laflandre qu'il n'y avait aucun risque de perdre le bébé en le régurgitant mais qu'elle devait manger.

— Mon mari en a parlé au chirurgien du bord, M. Leclerc, qui a dit que je n'avais qu'à être plus endurante.

— Ils sont aussi sots en mer qu'à terre! ironisa Marie tout en sachant qu'elle était injuste: les chirurgiens qui officiaient sur les navires étaient souvent plus qualifiés que leurs confrères des villes car ils finissaient, à force d'amputations, par connaître l'anatomie et n'avaient pas à rivaliser d'imagination avec des collègues appelés au chevet d'un même malade. De plus, ils avaient trop d'hémorragies à endiguer pour se complaire à multiplier les saignées comme on le conseillait sur le continent. Marie comprenait aussi que le chirurgien Leclerc avait l'habitude de voyager avec des marins endurcis et non des passagers qui n'étaient jamais montés sur un vaisseau, les expéditions pour les colonies étant relativement récentes. Mais comme elle s'ennuyait ferme à prier sans cesse, elle était ravie qu'on fasse appel à elle et elle s'empressa de rassurer Julie Laflandre.

— Je vous donnerai de la racine d'acore. Si le capitaine me le permet. Entre une épître et un psaume ou un sermon de sœur Sainte-Blandine.

— N'est-ce pas la plus grande? Avec un nez si long que les mouettes pourraient s'y percher?

— Je constate que la nausée n'atteint pas votre esprit, dit gaiement Marie. C'est elle, oui, et...

Elle s'interrompit en voyant rire Julie Laflandre: elle découvrait une bouche totalement édentée.

— C'est très laid, n'est-ce pas? fit Julie. Marie évita d'approuver pour affirmer:

— Ce n'est pourtant pas le scorbut et vous êtes grosse pour la première fois!

— Non, ce n'est pas une maladie...Votre sœur Sainte-Blandine m'a l'air assez fière pour une nonne, dit-elle d'un ton amusé pour changer de sujet.

— Elle prétend que c'est moi qui le suis.

— C'est vrai?

Marie branla du chef puis sourit.

— Oui, je suis orgueilleuse. Mais j'ai de bonnes raisons !

— Il est vrai que vous êtes choyée par la nature.

— J'avais des cheveux pareils aux vôtres, madame, aussi roux, aussi longs, avant que cette corneille ne m'oblige à les couper ! Tenez, la voilà qui m'appelle encore ! Je vous quitte !

— Je suis bien heureuse de cette rencontre : quelle chance pour moi que vous soyez matrone !

Marie sourit avec assurance, ravie que la jeune femme n'ait pas eu l'idée de lui demander si elle avait eu elle-même des enfants. Personne n'aurait accepté à terre qu'une fille sans enfants soit sage-femme. Mais Julie Laflandre était trop inquiète pour avoir ce genre de scrupules.

— Priez pour moi que le temps s'apaise !

— Mais la mer est calme, s'exclama Marie. Le temps est fin ! Les marins n'ont pas cessé d'augmenter la voilure pour pousser le navire.

— Oh non! Le soleil brille à peine!

— Je vous dis qu'il fait beau et que naviguer par grand vent est différent. Vous
feriez mieux de vous y résigner... Mais,
ajouta Marie, taquine, je prierai pour
qu'on vous épargne et que vous gardiez
vos repas. Même si je comprends que la
nourriture du cuisinier vous déplaise.

Alors qu'elle s'écartait pour rejoindre
sœur Sainte-Blandine, Julie Laflandre lui
pressa la main dans un élan d'affection.

— Je suis vraiment contente de vous
connaître.

Cette sympathie soudaine toucha Marie
et elle subit plus aisément les remontrances de la religieuse qui lui reprochait
son manque de piété.

— Vous n'étiez pas avec nous tantôt
pour prier? Que signifie cette absence?

— J'étais avec cette jeune femme, dit
Marie en désignant Julie Laflandre. Elle ne
se sentait pas très bien, j'ai cru qu'elle dé-
faillerait. N'est-ce pas mon rôle de soigner
les gens?

— Croyez-vous m'amuser?

— Mais je sais guérir! Je connais les

herbes et les poudres. Attendez d'être malade et vous serez heureuse de mes bienfaits.

— Quelle vanité! Vous devrez confesser cette faute à notre aumônier.

— Et commettre ainsi un péché?

— Un péché?

— Je mentirais en disant que je me suis vantée en affirmant que je sais soigner. De quoi préférez-vous que je m'accuse?

— Votre insolence est outrageante! Je serai obligée d'en parler au capitaine!

— Je vous accompagne, j'ai une requête à lui présenter. Avant que sœur Sainte-Blandine ait le temps de protester, Marie la devançait et marchait du pas assuré des gens de mer vers la chambre du capitaine. Elle contourna le grand mât, les râteliers de manœuvre, le cabestan et tous les hommes qui s'affairaient autour avec tant de vivacité qu'elle atteignit la chambre en laissant loin derrière la religieuse.

Le capitaine Dufour parut contrarié de voir Marie et lui dit d'un ton brusque qu'elle n'avait pas à le déranger.

— C'est pour Julie Laflandre; je

voudrais récupérer mon sac. Vous n'en ferez rien, de toute manière!

Le capitaine avait confisqué les maigres effets de Marie: sa robe pour lui éviter d'être tentée de la porter, le livre de sa mère et sa besace de plantes.

— Il me faut de la racine d'acore.

— Il lui faut surtout la discipline! dit sœur Sainte-Blandine qui les rejoignit.

— Capitaine, vous sévirez si je ne sais pas guérir Julie Laflandre! Elle devrait faire un beau petit si Dieu le permet. Dieu qui, dans sa sagesse, a fait pousser de l'acore, pour m'aider à soigner cette femme. Laissez-moi faire! Vous n'avez rien à y perdre!

— Ne l'écoutez pas! Elle ment sûrement! Et elle me désobéit.

Georges Dufour soupira: il s'était pourtant juré de ne jamais accepter de passagères sous son commandement! Pourquoi avait-il donc changé d'idée? Certes, on avait su lui démontrer que le retour serait mille fois plus agréable que l'aller, puisqu'à la place des femmes et des colons, il ramènerait des peaux de castor. Et il s'était dit qu'avec un peu de chance la

679

traversée serait courte. Mais après un départ prompt, la cadence s'était ralentie et n'avait repris que depuis deux jours. Si le vaisseau conservait cette vitesse, le trajet de mer durerait jusqu'à la fin de l'été. L'équipage comme les passagers seraient mécontents. Et affamés. Ruminant ces sombres perspectives, le capitaine Dufour n'avait aucune envie d'entendre des femelles jacasser autour de lui mais il devait pourtant les départager. L'ursuline avait parlé d'insubordination et elle devait avoir raison, mais si une femme faisait une fausse couche sur l'*Alouette*, il y aurait bien des marins pour dire que la mort de l'enfant leur porterait malheur. Lui-même pouvait assister sans frémir au découpage d'un fémur ou d'un cubitus et les chopines de sang répandu alors ne l'effaraient pas comme celles d'une femme en douleurs. Il s'était souvent réjoui d'être en mer lorsque sa femme accouchait de ses fils. Il marmonna qu'il ne voulait pas être mêlé à ce genre de querelle mais qu'il rendait son sac d'herbes à Marie à condition qu'il n'entende plus parler d'elle.

Sœur Sainte-Blandine pivota aussitôt sur ses talons et Marie ne put résister à l'envie de lui faire une grimace dont le capitaine fut témoin.

— Vous êtes bien effrontée!

Marie l'approuva.

— Oui. Je suis effrontée. Mais ne l'êtes-vous pas aussi pour avoir survécu à toutes vos expéditions? Il faut de l'entêtement pour naviguer, monsieur. Pour survivre. Ne croyez-vous pas? On m'a dit que vous étiez allé jusqu'aux Indes orientales. Mon père s'y est rendu une fois.

— Votre père?

— Il était timonier. Il est mort il y a plus d'un an.

— En mer?

— En mer, oui, mais du scorbut!

— J'ai perdu bien des hommes ainsi...

— Ça pourrait nous arriver... Mais le petit hunier et le perroquet de misaine sont bien tendus aujourd'hui et il me semble que nous allons plus vite qu'hier.

— Pardi! Vous ne mentiez pas en disant que votre père était marin. Peut-être avez-vous dit vrai en soutenant que vous saurez sauver cette jeune mère?

— Dieu vous garde, capitaine, un enfant verra le jour grâce à vous.

CHAPITRE 44

—Nous leur avons échappé! dit Marie LaFlamme en riant à Julie Laflandre.

— Vous ne sembliez pas vraiment les craindre!

— Oh que si, mais je faisais confiance au capitaine et aux pilotes. Et j'ai eu raison. En décidant de longer les côtes anglaises, ils nous ont évité le pire.

— Que serions-nous devenues? gémit Julie. Je n'ose y penser!

— Tout dépend: les pirates nous auraient violées et tuées, les corsaires fait prisonnières.

Julie frissonna.

— Vous parlez de notre destin avec une telle désinvolture. N'êtes-vous jamais sérieuse?

— Les tracas surviennent bien assez tôt: inutile de ressasser ce qui aurait pu être.

— Je vous envie d'être aussi brave! Moi, je ne peux pas m'interdire d'imaginer des atrocités. Mon propre sort m'importe peu. C'est à mon enfant que je pensais. Si on nous avait capturées et emprisonnées, il serait né dans une geôle affreuse. On me l'aurait peut-être enlevé? Ou je serais morte et...

— Taisez-vous, voyons! Ça ne vous vaut rien de bon. Nous sommes sauvés, réjouissez-vous!

— Votre amie a raison, dit Luc Laflandre en prenant sa femme par le cou. Il faut vous calmer et oublier ce péril. Allez vous reposer; pendant ce temps, j'aiderai le charpentier pour ne pas perdre la main.

Et s'emparant délicatement de celle de Julie, il déposa un baiser au creux de sa paume avant de s'éloigner. Elle referma sa main contre son cœur, rêveuse.

— Vous avez bien de la chance, commenta Marie.

— Plus encore que vous ne pouvez le croire. Luc a engagé sa vie, son honneur pour me sauver.

— Sa vie?

— Je ne devrais pas vous raconter ce qui suit, mais j'ai confiance en vous et j'ai eu trop peur pour mon enfant. Et je sais que d'autres traverses peuvent survenir sur ce navire.

— Ou en France! Vous ne vous êtes pas embarquée par caprice: les filles de noble extraction ne partent pas aisément pour les colonies, sauf les femmes de miséricorde...

Devant la stupéfaction de Julie, Marie eut un geste apaisant.

— Ne vous morfondez pas, je ne répéterai à personne que vous n'êtes pas celle que vous prétendez être.

— Comment avez-vous su?

— A l'instant! Vos mains sont trop blanches. Quand votre époux les a embrassées, le contraste avec les siennes était très net. D'où êtes-vous?

— De Reims. Où je devrais moisir à cette heure, enfermée dans un couvent par mon père.

— Vous êtes-vous aussi évadée?

— Parce que vous...

— Votre histoire, d'abord.

— C'est celle des jeunes filles qu'on force contre leur volonté: mon père est comte. Et religieux. Trop religieux. Il trouvait qu'une de ses filles devait se consacrer à Dieu. J'étais la plus belle : c'est donc moi qu'il sacrifierait. Pour me punir d'exciter la convoitise des hommes, il m'a fait arracher toutes les dents. Puis il m'a enfermée au couvent.

— C'était donc ça ?

— Oui, il voulait m'enlaidir...

— Votre père est un monstre ! Pardonnez-moi mais...

— Je serais morte dans une cellule de nonne si le Ciel ne m'avait graciée en m'envoyant Luc.

— Au couvent ?

— Il est réellement charpentier et était venu réparer le toit de notre chapelle. Il m'a vue du haut de son échafaudage, alors que je revenais du parloir où ma mère m'exhortait à prononcer mes vœux.

— Et il vous a aimée. Je vous envie ! Oh ! comme je vous envie !

Julie posa une main compatissante sur l'épaule de son amie.

— Je sais. On m'a dit que vous étiez veuve. Je vois que vous l'aimiez... Comment s'appelait-il ?

— Simon. Simon Perrot.

— C'est un beau nom.

— Nous avons été séparés une semaine avant l'embarquement. J'ai fui moi aussi ma ville natale pour le retrouver à Paris. Mais continuez votre récit.

— J'ai dû rester cachée plusieurs mois après que Luc m'eut fait sortir du couvent. Puis on a pu s'embarquer sur ce vaisseau. Tandis que nous redoutions les pirates, je tremblais de peur mais aussi de rage : avoir survécu à toutes ces épreuves à Reims pour périr au moment où j'échappais à mes bourreaux, où j'étais prête à commencer une vie nouvelle, était trop bête ! N'avez-vous pas pensé la même chose puisque vous vous êtes aussi enfuie ?

— Je ne sais pas si j'ai su choisir.

— Que feriez-vous en France ? Vous avez bravé comme moi votre famille : vous n'ignorez pas comme on punit notre dé-sobéissance.

L'effroi crispa un instant le petit visage de Julie, elle déglutit avant de demander à Marie si Simon avait été exécuté parce qu'il l'avait enlevée.

— Non. Il est soldat. Il... il a disparu lors d'une campagne.

— Ma pauvre amie... Allez, vous referez votre vie en Nouvelle-France. Vous trouverez un bon époux, j'en suis assurée. Vous le méritez bien.

— Mais je ne peux pas me remarier! s'écria Marie.

— Mais vous le devez, vous le savez. Vous verrez que le temps arrange les choses, dit doucement Julie.

Marie ferma les yeux: elle avait failli tout révéler dans un moment d'inattention. Elle se reprit en disant qu'elle n'avait pas envie de convoler à nouveau.

— Mais que ferez-vous là-bas? Ne me dites pas que vous demeurerez avec les ursulines, je ne vous croirais pas. Vous manquez d'ardeur à chanter les psaumes.

— Je serai servante chez un riche bourgeois.

— Il y a bien peu de gens de qualité dans ces pays neufs, exposa Julie. Ceux-ci, comme le gouverneur et l'intendant, doivent avoir déjà leur domesticité. Et ils refuseront une femme seule.

— Et mes dons d'empirique? Je pourrai guérir...

— Ah! Vous rejoindrez donc les hospitalières de mère Saint-Augustin?

— Je ne sais pas encore.

— Vous êtes décidément bien téméraire de partir!

— Je ne veux pas renoncer au rêve que Simon et moi avions de nous installer dans la colonie, bredouilla Marie, troublée par les réflexions de sa compagne. Elle n'avait pas voulu écouter Victor Le Morhier quand il lui opposait à Dieppe les mêmes arguments, mais à force d'entendre les religieuses décrire la vie en Nouvelle-France, elle avait compris qu'elle s'était fait une fausse idée de sa destination. L'âpreté la définissait mieux que l'exotisme dont elle avait rêvé.

Devant l'embarras de Marie, Julie s'empressa de reprendre son récit.

— Vous serez la seule personne à connaître la vérité, je suis donc la fille du comte de...

— Vous n'êtes pas tenue de tout me révéler, dit mollement Marie, dévorée de curiosité.

— Non! Il faut que vous soyez avertie. S'il nous arrivait malheur, à Luc ou à moi, et que mon enfant soit orphelin, quelqu'un doit être au courant de sa véritable identité et la lui révéler quand il sera en âge de comprendre. Je suis donc la fille cadette du comte de Roche-Brieux. Et dans le maigre bagage que j'ai apporté sur ce navire, vous trouveriez une chevalière aux armes de notre famille, ainsi qu'une escarboucle.

— C'est mieux qu'une carte à jouer, tenta de plaisanter Marie.

— Une carte?

— On en laisse la moitié avec le bébé, et la mère ou le père de l'enfant garde l'autre. Quand on les réunit, on a la preuve que c'est bien leur enfant. Mais vous avez tort...

— Je les tiens de mon grand-père, la coupa Julie, et vous les remettrez à mon fils ou à ma fille si...

— Arrêtez!

— Non, écoutez encore: si je laisse un orphelin, je veux que ce soit vous qui vous en occupiez. Je ne veux pas qu'il soit recueilli par des gens d'Eglise! Mon père serait trop heureux! Je veux que vous me le promettiez...

Marie effleura le front de Julie.

— Assez! Toutes ces émotions vous donnent la fièvre! Votre mari vous a dit d'aller dormir et il parle sagement. Quand vous serez reposée, vous verrez l'avenir sous un jour meilleur. Vous l'avez dit vous-même: vous n'avez pas vécu à Reims dans un galetas minable durant des mois pour renoncer à votre but! Nous baptiserons votre enfant en Nouvelle-France et en ferons un bon colon!

— Ah, Marie, que ferais-je sans vous? chuchota Julie tendrement. Vous êtes si bonne.

— Alors dormez si vous voulez me plaire, fit Marie en la poussant vivement vers la batterie pour cacher son émotion: personne ne lui avait jamais dit qu'elle était bonne et ce compliment la troublait considérablement. Se mettait-elle à ressembler à sa mère autrement que par son talent à soigner les malades? Elle repensait aussi aux enfants de Lucie

Bonnet. Julie avait parlé d'orphelin... Qu'étaient devenus les jumeaux? Elle n'avait pas songé à s'en enquérir quand elle était mariée. Sa mère, elle, l'aurait fait. Elle sentit sa gorge se nouer et s'imposa aussitôt de contempler l'océan pour se ressaisir. Son père ne lui avait-il pas raconté qu'il regardait la mer chaque fois qu'il était désemparé et qu'à chaque fois il lui semblait que les vagues dansaient pour le distraire de son chagrin?

Comme il aurait été fier de sa fille: elle traversait l'Atlantique et démontrait à tous qu'elle était bien une fille de marin. Elle n'avait pas vomi une seule fois depuis leur départ de Dieppe et n'avait ni crié ni pleuré quand des pavillons ennemis avaient été signalés. Elle s'était plutôt présentée au chirurgien de bord en lui disant qu'elle pourrait le seconder s'il y avait des blessés. Contrairement à ce qu'elle avait cru, l'homme avait accueilli sa proposition avec gentillesse.

— Nous ne serons pas trop de deux s'il y a abordage! Mais croyez-vous vraiment que vous saurez supporter un tel carnage?

Ce n'est pas beau à voir. C'est même pire : l'enfer est un paradis comparé à ce spectacle.

— Je sais, avait dit Marie. Mais nous suffirons à peine à la tâche : nous n'aurons pas le temps de songer à nos états d'âme.

— Espérons qu'on nous épargnera, avait fait le chirurgien en se signant. Et que nous n'aurons pas à recoudre ces pauvres gars.

— Vous ne doutez donc pas de mes pouvoirs ?

— Le capitaine m'a parlé de vous. Et votre robe d'infirmière est éloquente. Vous devez avoir déjà vu des blessés.

— Et bien du sang, répondit-elle simplement.

— Bon, nous verrons bien.

Il n'y eut rien à voir et tout en s'extasiant sur l'immensité bleutée qui chatoyait au-delà de l'horizon, Marie se remémorait les visages des matelots après qu'ils eurent dépassé sans encombre les côtes de la Cornouaille. Les traits s'étaient tant éclairés que certains marins en paraissaient presque beaux.

— On rêvasse? demanda Victor Le Morhier en passant près d'elle, tenant précautionneusement deux lanternes.

— Où vas-tu?

— Les rapporter au quartier-maître. Mais nous pourrons nous parler après le souper. J'aurai fini mon quart.

— Le mari de Julie t'abordera et te conduira à moi. Ou René Blanchard.

— Je ne le connais pas ton Blanchard.

— C'est le forgeron à qui tu as parlé avant-hier. Il s'est embarqué avec sa femme et leurs deux fils. L'aîné a trois ans et le cadet six mois. Et Emeline a beaucoup de lait.

— Du lait? Et alors?

— Alors, j'ai pensé à elle pour Julie. Les vents nous boudent de nouveau et le trajet de mer se prolongera encore des semaines! Julie enfantera sur ce bateau et je crains qu'elle ne puisse nourrir son petit. Elle a recouvré l'appétit, mais elle reste faible. Et qui sait, de toute manière, ce que nous aurons à nous mettre sous la dent dans un mois ou deux? Même Emeline n'aura plus de lait.

— J'ai peur, Victor. Pour Julie. Je n'ai jamais délivré...

— Ne t'en fais pas, tu sauras l'aider aussi bien que ta mère. J'y vais, ces lanternes sont plus lourdes que l'ancre!

Il plaisantait pour dissimuler son inquiétude: il savait que Marie avait raison. Il avait entendu à l'aube le cuisinier gémir qu'il n'avait plus de bœuf et qu'il ne servirait du lard qu'une fois par semaine désormais. Et que les hommes se plaindraient.

Ce qu'ils firent quelque temps plus tard. Tout comme les passagers qui supportaient malaisément pareilles conditions de vie. Ou de survie. Il n'y avait que les ursulines pour accepter la situation sans broncher et Marie revint à de meilleurs sentiments à l'égard de sœur Sainte-Blandine. Elle était peut-être sévère, mais elle avait du nerf et Marie estimait assez cette conduite pour l'imiter.

A son insu, la traversée modifiait son caractère et la dépouillait lentement de ses humeurs capricieuses; elle ne pouvait en effet se lamenter auprès du capitaine comme les autres femmes et espérer ensuite qu'il la respecterait. Elle serait donc les dents et s'efforçait d'oublier l'inconfort du voyage. Julie, en lui faisant si manifestement confiance, l'obligeait à prendre son rôle d'infirmière au sérieux et l'amenait à plus d'altruisme. Elle connaissait maintenant toutes les passagères, elle leur avait distribué des remèdes contre le mal de mer, le mal de tête, la colique, guéri quelques fièvres et rassuré une sœur qui se croyait grosse car ses menstrues, comme celles de bien des femmes, s'étaient arrêtées. La compétence de Marie, en un lieu où l'entraide était essentielle, lui attirait la sympathie des voyageurs. Pour la première fois de sa vie, l'amitié qu'on éprouvait pour elle ne dépendait pas de l'abondance de sa chevelure ou de la couleur de ses yeux.

Victor était heureux que Marie fasse enfin preuve de plus de générosité mais il ne le lui disait pas : il valait mieux éviter de trop flatter la jeune femme. Et il continuait, même s'il n'avait plus grand espoir, à tenter de la persuader de rentrer avec lui en France. Dix jours auparavant, il aurait juré qu'elle n'avait plus envie de fouler le sol de la Nouvelle-France, et qu'elle se rapprochait de lui. Elle avait de nouveau changé d'avis et lui avait rapporté qu'elle pourrait être matrone là-bas sans avoir à subir le même sort que sa mère.

— Toutes les passagères veulent que je me charge d'elles quand viendra là-bas leur temps d'enfanter. Si on foule un jour le sol... Est-ce que le ciel n'aura pas pitié de nous? Ce trajet de mer est un vrai calvaire.

— Ne blasphème pas!

— Je ne pense pas à moi mais à Julie! Elle est enceinte de sept mois et demi. Eh oui! Je vois à ta surprise que tu l'ignorais. Comme tout le monde; elle est si frêle... Elle ne supporte plus de boire du vin au lieu de l'eau. Je ne sais pas ce qui adviendra...

— Tu ne sais pas, voilà! s'écria Victor. Il ne faut pas perdre espoir.

— Je souhaiterais presque qu'on croise!

— Et les pirates riraient de notre famine!

— Ils n'auraient pas un butin bien fameux, ironisa Marie. Victor renchérit, sachant la nécessité de plaisanter en pareille circonstance.

— C'est au retour qu'il faudrait nous intercepter. Quand la cale regorgera de peaux de bêtes. Maintenant elle est vide, hormis quelques coffres que les ursulines ont bourrés de livres. Je ne suis pas certain que les pirates sachent déchiffrer autre chose que les drapeaux et les pavillons. Marie ? Qu'y a-t-il ?

Elle avait cessé subitement de sourire et fermé les yeux. Après un long moment, elle avoua à Victor qu'évoquer les pirates lui avait rappelé que son trésor était peut-être entre les mains de Geoffroy de Saint-Arnaud alors qu'elle crevait de faim sur un rafiot.

— Il n'a pas pu le trouver ! Il n'a pas la fin de l'énigme. Ni le début ! Mais s'il avait payé le marin ?

— Il faudrait d'abord que celui-là se soit manifesté et ton père n'aurait pas mis sa confiance en un tel homme.

— Mais il peut mourir d'ici à ce que je retourne à Nantes !

— C'est bien ce que je crois : rentre avec moi et reste à Dieppe, je te l'ai répété cent fois ! Pendant ce temps j'essaierai de retrouver ton marin.

— Et tu pourrais voir Simon aussi?

— Simon Perrot? Mais pourquoi?

— J'ai bien réfléchi depuis notre départ. Ce qui s'est passé chez Jules Pernelle était horrible mais il avait trahi Guy Chahinian et si celui-ci a été arrêté, ce n'était pas sans raison.

— Comment peux-tu dire une telle chose? Toi qui as été accusée injustement! Et ta mère! C'est tout de même Simon qui a tué l'apothicaire! Tu l'as dit toi-même!

— Tué oui, parce qu'il a résisté quand Simon a voulu l'arrêter aussi! Simon s'est simplement défendu. Et puis il faisait son devoir de mousquetaire! Il obéissait aux ordres!

— Comme ceux qui t'ont humiliée en prison? Il n'a jamais été mousquetaire!

— Tu dis n'importe quoi!

Victor faillit choir de la barrique vide où il était assis. Elle aimait donc encore Simon Perrot pour l'exonérer ainsi? Victor marmonna qu'il était marié. L'avait-elle oublié?

— Je sais! fit Marie agacée. Je sais. Mais peut-être que sa femme...

— Que sa femme ?

— Mourra en couches !

— Marie ! Tu es monstrueuse !

— Non, c'est la vie. Des tas de femmes meurent ainsi. Si l'enfant vivait, il ne pourrait pas l'élever seul, non ? Je saurais m'en charger.

— Si c'est pour lui inculquer une aussi jolie morale, il ferait mieux de mourir avec sa pauvre mère ! Toi qui viens juste de me parler de Julie ! Et qui voudrais tout faire pour la sauver !

Sur ces mots, Victor se redressa et quitta Marie en courant quasiment. Elle le suivit des yeux en se mordant les lèvres, furieuse et triste qu'il ait raison : elle aurait voulu lui dire qu'elle ne souhaitait pas réellement la mort de la femme de Simon. Elle voulait seulement qu'elle disparaisse... Mais comment lui faire comprendre ? Heureusement, il y avait Julie. Marie parlait souvent de Simon avec elle, lui racontant leur passé à Nantes mais omettant les événements parisiens.

La jeune femme n'osait la questionner à ce sujet, redoutant de réveiller de pénibles souvenirs. Elle avait même averti ses compagnes de voyage d'être discrètes. Le drame amoureux de Marie en avait remué quelques-unes et elles l'admiraient de s'être embarquée par fidélité à la mémoire de Simon, même si certaines d'entre elles avaient remarqué combien Victor Le Morhier montrait d'empressement à son égard : c'était bien dommage que la tragédie soit si récente et que Victor n'ait pas projet de rester en Nouvelle-France : il paraissait si entiché de la jeune veuve.

Il l'était. Il ne put bouder Marie plus d'une semaine même s'il gardait toujours à l'esprit qu'elle aimait Simon Perrot. Il fit donc marche arrière et l'encouragea dorénavant à rester en Nouvelle-France. Qui sait si elle ne tenterait pas de revoir Simon en demeurant à Dieppe ? Plus elle en serait éloignée, mieux ce serait ! Il lui dit qu'il était assuré qu'elle ferait une excellente sage-femme et que les hommes finiraient par faire appel à ses services. Mais qu'elle devrait s'entendre avec les autorités religieuses.

— Tu dois avoir l'assentiment d'un

prêtre pour être nommée matrone. Sœur Sainte-Blandine est peut-être sèche mais c'est une femme sensée.

— Je sais, reconnut Marie.

— Tu ferais mieux de la ménager, elle pourra t'aider là-bas.

— Si on y arrive! On n'a presque plus d'eau. Bientôt, on devra faire cuire les pois et les fèves à l'eau de mer!

Victor secoua la tête.

— Non, regarde le ciel; il n'est plus aussi pur qu'avant. On verra cette nuit des comètes chevelues. Il ventera, je te le jure! Si mon ami Cléron était ici, il parierait avec moi. Et il ne perd jamais au jeu...

— Puisses-tu dire vrai! Julie enfanterait au sol!

* * *

Victor Le Morhier n'avait pas menti; tous les passagers regardèrent avec soulagement les vents gonfler le grand et le petit hunier, le pacfi de borcet, la grand-voile, les perroquets de misaine et d'artimon. C'était un enchantement que ces toiles de chanvre tendues fièrement, il semblait aux hommes qu'elles s'étiraient indéfiniment et que le vaisseau s'envolerait pour regagner le temps perdu. La coque fendait une écume nuageuse et découvrait ainsi des flots azurés, assurant l'embellie. Un passager soutint qu'un vaisseau de cinq cents tonneaux avait parcouru quelques miles sans toucher l'eau tellement les vents le propulsaient rapidement. Sœur Sainte-Blandine dit que Jacques Cartier, le découvreur de la Nouvelle-France, avait fait un jour la même traversée qu'eux en trois semaines! On s'écria d'émerveillement et le capitaine ajouta à l'allégresse générale en annonçant qu'on verrait bientôt la terre.

Tous les passagers commentaient cette nouvelle réjouissante sans soupçonner qu'une heure plus tard l'effroi chasserait la joie; aussi eurent-ils quelques secondes d'hébétude avant de crier quand un homme ensanglanté parut devant eux, tituba et s'écroula aux pieds du capitaine. Marie LaFlamme se jeta sur le blessé avec tant de détermination dans le regard qu'il en fut partiellement rassuré. En se penchant vers le chirurgien du bord, il l'entendit râler

« la bouteillerie, la bouteillerie ». Des matelots s'y précipitèrent aussitôt tandis que Marie promettait à Paul Leclerc qu'elle le guérirait. Il avait de multiples blessures aux bras, aux doigts comme s'il avait tenté d'attraper une lame à main nue et, bien que son index gauche soit ouvert sur toute la longueur, Marie jugea qu'elle devait s'occuper avant des poignets tailladés : elle arracha son voile d'une main tout en s'emparant du couteau du capitaine de l'autre et découpa le tissu en deux morceaux qu'elle noua fortement aux avant-bras pour arrêter l'hémorragie. Elle s'intéressa ensuite à l'index charcuté : la blessure était moins grave qu'elle ne le paraissait, les chairs seules étant atteintes. En levant les yeux pour demander qu'on aille chercher son sac, elle constata que sœur Sainte-Blandine tâchait de disperser les gens pour lui ménager de la lumière. Un courant de sympathie passa entre elles. Elle osa donc la prier de lui apporter ses poudres et la religieuse lui tendit si vite sa besace qu'elles se sourirent franchement.

Sœur Sainte-Blandine allait lui demander si elle pouvait la seconder quand une clameur horrifiée rompit le silence : les deux femmes se retournèrent et virent quatre hommes laisser tomber deux corps à une toise d'elles.

Julie Laflandre poussa un cri si long avant de perdre connaissance que les témoins eurent l'impression de l'entendre bien après sa pâmoison. Marie se redressa, reconnut le cadavre de Luc Laflandre et allait bondir quand sœur Sainte-Blandine la retint.

— Je m'occupe d'elle pendant que vous en finissez avec monsieur.

— Et priez, je vous en supplie, priez qu'elle garde son enfant, dit Marie en se signant.

— J'ai bien peur que vous ne deviez la délivrer bientôt, ma fille, mais la Très Sainte Vierge veillera sur elle.

Marie songea que ce n'était pas assez, qu'il faudrait que tous les saints du ciel s'y mettent mais elle ne voulait pas froisser la seule personne qui montrait un peu d'énergie sur le navire : les femmes pleuraient, les hommes tournaient en rond ou se figeaient devant le chirurgien, et Marie regretta que les passagers n'aient pas de tâches pour les occuper comme les marins. Malgré leur curiosité, ceux-ci n'avaient pas quitté leur poste et durent attendre un changement de quart pour savoir ce qui s'était passé.

Le capitaine s'approcha de Marie et du chirurgien qu'elle achevait de panser. Tout en rapportant à son patient que la coupure était si franche qu'elle avait bon espoir de sauver son doigt, elle collait ensemble les bords de la plaie et les saupoudrait de lycopode broyé afin d'accélérer la cicatrisation. En bandant l'index, elle apprit que le chirurgien avait surpris un matelot en train de poignarder Luc Laflandre. Il s'était porté à son secours, en vain, en prenant l'assaillant à la gorge.

— Il m'a fait lâcher prise en me découpant avec sa lame mais je l'ai projeté dans ma chambre où je l'ai piqué avec un bec-de-corbin. Ça l'a surpris, il a lâché son coutelas et quand il s'est jeté pour le ramasser, je l'ai botté et il est tombé sur sa lame. Je n'en sais pas plus.

Le capitaine apprit dans l'heure ce qui s'était passé : on trouva du pain sur les lieux de la bagarre ainsi que des biscuits, et la porte de la bouteillerie avait été forcée : le matelot volait des vivres quand Luc Laflandre l'avait pris sur le fait. Redoutant d'être battu de cordes ou, pire, calé pour s'être emparé des vivres, l'homme avait fait taire définitivement Luc Laflandre. Il venait de l'assassiner quand le chirurgien était hardiment intervenu.

D'apprendre que son mari s'était conduit honorablement en s'opposant à un dessein criminel n'aida en rien Julie Laflandre. Quand elle ouvrit les yeux, elle hurla son nom avec tant de détresse que bien des hommes, pourtant endurcis, ne purent retenir leurs larmes, et ils se demandèrent tous si leurs femmes restées au port les aimaient autant. Marie pleura avec son amie et réussit à l'arracher au corps de son défunt pour l'emmener dans la cabine du chirurgien : comme elle le redoutait, le choc avait déclenché les processus d'accouchement. Mais si Julie avait perdu les eaux, les contractions tardèrent jusqu'à la nuit. Ses cris de douleur se mêlèrent alors aux gémissements angoissés des témoins et l'aumônier dit deux messes supplémentaires afin que Dieu protège Julie Laflandre. Les religieuses n'eurent aucun mal à convaincre les passagers de réciter des prières avec elles tout le temps que durerait l'accouchement.

Les Ave suivirent les Pater Noster et les Confiteor mais Marie n'entendit rien de tout cela; elle luttait pour sauver Julie et cet enfant qui refusait de naître. Sœur Sainte-Blandine la remplaça auprès de Julie au bout de dix heures mais, dès qu'elle se fut sustentée, Marie revint, trop inquiète pour prendre quelque repos. Elle avait administré de la belladone à sa compagne pour atténuer les douleurs de l'enfantement et Julie divaguait, mais Marie savait qu'elle continuerait à délirer bien après l'effet hallucinogène de l'herbe: la fièvre l'emportait. Dans ses moments de lucidité, Julie demandait toujours si Luc était vraiment mort ou si elle rêvait. Elle tombait ensuite dans un état de prostration aussi redoutable qu'une crise de désespoir et n'écoutait plus ni Marie ni sœur Sainte-Blandine qui l'exhortaient à se reprendre, à penser à son enfant. Les contractions la pliaient en deux, lui coupaient le souffle, lui faisaient pousser des plaintes profondes mais on aurait dit qu'elle ignorait qu'elle était en train d'accoucher. A l'aube, son teint avait cette couleur de cire qui annonce le trépas, sa peau était plus flasque, son haleine trouble. L'odeur de la mort empuantissait déjà la chambre du chirurgien mais ni Marie ni la religieuse ne s'en apercevaient; elles essayaient de délivrer Julie qui n'avait même plus la force de gémir. Sœur Sainte-Blandine soutenait Julie par les aisselles tandis que Marie pressait son ventre à chaque contraction, tout en répétant à son amie de pousser, de pousser encore et encore.

La tête de l'enfant parut enfin, couverte de la membrane amniotique, et tout se passa si vite que Marie en fut toute surprise. Bouleversée, elle se saisit d'une petite fille à la mine chiffonnée, la souleva pour la faire respirer, la débarrassa promptement des glaires qui obstruaient sa gorge et ses fosses nasales pour la faire crier, but un peu d'eau-de-vie qu'elle souffla ensuite dans la bouche de l'enfant et allait enrouler le cordon autour de la cuisse de la mère pour favoriser l'expulsion du placenta quand le regard de sœur Sainte-Blandine qui lui tendait un voile pour envelopper le nouveau-né l'arrêta. La religieuse se déplaça de manière à cacher Julie au regard de Marie et la nouvelle sage-femme comprit que son amie était morte.

— Sortez d'ici avec l'enfant, lui intima aussitôt la religieuse. Je vais m'occuper d'elle. La préparer et la vêtir. Vous avez fait tout ce que vous avez pu et voilà une petite fille qui ne doit pas respirer l'odeur pleine de miasmes de cette chambre. Allez, Marie, allez, emmenez cette enfant au soleil...

Marie, trop secouée par tant d'émotions contradictoires, obéit à sœur Sainte-Blandine et, serrant l'enfant contre son cœur, elle fut frappée d'éblouissement quand elle monta sur le pont. Elle songea épuisée que la lumière du midi, franche, joyeuse, impitoyable, éclatante, lui rappelait sa mère et quand un rayon de soleil couronna la tête du bébé et révéla que l'enfant était aussi rousse qu'elle, elle sut qu'elle l'aimerait. Elle pleura de bonheur, de chagrin, de soulagement pendant un long moment auprès de Victor qui s'était précipité dès qu'il l'avait aperçue. Il était aussi muet qu'elle et c'est Emeline Blanchard qui, après s'être essuyé les yeux, décréta qu'il fallait bien pourtant donner une vraie tétasse à l'enfant. Elle tendit les bras vers Marie qui refusa d'abord de se séparer si vite de sa fille puis y consentit à condition de rester près d'Emeline. Une religieuse s'épata que les femmes allaitent; Dieu était décidément bien généreux et bien avisé de tout prévoir ainsi. Emeline Blanchard rit en prenant le bébé.

— Mon petiot lui montrera à boire! T'en fais pas, c'est pas avec moi qu'elle manquera de lait! Même si elle va le bouder au début!

Le rire d'Emeline Blanchard libéra marins et passagers de l'affliction qui les tourmentait depuis l'apparition du chirurgien, vingt-six heures plus tôt, et une joyeuse agitation les poussa à s'approcher de Marie et de sa fille, à demander qu'elle raconte. Tous se signèrent et observèrent un moment de silence en apprenant que Julie avait trépassé mais il semblait qu'elle emportait avec elle toute la misère des dernières heures, des derniers jours, des dernières semaines et qu'on refusait maintenant de se laisser assombrir l'esprit par cette mauvaise nouvelle. Il y avait devant eux un enfant qui gueulait maintenant à pleins poumons et chacun s'extasia de la puissance de ses cris, y voyant l'assurance d'une santé vigoureuse, malgré sa petitesse. La joie fut à son comble quand Marie rapporta que l'enfant était née coiffée. Marie demanda à sœur Suzanne de Saint-Bernard d'aller chercher sœur Sainte-Blandine pour assister au baptême de l'enfant, le capitaine comme l'aumônier insistant pour que ce soit fait au plus vite.

— Comment nommerez-vous cette enfant?

— Noémie Anne Blandine, dit Marie en regardant la religieuse. Noémie est le nom qu'avait choisi Julie, Anne le nom de ma mère qui m'a tout appris, et Blandine, comme vous, qui serez sa marraine. Victor Le Morhier, je l'espère, acceptera d'être le parrain.

Sœur Sainte-Blandine, tout comme Victor, ne put qu'acquiescer d'un signe de tête tant leur émotion était grande mais ils se tenaient fièrement aux côtés de l'aumônier quand il prononça les paroles qui feraient de Noémie une nouvelle chrétienne. L'enfant se tut durant la courte cérémonie et on commenta aussitôt sa douceur et sa sagesse. On félicita Marie et lui prédit bien des bonheurs avec une fille aussi aimable.

Dans l'enthousiasme général, personne ne nota l'absence de sœur Suzanne de Saint-Bernard qui n'était pas remontée de la chambre du chirurgien où elle était allée quérir sa supérieure. Bien qu'elle ait offert elle-même à cette dernière de veiller le corps, l'indifférence de Marie à son égard la blessa. Celle qu'elle avait crue son amie, qui lui souriait si souvent, s'entendait maintenant à merveille avec sœur Sainte-Blandine et l'oubliait complètement.

— Comme vous, Julie! dit-elle en regardant la défunte. Elle se figure maintenant qu'elle est la mère de votre fille; nous n'avons plus notre place dans son cœur. Nous ne sommes plus rien pour elle.

La jeune nonne était si contrariée, si déçue, qu'elle percevait à peine la puanteur du corps et se serait peut-être endormie agenouillée si deux marins n'étaient venus chercher le corps. Avant les prières, Marie coupa une infime mèche de cheveux à Noémie et la glissa dans le corsage de sa pauvre mère, puis l'aumônier dit l'absoute et les témoins jetèrent de l'eau bénite sur le cadavre auquel on avait attaché une grosse pierre. Le corps s'enfonça très vite et Marie, en pleurant, pensa qu'elle vivait un deuil de plus en moins de six mois.

La mélancolie la quitta cependant rapidement car Noémie l'emplissait d'une gaieté qu'elle n'aurait jamais pu imaginer: elle avait vu bien des enfants dans sa vie mais Noémie était assurément la plus belle et la plus attachante.

— D'ailleurs, je ne suis pas la seule à le dire, répétait-elle à Victor. Toutes les femmes m'envient! Je crois bien qu'Emeline la garderait si je ne veillais pas!

— Il est vrai que ma filleule est magnifique! Regarde ses mains, on dirait ces étoiles de mer dont m'a parlé mon père.

— Et sa bouche? As-tu déjà vu aussi joli cœur?

Victor réussit à contenir son envie de crier qu'il avait déjà connu d'aussi belles lèvres, qu'elles étaient là, en face de lui, qu'il avait parfois un tel désir de les embrasser, de les broyer avec passion qu'il pensait en devenir fou. Au lieu de ça, il hocha simplement la tête avant d'informer Marie qu'ils gagneraient Tadoussac le lendemain.

— Déjà?

— Déjà! s'écria Victor. Tu n'as pas cessé de te plaindre de la lenteur du voyage! Faudrait savoir ce que tu veux!

— Oh! Je suis si heureuse! Je croyais qu'on en avait encore pour des jours et des jours.

— Tu sais ce que les marins disent? Que c'est Noémie qui leur porte chance. Depuis sa naissance, l'*Alouette* file comme jamais. Le temps est radieux, les vents secs et puissants, les passagers plus patients. Même le cuisinier s'est radouci et pourtant il n'est pas commode! Quant au chirurgien, il ne jure que par toi. En un peu plus d'une semaine, son doigt est quasiment guéri. Tu es une vraie fée!

Marie blêmit, et Victor lui prit aussitôt la main en s'excusant.

— Je ne voulais pas... Je...

— Je sais, Victor, articula-t-elle lentement. Mais c'est ce genre de paroles qui ont envoyé ma mère à la mort.

— Rien de pareil ne t'arrivera en Nouvelle-France. Il y a trop peu d'âmes pour qu'on s'empresse de les brûler! Tu es bien décidée alors? Tu y resteras?

— Puisque tu me promets de chercher pour moi le marin. Si je rentrais à Nantes aujourd'hui, Geoffroy de Saint-Arnaud me ferait exécuter. Je ne peux pas vivre à Paris sans péril. Je ne connais personne à Dieppe. Et Simon ne quittera pas son épouse maintenant.

Malgré ses résolutions, Victor s'emporta au nom de Simon.

— Tu vivrais avec un homme qui a lâchement abandonné sa femme?

Marie haussa les épaules.

— C'est peut-être elle qui le quittera, après tout. Oh! Victor! Comprends-moi! Je l'aime. Je l'ai toujours aimé. Je ne peux pas renoncer ainsi à lui.

Après un long silence, elle ajouta qu'elle savait qu'elle rêvait, qu'elle ne reverrait probablement jamais Simon Perrot, qu'elle ne serait jamais sa femme, ni sa maîtresse.

Elle se trompait. Mais ni elle ni Victor n'auraient pu supposer un instant que la Nouvelle-France favoriserait les rencontres les plus étranges. Ils ignoraient tout de ce sol fabuleux que Marie n'allait pas tarder à découvrir. Et à aimer.

Quand l'*Alouette* atteignit l'embouchure du Saguenay, Marie, de saisissement, faillit laisser échapper Noémie tant le spectacle était grandiose. Devant elle, une mer de forêts, où l'anthracite l'emportait sur l'absinthe, s'épanouissait de la pénétration du fleuve en ses entrailles. Marie envia cette terre dont le courant caressait les berges avec force après lui avoir fait miroiter d'irrésistibles parures : les vagues charriaient des saphirs, des lapis-lazulis, des émeraudes, du jade et de l'olivine, des turquoises et des béryls, et des millions de perles roulaient sur leur crête, avant d'exploser contre la coque du vaisseau. Marie s'élança comme si elle voulait plonger dans le fleuve et Victor, à ses côtés, eut un geste pour la retenir. Elle se retourna lentement, majestueusement, avec une tendre assurance, comme si elle adoptait la royale mouvance du Saint-Laurent.

Il ne l'avait jamais vue aussi belle, aussi radieuse, aussi impérieuse. Ses yeux s'étaient emparés du violacé des montagnes que l'*Alouette* dépassait rapidement et il sembla à Victor qu'il se perdrait dans ce regard, qu'il s'enfoncerait dans d'étranges dédales et ne reviendrait jamais à lui s'il contemplait Marie plus longtemps.

— En admirant le fleuve, j'ai cru un instant qu'on me rendait enfin mon trésor. C'est un signe, Victor Le Morhier. Un signe que tu trouveras ce qui m'appartient. Je t'attendrai ici durant un an. Avec ma fille. Ta filleule.

Elle avait ait *je t'attendrai!* Victor s'approcha d'elle et lui jura qu'il lui rendrait son bien. Et en lui-même, il se promit de lui faire oublier Simon Perrot.

Elle s'appellerait un jour Marie Le Morhier.

Elle l'aimerait d'amour.

A suivre...

COLLECTION FOCUS
ROMANS EN GRANDS CARACTÈRES

Chrystine Brouillet
Marie Laflamme
Tome 1

Fabienne Cliff
Le Royaume de mon père,
Tome 1: Mademoiselle Marianne
Tome 2: Miss Mary Ann Windsor
Tome 3: Lady Belvédère

Claude Lamarche
Le cœur oublié

Marguerite Lescop
Le tour de ma vie en 80 ans

Antonine Maillet
Madame Perfecta

Louise Portal
Cap-au-Renard

Michel Tremblay
Chroniques du Plateau-Mont-Royal,
Tome 1:
La grosse femme d'à côté est enceinte

Louise Tremblay-D'Essiambre
Entre l'eau douce et la mer

Les années du silence,
Tome 1: La Tourmente
Tome 2: La Délivrance
Tome 3: La Sérénité
Tome 4: La Destinée
Tome 5: Les Bourrasques
Tome 6: L'Oasis